10 MILHÕE$ DE CÓPIA$ VENDIDA$

10 MILHÕE$ DE CÓPIA$ VENDIDA$

Nuno Rebelo

Copyright © 2017 by Editora Letramento

Diretor Editorial | **Gustavo Abreu**
Diretor Administrativo | **Júnior Gaudereto**
Diretor Financeiro | **Cláudio Macedo**
Logística | **Vinícius Santiago**
Preparação e Revisão | **Lorena Camilo**
Capa | **Luís Otávio Ferreira**
Projeto Gráfico e Diagramação | **Gustavo Zeferino**

Conselho Editorial | **Alessandra Mara de Freitas Silva; Alexandre Morais da Rosa; Bruno Miragem; Carlos María Cárcova; Cássio Augusto de Barros Brant; Cristian Kiefer da Silva; Cristiane Dupret; Edson Nakata Jr; Georges Abboud; Henderson Fürst; Henrique Garbellini Carnio; Henrique Júdice Magalhães; Leonardo Isaac Yarochewsky; Lucas Moraes Martins; Luiz Fernando do Vale de Almeida Guilherme; Nuno Miguel Branco de Sá Viana Rebelo; Renata de Lima Rodrigues; Rubens Casara; Salah H. Khaled Jr; Willis Santiago Guerra Filho.**

Todos os direitos reservados.
Não é permitida a reprodução desta obra sem
aprovação do Grupo Editorial Letramento.

Referência para citação:
REBELO, N. 10 milhões de cópias vendidas .
Belo Horizonte(MG): Letramento, 2017.

Dados Internacionais de Catalogação na Publicação (CIP)

Bibliotecária Juliana Farias Motta CRB7/5880

R291d Rebelo, Nuno
10 milhões de cópias vendidas / Nuno Rebelo.
– Belo Horizonte(MG): Letramento: Casa do Direito, 2017.

336 p.; 22,5 cm.

ISBN: 978-85-9530-043-9

1. Romance brasileiro. 2. Ficção brasileira. I. Título.
CDD B869.3

Belo Horizonte - MG
Rua Magnólia, 1086
Bairro Caiçara
CEP 30770-020
Fone 31 3327-5771
contato@editoraletramento.com.br
grupoeditorialletramento.com.br
casadodireito.com

Casa do Direito é o selo jurídico do
Grupo Editorial Letramento

*Para minha mulher, Rochelle Mantovani Rebelo,
como forma de devolver-lhe em letras os incontáveis
sorrisos de alegria recebidos, os abraços de conforto, os olhares de carinho,
a cumplicidade do andar de mãos dadas, a aventura de desbravar os
sonhos em dupla e a paz que só encontro quando toco sua pele.
Se há paz em minha guerra cotidiana, vem da voz doce dela.
Se há motivo para lutar por um mundo melhor,
vem do seu andar em minha direção.
Se respiro em sangue acelerado,
é por querê-la comigo em caráter de eternidade.
Para meus filhos,
Nuno Fernando V. de Sá Viana Rebelo, o Imponente,
Luiz Henrique Mantovani de Sá Viana Rebelo, o Desbravador,
Maria Luísa V. de Sá Viana Rebelo, a Eterna Princesinha e
Diogo Augusto G. de Sá Viana Rebelo, o Pequeno Bárbaro,
cada qual a seu modo, com convicções e sabedorias atípicas às idades,
dão-me alegrias renovadas rotineiramente,
pelas suas posturas perante cada novo desafio.
Para meu pai, José Augusto Forte de Lemos Rebelo,
quem me apresentou ao extraordinário mundo dos livros e da cultura,
quem despertou-me a vontade pelo aprendizado e pelo saber.
Para minha mãe, Maria Leonor Sampaio e Melo Branco,
pelo carinho, pelo exemplo de vida e perseverança,
sempre em busca da bonança após as tempestades.*

PARTE I

Capítulo I

Um dia sem cor, sem importância, sem interesse. A cidade parecia ter vida própria. Dormia e acordava sozinha. Só ela saberia dizer dos estragos da noite. Agora era vez do sol de céu azul, que chegara dando um "bom dia" festivo às pessoas sonolentas com cara de travesseiro. Do asfalto parecia sair o vapor da noite ainda fresca, como quem exala bebida pela pele. Cheiro de manhã fria com café quente.

No bairro Luxemburgo, da capital mineira, os carros da polícia já cercavam o prédio dos apartamentos luxuosos. Dois por andar. Elevador com espelho para uma última olhada de autoestima. No apartamento de porta de velório, a sala se apresentava espaçosa, com mobília moderna. Paredes brancas de saudação solene tentavam esconder as manchas do despertar da alvorada sem limites, segurando quadros sem estilo próprio. Chão de piso caro para merecer sapatos de gente barata. Corredor comprido de cárcere, com armários aéreos vigilantes em catapulta. Quartos omissos aos movimentos imóveis dos fatos.

Havia o silêncio incomodo à tragédia. Todo o caminho fora rápido até ali. Era como se a velocidade fosse outra para se chegar. Mas, agora, no momento crucial, tudo acontecia mais devagar, como se os movimentos estivessem congelados em conflitos de rupturas. O quarto do casal era grande demais para pessoas pequenas. O dinheiro era importante e vinha junto com a aparência.

Lençóis limpos, pessoas sujas. A cama dominava o centro do quarto com ar imperial. Um armário com ares de capataz vigiava todo o ambiente. Havia um pequeno sofá que fazia as vezes de confessionário e no outro canto uma cômoda com gavetas comportadas. No chão estava um tapete de arte pitoresca e rara beleza, em contraste bisonho com a cena calada de dor gritante recaída pesadamente sobre si. O sangue escorria em silêncio do corpo daquele homem sem pulsação. Três tiros no peito e um na cabeça. Sequer tivera tempo de se vestir. O corpo, retorcido, nada sentia. Já não havia vida ali – se é que um dia houvera.

O revolver fosco estava próximo, jogado descuidadamente no chão. Abandonado, assistia a tudo isolado, mas sem vontade de participar. Já fizera seu estrago com êxito. Próximo à mão do braço estendido quase que em coreografia, havia o exemplar do livro *Guerra e paz*, de Tolstói, largado sem tempo de ter encerrado sua leitura.

Na varanda do apartamento, a esposa chorava inconformada sentada na cadeira cerimoniosa, coberta por um lenço caridoso na mão tremula e inquieta, confortada por uma policial militar pesarosa. Nada dizia, mas em silêncio deixava clara sua vontade de falar algo em desabafo. Seu corpo tremia inconformado com a cena. Era importante que ela se acalmasse. Deram-lhe um copo d'água. Bebeu-o pesadamente, como se a água não quisesse entrar naquele corpo tomado pela tristeza.

Estava vestida com a primeira roupa que encontrara, mas isso não tinha importância. Estava despenteada e sem maquiagem. Não tinha importância. Hoje teria que chegar cedo ao trabalho. Tinha importância. Importância? O que poderia ter importância àquela altura? Seu marido estava morto no quarto e não sabia do paradeiro de seu filho.

Segurando o copo com as duas mãos, por não saber o que fazer com elas, viu dois homens chegarem e ficaram postados à sua frente. Eles a olhavam sem olhar. Sentiu-se intimidada. Deveriam ser policiais de investigação, concluiu, pois diferente dos outros, não usavam uniforme. Percebeu que eles observavam tudo, porém, sempre retornavam com o olhar para si.

– Eu queria mais água. Você pega *pra* mim? – pede gentilmente à policial que estava próxima.

– Claro. Só um momento. – e vai em direção à cozinha.

Sentada na cadeira, ela vê a policial se afastar. Fica com o olhar perdido em pensamentos. Era como se não estivesse mais ali. Nervosa, ajeita o cabelo e olha-se no espelho de um pequeno estojo de maquiagem que estava por ali, jogado e esquecido, como fora sua vida. Seus olhos estavam vermelhos e fundos com olheiras.

Levanta-se. Faz ar altivo. Anda lentamente até o parapeito da varanda e passa uma perna. Alguém percebe e grita em tentativa de interrupção. Ela passa a outra perna e se mantém segura pelas mãos, de costas para todos, de frente para o pulo. Ainda com o apoio dos pés, já sem a proteção do parapeito, mantém-se segura pelas mãos, com dedos frágeis de unhas com esmalte. Olha para o chão como quem mede a distância do salto. Depois, olha para o céu como quem mede a distância do alcance. Pular para baixo querendo ir para cima. Subir ao céu por ausência de caminhos. Sorriu levemente com o pensamento rápido, sem reflexão, sem razão, sem esperança. Já não havia motivo. Já não havia nada a fazer. Ela merecia. – era o que acreditava. Castigo e paz se misturavam no mesmo olhar vermelho. Talvez a vida fosse melhor depois da morte.

– Desculpa. – sussurrou para si, imperceptível para os demais.

Um último respirar como se o pulo fosse em uma piscina de água acolhedoramente receptiva. Fecha os olhos e abre as mãos. Os movimentos foram lentos, mas o acontecimento foi rápido. Sua vida vai em direção à morte num salto sem coreografia. Ela deixa seu corpo cair do oitavo andar, num voo sem plano, mas com direção certa. Guerra e paz no mesmo ato.

*****

Capítulo II

Júlio caminhava pelas ruas do centro de Belo Horizonte. Tinha pressa, mas não tinha direção. Parecia ocupado, mas não tinha nada para fazer. Pensou em ir para a rodoviária. Um ônibus qualquer para um lugar qualquer. A estrada decidiria qual o seu caminho, qual o seu destino. Trazia uma mochila com poucas coisas. Estava leve. Trazia seu espírito conflituoso. Estava pesado.

Seus olhos eram de animal assustado, que em fuga do predador, não sabia bem qual caminho escolher, mas seguia com a convicção de manter o passo apressado em busca do esconderijo. Quanto mais longe melhor. Estava em fuga e sem rota. Não conseguia pensar em nada além da distância.

Teria que trabalhar, mas nunca tivera emprego. Teria que estudar, mas não entrara na faculdade. Queria tudo ao mesmo tempo, mas nunca tivera nada que fosse realmente uma conquista sua. Quando queria algo, sua mãe lhe dava, mas agora não sabia o que fazer. Não tinha dinheiro, apenas um resto. Não poderia confiar em ninguém. Aliás, não tinha ninguém em quem confiar. Não tinha amigos. Não tinha parentes. Não tinha lugar neste mundo que fosse seu.

Entrou na rodoviária. Primeiro guichê. Primeiro ônibus. Última cidade.

* * * * *

Capítulo III

Hoje era melhor ficar em casa mesmo. Dra. Vera, como era chamada, viera do norte de Minas Gerais. Gostava de Belo Horizonte, mas sempre pensava em retornar para sua cidade natal. Era daqueles pensamentos que tinham jeito de infância. Vinham com cheiro e com sabor. O colorido do dia ficava diferente.

Casara muito cedo, mais por vontade do pai do que por vontade própria. Seu pai perdera dinheiro no jogo. Ela fora o pagamento da dívida. Não gostava de lembrar, mas lembrava-se disso a todo o tempo. Era como se esses pensamentos viessem a conta-gotas, com a missão de causar-lhe incômodos impossíveis de se livrar. Acreditava que a vida era assim mesmo. Tinha que obedecer ao seu pai. Depois, teria que obedecer ao seu marido. Ele era mais velho do que ela. Mais idade, menos cabelo. Mais dinheiro, menos dentes. Mais barriga, menos paciência. Tivera pressa em tomar posse de seu corpo, que ela mesma mal conhecia.

Não havia escolha. Ela sequer podia sonhar com seu futuro. Nascera pobre, deveria agradecer por seu pai encontrar um homem para ser seu marido, que a aceitara e a sustentaria. Se ele não fosse violento, já estaria bom. Isso já ficara para trás. Mas era daqueles passados que ficam permanentemente presentes. Daqueles que ficam teimosamente grudados nas ideias. Estavam sempre na sua mente e teimavam em não sair. Sempre pensava como sua vida poderia ser diferente, mas não era.

Arranjara um emprego para ter independência. Não tivera. O patrão mandava nela. Não se lembra de algum dia de sua vida que tivera vontade própria. Sempre fazia algo que alguém lhe mandava fazer. Seria essa a sua vida? Parecia que sim. Sobreviver com uma alegria aqui e outra ali. Suas alegrias não lhe pertenciam, eram sempre de outrem. Ficou feliz quando o filho da patroa nasceu. Ficou feliz quando a patroa ficou satisfeita com o vestido que ela costurara. Sentia-se recompensada quando elogiavam sua dedicação com a limpeza da casa. Ficava feliz com a felicidade dos outros.

Mas é sua? Onde estaria? Por que não vinha ter com ela? Será que a vida era tão difícil? Sem sentir-se maltratada, tinha a sensação que o país castigava as pessoas de classe baixa, não lhe dando sequer a esperança de dias melhores. Não tinha instrução, nada sabia de política, mas todas as vezes que fora às urnas votar, depositava a fé de que as mudanças viriam. Nunca viu esses dias, porém a fé mantinha-se intacta, assim permanecendo pela própria essência.

Certa vez ouvira um especialista em alguma coisa da mente, que tudo tinha relação com a forma de se ver o problema, como a pessoa o absorve. Tentou entender, mas não conseguiu.

Pessoas não conseguem usar o transporte público, ruim e cheio. Não conseguem emprego para trabalhar. Não conseguem o alimento. Não têm acesso à educação e à saúde pública de qualidade. Pessoas são assaltadas todos os dias. Mulheres e crianças são vítimas de violência diária. As pessoas morrem no país por nada. A violência urbana é absurda.

"Como assim, o problema está no jeito que se olha a situação?" – ficava revoltada por dentro. Mas, mais uma vez, não havia nada para fazer e se houvesse, não faria, pois estava acostumada a fazer aquilo que alguém dissessem para fazer.

* * * * *

– Vá buscar Vera, *muié*. – deu a ordem.

A mulher, limpando as mãos no avental tão maltratado quanto o vestido que ela usava por baixo dele, por um instante, permanece parada na frente do marido.

– O que houve, Zé?

– Nada, não. – nervoso. – *Se* apresse.

– E esse, quem é? – estranhando o homem parado na porta da sua casa.

– É Antônio. Lá da cidade. Gente amiga. – sorrindo. – Veio aqui conhecer a menina. – emposta a voz. – Ande. Chame Vera.

– E por que ele não entra? – desconfiada.

– Ande logo, *muié*. Chame nossa filha.

– O moço é da cidade, é?
– Já disse que sim, *muié*? *Me* obedeça.
– O que ele *qué* com nossa filha.
– *Qué conhecê*. – sorri abobado pela bebida. – Ele mais eu *temu* negócio *pra resolvê*. É dia de festa.
– E onde a Vera entra nisso?
– Não se meta, *muié*! – nervoso. – Eu mesmo vou chamar a menina. – disse decidido.

Sua mulher o segura pelo braço, não em desafio, mas com preocupação.
– O que é que *tá* se passando, Zé?
– Nada, *muié*! – desviando o olhar. – Esse moço só veio *vê* nossa filha.
– Mas ela é uma menina, Zé. Ela ainda é uma criança.
– Criança nada! Você falou que *as coisa de muié* já chegaram nela. – falou nervoso.
– Já. Mas ela é muito nova.
– Se já chegaram *as coisa de muié*, ela é *muié*. Já pode *casá*.
– *Casá*?!
– Já dei minha palavra. Se o moço *agradá* dela, pode *casá*.
– Por causa de *quê*, Zé, você foi *dá* a palavra?
– Agora já *tá* apalavrado. – firmando a mão no ar. – E eu não sou homem de voltar atrás com a minha palavra.
– Mas é nossa filha... – tenta ponderar.
– Ele vai pagar a dívida da mercearia e de um carteado que Deus não olhou por mim.
– Deus, Zé? Deus não olha por você há muito tempo. Só quem olha sou eu. Você fica aí rezando *pra* Deus, mas sou eu que te aguento.
– É sua obrigação. Você é minha *muié*. *Muié* é feita *pra* cuidar do homem. – convicto. – Tenho dito.
– Mas é o futuro de nossa filha... – tenta mais uma vez.
– Ah, *muié*. Não me venha com conversa. É minha filha, eu resolvo o futuro dela. Que chatice. – resmunga.
– Mas *tá* errado, Zé.
– Certo ou errado sou eu *que* decido. – balançando um pouco por causa da bebida. – Eu decido que *tá* certo e pronto. – nervoso. – Você é minha *muié*, faz o que eu *tô* mandando. – gesticulando. – Vá chamar a menina e fique calada *pra* não espantar a visita.

A mãe se dirige ao convidado:

— Com sua licença! – e se vira, com calma, para procurar a filha.

O pai, sem jeito, fala:

— Não ligue, não. Ela é boa *muié*. Não é sempre assim, não. Não sei o que deu nela *pra* me *desobecê*. Logo na frente da visita.

— Eu entendo. – deixando claro na expressão de seu rosto a gravidade da situação.

— *Muié* é mais apegada a essas coisas de filha, mas *já já* a Vera vem. Pega um copo e põe-lhe bebida.

— Quer? – oferece ao convidado.

— É boa?

— Claro. E eu lá lhe mostro coisa ruim?

— Não sei, vamos ver. – sorriu maliciosamente.

— Entendi. – devolve o sorriso. – Você vai gostar da menina. Precisa assim, *né*? *Umas roupa mió, pentia os cabelo* e *aprendê* modos. Mas ela há de ser obediente e lhe *atendê* nas coisas de homem.

— Boa, mesmo!

— Não fale assim da minha filha. – como se estivesse ofendido.

— Estou falando da cachaça. – com um sorriso desconsertado.

— *Ah*, bom. Gosto de respeito. – incomodado. – Mais um gole?

— Sim.

Ambos tomam mais um copo e ficam em silêncio por um período.

— Zé. – chama o colega. – Não *tá* demorando, não?

— Deve *tá* se aprontando. Coisa de *muié*.

— Será?

— *Mió* espera. Deve *tá* olhando *as beleza*.

— Será?

Mais uma dose.

— Espere aí que eu vou lá *vê*. – sai o pai decidido. – Já volto.

O convidado acompanha a ida preocupada de Zé.

— Será? – fala, já sozinho no ambiente.

*****

Capítulo IV

– Então o senhor não viu nada? – pergunta Grego para o porteiro.
– Nada. – com convicção.
Grego o observa como quem o estuda.
Romano mantém-se mais distante, mas acompanha.
– Estranho o senhor não ver nada, *né*? Afinal, o senhor está aqui para vigiar. – fala Grego.
– Eu tomo conta da portaria. Da portaria eu sei tudo. Pode perguntar. Sou porteiro, não sou vigia. – cheio de energia. – Mas da vida dos moradores eu não sei de nada, não.
– Você não viu ninguém entrar no prédio? Ninguém sair? Nada?
– Nada. – reforçando a certeza ainda sentado numa cadeira que girava quando ele se movimentava tenso. – Eu fiquei aqui o tempo todo e não vi nada.
– Ficou dormindo ou acordado.
– Acordado, claro. – quase ofendido.
– E se eu disser que o filho do casal não está no apartamento?
– Ele não está? – quase preocupado.
– Não. Não está.
– O senhor *tá* falando, eu acredito. – quase duvidando. Falava gesticulando as mãos. – Eu acredito no *senhô*, *dotô*. O *dotô* que não acredita em mim. – parecendo chateado. – Pode acreditar. Eu *sô* de confiança.
Grego o olha desconfiado.
– Tem muito assalto aqui na região, não tem?
– *Uh*, rapaz. Demais da conta.
– E você também não sabe de nada?
– Sei que tem uma turma que assalta aqui. Mas no meu prédio não.

– E esse relógio aí? Onde você arrumou?
– Eu mesmo comprei. Bonito, *né?* – cheio de orgulho.
– Mas aonde você arrumou dinheiro *pra* um relógio desses?
– É meu. Fruto do meu trabalho.
– É original?
– Sei, não.
– É o que? Rolex?
– Não, *dotô*. É "enrolex". – e riu sem noção nenhuma, mostrando o buraco deixado pelos dentes que já se foram.
Grego permanece sério.
– Posso ver sua identidade?
– Claro, *dotô*.
– Não sou doutor, sou policial.
– Sim *senhô, dotô*. Pode *deixá*. – pegando a carteira de identidade. – Aqui, *dotô*. – a entrega para Grego.
– É você mesmo?
– Sou. – orgulhoso de si e já se antecipando à pergunta. – É que aí eu não tinha cabelo, *né?*
– É. E agora tem?
– Peruca. A mulherada gosta. – parecia convencido. – É igual cabelo mesmo. – realmente convencido.
– Certeza?
– Que é igual cabelo?
– Não. Que as mulheres gostam. – descrente.
– Ó. Eu que sei... – ares de conquistador. – Não para de *chegá*. – novo sorriso.
Grego devolve a carteira de identidade.
– E você passa esmalte na unha?
– É. – cheio de orgulho. – Esmalte, não. Base. – esclarece sentindo-se especial.
– Diferente, *né?*
– A mulherada gosta.
– Certeza? – duvidando.
– Ó. Eu que sei... – satisfeito consigo. – Não para de *chegá*.
Grego achou melhor comentar nada. Fizera isso apenas para desviar o assunto e deixá-lo mais à vontade. Quem sabe agora o porteiro falaria de forma mais espontânea, com menos receios.
– Bom, então você não viu nada? – insistindo.

— Pode acredita, *dotô*. Eu sei o que *tô* falando.
— Acreditar, é?
— É, *dotô*.
— Relógio falso, cabelo falso, depoimento verdadeiro? É isso mesmo? Como posso acreditar? — indaga Grego.
— *Qué* isso, *dotô*? Assim o *senhô* me ofende. Eu *sô* homem de palavra. Não tem mentira *com nós*, não. Pode confiar.
Grego olha para Romano como quem pede ajuda. Continua:
— Você conhece o filho do casal?
— Demais da conta. Gente boa.
— Ele morava aqui?
— Claro.
— Sabe dele?
— Não.
— Ele falou se iria viajar ou algo do gênero?
— Não sei de nada não.
— Ele tinha amigos, namorada?
— Não sei de nada não.
— Ele se dava bem com a mãe?
— Não sei.
— *Pô*! Você não sabe de nada! — Grego.
— *Qué* isso, *dotô*. Pode *perguntá* que eu respondo.
— E com o pai, ele tinha bom relacionamento?
— Isso eu sei.
— Então fala.
— Não.
— "Não" o quê? "Não fala", ou "não se dava bem com o pai"?
— O pai dele morreu. — como quem conta um segredo, sussurrando apesar de não haver mais ninguém na portaria.
— Sabemos disso. — insatisfeito com a informação. — Por isso estamos aqui.
— *Ah, é?* — estranha.
— É! — sua vez de estranhar.
— E aí? Foi "morte morrida" mesmo ou "morte matada"?
— Ainda não sabemos.
O porteiro age como quem segura um comentário com um sorriso que quer sair e é contido.
— O que foi? — insiste Grego.
— Nada não.

– Pode falar, *sô*. Já ouvi de tudo.

– Nada. – com um sorriso sem graça, confere se pode falar. – Esse tempo todo e vocês não conseguem descobrir quem matou.

– "Tempo todo"? Do que você está falando?

– *Uai, dotô!* Você falou que veio aqui por causa da morte do pai do Júlio, *né*? Ele morreu já tem uns quinze anos.

– *Uai!* Como assim quinze anos? *Tô* falando do cara que morreu hoje. – sem entender. – Quem é ele então? Não é o pai, não?

– Aquele lá é o padrasto. – feliz por saber a resposta.

– Entendi.

– *Tá* vendo, *dotô*. Eu falei que sabia das coisas.

– *Falô*.

– Pode *perguntá* que eu respondo. – parecia comemorar.

– E o garoto, se dava bem com o padrasto?

– Sei não, *dotô!* Ali acho que todo mundo era *dos conflito*.

– Como assim?

– *Dos atrito*, mesmo. O pau quebrava lá, viu?

– Mas... com raiva uns dos outros? Dava *pra* matar?

– Não. Aí acho que é demais. – com convicção. – Mas *uns tapa*, tranquilo. *Uns tapefe* acho que rolava.

Romano, que acompanhara em silêncio, se aproxima.

– Eles têm alguém que ajudava na casa? – indaga.

– Como assim? Ajudava na casa? – parecia se esforçar. – Não entendi, não.

– Se tem empregada, faxineira, diarista?

– *Tem*, claro. "Ajudava na casa". – comenta. – Vocês falam chique, *né*? – festivo. – É a Dra. Vera.

– Ela veio hoje?

– Veio, mas já saiu.

– A que horas?

– Não sei. Não olhei. – olhando seu relógio, aproveitou para exibi-lo. – Foi logo cedo, depois que entregaram a geladeira.

– Geladeira?

– É. *Cedão*.

– Quem entregou?

– Da loja, aí. Dois caras *pra* carregar, *né*?

– Tem imagens deles?

– Deve *tê*, *né*? Mas não sei se *gravô*.

Grego e Romano se olham como quem já espera pela ausência das imagens.

– Você viu os entregadores saírem?
– Vi. – encabulado. – Mas não prestei atenção. – sabia que não tinha visto.
– E Dra. Vera, como ela *tava*? – Grego continua.
– Como assim?
– Apressada? Nervosa?
– Não. Normal. A pé e feliz. – sorriu, novamente sem noção.
– É?
– É. Pode acreditar. – pensou. – Até estranhei.
– O quê?
– O sorriso dela. – compenetrado como quem resgata imagens do passado. – Ela é sempre mais sisuda.
– É. – talvez a informação fosse importante. – Ela se dava bem com a família?
– Sim.
– Com todos? – insiste.
– Sim. – repete.
Grego e Romano teriam que falar com ela depois. Por agora, se afastaram sem conclusão de nada.

*****

PARTE II

Capítulo I

– Acorda aí, sô. – cutucando a perna do rapaz. – Já chegamos.
Júlio acorda confuso, tentando entender onde estaria.
– Chegamos? – fala lenta, com os olhos querendo o silêncio e a compreensão ainda embrulhada no sono.
– Sim.
Júlio olha em volta.
– Que cidade é essa?
– Uberlândia, rapaz. – tentando apressar Júlio.
Júlio, ainda sonolento, desce pesadamente do ônibus carregando a preocupação em seus ombros. Seus olhos carregados são ofuscados pela quantidade de luzes da rodoviária, já movimentada àquelas horas da manhã que se anunciava.

Não sabia bem o que fazer. Não tinha destino. Sentia-se sem lugar. Sem lugar para ir, sem lugar para ficar. Ninguém lhe olhava. Ali ele era mais um "ninguém". Era um qualquer. Apenas mais uma pessoa no meio de outras tantas.

Caras diferentes em corpos preparados para os esbarrões da multidão de movimentos e encontrões da vida de acontecimentos. Uns indo, outros vindo. Uns no final da vida, outros no início dos caminhos.

Júlio permaneceu ali, em pé e parado, apenas observando. Viu um homem segurando um violão em canções comoventes. Estava de óculos escuros para fazer estilo. No pulso um relógio amarelo brilhante, fingindo ser ouro, sem estilo. Usava uma calça justa que parecia não caber no corpo e botas largas que pareciam que iriam escapar a qualquer momento. Sua camisa de tecido fraco com estampa forte, tão repulsiva quanto a sua entonação musical. Uma ou outra pessoa parava para ouvi-lo. Uma ou outra pessoa dava-lhe dinheiro, depositando na caixa do instrumento à sua frente.

Ainda parado, como se estudasse o ambiente, Júlio viu uma mulher comum que se movimentava entre as pessoas num ziguezague ao acaso. Trazia um bebê no colo e o apresentava sempre que pedia dinheiro a alguém. Fosse quem fosse, ela pedia e mudava a expressão do rosto entre pedido e negativa. Quando avistava alguém, ia decidida. Já perto, fazia ares de sofrimento e pedia ajuda em dinheiro. Nesse momento, exibia a criança como quem mostra uma mercadoria valiosa. Se lhe dessem dinheiro, evocava a proteção dívida. Se negassem, rogava pragas de todos os demônios.

Júlio sentiu cheiro de café. Olhou na direção que seu nariz sinalizou. Com os olhos procurou o local. Encontrou. Com as mãos procurou dinheiro. Não encontrou.

– Moço, me ajuda. É só *pra inteirá* a passagem. – pede-lhe um homem descabelado. Usava uma camisa tão cinzenta quanto sua barba, estava abotoada de forma errada, apresentando-se toda torta. A mão, que saíra do bolso de cor suja da calça, fora rápida em pôr-se na posição de pedinte de dinheiro e de misericórdia.

– Não tenho nada não. – reponde Júlio ainda pensando no café.

– Qualquer ajuda serve. – insiste. – Eu ia para Uberaba e parei na cidade errada. – quase em choro. – Tenho que voltar para a minha família. Meus filhos tão passando fome.

– Eu não tenho nada, já disse. – não estava nervoso, apenas não queria se preocupar com o problema que não era seu.

– Por favor, moço. – com ares de quem pede clemência.

– Não tenho. – com ares de quem pede distância.

O homem fecha a cara num mal humor repentino.

– Deus te ajude, então. – já virando as costas em uma "ameaça" divina.

– Amém. – disse sem pensar e indo em direção ao café.

Em sua mente tentava imaginar como poderia fazer para tomar um café. Permaneceu parado próximo à lanchonete. Viu uma moça tão redonda quanto o pão de queijo que ela comia. Suas bochechas eram maiores que a coxinha que comeu em seguida e suas mãos lentas, só tinham velocidade para levar a comida à boca. Depois foi a vez de dar um bom gole no copo com café. Fez uma careta junto com a reclamação da língua queimada pelo líquido quente.

Ela usava blusa florida em tantas cores quanto fosse possível imaginar, eram todas as cores que cabiam na peça que mal lhe servia. No pescoço um colar com uma flor castanha sem brilho, sem sentido. Seu cabelo louro de tinta barata estava preso em apenas um dos lados por uma estrela que parecia perguntar a todo o instante o que estaria fazendo ali. Um cinto a circulava num esforço apertado, dividindo a sua metade de cima com a de baixo. Uma calça justa, de um tecido tão esticado que parecia lutar para não rasgar-se quando dos movimentos do corpo, travava um duelo a todo instante, qualquer momento de desaviso iria pôr a integridade do pano em risco e a integridade do corpo em exposição. Nos pés estava um par de sandálias que exibiam orgulhosamente os dedos inchados de unhas quebradas. Os dedos, como náufragos sem direção, pareciam lutar para ficarem dentro da base da sandália, que por sua vez, não entendia por que tinha que sustentar aquele peso todo de pés inchados e canelas grossas.

Júlio olhou e permaneceu olhando. Pensava em tudo e em nada ao mesmo tempo. Não sabia o que deveria fazer. Havia muita gente naquele pequeno balcão. Um senhor quase sem cabelo, quase bem vestido com um terno quadriculado como se estivesse nos anos 70, comia uma empada quase boa, enquanto brigava com a azeitona e cuspia os grãos de milho pelo buraco dos dentes ausentes. Quase com elegância, limpava a boca suja de maionese na manga da camisa quase bege com listras vermelhas e pretas em desenhos quase artísticos.

Júlio olhava sem querer olhar.

"Se essa gente come, eu também como." – pensou para si cheio de confiança. Apenas não sabia como faria.

Ao seu redor voltou a perceber a quantidade de gente que pedia dinheiro. Ele não conseguiria fazer isso. Sua educação não permitia. Não era timidez, era educação e feitio. Não era orgulho, era educação e feitio. Talvez fosse timidez e orgulho, em virtude da educação e feitio. Permaneceu parado vendo o pão de queijo e o café. Depois viu as coxinhas e as empadas. Naquele momento não via pessoas. Via apenas o pão de queijo e café.

Seu corpo não estava cansado, era sua mente que estava confusa enquanto buscava soluções sem saber bem quais eram os problemas. Sentou-se num banco de concreto que estava ali sem a companhia de ninguém. Deixaria o dia amanhecer de forma definitiva. Encontraria uma solução definitiva de forma paliativa.

* * * * *

Capítulo II

Loja comprida com estantes de madeira e livros bem organizados.
— Este livro é bom? — pergunta para a vendedora apontando a capa.
— Ele tem boa saída. — responde de forma evasiva.
— Mas você não leu, não é? — fixamente em seus olhos.
— Não. — com um sorriso de confissão.
— E qual você me indicaria? — insiste.
— Todos que estão aqui são bons. Este é ótimo. — apontou um. — Este aqui também é muito bom. — aponta outro. — Este também. — mais um.
Enquanto ela falava, ele a olhava desconfiado. Até interrompê-la:
— Você leu todos eles?
— Sim.
— Só este aqui que não? — pergunta concluindo.
— Sim. — mantinha aquele sorriso de treino de vendedor. — Ajudo em algo mais?
— Não. Pode deixar. Obrigado. — conformado.
Quase parado, João Henrique continuou sua peregrinação mental pela loja. Em silêncio, tentava entender por que seus livros não tinham boa vendagem. Costumava ir às livrarias e pedir seus próprios livros, como se fosse comprá-los, apenas para ver a reação dos vendedores, saber o que eles diziam e se seus livros tinham boas vendas. Era interessante saber o que eles falavam, ver em qual local seus livros eram colocados, se tinham destaque ou não.
Era escritor de relativo sucesso, mas nunca estrondoso. Era tido como escritor de segunda linha. Um ou outro livro seu era conhecido, ele não. Tirando os amigos mais próximos, ninguém o reconhecia. Seu livro de maior sucesso fora a narrativa sobre um assassinato real. As pessoas tinham

especial interesse sobre essas histórias. Tratava de um escritor que na juventude participara de um estupro junto com outros amigos, ou presenciara e nada fizera, e, já adulto, fora encontrado morto em seu apartamento, com os olhos arrancados. A suspeita era de vingança e fora sobre isso que João Henrique escrevera. Dera o nome de *Vingança cega*.

Ainda não desistira da ideia de ter um grande êxito, literário ou de vendas. Queria ter uma obra eternizada como a dos grandes nomes da literatura. Mas já se satisfaria com uma obra que fosse sucesso de vendas, como outras tantas, mesmo que fosse sem valor literário.

"Escrever mal e ganhar bem". – era o que mais criticava dos livros da moda. Já não sabia bem o que era mais importante: o sucesso ou a eternidade; o dinheiro ou a obra-prima. Podia ter suas dúvidas, contudo, quanto ao dinheiro, tinha certeza que precisava dele.

Por conselho de seu primeiro editor, passara a assinar como "J. Henry". Acreditava ser mais pomposo e dava ares de autor internacional. Seguindo a mesma linha, dava nomes diferentes às suas obras, para que fossem confundidas com obras famosas e parecessem tradução de títulos internacionais. Normalmente nomes sem conotação direta com nada que fosse nacional. *A morte de uma paixão*; *Preso por amor*; *Paixão sangrenta*; *As esquinas do coração*; *Sem amor, sem vida*; *Raízes de uma paixão*; *Esperança sem caminhos*, *Uma jornada por um coração*; *Labirintos do amor*; *Te amo, mas não te quero mais*; *Um coração, duas vidas*; *Minha alma pela felicidade*, entre outros títulos tão bizarros quanto. As capas seguiam o mesmo mau gosto dos títulos.

João Henrique acreditava que tinha um talento especial para escrever para o público feminino de meia idade. Achava que escrevia com qualidade literária e que encantava as mulheres românticas. Foi seu editor quem lhe mostrou a realidade de sua escrita ser simples, sem arte, com narrativa fraca e sem poder de envolvimento. Contudo, agradava um grupo de pessoas apaixonadas, especialmente o grupo específico de pessoas que gostavam de ler, mas não tinham exigências culturais fortes. Comumente pessoas que atravessaram frustrações amorosas marcantes. Passou a escrever para esse público.

Acreditava que sua produção compunha uma obra merecedora de reconhecimento pela qualidade e criatividade. Acreditava ter profundidade em sua escrita. Com o tempo, pôs a culpa na ignorância generalizada pelo não reconhecimento de seu trabalho.

A culpa era da ignorância do povo brasileiro. – dizia ele. – Do governo que não dá educação *pro* povo. – se convencia.

Agora, com certa estabilidade financeira, queria produzir uma obra que fosse sucesso de vendas, independente da qualidade. Queria que sua obra fosse conhecia. Pela manhã, quase todos os dias, sentava-se em sua mesa de trabalho, de frente para uma bela vista, com um café fresco, e esperava a inspiração trazer-lhe ideias em palavras.

Elas não vinham. Simplesmente não vinham. Essas coisas não têm explicação. Punha a culpa no barulho dos vizinhos, no telefonema de cobrança do cartão de crédito, na discussão impaciente da mulher cheia de prioridades, na cabeça cheia de problemas, na ignorância do povo brasileiro, no governo que não dá educação para o povo. Ia repetindo esse discurso rotineiramente. À medida que o tempo foi passando sem as ideias, ele foi ficando mais irritadiço. Tudo o incomodava em escala maior. Coisas insignificantes passaram a ter proporção destoante com a importância do fato.

Tinha que escrever algo que fosse sucesso. Estava fixo nessa ideia. Talvez abordar uma história real novamente. Talvez conseguisse repetir o sucesso do livro *Vingança cega*. Já podia até imaginar o título: *Cego por vingança*, ou *Sob o domínio da vingança*, ou ainda *Mais vingança*. Gostou da ideia, dava a entender que se tratava de uma continuação.

Decidiu procurar no jornal alguma coisa que lhe chamasse a atenção. Que pudesse ser contado como real, de forma convincente. Pensou em escrever sobre a morte de Juscelino Kubitschek, ou sobre a de Getúlio Vargas. Melhor não, temas muito brasileiros. Pensou em escrever sobre Hitler ou Stálin. Melhor não, muito extremista. Talvez Nero ou Júlio César. Melhor não, muito antigo. Tinha que pensar melhor.

Pessoas não conhecidas davam-lhe mais liberdade de criar o que quisesse e tratar como se verdade fosse. Era uma vantagem sobre as pessoas já conhecidas, já muito pesquisadas e com inúmeras obras já lançadas. Melhor a receita de sempre: histórias reais não conhecidas com fatos desconhecidos não reais.

É o que faria. Pensaria em algo.

* * * * *

Capítulo III

Romano estava em sua sala. Parecia menos organizada do que de costume, mas era sempre assim quando dava mais importância para o mundo em sua mente do que para o mundo real.

Espalhara as fotografias do caso e tentava perceber algo que pudesse ter-lhe passado despercebido. Sabia que algumas vezes eram os fatos aparentes que acabavam por levar-lhe à solução dos casos. Todavia, não raras vezes, eram os detalhes, aqueles que não se dava importância, mas que estavam lá o tempo todo, que lhe davam a solução.

Costuma ficar tão concentrado que não via nada ao seu redor. Olha para o relógio.

"Grego está atrasado, mais uma vez". – resmunga por dentro.

Sempre reclamava, não era porque controlasse Grego, mas simplesmente não entendia quem assumia compromissos e não cumpria. Se marcara tal dia e tal hora, lá estaria e pronto. Não haveria desculpas, grandes discursos com justificativas complexas, difíceis de inventar e difíceis de acreditar. Romano simplesmente se organizaria de forma a cumprir o compromisso assumido. Simples: cumpria aquilo que assumia. Sem perceber, ficava de mau humor com essas coisas que classificava como "falta de compromisso".

Sabia que Grego era diferente. Não sofria pela imposição de horários e compromissos. Tudo era mais leve e menos tenso para ele. Quase ria de seu mau humor. Para Grego, ele era sistemático, certinho, quadrado, quase insuportável com suas manias de horário, compromisso, lugar das coisas e uma lista interminável de como agir. Sempre havia o discurso do "certo e do errado". Como falar, como cumprimentar, como sentar, como andar. Grego apenas sorria, como se a vida fosse sempre uma festa.

*****

Em algum pedaço do caminho, ainda na Avenida Bias Fortes, Grego reclama da lentidão do semáforo vermelho antes da Praça Raul Soares, enquanto olha novamente para o relógio.

– Atrasado de novo. – censura-se.

O semáforo não abre.

– Que demora. – reclama.

Olha fixamente para a luz do semáforo, depois, distraído, olha para o veículo ao lado. Gostou do que viu de sua camionete. Uma motorista aproveitava o semáforo fechado para fazer a maquilagem. Usava um vestido todo branco que lhe marcava o corpo, deixando as pernas aparecerem com bom contorno.

Grego não conseguia tirar os olhos dela. Seu sorriso não disfarçava a alegria em ver aquela bela imagem logo pela manhã.

– Esse é um jeito bom de começar o dia. – comemorou consigo mesmo.

Alguém buzinou.

– Que droga de semáforo. – reclama. – Agora que ele poderia ficar fechado um tempão, ele abre... – com pesar enquanto ouvia Van Halen.

Adorava dirigir seu carro. Ao chegar ao estacionamento da delegacia, faz tudo com velocidade cronometrada pelo hábito. Abaixa o volume do som, estaciona, desliga o veículo, abre a porta, fecha a porta e, já caminhando, tranca o carro pelo comando do chaveiro.

Não acelera o passo, mas também não anda devagar. Se bem conhece Romano, ele já o estaria esperando e reclamando do seu atraso. Pensou em alguma desculpa. Melhor não. Era difícil enrolar Romano. Melhor falar a verdade.

Abriu um sorriso e caminhou feliz para mais um dia de trabalho. Gostava do que fazia. Foi cumprimentando seus colegas no percurso. Fora assim na entrada, no primeiro corredor, no elevador e pelo prédio adentro.

– Oi, tudo bem, Grego? – pergunta-lhe uma senhora, mais simpática do que bonita, barrando-lhe a passagem na entrada da sua sala.

– Tudo. E você, Ana? – responde Grego, mais apressado do que educado.

– Tem um momento? É rapidinho. Tem uma papelada que você precisa assinar. – quase satisfeita pela conclusão de mais uma missão.

– Eu? – quase ofendido por mais trabalho burocrático.

– É. Só recebe, depois você me devolve.

– Espera um pouco que eu já volto. – despachado

– Não posso esperar, Grego. Só falta isso *pra* mandar o relatório *pra* Controladoria Geral. – impaciente. – Isto tem impacto no Acordo de Resultados.

– É?

— É. Coisas de governo. — como uma professora infantil. — Quanto mais demorar, pior.

— Acordo de Resultados é aquele negócio do Governo que se a gente fizer "isso" ganha "aquilo", não é?

— É. Muito bem explicado, Grego. — leve sorriso. — Sua capacidade discursiva sempre me impressiona.

— E só está faltando a minha parte?

— Mais ou menos. É só conferir e assinar. — olhando-o com pachorra. — Quanto mais você demorar, mais demoramos *pra* receber a gratificação.

— Entendi. Vou resolver esse assunto.

— Posso deixar a papelada com você, Grego? — satisfeita.

— Pode. Deixa só falar com o Romano e já volto. — barrando-lhe a entrada na sala.

— *Tô* com pressa. — ela avisa.

— Já entendi. Só um momento.

— Então *tá*. — impaciente. — Cinco minutos. Depois disso vai direto *pra* mesa do chefão. — séria em sua ameaça.

— Fica tranquila. Já volto.

— Claro. — descrente e já mal-humorada.

Grego entra na sala sem bater.

— E aí, Romano? Tudo bem? — sempre de bem com a vida, era seu jeito.

— Está atrasado. — sem tirar os olhos das fotografias.

— É. — sem graça, mas sem dar importância. Sua preocupação não era com o horário, nunca fora, era com Romano, sempre. Gostava de impressionar o colega pelo acerto, pelo agir bem.

Romano olha para o amigo e nada diz. Ao mesmo tempo que havia censura naquele olhar, também havia satisfação em contar com um colega como Grego. Sempre tão disposto, tão solícito e leal. Grego era uma pessoa boa e Romano acreditava que "pessoas boas se relacionam com pessoas boas".

— Você *tá* trabalhando ou vendo fotografias? — fala Grego como se estivesse dando bronca no amigo, apenas pelo prazer de provocá-lo.

Romano volta a olhar para as fotografias e nada diz. Sabia que Grego era assim mesmo.

— Você voltou no apartamento? — pergunta Romano.

— Sim.

— Conseguiu alguma coisa?

— Muito pouco. Peguei alguns cartões bancários e chaves. — preocupado.

— Não acharam impressões na arma. Não consegui os números das apólices dos seguros. Não consegui descobrir *pra* onde o garoto foi.
— Não? — insiste Romano.
— Não. — confirma.
— Mas tem alguém trabalhando nisso?
— Mais ou menos. Tem um pessoal nosso na rodoviária e no apartamento recolhendo uma papelada que estava por lá. — breve pausa. — Temos que descobrir *pra* onde o garoto foi e o número das apólices de seguro. Isso vai ajudar bastante.
— E a diarista? Já a localizaram?
— Ainda não. — chateado. — Mas tem um pessoal de plantão na casa dela. — lamentando. — Amanhã teremos tudo isso na mão.
— Um ou dois dias de vantagem é muita coisa. — resmunga Romano.
— Engraçado. — deixa escapar.
— O que é engraçado?
— Parece daquelas perseguições de filmes de faroeste. — sorri. — O bandido na frente e o mocinho no encalço.
— Não vejo graça. — concentrado. — Temos é que descobrir o que aconteceu. — preocupado. — Viu se sumiu alguma coisa da casa?
— Olhamos. — conclusivo. — Não sumiu nada que chamasse a atenção. — ar profissional. — Acho que não foi assalto. Mas ainda estamos olhando.
— Como?
— Do jeito de sempre. — despachado. — Revistando a casa, comparando fotografias antigas, ouvindo os vizinhos...
Romano estava com os pensamentos distantes. Enquanto falava com Grego, focava as fotografias com olhar penetrante.
— E ainda tem uns formulários que você precisa assinar. — arrisca Grego.
— Que formulários?
— Não sei direito. Deve ser aqueles da abertura de caso. Não sei. Só sei que é só você quem pode assinar.
— Certeza?
— Sim.
— Depois a gente vê. Mas qualquer coisa você mesmo assina. — Romano não gostava da burocracia.
— Só você pode assinar. — insiste gostando de irritar o colega.
— Toda vez você diz isso e toda a vez você mesmo assina. — como quem põe fim à discussão.

Grego nada diz, apenas levanta a sobrancelha faz ares de dúvida. Romano concentrado nas imagens e ora fixo numa, ora fixo noutra, acaba por perguntar:

– O que você acha que aconteceu, Grego?

– Não sei dizer. Muito doido. Ainda não dá *pra* concluir nada. E você, o que acha?

– Ainda estou confuso. Mais perguntas do que respostas.

– É?

– É.

Ambos distantes, cada qual com seus pensamentos. Romano querendo fazer a investigação. Grego querendo se desfazer da papelada que ainda estava nas mãos da Ana.

Romano olhava as fotografias do local do crime. Grego apenas acompanhava com os olhos.

– Café? – pergunta Grego.

– Não, obrigado. – aprendera a recusar as gentilezas do colega.

– Certeza? – estranhando a pronta desconfiança. – Vou buscar *pra* mim.

– Certeza. – olha para Grego. – Obrigado. – firme. – Quero me concentrar aqui. Preciso de silêncio. – quase antipático, mas era apenas seu jeito.

– Já volto. – saiu com um sorriso no canto dos lábios.

Grego fechou a porta com cuidado, como quem não quer fazer barulho. No corredor avistou Ana e fez-lhe sinal pedindo silêncio e, ao mesmo tempo, para que ela se aproximasse.

– Quê? – ela pergunta sem paciência e querendo que ele se despachasse.

– Aqui... – abrindo a explicação. – Eu vou ter que ir *na* secretaria, mas já falei com o Romano *pra* assinar a papelada. *Tá* tudo certo. Pode entrar, ele vai assinar tudo. Ele falou que quer assinar. Vai entender, *né?* – e foi se afastando enquanto ela abria a porta da sala de Romano. – Pode entrar. – Grego incentiva com o cuidado da distância.

– Oi, Romano. – ela cumprimenta sem muita simpatia, mas educada. Romano levanta os olhos sem entender bem.

– Oi. – responde.

– *Tá* aqui a papelada. Você assina?

– Quê papelada?

– Grego não te falou, não?

– Falou de uns formulários de abertura de caso ou algo assim. É isso?

– Não.

– Não? – olhando para Ana.

– Tem que assinar relatórios de investigações, de pedidos de material, conferência de portarias, concessão de diárias, recibo de férias e os formulários da Avaliação de Desempenho.

Enquanto ela falava, Romano percebeu que Grego aprontara mais uma para si. Daria o troco.

– Avaliação de Desempenho também?

– Sim. – despachada. – Vou deixar aqui. Depois eu pego. Você tem dois dias.

– Sou eu quem avalio o Grego?

– É.

Romano sorriu levemente.

– Pode deixar que eu faço. *Te* entrego amanhã.

"Grego malandro" – pensou para si. "Vou fazer a avaliação dele agora".

*****

PARTE III

Capítulo I

Acordou feliz e levantou-se cheio de energia, com a rapidez que seu corpo castigado pela idade de trabalhos acumulados lhe permitia. A agilidade de seus movimentos dava-lhe um ar mais jovial que as marcas do rosto. Seus cabelos brancos logo esclareciam qualquer possível dúvida da estrada longa que percorrera até ali. Sua casa se resumia aquele pequeno cômodo. Era ao mesmo tempo quarto, sala e cozinha. Do lado de fora, ficava o banheiro de água gelada. Sua vida se resumia ao seu pequeno reinado de trabalho. Fora educado para trabalhar. Fizera-o por necessidade de sobrevivência. Aliás, sobreviver era o que ele fazia de melhor.

Lavou o rosto com as duas mãos trêmulas embora descansadas da boa noite de sono. Banho só mais tarde, quando a água estivesse mais suportável em pingos menos gelados da longa noite de repouso. Festejava cada gota d'água como a um presente, pois lembrava-se bem da vida com cede permanente. Época que ele, ainda criança, era obrigado a andar longas distâncias para retornar com um balde de água suja para sua mãe. Assim, quando abria a torneira e a água vinha, Virgílio abria logo um sorriso que não era dos lábios, era do passado dentro de si.

Com orgulho da ingenuidade, vestiu o mesmo uniforme que o acompanhava há anos. Calça azul com o vinco cuidadosamente bem marcado em contraste com os pequenos rasgos de uma vida inteira de servidão. Camisa branca, um pouco surrada, mas impecável no cumprimento do dever. Uma gravata no mesmo tom desbotado da calça e do casaco que estava por vir. Este guardava os segredos de décadas de pontualidade religiosa de escravidão concedida em troca do carimbo orgulhoso na Carteira de Trabalho. Sapatos engraxados com sola tão gasta quanto sua vida de inocente alegria pelo salário mensal.

Põe-se em frente ao pequeno espelho e confere sua aparência. Sorri para seu reflexo. Gostava de si. Barba feita. Cabelo penteado. Ajeitou os óculos. Estava pronto para mais um dia de vida. Havia dignidade em seus gestos. Orgulho de si mesmo e de sua própria trajetória. Tivera uma vida de muitas vidas. Conhecera o sacrifício e a fome. A violência gratuita das pessoas e o fardo pesado do destino. O encantamento da religião sem percepção. A frustração dos amores não correspondidos. A dependência do álcool com sua destruição. A decepção sem hora marcada que se repete no dia de quem não tem esperança. A doença de sobreaviso, sempre preparada para agarrá-lo na ausência do alimento. A paz permanentemente ameaça. A guerra cotidiana previamente anunciada. De todos os momentos difíceis, o que mais lhe doía eram os dias que vinham sem sonhos. Não conseguia projetar sua vida além daquela que estava à sua volta. Não conseguia desejar seu futuro. Apenas sobrevivia. Não sabe em qual curva da vida seus sonhos lhe foram tirados. Talvez tenha sido no seu nascimento, pois veio numa família pobre, num país perverso com essa camada da população.

Virgílio fora das juras de amor aos juramentos de morte. Desde dormir ao relento a ter um teto. Sua vida sempre fora cinza, era ele quem tinha cores. Sua vida sempre fora pesada, era ele quem tinha leveza. Tudo sempre lhe parecera sem direção, mas a cada passo, um sorriso novo pela festa de estar vivo. A cada pequena conquista, um grande milagre.

Virgílio era assim. Era feliz por essência. Era uma mistura de ingenuidade com as coisas, pureza de espírito e de simples jeito, sua natureza. Talvez fosse a forma que encontrara para equilibrar a tristeza de sua realidade. Nascera numa família pobre. Crescera e a família continuou pobre. A única riqueza que tinha era a própria vida. Respirar sem ter que pedir licença para alguém ou pagar alguma taxa. Só isso.

Quando conseguiu trabalhar na Rodoviária de Uberlândia sentiu-se importante. Finalmente sentiu-se parte daquilo que as pessoas chamam de sociedade. Fora a partir daí que passara a sentir-se gente. Agora sentia dignidade na sua existência. As pessoas passavam por ele e o cumprimentavam. Pediam-lhe informações. Alguns até lhe pagavam um café só por ele ser funcionário da rodoviária. Aquele era um novo mundo para ele. Podia falar que alguém ouviria.

Virgílio conseguiu livrar-se de seu pai e sua maldade. Essa mesma maldade um dia voltou-lhe em forma de vingança. Fora um disparo apenas, na cabeça. Sem conversa, sem explicação. Virgílio não chorou. Conseguiu ajudar sua mãe, que morrera logo em seguida na fila de um hospital sem importância, tratando seres humanos sem dar importância. Conseguiu alugar um teto para dormir e comprar uma cama para deitar-se do cansaço satisfeito do trabalho. Conseguiu comprar sua própria comida, suas próprias roupas e calçados.

Lembra-se bem do primeiro par de sapatos que comprara. Todos os outros ele ganhara de alguém. Ou ficavam-lhe largos, ou ficavam-lhe apertados. Já o primeiro par que comprara fora à medida dos seus pés. Virgílio não se cabia em tanta alegria. Constrangido entrara na loja e, sem convicção, anunciou ao vendedor o desejo de comprar os sapatos que estavam expostos na montra. Saiu tão satisfeito que andou por horas a fio com o combustível da felicidade. Era uma felicidade diferente, daquelas que não precisam de explicação. Prometeu-se que assim que precisasse de outro par de sapatos voltaria naquela loja que o tratara tão bem.

Sempre tivera muitas responsabilidades e gostava disso. Virgílio tratava bem a todos e simplesmente não conseguia entender quem o tratava mal. Permanecia com seu sorriso ingênuo, para uns parecendo bobo, para outros parecendo incompreensivelmente feliz. As pessoas não entendiam como ele poderia sentir-se tão bem, com felicidade e sem dinheiro. Virgílio nunca quisera grandes posses, queria apenas a alegria da vida, daquelas alegrias que são oferecidas pela existência, mas não são adquiridas pelo dinheiro.

Deu uma última olhada no espelho que parecia conversar consigo e despediu-se da casa sempre carente. Estava na hora de mais um dia. Já do lado de fora, ajeitou o cabelo, abotoou o casaco, conferiu a casa que ficaria sozinha como habitualmente. Por fim, trancou a porta com o mesmo zelo de quem tranca os portões da cidade em estado de sítio e foi com dignidade ereta em direção ao ponto de ônibus. Caminhou em seu ritmo de marcha altiva e com a seriedade de quem tem compromisso. Com ele sempre seguia um sorriso de alegria pela vida. Sorriso tímido, mas preparado para a pronta entrega.

*****

Capítulo II

Júlio, ainda sentado naquele banco solidário, mas desconfortável para o sono, pensava no que deveria fazer. Sequer entendia por que tinha se enfiado num ônibus de viagem. Talvez fosse melhor retornar e encarar as coisas de frente. Olhou ao seu redor e sentiu-se um estranho em terras estrangeiras, sem passaporte e sem embaixada.

Levantou-se com uma energia que destoou de seu espírito momentâneo e, parado, quase como uma estátua, observa ao seu entorno novamente. Gostava desses momentos, em que ele parava enquanto o mundo ao seu redor estava em movimento. Gostava da ideia de estar numa rodoviária. Tantos destinos, tantos caminhos, tantas pessoas, encontros e desencontros, alegrias e tristezas, estava tudo ali. Havia o significado da partida, do poder largar o passado para trás. Júlio parecia sempre ter algo para largar, algo para não lembrar. Acostumara-se a não enfrentar as questões, apenas escolhia outro caminho.

Ainda parado, pôs uma das mãos no bolso, apenas para conferir. Depois a outra mão no outro bolso. Nada. Deu de ombros.

Imaginou-se como um refugiado vindo de um país em guerra. Teria que assumir a maldade humana e se humilhar para conseguir comer.

*****

Virgílio desce do ônibus e põe seus sapatos cuidadosamente engraxados naquele chão, meio asfalto, meio buraco. Abre seu sorriso largo ao ver o edifício da rodoviária. Meio imponente, meio decadente. Gostava de estar ali.

Respirou aquele ar com pulmões vivos e foi em direção ao movimento.

*****

Júlio vê todo o tipo de pessoas. Não se sentia tão mal assim. Apenas sem destino e com fome. Imaginou-se como um hippie dos anos 60. Bastaria acreditar na bondade humana e pedir ajuda para conseguir comer.

De repente os valores morais de uma vida inteira pareceram-lhe não terem importância, pois a fome gritava mais alto. Permaneceu imóvel, em pé, enquanto pensava sem agir.

* * * * *

Virgílio, com uma vida inteira dedicada ao trabalho, segue satisfeito em passos firmes pela grande pátio do edifício. Cumprimenta a todos com uma alegria estranhamente incomum para a frieza dos grandes centros urbanos.

Era baixo e magro. Não era muito baixo, mas era muito magro. Tinha tão pouco que acreditava ter tudo. Tinha saúde, tinha fé e tinha personalidade.

Em pé, parado, deixou aquele ambiente fazer-lhe bem ao espírito. As pessoas passavam por ele numa confusão apressada. Ia cumprimentando a todos e a ninguém em especial, sempre desejando boa viagem de forma aleatória, mas sincera.

Quando percebeu, estava parado de frente para um rapaz, que pareceu-lhe tão imóvel quanto ele.

* * * * *

Júlio esperou que as pessoas passassem para decidir ficar imóvel e assim permanecer por um tempo. Quando percebeu, havia um homem parado à sua frente, sem tirar-lhe os olhos. Estranhou, mas continuou imóvel. Depois de um momento que pareceu-lhe mais longo do que realmente fora, o homem se aproximou:

– Bom dia. – desejou com um sorriso inesperadamente simpático.

– Bom dia. – respondeu estranhando ambas as simpatias, tanto a dele quanto a daquele homem.

– Tudo bem com você? – o sorriso permaneceu, mas veio junto com uma expressão de preocupação.

– Sim. – esperando que aquele homem fosse lhe pedir algo. – Não tenho nada.

– Todos nós temos mais do que precisamos. – olhou o rapaz com serenidade no olhar.

– Não. Eu não tenho nada. Pode acreditar em mim. – nem sabia porque havia dito isso.

– Acredito em você. – olhou nos olhos como quem o olhava por dentro. – Com certeza você tem muito. Pode acreditar. – olhar profundo com bondade transparente.

Júlio nada disse. Manteve uma postura de desconfiança. Virgílio aguardou para falar. Manteve sua postura de solidariedade.

– Posso te ajudar, rapaz? Você está precisando de algo além de um "bom dia" deste velho, não é?

– Como assim? – estranhando. – Não te conheço!

– Seu semblante está carregado. Seus olhos estão pedindo ajuda.

– Impressão.

– Seu corpo está pesado.

– Não tem nada disso. – endireita sua postura.

– Os olhos não mentem. As palavras sim, os olhos não.

Silêncio. Dizer o quê? Eles apenas se entreolharam.

– O que você quer? – pergunta Júlio finalmente.

– Nada. E você, o que quer?

– Estou com fome. – aproveitou.

– Comida eu posso te dar. – feliz em poder ajudar. – Mas eu me referia à vida.

– Como assim? O que quero da vida? – sem entender.

– Sim.

– Nada. Quero nada. – sem saber por que respondera.

– Todos queremos algo. – sereno.

– Não sei nem se quero viver. – desanimado.

– É preciso coragem para viver. – concluiu Virgílio.

– Talvez eu queira morrer.

– É preciso coragem para morrer. – olhou-o com cerimônia acadêmica. – Agora, estar vivo como se morto estivesse, não faz sentido. É um desperdício com esse presente de Deus: a vida. Aproveite-a.

Novo silêncio. Júlio parecia refletir.

– Morrer parece mais fácil. – atravessa.

– Com certeza parece. – Virgílio mantém o tom confortante. – Parece. Pois mesmo depois de tanta luta, se você sobreviver, da velhice você não escapa. Ninguém escapa. E com a velhice, mais dia, menos dia, vem a morte.

Os dois pareciam distantes daquela confusão das idas e vindas do pátio cheio de passageiros e suas malas.

– *Me* diga rapaz, por que alguém tão jovem, cheio de vitalidade e energia, está falando em morte?

– Não sei. É tudo uma confusão.

– Quer contar-me algo?

– Não. – categórico.

"Vou embora. Não posso ficar aqui". – pensou Júlio.

– Então venha. Vamos comer algo. – convida Virgílio.

– Por que quer me ajudar? – Júlio pergunta desconfiado. Ninguém ajuda ninguém neste mundo sem querer algo. – Não tenho nada *pra* te dar em troca.

– Não quero nada. Quero apenas companhia para um prato de comida. – leve na fala e firme nas palavras.

– Por quê? – Júlio não entendia.

– Por nada. – com o sorriso estampado.

– Por quê? – Júlio não aceitava aquela ajuda sem explicação. – Por que quer me ajudar?

– É você quem está me ajudando, rapaz. Não gosto de fazer minhas refeições sozinho. Ter alimento para comer é algo sagrado e, não o dividir, chega a ser pecado. Vamos. Vamos comer algo. – insiste.

Um não conseguia entender por que alguém ajudaria sem querer algo em troca, enquanto que o outro não conseguia entender por que alguém recusaria uma refeição.

– O que você quer? – insistiu Júlio igualmente na outra ponta daquele "cabo de ferro".

– Não quero nada. Apenas vejo em você o mesmo olhar de "criança perdida" que um dia vi em minha filha. Só por isso, rapaz. – sereno.

– Como sabe que estou perdido? – confuso. – Não falei nada.

– Seus olhos falam.

Júlio fica em silêncio. Parecia tentar entender a situação.

– Realmente eu não tenho para onde ir. – Júlio.

– Sempre temos para onde ir. – Virgílio.

– Não estou falando de filosofia. Estou falando de vida real. – nervoso.

– Sempre temos para onde ir. – calmo.

– Mas eu não tenho casa. – tenso.

– Todos nós moramos no mesmo planeta. Somos todos hóspedes deste planeta que tratamos tão mal. Sequer merecemos a hospitalidade que nos é dada.

– Estou falando de casa mesmo, de moradia, de lar. – incisivo.

— Seu lar é o planeta, sua moradia é seu corpo. Vá aonde quiser, mas sempre em paz, e sua casa sempre será de harmonia.
— Tenho que ir embora. Não posso ficar aqui. – aflito e confuso.
— E para onde vai?
— Tanto faz.
— Então você não está em busca. Você está em fuga.
— Como assim?
— Se estivesse em busca de algo, iria em alguma direção, mesmo que fosse errada. Quando se foge de algo, tanto faz a direção, desde que seja para distante.
— Que conversa de doido, *hein, tiuzinho*? – sorriu.
Virgílio sorriu junto.
— É. – reconhecendo. – Veja: o antílope foge do leão. Qual o caminho? – sem esperar resposta. – Qualquer um serve, desde que fique longe do leão. – ares acadêmicos. – Agora o leão. Qual caminho toma? Aquele que o levar ao antílope. – feliz pela analogia. – Objetivos diferentes, ações diferentes. – festivo. – Você não sabe *pra* onde ir, mas *pra* já, vamos comer uma boa refeição. – novo sorriso.
Júlio acompanhou-o. Não sabia por quê, mas Virgílio tinha um ar hospitaleiro e amistoso.

* * * * *

PARTE IV

Capítulo Pretérito I

– Eu sou o Homem de Ferro. – fantasiava brincando sozinho em seu quarto.
Já estava preparado para dormir, mas ainda tinha energia. Fora sua mãe quem lhe dera aquele pijama cheio de desenhos do Homem de Ferro. Gostava de usá-lo, pois sempre se sentia mais forte. Era seu super-herói preferido.
– Vai dormir, garoto. Sua mãe precisa descansar. Bebe isso aqui e deita. – estende o copo com suco de laranja.
– Cadê ela? – pergunta respeitosamente, já segurando o copo.
– Está lá na sala assistindo novela. – voz sem carinho. – Bebe, deita e dorme.
– Mas eu não estou com sono.
– Deita e dorme. – sem espaço para discussão.
Bebeu o suco e deitou-se.
– Vou fechar a porta e quando eu voltar aqui, quero você dormindo.
Com seus dez anos não poderia enfrentar um adulto, mas quando crescesse seria igual ao Homem de Ferro – pensou. Enquanto se distraia com a fantasia, o sono chegou.
Na sala a televisão era barulhenta para aquele horário.
– Pronto, já o pus *pra* dormir.
– Então agora somos só nós? – ela se sugere, querendo que ele fosse carinhoso com ela como eram os homens da novela.
– Sim.
– Você me acha bonita? – expondo mais o seu decote.
– Sim.
– Você me acha gostosa? – querendo que ele tivesse o mesmo vigor dos homens da novela.
– Sim.

— Hoje eu quero. — e põe a mão na calça dele, na altura da virilha.
— *Tá*. Mas eu estou cansado. — esquivando-se.
— Cansado? — sem aceitar a resposta. — Você fica em casa o dia inteiro e está cansado? — nervosa. — Você não é homem, não?
— Calma. — pede ficando nervoso. — Eu trabalho em casa. É diferente. — tenso. — E não *é* todos os dias. É só duas vezes por semana. — cansado do assunto que era recorrente.
— Calma, nada. Muito estranho. Você já não me procura e quando eu quero você nunca quer. — elevando o tom e gesticulando.
— Não precisa gritar.
— Quem é que está gritando aqui? — pergunta gritando.
— Você.
— Não muda de assunto. — ainda nervosa.
Ele fica em silêncio. Não sabia o que dizer.
— É alguma coisa comigo? — ela indaga com a voz preocupada. — Você não sente desejo por mim? É isso? Pode falar?
— Não. Não é nada disso. — procura uma resposta. — Eu acho que é esse negócio *d'eu* não estar mais fazendo o Tribunal do Júri. *Me* sinto rebaixado. Fico sem minha confiança.
— Bobagem. Logo, logo você volta. — mais carinhosa na fala.
— Será? Já tem oito meses.
— Você vai conseguir. Claro. — reitera.
— Mas *tá* difícil. É muita politicagem.
— Claro. Você não faz nada *pra* mudar essa situação. Fica aí choramingando pelos cantos. Parece menino chorão. Tem que agir feito homem. — volta a elevar o tom, já com impaciência.
Ele preferiu nada dizer. Ela não entenderia. Passados alguns instantes, ela fala:
— Estou indo lá *pro* quarto e acho bom você ir também. — como quem ameaça.
Ele vai até a cozinha. Põe suco de laranja no copo e pinga algumas gotas de remédio para dormir. Vai até o quarto de casal.
— Toma, querida.
— Que lindo. Trouxe suco *pra* sua rainha. — animada. — Vem, meu rei. Mostra seu "cedro" de aço. Mostra vai?
— É cetro. — impaciente por repetir sempre a mesma fala. — Cedro é uma árvore.

— Tanto faz. Mostra *pra* mim, mostra? Cedro, cetro... Tanto faz. — com pressa em ter ação.
— Tudo bem. Eu mostro. — compreensivo. — Mas bebe primeiro. — ele pede.
— Tá.
Ela bebe enquanto ele tira a roupa.
— Só vou tomar um banho, *tá*?
— Claro, meu garanhão. Não demora.
— Tá.
Enquanto a voz dela parecia animada, a dele parecia triste. Quando ele voltou do banho, ela já havia adormecido. Respirou aliviado. Esperou mais um pouco deitado ao lado dela. Conferiu o sono dela e aumentou um pouco o volume da televisão do quarto de casal. Deu-lhe um beijo e sussurrou seu nome para ver se ela acordaria, mas com cuidado para que ela não acordasse. Sem reação. Ela não se mexeu. Pronto. Agora poderia fazer o que quisesse. Sentiu-se livre e repentinamente animado. Saiu do quarto e fechou a porta atrás de si.

Sempre se excitara com o corpo de crianças, nunca conseguira explicar isso. É como se alguém se apoderasse de si e suas ações. Não era ele quem fazia aquelas coisas, era um demônio incontrolável dentro dele. Durante o dia tinha repulsa de crianças. Eram barulhentas, desobedientes e bagunceiras. Afastava-se delas. Mas quando estavam dormindo, gostava de ver aquela paz. Gostava de seus corpos lisos, sem pelos, sem marcas.

No início apenas via. Era o suficiente. Depois passou a sentir excitação. Condenou-se e buscou ajuda em orações. Cada vez mais orações foram necessárias e cada vez rezava com mais vigor. Por fim, as orações deixaram de surtir resultado. Sua vontade vencera sua consciência. Seu instinto vencera sua crença.

Cedera à vontade do seu próprio corpo. Queria o prazer do sexo e não se condenaria mais por isso. Apenas tinha que agir com cuidado, pois ninguém o compreenderia. Tocar a intimidade era-lhe excitante.

Foi até o outro quarto. Bastava ver, satisfazer-se, sem precisar tocar.

* * * * *

PARTE V

Capítulo I

— Você quer alguma coisa? — pergunta Virgílio sempre solícito e feliz por ter um hóspede em sua casa.
— Não. — sem força na voz. — Obrigado.
— Você tem a voz fraca para um jovem. — comenta enquanto vai ajeitando as coisas na pequena casa. — Na sua idade eu era forte. Gostava de falar alto.
— Nunca me achei forte. — deu de ombros. — Mas não ligo. — havia tristeza.
— Você pode dormir aqui. — apontou. — Eu durmo ali.
— Esta é sua casa? — tomando o espaço todo pelo olhar com desdém.
— Não. Aqui é onde eu durmo. Minha casa é o mundo. — sorriu com pureza no olhar.
— O que você conhece do mundo, velho?
Virgílio pegou o pó de café para prepará-lo. Gostava de tomar uma última xícara de café antes de deitar-se.
— Por que me trouxe *pra* dentro da sua casa? — pergunta Júlio.
— Como assim?
— Você não me conhece. Por que me trouxe *pra* cá? Isso é meio estúpido. E se eu fosse um assassino?
— Calma, meu jovem. — reparando no tom de Júlio e nos seus olhos. — Apenas estou dando abrigo a alguém que necessita.
— Mas e se eu for um bandido, velho burro?
— O que é que tem? Deus sabe o que faz.
— Eu posso te matar, te roubar. Sou mais forte que você.
— Se for essa a vontade de Deus, que assim seja. — sorriu com paz na expressão. — Deus põe as pessoas no nosso caminho por algum propósito.

Virgílio pôs café para si e seu convidado. Estendeu-lhe a mão com a xícara, para depois, logo em seguida, recuar:

– A mesma mão que dá, tira. – falou recolhendo o braço. – "Deus escreve certo por linhas tortas". – olhou-o bem nos olhos. – É você quem faz suas escolhas, mas é de Deus a palavra final. Ele dá, mas também tira. – entregou-lhe o café.

Júlio ficou em silêncio.

– Deus me ensinou a lutar pela vida. – fala Virgílio. – Sou negro, sou brasileiro... Não poderia sobreviver sem luta. – olhou severo para Júlio. – Você também deve lutar. Não seja covarde.

– Covarde? Cuidado com as palavras, velho. – tenso. – Por que me chama de covarde? Você nem me conhece.

– Não preciso te conhecer. Nem quis te ofender. – calmo. – Mas você não veio para esta cidade procurar algo... Você está fugindo de algo. – sereno. – E se foge de seus problemas ao invés de enfrentá-los, desculpe meu jovem, mas você é covarde.

Júlio preferiu nada dizer.

Virgílio pegou uma faca de cozinha, era grande, e mostrou-a.

– Deus te dá as armas para lutar. Já tive que usar esta. – pôs a faca sobre a mesa. – Mas a melhor arma que Deus me deu, foi esta. – apontou para a sua cabeça. – Sempre pensei antes de agir. Nunca agi por impulso.

– Nunca? – Júlio dúvida.

– Já. – leve sorriso. – Quando tinha a *tua* idade e era estúpido igual você.

– Por que me chama de estúpido? – nervoso.

– Apenas falei. – mantém o sorriso.

– Tira esse sorriso da cara, velho. – dando a ordem.

– Calma. Aquele que bate no fraco e se dobra ao forte, não tem honra, nem pode ter orgulho de suas ações.

– Que bobagem é essa?

– Gosta de ler, meu rapaz?

– Não. – estranha.

– Pois deveria. Aprendi muito assim: lendo. – satisfeito. – Aprendi muito sobre honra nos livros de cavaleiros medievais.

– O que isso tem a ver comigo?

– Nada, se você não tiver honra. Tudo, se você tiver.

Virgílio vai até um pequeno guarda-roupa e retira um terno do cabide como quem retira uma coroa da cabeça de um rei.

— Amanhã vamos para onde você quiser. — satisfeito. — Vou te ajudar a chegar onde você queira.
— *Pra* que isso, velho? — olhando o terno.
— Vamos sair nessa busca infinita. — feliz. — Amanhã partiremos. — olha para o terno. — Este terno é especial. — espera alguma reação. — Ganhei do meu filho.
Júlio nada diz. Acaba por perguntar:
— Como assim: busca infinita?
— Vamos atrás da sua felicidade. — sorriso aberto e motivado.
— Como assim? Como sabe onde está minha felicidade?
— Eu não sei. — breve pausa. — Mas pelos vistos, você também não.
— Mas então, para onde iremos? Por que essa alegria toda?
— Se você prestar atenção, a felicidade está em todos os lugares: é como você vê as coisas. Assim, a felicidade estará aqui mesmo. Nem precisamos viajar. — dedo em riste. — Agora, se você não quer a felicidade, vamos viajar o mundo todo e não vamos encontrá-la, porque seus olhos não estão preparados para vê-la.
— Velho doido. — quase revoltado. — Nunca fui feliz e provavelmente nunca serei.
— Então teremos muitos caminhos para andar.
Silêncio.
Virgílio, com a lentidão de seus movimentos, foi para a sua cama. Cobriu-se e encostou-se relaxado no travesseiro.
— Boa noite, rapaz. — sem olhar para Júlio.
— Como sabe que não vou roubá-lo ou matá-lo?
— Não sei. — tranquilo. — Mas se Deus te mandou aqui para isso, que seja. — com os olhos fechados. — Quem sabe chegou a hora de libertar-me desde corpo cansado? — olhou firme para Júlio. — Pode ser que tenha chegado a hora de libertar essa fúria que está dentro de você. — fitou-o. — Escolha seu caminho. Pense em suas ações.
Júlio nada diz, mas havia muita confusão em sua cabeça.
Virgílio volta a fechar os olhos para o descanso:
— Se for me matar enquanto durmo, pode usar a faca, deixei-a em cima da mesa. — sereno. — Tenho pouco dinheiro, está numa lata de extrato de tomate, ali no armário. Pode levar. Se me matar, ele não me servirá mais. Se me deixar vivo, é como se fosse um pequeno pagamento pela vida. — estranhamente calmo. Sorriu. — *Me* matar dormindo. — sorriu novamente.

– Por que ri, velho? – sem entender.

– Não sei. – ainda com o sorriso. – Apenas achei curioso: dormir e não acordar nunca mais. Como será? – daquelas perguntas que não esperam resposta. Volta a olhar para Júlio. – Mas saiba que se fizer isso, você estará sendo covarde mais uma vez. – breve pausa. – Durma, recupere suas forças e mude sua vida a partir de amanhã. Aja como homem, não como um animal assustado.

– Mais vale ser um covarde vivo do que um corajoso morto. – solta Júlio.

– Será? – com ares de dúvida. – A vida não é feita de um dia apenas. Se você convive bem com a covardia a ponto de não se arrepender, pode viver se escondendo o tempo todo. Se você convive com a covardia a ponto de não a reconhecer, você não vive mais, apenas foge. – respira. – Mas a morte sempre chega, e basta um dia.

– Você é cheio das palavras, *hein*, velho? – desafia. – Você acha que sabe tudo, é?

– Não. Claro que não. – ainda sereno. – Mas sei que você tem que tomar uma decisão. Ou age com coragem, ou age com covardia. Qualquer uma delas dará rumo à sua vida. Qualquer uma delas será uma decisão com consequências.

Júlio nada disse. Apenas deitou-se, tendo pensamentos turvos como companhia.

* * * * *

Capítulo II

Estava cansado de tudo. Não gostava do que lia. Não gostava do que escrevia. A fase não era boa. Queria ter uma grande história na mão. João Henrique estava com dificuldades em ter ideias e quando as tinha, não conseguia pô-las no papel. Sem perceber, isso lhe gerava insegurança que ia minando sua imaginação. Sempre lera muito e sempre escrevera muito. Nem tudo tinha valor literário, mas via de regra, tinha valor comercial. Não sabia bem como agir. Quando escrevia algo que acreditava ter nível, que lhe dava certa satisfação pessoal, não era publicado ou, se publicado, tinha pouca venda significativa. Já quando escrevia livros sem profundidade alguma, vendiam e davam-lhe dinheiro, mas não lhe davam satisfação pessoal nem prestígio entre seus pares.

Lembrava-se bem, quando garoto, nas aulas de português e literatura. Sua professora não gostava dele. Não gostava do que ele escrevia. Não gostava quando era a vez dele ler em voz alta para a turma. Não percebia, achava que era assim mesmo. Lia sempre com orgulho desmedido daquilo que ele mesmo escrevera, para depois perceber que ninguém lhe dera atenção. O que ele lera não tivera importância alguma.

Com o tempo, passara a acreditar que todos os seus colegas eram melhores do que ele. De fato, seu aprendizado não era bom, sua escrita não era boa, sua leitura não era boa, mas sua convicção e confiança eram inabaláveis. Com o tempo, passara a achar-se um garoto esquisito. De fato, sua fala era esquisita, sua aparência era esquisita, suas falas eram esquisitas, sua convicção e confiança inabaláveis eram esquisitas. Entregou-se cada vez mais aos livros e às fantasias criadas por si. Quando lia um livro, acabava, de forma proposital, por confundir realidade com ficção. Se lesse uma obra de aventura, passava a agir como se vivesse peripécias. Foi assim quando leu *Tom Sawyer*, de Mark Twain; *O corsário negro*, de Emílio Salgari; *Tarzan: o filho das selvas*, de Edgar Rice Burroughs; e *O corcunda de Notre Dame*, de Victor Hugo. Andava pelas ruas como se ele próprio fosse um personagem e as pessoas à sua volta também. Se lesse uma ficção científica, passava a agir na rua como se vivesse essa realidade. Foi assim quando leu *Mil léguas submarinas*, de Júlio Verne; *Duna*, de Frank Hebert; *Guerra dos mundos*, de H. G. Wells. Quando leu *1984*, de George Orwell, agia como se estivesse sendo permanentemente vigiado e fosse o paladino da resistência humana ao Estado opressor. Sabia tratar-se de mera fantasia, mas gostava da liberdade de pensar o que quisesse e quando quisesse. Enquanto estivesse dentro de sua mente, não teria críticas. Ninguém zombaria dele e de suas ideias enquanto estas estivessem presas em sua mente. Criava logo um roteiro. Sua mente era uma prisão de tijolos vermelhos de sangue com tentáculos ameaçadores, enquanto que suas ideias eram os prisioneiros permanentemente vigiados, tentando a fuga a todo instante. Era apenas brincadeira sua consigo mesmo. Uma forma de usar sua imaginação. Gostava.

Sentia falta do tempo que as ideias não paravam. Talvez não as tenha aprisionado com a devida rigidez – pensou com um ligeiro sorriso.

* * * * *

Capítulo III

O que segurava sua mão como se estivesse presa? Por que não matar aquele velho e fugir com o dinheiro? Ninguém sabia que ele estava ali. Júlio poderia fazer o que quisesse. Ninguém saberia. Era só matar o velho, pegar o dinheiro e ir embora para outra cidade. Qualquer uma. Isso não tinha importância.

Júlio estava parado com a faca numa das mãos, no meio da noite, no início da juventude e no final da sensatez. Cansara-se de ficar em silêncio esperando a questões serem resolvidas por elas mesmas. Como se a vida desse solução para os problemas que ela própria criava. Queria tomar a dianteira de sua vida. Queria ser o protagonista de seu próprio roteiro. Queria escolher seus próprios caminhos e virar as costas para o mundo.

Por que não fazia isso? Tirar a vida de alguém fazia sentir-se vivo. Era como se seu instinto animal, que estivera reprimido por dormência de seus sentidos, lhe dominasse naquele instante. O racional combatia o instintivo. Matar alguém. Por que não? O que lhe impedia? Sua reflexão vinha da moral? Do direito? Da religião?

Nesse momento não havia olhares sobre ele, não tinha a lei pronta para condená-lo. Era apenas ele e sua consciência. Deus? Esse não olhava por ele há muito tempo. Será que ele teria que se portar da mesma forma quando era vigiado e quando estava sozinho? O que o impede de fazer aquilo que quer?

Se matasse o velho estaria indo contra tudo aquilo que aprendera. Matar alguém é errado. Não é assim que se resolvem os problemas. Ele mesmo se censurava através de sua consciência. Se matasse o velho poderia ir preso. Matar alguém é crime. Não queria ir preso. Ele mesmo se sentenciava através do que conhecia do Direito Penal. Se matasse o velho estaria em pecado. Matar é pecado. Deus não o perdoaria. Ele mesmo se vigia através de visão de Deus que aprendera a fazer. Sequer entendia por quais motivos estava com aqueles pensamentos.

Júlio não nascera mal. Fora a vida que lhe ensinara a se defender. Por vezes precisava tomar atitudes extremas, mas raramente o fizera. Espera a vida bater-lhe para absorver o impacto e esperar a próxima pancada. Era como se estivesse sozinho, enfrentando um oceano revolto com seu corpo frágil, pondo-se de forma desafiadora para cada onda que vinha em sua direção. Que viesse a próxima até derrubá-lo. Sentou-se na cama, naquele momento, a casa pareceu-lhe ainda menor do que era. As paredes pareciam sufocá-lo. Havia calor sem vento, vindo diretamente de sua consciência delirante. Naquele momento, a vida pareceu-lhe mais frágil do que já era. A realidade parecia asfixiá-lo. A respiração estava mais difícil e mais prolongada, como se buscasse ar onde seus pulmões alcançassem com sua fome nervosa e sutilmente barulhenta.

Júlio parecia perder o controle sobre si. É como se tivesse sido dominado por outra personalidade. Estava em luta consigo mesmo. A mão fazia força com sua vontade enquanto a mente segurava-a com sua razão. O silêncio da noite fazia barulhos diferentes do dia, dando-lhe destaques ao que não se ouvia durante a labuta sob a vigilância da luz vermelha do céu azul.

A escuridão da noite trazia problemas não visíveis à luz do dia, que parecia esconder a escuridão das almas que à noite passeavam sem suas máscaras dedicadas ao trato social e cerimonioso. À noite as peles se transformavam em couro de armadura, para que os demônios internos fossem libertados e fizessem sua caçada de olfato apurado.

A garganta de Júlio estava seca. Queria água para sua sede. Consciência e realidade estavam em conflito.

"Vou embora". – indeciso. "Quero água. Estou com sede". – disso Júlio tinha certeza.

A certeza era aliviar a sua angustia de calafrio. Não tinha que ficar cheio de dúvidas. Agiria e pronto. Já a dúvida causava-lhe sofrimento, arrastando-se em sua mente sem rumo. As críticas constantes o tornaram inseguro. Não sabia o que fazer. Não sabia para onde ir. Não sabia se fizera o certo. Tinha receio de seu futuro. Sem saber o que fazer, a dúvida atual era para onde ir para não ter que dar justificativas de sua indecisão.

No meio da confusão da noite, decidiu voltar para Belo Horizonte. Talvez devesse encarar as coisas como elas são.

※ ※ ※ ※ ※

PARTE VI

Capítulo Pretérito II

— Já falei para você ficar quieta. – realmente nervoso. – Não aguento mais essa situação. – seus gestos reforçavam a fala.

— Não posso ficar quieta enquanto você me engana por aí. – igualmente nervosa.

— Eu faço o que eu quero: eu sou homem. – parado à frente dela com pose de imperador romano.

— Você não presta. – havia raiva em seus olhos penetrantes e seguros.

— Para de gritar, sua histérica.

— É você que *tá* gritando. – tenta mudar o tom de voz. – Por que quando a mulher grita ela é histérica? – sem esperar resposta. – Se homem grita é machão, se mulher grita é histérica? – desafia-o olhando-lhe fixamente. – Histérica é a sua mãe. – perdendo o controle sobre aquilo que dizia, mas sustentando o olhar.

Levou um tapa no rosto. Sequer percebera o que houvera. Fora muito rápido. Acaba por se desequilibrar e vai ao chão sem tempo de entender o que houvera.

— Cala a sua boca, mulher do inferno. – em tom ameaçador e com a raiva expressa no dedo em riste. – Eu te quebro no meio, sua vadia.

— Vadia é sua mãe, seu covarde. – agora sim em alto brado, misturado com o que parecia um início de choro.

— Você vai ver o covarde no meio da tua fusa já, já. – levou a mão ao bolso. – Vou te queimar com o isqueiro *pra* ver se você amansa.

Ela nada disse e deixou o choro fluir, tentando conter o barulho natural e, como um animal assustado, arrasta-se para trás, querendo distância daquele homem repulsivo.

— O que você fez? – pergunta Júlio entrando no quarto de casal. – Você bateu na minha mãe? – querendo compreender.

— Não, filho. — ela responde rapidamente, tentando enxugar as lágrimas. — Claro que não. Sua mãe tropeçou. — ela responde sem muita convicção nas próprias palavras.

— Mas eu ouvi *ele* falar que ia te queimar com o isqueiro! — sem entender.

— Não, meu filho. Ele falou *pra eu* "me olhar no espelho".

Júlio olhou desconfiado. Primeiro para a mãe e depois para o padrasto.

— Se você tocar na minha mãe... — tenta ameaçar.

— Você o quê?

— Eu vou *na* polícia, seu idiota.

— Não fala assim, meu filho. — interrompe a mãe. — O Vagner é meu marido. Eu o amo.

— *Qué* isso, mãe? Esse cara não presta. — com raiva contida. — Tem que *pô* na cadeia.

— E como você vai fazer isso, *muleque* idiota? Vai *no* Delegado? Eu sou Promotor de Justiça. — com desdém. — Primeiro cresce, *muleque*.

— Você vai se *f*... sozinho. — como um profeta em êxtase.

— Sai daqui, *muleque*. Se não sobra *pra* você. — Vagner o ameaça.

— Calma. — ela tenta. — Ele é meu filho. É só um adolescente com sua rebeldia.

— Ele é um *bundão*, isso sim. — semblante fechado. Vira-se para Júlio. — Sai daqui antes que eu te quebre no meio, *muleque*.

Ela levantou-se com agilidade surpreendente e pôs-se entre os dois.

— Ele é meu filho. — tentando conter aquele homem. — Você é meu marido. — como se fosse seduzi-lo. — Não toque nele. — intervém a favor do filho, com voz serena.

— Então fala *pra* ele sair daqui. — tenso, mas parecendo mais calmo.

— Vai, filho. — decidida a enfrentar a situação sozinha. — Deixa que eu resolvo.

Júlio encara Vagner:

— Eu sou novo e inteligente. Você é velho e burro. Eu vou crescer. — como se o ameaçasse. — Uma hora eu te pego, velho burro.

— Vai crescer, mas vai continuar fraco. — aceitando o desafio.

— A inteligência sempre vence a força.

*****

Júlio se afasta. Temia pela mãe. Não era a primeira vez que isso acontecia, mas sua mãe nada fazia. O ciclo era quase sempre o mesmo. Havia a briga, por vezes seguida de violência física e depois tudo voltava ao normal. Júlio não entendia, contudo, sabia que não era necessário entender dessas coisas. Apenas não queria que sua mãe fosse vítima de violência. Quando começou a ouvir gemidos vindo do quarto de casal, entendeu que o casal voltara a fazer uma trégua para satisfazer a vontade da carne.

Resolveu caminhar pelas ruas do bairro. Luxemburgo era um bairro movimentado e festivo, com muitos bares, lojas e jovens. Melhor isso do que ficar em casa. Melhor ver a alegria dos outros do que viver a sua tristeza.

*****

Vagner não gostava de Júlio. Desde que ele entrara na adolescência a convivência ficara mais difícil. A única coisa boa era o fato inusitado de sua esposa fazer-lhe todas as vontades, especialmente as de cunho sexual, quando era necessário para proteger o filho. Bastava que brigasse com Júlio que ela ficava dócil. Contudo, era perceptível, ficava dócil para que ele parasse, pois se continuasse, ela se transformava numa leoa.

Vagner sabia que na verdade convivia com um grande conflito interno. Saia pelas noites procurando companhia, mesmo tento a esposa em casa. Por vezes, sem coragem para ter um envolvimento em troca de dinheiro, chegava em casa nervoso e descontava seu mau humor na mulher. Ela acabava por se submeter.

Ele gostava mais do duelo de poder do que do sexo propriamente. Para si, o processo que levava à submissão era mais estimulante do que o sexo. Quando ela estava entregue, ele perdia o interesse e sempre recuava. Não gostava de tocar em sua mulher, fazia-o apenas por obrigação matrimonial. Curiosamente, nesse momento o jogo invertia, ela passava a ser agressiva e ele se comprimia, como se encolhesse procurando um esconderijo. Ela pedia que ele a possuísse. Ele recusava, queria apenas submetê-la.

Nesse roteiro, as brigas passaram a ser comuns e parte protocolar do relacionamento, que por sua vez, foi se tornando cada vez mais estranho. Sem perceberem, as brigas passaram a ser um momento desejado pelos dois, apesar do desgaste natural da relação, havia o fortalecimento eventual dos laços. Sentiam que a rotina era quebrada pela intensidade da briga, da luta corporal do conflito que, momentos depois, se transformava em sexo. Dava-lhes a sensação de emoção.

Mentes complicadas, pessoas difíceis, vidas incompreensíveis.

*****

Vagner nunca havia lhe batido no rosto. Ela não gostara da agressão. Estranhamente gostava da adrenalina daqueles momentos. A tensão despertava em si a vontade de estar viva. Não sabia explicar, mas seu dia era cheio de rotinas monótonas, não tinha ação, não tinha prazer. Aqueles momentos de tensão quebravam a sua rotina. Sentia-se importante ao ter a atenção disputada por seu filho e seu marido. Ambos, a seu modo, querendo o seu bem. O filho querendo protegê-la da violência. O marido comportando-se como homem bravo e possessivo.

Ela não gostava de homem frouxo. Boa parte das brigas começava assim. Quando Vagner começou a ir para a rua, Fabíola tentou provocá-lo com roupas sensuais e apetrechos. Não teve bom resultado. Passou a dizer-lhe que faria o que ele quisesse, que ela lhe não negaria nada. Percebeu que Vagner hesitou, como quem pensava naquilo que pediria, porém, após um suspiro de pulmões, ele nada pediu. Com voz fraca, afirmou ser feliz assim e passou-lhe a mão pelo rosto.

Está bem como está. Não estrague as coisas. – ele disse em tom pesaroso e com ares de conselho.

Ela não compreendia. Imaginou que ele tinha outras mulheres na rua. Com certeza era isso. Vasculhou seu aparelho celular, seus *e-mails*, seus extratos bancários, suas agendas. Não encontrou nada. Procurou nos bolsos das roupas. Revistou o carro. Abriu suas gavetas e caixas. Mexeu em seus livros. Não encontrou nada. Ficou feliz por não encontrar indícios de traição, mas ficou decepcionada por não encontrar explicação para a ausência de apetite sexual. Ela passara a ter certeza que Vagner tinha outra mulher. Apenas não tinha descoberto. Era questão de tempo.

Enquanto isso, sem perceber, foi-lhe exigindo um comportamento masculino. Passou a exigir-lhe um ímpeto que ele não tinha. Às vezes parecia que ele não sentia desejo por ela. Isso foi minando sua autoestima. Ficava na frente do espelho procurando defeitos. Via fotografias de mulheres famosas e sentia-se humilhada. Tentava imitar o corte de cabelo, copiar as roupas, passar as mesmas cores de esmaltes e batons, mas nada que ela fizesse empolgava Vagner. Ele, eventualmente, cumpria sua obrigação, mas sem entusiasmo. Apenas em cumprimento ao cerimonial.

– Você quer fazer comigo e mais uma garota? – chegou a perguntar-lhe.

– Claro que não. Meu amor é só seu. Não há espaço para mais ninguém. – foi a resposta, mas as palavras vieram lentas, como se ele as escolhesse com cuidado.

Ela tentara de tudo, do tom conciliador ao de confronto, do sensual ao desafiador, do compreensivo ao ofensivo.

– Cala a sua boca. Ponha-se no seu lugar. – falou após ela provocá-lo. Puxou-a com força pelos braços e pediu que ela não o incomodasse mais.

Estranhamente Fabíola gostou. Claro que não gostou do gesto de violência, mas voltou a vê-lo como alguém de atitude. Voltou a sentir a presença masculina em sua vida, naquela mão firme que a segurou com vigor. Ela aprendera que ele gostava do atrito, daquela discussão toda e de impor-se sobre ela pela força. Não chegava a usar de força bruta, apenas fazia gestos, dava murros nas paredes e móveis, falava gritando, segurava-a pelos braços e fechava o semblante como se estivesse pronto para uma luta de boxe. Contudo, estranhamente, ele parecia não gostar de possuí-la.

Com o tempo, ele fora ficando cada vez mais estranho. Não queria tocá-la. Não gostava sequer de ficar encostado ou abraçado com ela. Mantinha sempre uma distância cerimoniosa. No início da relação, Vagner fora cativante, cavalheiresco e atencioso.

Fabíola chegou a temer a reação de Vagner quando visse Júlio, fruto de outro relacionamento. Temeu também pela reação de seu filho. Mas tudo correu bem. Vagner parecia gostar da presença de Júlio. Já Júlio, era muito novo para agir pela própria personalidade. Depois, gradativamente, tudo ficou complicado.

Não conseguia entender o que acontecera. Aliás, sequer conseguia entender suas próprias escolhas. A sensação que ela tinha sobre si, era a pior possível. Tinha a impressão de sempre atrapalhar-se, sempre tomar as decisões erradas, de suas escolhas nunca serem as melhores. Não havia como ter certeza dos caminhos da vida. Não havia como reclamar da vida que não vivera. Mas sua vida atual não era boa.

Às vezes, no silêncio do travesseiro – conselheiro noturno – ela torcia para que Vagner morresse. Tudo se resolveria. Ela ficaria em paz e Júlio ficaria feliz. Ela ficaria com a herança dele, com a pensão dele. Vagner não tinha pais vivos e não tinha filhos. Por vezes, pensava nisso como se fosse fazer algo concreto. Acabava por ficar na imaginação. Mas era um pensamento cada vez mais frequente.

*****

PARTE VII

Capítulo I

Lídia sempre viveu perto do mar. Adorava o som do oceano, o cheiro salgado da água, o pisar na areia, a imagem do horizonte azul. Aquela imensidão que hipnotiza e exige reflexão. Só o mar tinha isso.

— Então semana que vem você não virá *na* aula? — pergunta-lhe uma colega da faculdade.

— Não. — sorri espontaneamente, era sua natureza. — Vou *pra* BH. Vai ter um festival de literatura, lá. Eu quero ir. — doce e feminina. Sua voz era assim. Cativava as pessoas sem perceber, era seu jeito de ser.

— Mas livro você tem aqui. — provoca a colega forçando o diálogo.

— É. — Lídia concorda. — Mas eu gosto dos autores mineiros. Tem livros que a gente só encontra lá. — sabendo que não tinha que justificar-se.

— Meu primo mora lá. Quer que eu peça *pra* ele te mandar algum livro?

— Não, obrigado. Eu gosto de pegar o livro, ver a capa, sentir o cheiro de papel, imaginar o conteúdo... — sorri como quem tenta se explicar. — Livro é o tipo de coisa que não dá para comprar à distância. — leve como era seu estilo.

— Quando você vai?

— Amanhã *de* tarde. Por quê?

— Nada. Se quiser eu te levo *no* aeroporto.

— Pode deixar.

— Eu te levo. — convincente. — É bom que você leva uns negocinhos *pro* meu primo. Pode ser?

— Se for pouca coisa...

— Só umas bobagenzinhas. — sorri. — Amanhã te pego na sua casa, então.

— *Tá* bom. — leve, sempre leve.

*****

Capítulo II

Júlio não se achava uma pessoa confusa, embora soubesse sê-lo. Parecia sempre estar enfiado em confusões. Parecia estar sempre tentando driblá-las. Da mesma forma, não se achava uma pessoa indecisa, embora soubesse sê-lo. Demorava muito para tomar decisões e se arrependia das tomadas na maioria das vezes. Não se achava um covarde, embora soubesse sê-lo. Por ser confuso, comumente demorava para tomar decisões. Por demorar para tomar decisões, não era raras as vezes que deixava de tomá-las e depois atribuía culpas à vida e aos azares. Assim, se esquivava da responsabilidade. Aprendera a pôr a culpa em alguém, evitando assumir as consequências dos atos. Exatamente por não assumi-los, dava a si próprio a aparência de covarde. Queria largar os problemas para trás, sem ter certeza se era ele que os atraia ou se simplesmente eles lhe apareciam de forma incontrolável. Tinha a sensação que a infelicidade andava sempre com ele, mesmo sem se achar uma pessoa com mente pessimista.

Vestiu sua roupa e resolveu seguir em frente, mesmo sem saber qual caminho tomar.

– Onde vai, garoto? – pergunta Virgílio, já com o sorriso no rosto.

– Você já acorda feliz? – como quem critica.

– Claro. Mais um dia. A vida merece ser comemorada. – com a energia que a idade permitia.

– Comemorar o quê, velho burro? O que você tem *pra* comemorar nessa vida que você leva? – descrente, quase ofendido e com certeza ofensivo. Júlio sentia-se superior àquele homem.

– Ora, a própria vida. – tão simples quanto isso.

– Você não tem nada. – como quem decreta uma sentença.

– Tenho mais do que eu preciso.

Um momento de silêncio. Ambos não entenderam bem a sequência da conversa. Para um, não havia nada para comemorar em uma vida tão pobre como aquela, tão triste e sozinha. Já para o outro, não havia como não comemorar o simples fato da existência da vida a cada novo nascer de dia.

— Vou fazer um café e vou com você.
— Por que você viria comigo?
— Não preciso de motivos. Eu quero, eu vou. Sou livre.
— E se eu quiser ir sozinho?
— Eu respeitarei.
— Acho melhor você ficar. Não acho correto você largar o que tem para andar comigo a esmo.
— Não tenho nada, lembra? — o sorriso ainda estava por ali. — E *pra* mim o importante é andar com alguém, tanto faz para onde.

Júlio olha o velho com desdém:
— Você é cheio dessa filosofia barata, *hein, tiuzinho*?

Virgílio sorri abertamente:
— Não tenho nem o 1º grau completo. Sou letrado da rua. — o sorriso estava lá, sempre ao final de uma frase.

Os dois saem da pequena casa. Virgílio tranca a porta frágil, de uma madeira tão velha quanto as paredes. Faz uma pausa curta, apenas para despedir-se da casa. Deixou as chaves presas por uma delas enfiada na própria fechadura. Virou as costas:

— Para onde vamos? — pergunta Virgílio já caminhando com Júlio indo em direção ao portão de frente para a rua.
— Não sei. Estou confuso ainda. — tenso. — Para Belo Horizonte eu não sei se posso voltar.
— Por quê? — enquanto ia para a lateral da casa e sinalizava para Júlio também vir.
— Muita sujeira. — continua Júlio.
— Como assim? Cidade suja?
— Não. Deixei sujeira *pra* trás.
— Então vamos *pra* lá *pra* limpar. Eu te ajudo.
— Isso não é assim.
— E como é?
— Você não entenderia.

Virgílio fica em silêncio. Júlio esperou que Virgílio insistisse para saber os motivos, mas manteve o silêncio.

— Uma vez passei o carnaval em Mariana.[1] Eu gostei. — solta Júlio. —

---

1 Cidade histórica de Minas Gerais.

Vamos *pra* lá?
— Sim. Vamos.
Júlio não entendia aquela disponibilidade e disposição.
— Por que você resolveu vir comigo?
— Não estou fazendo nada melhor. – sorri. – Além disso, você lembra meu filho. – desconsertado. – Falhei com ele. Quem sabe eu consigo te ajudar de alguma maneira.
— O que houve? – estranhando sua própria curiosidade pelo passado do velho.
— É do passado... no passado fica. – agora sem sorriso algum.
— Pode contar. – igualmente sério.
— Só se você me contar por que está fugindo de Belo Horizonte.
— Problemas.
— E você prefere fugir dos problemas?
— Pelos vistos você também fugiu dos seus.
Virgílio sorri novamente.
— Não pretendo servir de exemplo para ninguém, meu jovem. Mas quem sabe eu consiga utilizar meus erros para convencer os outros a não fazerem o mesmo.
— Quem sabe? – concorda em tom de pergunta.
— Vamos para Belo Horizonte? – tenta Virgílio.
— Não. Vamos para Mariana. Conheço pessoas lá. – de repente percebe que está parado a tempo demais de fronte a uma lona negra. – O que é isso?
— *Me* ajude aqui. – começa a descobrir.
— É seu?
— É. Meu Fusca. – despachado. – Está parado há muito tempo. Vamos ter que empurrá-lo e pôr gasolina nele.
— Empurrar para pegar no tranco e depois ir a pé buscar a gasolina para pôr nele?
— É.
— Não é melhor a gente ir a pé até Mariana, não?
— Não desmereça meu carrinho. Já me levou a muito lugar.
— Ele tem quase a sua idade, *hein*? – de bom humor como há muito não se sentia.
— *Tá* vendo. Esse carro já te fez rir. Isso é bom. – satisfeito pelo garoto. – Vamos. *Me* ajude aqui com o carro.

* * * * *

Capítulo III

– E aí? *Tá* pronta? – pergunta para Lídia.
– Tô. – já entrando no carro.
– Feliz de ir *pra* BH?
– Sim. Mas é mais pelo festival mesmo. Não conheço a cidade. – dando explicações por dar.
– Você vai gostar. Tem que ir *na* Savassi, em Santa Tereza, *no* Mineirão, *na* Seis Pistas, *na* Lagoa da Pampulha, *na* Praça da Liberdade. É bacana.
Lídia sorri. As expectativas eram boas.
– Meu primo é um gato, viu? – com malícia na voz. – Já falei de você *pra* ele. Já *tá* ansioso.
– Você não devia ter feito isso. – tímida.
– Mandei sua foto no WhatsApp. Ele te achou linda.
– Não deveria ter feito isso. – repete. – Não estou num bom momento.
– Para! É claro que está num bom momento. – tenta incentivá-la. – Você é linda, é jovem, tem a vida toda pela frente.
– Eu sei. Mas eu acabei de sair de um relacionamento...
– O que é que tem, amiga? Vai ficar mal *pra* sempre? Além do mais, "*pra* que ficar triste com quem fica feliz sem você?" Se diverte e pronto. – aconselha quase que determinando e utilizando uma frase que vira no Facebook.
Em silêncio entendeu que talvez sua amiga tivesse razão. Mas não queria ninguém. Pelo menos, não por agora. Era melhor assim.
– Por falar nisso... Tem jeito de você entregar essa caixa *pro* meu primo. – apontou para o banco traseiro.
Lídia olha e acha a caixa grande.

– É grande. *Tá* pesado?
– Não. É só umas coisinhas de casa. *Pra* entregar *pra* minha tia. Chávena, pires, talher, essas bobagens que mulher gosta. – despachada.
– Mas lá não tem essas coisas, não?
– Tem. Mas são diferentes. Essas aqui vão com o meu carinho. – olha para a amiga. – Mas se você não quiser levar, não precisa.
– Não. Pode deixar. Eu levo. – não era má vontade, mas achara que houvera um pequeno abuso da colega.
Chegam ao aeroporto.
– Se divirta, viu? Meu primo falou que vai estar no aeroporto te esperando. Vou mandar o WhatsApp dele *pra* você.
– *Tá*. Tchau. Obrigada. – despediu-se com as mãos enquanto ajeitava sua mochila e se equilibrava com aquela caixa.
"E se tiver droga aqui dentro?". – se perguntou Lídia. "Melhor abrir antes de embarcar".
Lídia foi até um banheiro feminino.
Recebeu a mensagem com o contato do primo. Pelo menos na foto parecia ser de boa aparência. Não queria criar expectativas.
– Melhor abrir a caixa – decidida.

*****

– Primo. – ao celular. – Já foi. – sorridente. – Daqui a pouco a encomenda *tá* chegando por aí. – ouve a fala da outra ponta. – Não vai esquecer da minha parte, *hein*?

*****

Capítulo IV

— E não é que essa geringonça anda! – comenta Júlio satisfeito com a desenvoltura do carro. Parecia contente.
— É. Ele deve estar feliz de ter voltado *pra* estrada.
— É.
As estradas de Minas Gerais eram longas, malfeitas e traiçoeiras. Virgílio não acelerava muito, sabia que o veículo não permitiria grandes extravagâncias.
— É bonito, *né?* – comenta Júlio sobre o cenário à sua volta.
— Minas tem muito lugar bonito.
— A estrada dá a sensação de liberdade, não dá?
— Dá. – Virgílio concorda. – E é bom, não é?
— É. – feliz. – Deveria ter começado mais cedo.
— O que? A ser livre?
— Não. – rindo. – A viajar. – estava satisfeito. – Acho que eu deveria ter visitado mais cidades, mais rodoviárias.
— Mas você é tão jovem. – olha para Júlio. – Fala como se fosse um idoso.
— Você é um idoso. – sorriso aberto.
— Sou. – sério.
— Desculpa, não quis ofender. – somente agora percebeu.
— Não me ofende. Enquanto você pensa que isso possa ser uma ofensa, eu agradeço ter chegado até aqui com saúde.
— Mariana nos aguarde. – tenta descontrair e faz o som da Cavalgada das Valquírias, de Richard Wagner, que ouvira no filme *Apocalypse now*.[2]
Os dois seguiam animados. Já o carro, quase não saia do lugar e se mexia com os gemidos advindos do tempo sem ver a estrada. Júlio sorriu.

---

2   Filme de Francis Ford Coppola, lançado em 1979.

Parecia realmente feliz.

– Estou me sentido no *Iluminado*.[3]

Virgílio olhou-o sem entender:

– Você é jovem, por si só, é um iluminado.

– Não. – Júlio riu abertamente. – Estou falando do filme. Conhece?

– Não. Nunca vi um filme.

– Você nunca viu um filme?! – estranhando. – Como isso é possível?!

Júlio parecia feliz.

– Pelo menos não me sinto como o Elias em *Platoon*.[4] – riu novamente de sua própria piada e gostando da novidade de sentir-se bem-humorado.

Virgílio o olha sem entender.

– Um dia eu te explico esses filmes e você me explica essas coisas da vida. Pode ser? Combinado? – Júlio estava realmente satisfeito.

Virgílio apenas olhou-o. Estava satisfeito por ver o garoto com outro astral, com mais energia e vida no olhar.

Júlio continuou a estrada com boa disposição. Talvez o pior já tivesse ficado para trás, mas enquanto adormeceu, Virgílio seguiu sereno em sua própria decisão.

*****

---

3 Filme baseado na obra de Stephen King, dirigido por Stanley Kubrick, lançado em 1980.
4 Filme de Oliver Stone, lançado em 1987.

PARTE VIII

Capítulo I

Lídia achou melhor abrir a caixa. Foi até o banheiro feminino, pois lá teria privacidade. Entrou numa das cabines e pôs a caixa sob a tampa do vaso sanitário.

No caminho até o banheiro e no ato de abrir a caixa, Lídia sentiu orgulho de sua própria perspicácia. Afinal, ninguém a faria passar droga para a frente. Pensava nisso enquanto rompia o barbante e rasgava o embrulho de papel pardo. Tentou fazer com cuidado, como quem tenta disfarçar o ato.

Olhou para o conteúdo. Vasculhou primeiro com os olhos, depois com as mãos. Estava chegando a hora de embarcar. Mesmo assim, Lídia agiu com vagar.

*****

Capítulo II

No rádio tocava uma música qualquer seguida de comerciais. O volume do rádio disputava com o som do vento que entrava por todos os lados do veículo. Por sua vez, competia com o barulho da lataria e das molas envelhecidas. O carro se esforçava para chegar ao destino, compenetrado, cumpria sua obrigação de "velho soldado".

Virgílio seguia satisfeito. Era bom sentir-se com vida, respirar o ar da liberdade que a estrada tem. Na sua juventude tivera certeza demais para quem convivia com as incertezas advindas de sua condição social. Não conheceu escola. Não teve sapatos. Nunca soube o que era conforto. Sua melhor calça, sua melhor camisa, foram heranças de seu irmão mais velho. Gostava de lembrar-se do carinho da mãe. Já do pai não tinha boas lembranças.

Na maioria das vezes não entendia as decisões do pai, mas a vida encarregou-se de fazê-lo compreender à medida que os anos foram avançando sobre si e sua imaturidade. Seu pai expulsou de casa o filho mais velho que não queria trabalhar. Queria ouvir música, namorar, beber e fumar.

– *"Pra* beber feito homem, tem que trabalhar feito homem". – disse-lhe o pai.

Seu irmão foi embora. Nunca mais o viu.

– "Sou artista, Virgílio. Você ainda vai ouvir falar de mim". – e foi-se carregando o violão, seu único patrimônio material.

Virgílio nunca mais soube dele. Também não sabe dizer se sentiu falta dele.

Brigou sozinho no campinho de futebol – seu irmão não estava lá.

Não soube o que fazer quando chegou o momento do seu primeiro beijo. Quando a menina ficou oferecida. Quando tentou se equilibrar na bicicleta. Quando segurou pela primeira vez numa arma. Quando lhe faltou dinheiro. Quando lhe faltou força para descarregar o caminhão.

É, seu irmão fez-lhe falta. Depois fora a vez da irmã.

– Filha minha não engravida sem *casá*. – decretou o pai já com a garrucha na mão.

Ela casou e foi embora. Nunca mais soubera dela. Não sabe dizer se sentiu falta dela, mas sabe que sentiu falta da alegria de sua mãe. Nunca mais viu o sorriso no rosto dela. O sorriso partiu junto com sua irmã.

Não havia felicidade naquelas vidas, havia apenas vida. Era a sobrevivência quem ditava o ritmo do cotidiano. Plantar e cuidar das galinhas. Isso era todos os dias, agora, felicidade, Virgílio nunca mais vira em sua mãe. Não havia como questionar seu pai. Aliás, isso sequer lhe passava pela cabeça.

– Vai buscar água *pra* sua mãe. – Virgílio ia.

– Vai lá *no* portão que patrão chegou. – Virgílio ia.

– Tira aquele mato dali que começou a *tê* cobra. – ele tirava.

– Anda direito, se não a mula não vai te *respeitá*. – ele se endireitava.

– *Qué* sapato *pra* quê? Anda é com o pé no chão até *tê* dinheiro *pra* compra sua *butina*. – ele andava descalço.

Virgílio não se lembra de uma fala carinhosa de seu pai, de um gesto de afeto ou de um simples abraço.

"Você está bem, meu filho?".

"Sim".

Era o diálogo que Virgílio conseguia se lembrar.

Fora crescendo sem ter percepção de sofrimento. Para si, a vida era daquele jeito mesmo. Acordar com o sol, tomar banho no riacho atento por causa das cobras, correr com os cachorros, matar uma galinha para comer, qualquer roupa serve, qualquer travesseiro serve, obedecer o pai e respeitar a mãe. Era isso.

Virgílio ficou por ali mesmo, perto do pai e da mãe. Não queria ser músico e não engravidou ninguém. Aos domingos ia à igreja. O pai ficava do lado de fora tomando cachaça e conversando com os amigos.

– É conversa de homem, meu filho. Vá acompanhar sua mãe. – e Virgílio ia.

Lá dentro, baixinho, sua mãe sempre lhe perguntava:

– Onde está seu pai? – Virgílio nunca sabia o que deveria responder. Fora ensinado a falar a verdade, mas todas as vezes que dissera a verdade nestes casos, tomara alguns safanões do pai. *Pra aprendê a me respeitá*. – dizia-lhe o pai.

Virgílio não compreendia o ritual da missa. Rapidamente percebeu que quando todos se levantavam ele deveria acompanhar, e quando todos se sentavam ele deveria fazer a mesma coisa. A mãe olhava-o com severidade ou brandura à medida que ele ia acertando ou errando os movimentos. Diziam "amém", Virgílio repetia. Certa vez deixou escapar um tom mais forte, típico da mudança de voz da adolescência, sua mãe percebeu e demonstrou gostar. A partir dali Virgílio passou a caprichar em cada "amém" que dizia. Acreditou que era capaz de trazer o sorriso de volta ao rosto de sua mãe.

– Tenha fé, meu filho. Tenha fé. – era o conselho de sua mãe sempre tão cheia de esperança. Falava com olhos compenetrados, voz cheia de crença e mão firme segurando o terço. Afora o objetivo de tentar fazer sua mãe volta a sorrir, Virgílio ia para igreja sem grandes entusiasmos. E foi assim até conhecer Maria Laura.

– Por que você está se arrumando todo? – perguntou-lhe a mãe já sabendo a resposta.

– Nada, não. – disse Virgílio sem saber o que responder.

– Para de sonhar, meu filho. Aquela menina não é *pra* você. – advertia a mãe antevendo e temendo o sofrimento do filho.

– Por que não? – sem desafio, apenas querendo entender.

– Ela é branca demais para você. – Virgílio ficava em silêncio. – Ela vem da família que é dona da terra. Você vem de uma família de escravos. – havia tristeza na fala da mãe.

– Tem que ter fé, minha mãe. Tenho fé. – era a resposta.

A mãe sabia que aquilo não poderia ser. Mais dia, menos dia, os problemas, as frustrações e os conflitos apareceriam. A mãe sabia que não daria certo. Virgílio não sabia e, por não saber, sempre tentava se aproximar de Maria Laura. Alguém falava das barreiras sociais e raciais. Ele não conseguia ver barreiras, via apenas uma menina linda com quem queria conversar.

– Everaldo 'das patas', como vai?

– Bem, patrão. – demorando para decidir com qual mão retiraria o chapéu para o cumprimento, pois uma segurava o copo a ponto de ser servido e a outra segurava a garrafa já deitada para o traslado.

– Seu filho já é rapaz. – falou o patrão com olhar aparentemente sereno.

– É. – concordou o pai.

– Como chama?

– Virgílio, patrão.

– *Ah*, esse é o Virgílio, então? – sem esperar resposta. – Que cresça com saúde. – desejou.

– Amém.

–Breve silêncio. Parecia que se estudavam.

— Everaldo 'das patas. – repete. – Meu pai tinha muita confiança no seu pai.
— Fico agradecido. – seguido de um aceno com a sobrancelha.
— Meu avô tinha muita confiança no seu avô também, *num* sabe?
— Sei sim, *senhô*.
— Seu avô nunca quis sair destas terras. – como quem puxa conversa.
— Sim. – pareceu um lamento.
— Morreu aqui. – pareceu uma homenagem quase festiva.
Everaldo demorou, mas acabou por falar:
— Meu avô era escravo, patrão.
— Mas nunca fugiu. Sempre leal ao meu avô.
Apenas outro aceno, agora com a cabeça.
Everaldo sentiu o olhar de seu patrão. Não era uma conversa de cortesia, havia algo que ele não percebera. Melhor aguardar em silêncio.
— Foi meu pai quem te pôs esse apelido, *num* sabe?
— Sei sim, *senhô*.
— E sabe por quê?
— Sei, sim *senhô*.
— Então conte *pra* nós, homem. – quase em festa.
— Ora, patrão. O *senhô* já sabe da história.
— Conte. Vamos, homem. Conte.
Everaldo tenta entender, mas achou prudente contar:
— É porque eu, ainda garoto, segurei um cavalo arisco pelas patas. Fiz muita força, até o bicho não resistir mais. Montei nele e acabei domando o bicho.
— Nunca vi domar um cavalo pelas patas. – o patrão parecia satisfeito em ouvir aquele folclore.
— Seu pai falou isso também, patrão. – sorriu convencido. –Mas não foi assim que eu domei o cavalo. Isso foi só quando ele me jogou no chão. Depois tive que subir nele de novo e segurar no braço. – orgulhoso de seu passado.
— Não é o que contam por aí.
— Sabe como é patrão? O povo fala demais.
— E partir daí passaram a te chamar 'das patas'? – já sabendo a resposta.
— É. Virou praticamente um nome.
— Das patas. – repetiu. Esperou um pouco, o suficiente para os sorrisos saírem dos semblantes. – *Me* diga uma coisa, seu Everaldo. – olha-o firme.
— E seu filho, entende de cavalo?
— Pouco. – desconfiado com o rumo da prosa.
— *Tá* na hora de *aprendê* algumas coisas, não *tá* não?

– Sim. – sem entender. – Algumas coisas ele já sabe. – preocupado com o filho. – Ele me acompanha às vezes.
– Você já levou *ele pra vê* um garanhão cobrindo uma égua?
– Já.
– E o que ele achou.
– Não falou.
– E você explicou *pra ele* que não pode misturar as raças? Garanhão ruim com égua de raça dá pangaré, num sabe?
– Sei, sim *sinhô*. – sem entender.
– Pois eu acho que você deveria explicar isso *pro* seu filho. E bem explicado.
– Sim.
– A gente não mistura animal de raça com animal sem raça.
– Sim. – sem saber se estava entendendo aquela conversa.
– E diga-lhe mais, que cavalo fora de controle, a gente castra. – e põe os olhos sobre Virgílio que conversava com Maria Laura a poucos metros.
– Sim. – achando ter entendido.
– Maria Laura! Venha com seu pai. – chamou a filha.
Ela se despede com um beijo no rosto do rapaz e vai ter com o seu pai. Virgílio sorria quase abobalhado. Maria Laura caminhou até o pai com os olhos brilhantes.
– Meu avô confiava no seu avô. Meu pai confiava no seu pai. Eu posso confiar em si, Everaldo 'das patas?
– Sim. – sem saber ao certo se entendera a mensagem.
– Passar bem, seu Everaldo. – com olhar firme.
Demorou para tirar o chapéu para as despedidas, pois a mão manteve-se ocupada com o copo de cachaça.
– Boas tardes, senhor patrão. – já depositando o olhar severo em seu filho.
Virgílio nunca mais viu Maria Laura. Diziam que ela fora estudar na capital, para ficar longe dos perigos da tentação e da imaturidade. Ele, repetidas vezes, tentou entender quais eram os tais perigos da tentação e da imaturidade. O que seria isso que apenas os adultos entendiam? Que apenas os adultos poderiam saber? Decidiu esperar tornar-se adulto para entender o que acontecera.
Ficou adulto e não sabe bem se entendeu. A tristeza tomou espaço dentro de si até que ele não teve mais tempo para isso, pois tinha que trabalhar para conseguir comer. Essas lições eram mais da vida do que de seu pai. Culpava seu pai que lhe exigia postura, enquanto era acalmado pela mãe que lhe recomendava fé.

A vida passou e viu-se pai. Só então compreendeu algumas coisas. Por vezes, chegou a se surpreender com falas iguais às de seu pai. E quando percebeu, já era adulto. Quando percebeu, havia expulsado sua filha Rebeca de casa por estar grávida e seu filho Joaquim por desobedecer-lhe. Acabara por agir como seu pai no passado.

Arrependeu-se, mas acreditava que a vida era assim. Que as decisões duras tinham que ser tomadas para formar o caráter das pessoas, para prepará-las para a vida. Reprimir para saber o que é a liberdade. Sentir tristeza para saber o que é alegria. Ficar doente para valorizar a saúde. Ver a morte para valorizar a vida.

Era estranho. Tudo isso era estranho. Passara rápido, tudo passara muito rápido. Ele deveria ter sido mais flexível em seus conceitos e mais exigente em suas vontades. Acovardou-se perante a rigidez das coisas. Sempre houve alguém para dizer o que ele não podia. Ele não lutou, acabou por acreditar que não podia, que não era capaz. Não podia ter profissão, não podia estudar, não podia namorar menina rica, não podia ir ao cinema, ao restaurante, ao clube.

Andar no meio do mato podia. Trabalhar para quem tinha diploma podia. Sem perceber, viveu sem sonhos, afinal nada podia porque não era branco e não era rico. O país deixava-lhe apenas os restos.

*****

Capítulo III

— Graças a Deus! — Lídia aliviada. Afinal de contas não havia nada demais na caixa, apenas umas canecas de verniz, uns pratos artesanais e uns talhares com cabo de madeira.
— "Agora posso embarcar despreocupada". — pensou.
Entrou no avião sabendo que seria um voo rápido. Organizada, em sua mente repassava os planos para sua estadia em Belo Horizonte. Ficaria em um hotel barato, na Avenida Bias Fortes, entre a Praça Raul Soares e a Avenida Álvares Cabral. Era assim que falaria com o taxista. Vira pelo *site*, os quartos pareciam bons e baratos.
Já estava com vontade de chegar quando o piloto anunciou o procedimento para o pouso. A viagem correra bem. Pegou sua mochila e a tal da caixa.
— Táxi? — pergunta alguém atrás de um balcão.
— Não, obrigado. Acho que vou de UBER.[5]
Lídia foi em direção à porta de vidro do desembarque. Conferiu suas coisas e a caixa. Foi então que se lembrou do tal primo, destinatário da caixa. Ficou parada no saguão por um curto período. Esperava ser vista, ou vê-lo. Sabia que seria mais fácil que o primo a localizasse, pois ela acabara de desembarcar com uma caixa na mão. Caso ele não aparecesse, deixaria a caixa no hotel.
— Ei! Lídia? É você? — um rapaz pergunta enquanto vence a pequena distância das posições em que se encontravam.
— Sim. Você é? — já imaginando ser o destinatário da caixa.
— Sou o Albino, primo da Mércia. — apontando para seu próprio rosto.
— Olá. — retribui o sorriso simpático.

---
5 Serviço de transporte feito via aplicativo em celular.

– Esta é Vavá. – apresenta a garota que estava ao seu lado.
– Oi.
– Oi.

Lídia simpatizou com Albino, mas não teve boa impressão da Vavá. Ele pareceu-lhe espontâneo, ela não. Bem verdade que sorrira, mas sem simpatia. Com os olhos, sentiu-se medida por ela, como se estivesse sendo avaliada de alguma maneira. Ficou incomodada.

Ficaram parados sem reações.

– Essa é a caixa? – Albino acaba por perguntar.

– Ah, é. – entregando-lhe.

Albino segura a caixa. Havia certo constrangimento no ar.

– Uai, a caixa *tá* aberta?

– É. – sem jeito. – O pessoal da companhia aérea mandou abrir *pra* ver o que é que tinha dentro.

Albino primeiro recebeu a resposta, para depois sorrir levemente e indagar:

– Mas está tudo aqui ou o comandante pegou uma caneca. – abriu um sorriso largo.

– Não. – convicta. – Está tudo aí. Pode conferir. – sorriu também, mas agora não fora espontânea.

Breve silêncio.

– Estamos de carro. Quer carona? – oferece Albino.

– Não. – prontamente. – Não quero incomodar.

– Não incomoda nada. Pra onde você vai?

– Para a Avenida Bias Fortes. Perto da Praça Raul Soares.

– É caminho. A gente te leva. – ele sorri. Vavá não. – Vamos.

Lídia pondera por um momento e parecia reconsiderar. Não era assim tão próxima de Mércia e sequer conhecia aquele rapaz. Contudo, Vavá iria junto no carro, e estava com pressa de chegar ao hotel.

– Não. Pode deixar. – resolve agir com sensatez.

O celular de Albino toca.

– Só um momento. – pede para Lídia e dá atenção para o aparelho. – Chegou. – foi respondendo. – Já entregou a caixa. Muito obrigado, prima. – olha para Lídia e sorri. – Não. Ela não quer aceitar carona, prima. Fala *pra* ela que eu dirijo direitinho e que vou direto pro hotel. Pode *falá*. – sorridente, passa o aparelho para Lídia.

– Alô.

– Ei, Lídia. Tudo bem? Fez boa viagem? – Mércia perguntava.

– Sim.
– Ó, vai de carona com meu primo, viu? Ele *tá* aí com a namorada dele?
– Tá.
– Nó! Ela é um porre, mas ele é legal. – deu uma risada. – É o mínimo que a gente pode fazer, viu? Eu te deixei no aeroporto, agora ele te deixa no hotel.
– Tá. Eu vou ver aqui.
– Obrigada, viu, Lídia? Você é uma gracinha.
Desligou sem graça. Devolveu o aparelho para Albino.
– E aí? Vai com a gente? – sorridente. Vavá parecia não estar gostando.
Lídia acenou com a cabeça em sinal positivo.
– Não vou atrapalhar vocês?
– Nada. – já se virando para o caminho do estacionamento. – Vamos. Te deixo na porta do hotel. – sorridente. – Pode *ficá* tranquila.
Ela queria aproveitar para ver se conseguiria organizar seu tempo para ir no show do Pato Fu e do Tianastácia.[6]

*****

– *P*...! – acordando de um sono profundo mal dormido no banco de passageiro. – Onde estamos? – olhando em volta.
– Em BH. – responde Virgílio com alegria no rosto e serenidade na voz.
– Em BH, *caraí*? – tenso. – Eu falei que não queria vir *pra* cá.
– Foi.
– Então, *p*...? – nervoso. – O que é que estamos fazendo aqui?
– Eu estava dirigindo. Eu quis vir *pra* cá. – com o mesmo sorriso e com a mesma serenidade.
– *P*...! Velho burro. – revoltado. – Para essa *b*... que eu vou descer. – dando ordem.
– Só um momento. – ajeitando o carro no trânsito, mas sem parecer que iria parar.
– *P*...! Belo Horizonte! *Caraí, veio*. – revoltado.
– Vou parar na Praça da Liberdade. – anuncia. – Lá você desce.
– Por que lá?
– Eu gosto dessa palavra: "liberdade". – sorri. – Eu gosto da Praça da Liberdade.

---

6 Bandas mineiras de Belo Horizonte, de rock.

Júlio estava visualmente tenso.
– Eu não podia ter voltado para Belo Horizonte.
– Por que não? – dirigindo.
– Só não podia. – não queria contar.
– Não fuja mais.
– O que é que você tem com isso? P..., velho chato! – gritando.
Virgílio aproveitou o vermelho do semáforo.
– Eu também fugi. Agora eu quero saber dos meus filhos. Vou procurá-los.
– Já devem ter morrido.
– Ao menos saberei.
– E por que acha que viriam para Belo Horizonte?
– Não sei. Nem sei como fazer. Mas quero fazer isso antes de morrer.
– Eu não vou te ajudar. – decreta.
– Tudo bem.
– Não é por que você me ajudou que eu tenho que te ajudar. – alerta.
– Tudo bem.
– Tudo bem?
– Tudo bem.
Virgílio para o carro e anuncia:
– Chegamos. Praça da Liberdade.
Júlio olha para Virgílio, como quem escolhe as palavras. Não diz nada e desce do carro. Virgílio esperou Júlio, achando que ele queria dizer-lhe algo. Nada disse. Também saiu do carro.
– Gosto deste lugar. – lança Virgílio contemplando o corredor de grandes palmeiras.
Júlio concorda com um aceno. Parecia mais tenso.
– Vamos nos separar. Vamos procurar algum lugar *pra* ficar. Depois a gente se encontra. – como quem se despede.
– Claro. – estranhando e concordando ao mesmo tempo. – Quer que eu lhe espere aqui? – Virgílio não sabe se estava pronto para enfrentar aquela cidade sozinho.
– A gente se encontra aqui depois. – Júlio falou sem parecer seguro.
– Aqui mesmo? – aponta para o chão.
– Sim. A gente se encontra aqui.
– Não quer ir comer alguma coisa antes? – preocupou-se.
– Não. – já se afastando.

* * * * *

PARTE IX

Capítulo I

— Romano, temos que ir no JK.⁷ — avisa Grego da porta mesmo, cheio de pressa e com agitação.
— O que houve? — sentado, imóvel, sem esboçar quaisquer movimentos.
— Vamos, Romano. — gesticula. — Mataram um *carinha*, lá?
— Temos que ir? É mesmo necessário? — não era preguiça, era apenas para racionalizar seu tempo.
— Sim. Acho que foi o "nosso" garoto. — referindo-se a Júlio.
— Por quê?
— Deixaram um livro do lado do corpo. Igual aconteceu nesse caso aí do prédio. — apontando as fotografias com um movimento da cabeça.
Romano reflete por instantes e fala:
— Isso basta? — sem sair do lugar, para desespero de Grego.
— Anda, Romano. No carro a gente conversa. — reiterando sua pressa.
— O garoto não tinha viajado? — começando a cogitar a hipótese de se levantar e acompanhar Grego.
— Qual garoto? O tal de Júlio?
— É.
— Não temos certeza.
— Ele não tinha sido visto na rodoviária?
— Não temos certeza.
Romano olha para Grego e levanta-se.
— Temos certeza de alguma coisa nesse caso, Grego? — sério.

---

7 Conjunto Governador Juscelino Kubitschek, edifício no Bairro Santo Agostinho, na região central de Belo Horizonte, próximo à Praça Raul Soares. O projeto foi concebido pelo arquiteto Oscar Niemeyer, datado de 1952.

— Temos. — sorri discreto como se fosse Romano. — Que as pessoas estão morrendo. — sentiu-se o próprio colega em uma de suas frases curtas e cortantes. — Vamos? — insiste.

— Sim. — finalmente Romano acompanha Grego pelos corredores que pareciam mais estreitos e curtos do que realmente eram.

Entram no primeiro elevador que chegou. Romano não aperta o botão referente ao andar. Grego o faz.

— Você nunca aperta, *né*, Romano? — daquelas perguntas que são uma afirmação.

Romano nada fala. Olha para Grego sem expressão alguma. Gostava de trabalhar com ele.

— Você é uma pessoa agitada, não é Grego? — sem esperar resposta. — Acho que você deveria tomar calmantes, não acha?

Grego sabia que não era para responder. Mas não resiste:

— Tomo café. — sorri. — Você deveria tomar energético com café, não acha? Você é lerdo demais.

— *Qué* isso, Grego! Não precisa ofender. — carrancudo, mas com humor.

— *Qué* isso? — já sorrindo. — Você *pra* morrer de repente demora três dias. — riu quase às gargalhadas.

Romano achou graça e abriu um ligeiro e raro sorriso.

O elevador chegou e Grego já avisa logo que o carro está pronto. Romano apenas balança a cabeça, ainda com o sorriso, agora mais discreto, no rosto satisfeito. Poucos passos e Romano volta ao seu estado compenetrado. Como sempre, parecia estar em outro mundo, submerso em seus pensamentos.

— Grego, o pessoal está de prontidão nas saídas da cidade? — pergunta depois de um tempo.

— Sim. Mas sabe como é, *né*? Não dá para fechar a cidade. — brinca, mas sério.

— É só trancar com a "chave da cidade" que você recebeu. — sério, mas brincando.

— Você é um piadista, Romano. — Grego sempre achava graça nas tentativas de Romano em fazer piada. Era um humor às vezes sutil, às vezes ácido, às vezes sem graça nenhuma mesmo.

Entram no veículo.

Grego atento ao caminho. Agia sem pensar.

Romano aéreo em sua mente. Pensava sem agir.

* * * * *

PARTE X

Capítulo I

— Onde você vai, mãe?
— Já volto, minha filha. Só vou devolver este livro na biblioteca, pegar outro, tomar um café e volto *pra* casa. – explica. – Quer vir comigo?
— *Ah*, não mãe. Fica comigo. Vamos assistir série na TV.
— Não, filha. Eu já deveria ter entregue este livro. Agora vou ter que pagar multa.
— Por que você não baixa os livros na *internet* ao invés de ir *na* biblioteca toda a hora?
— Sou antiga. Gosto do papel, de segurar o livro, de namorar a capa e viajar nas letras. Além disso, gosto de ir à Biblioteca Municipal. Gosto do lugar, do ambiente, das pessoas...
— *Tá* bom, Dra. Vera. Mas não demora, viu?
— Beijo, filha. Já volto. – e saiu.

*****

Capítulo II

— O país está precisando de uma revolta generalizada da população. Explodir isso tudo. Tirar esses corruptos do poder e instaurar uma república popular, com o povo no poder. Essa roubalheira não pode continuar. – enfático.
— Então o senhor defende a luta armada? – pergunta a repórter.
— Não. Eu defendo a "solução armada". O povo precisa saber a força que tem. – com voz calma, mas firme. – Esses políticos tinham que ter medo do povo. Há séculos que maltratam nossa população e enriquecem às nossas custas. Hoje somos idiotas que pagam tributo para fazer políticos ricos. Deveríamos pegar em armas e acabar logo com isso. Se for preciso pegarmos em armas, que peguemos. Assim é que não pode ficar. Vamos agir. O Brasil está parado na Idade Média, com o povo trabalhando para enriquecer o "senhor feudal". Temos que dar um basta nisso. Tirar essa gente que não presta do poder e entregar o poder para o povo.
— Mas foi o povo quem elegeu os políticos que estão aí. – afirma como se fizesse uma pergunta.
— É verdade. Mas o povo votou para que eles trabalhassem em prol do povo e do país, e não para engordar suas contas bancárias. Essa gente não presta. Temos que fazer a nossa Revolução Francesa no Brasil. Cortar cabeças com a guilhotina e começar tudo de novo.
— Então você entende que o povo não sabe votar?
— Infelizmente o povo não sabe votar. Mas isso não é culpa dele. Nós temos um povo maltratado, que não tem escolas de qualidade, que não tem acesso à cultura, que luta pelo alimento… Ora, quem está preocupado em comer, não está preocupado com cultura e política. – semblante fechado.
— E vira essa safadeza à brasileira: o pobre vota no político que lhe dá a

esmola, então, para continuar recebendo a esmola não pode deixar que esse político saia de seu cargo; por outro lado, o político dá a esmola para receber o voto, portanto, para receber o voto não pode deixar que a pessoa saia da condição de necessitada. – quase revoltado. – O povo brasileiro vive na miséria e essa gente ri de nós. E eu não falo apenas da roubalheira, não. Falo da lei também.

– Como assim? – pergunta a jornalista.

– Essas mordomias que eles têm, todas através de leis. É carro, é assessor, é verba *pra* tudo, é auxílio para tudo. *Tá* tudo errado. – enfático.

– Se é lei, está certo, não?

– Claro que não. A lei é burra, o homem que a faz é esperto. – nervoso. – Já tivemos leis que legalizavam a escravidão, a desigualdade de gênero, a exclusão de pessoas, a intolerância religiosa, o confisco de propriedades, entre outras. É o homem quem faz as leis de acordo com a sua conveniência e impõe para toda a sociedade. – pausa para recuperar o fôlego. – A mulher não podia votar. O negro era escravizado. Matavam índios e prostitutas, sempre protegidos pelas leis. Essa gente não presta.

– São os nossos representantes. – tenta.

– Isso é o que eles querem que você acredite. Eles são representantes deles mesmos, dos interesses deles, dos amigos deles, dos parentes deles, das contas bancárias deles... Temos que explodir aquilo tudo. Acabar com Brasília.

– Mas o Brasil é um país democrata. – tenta novamente.

– Aí teremos que discutir o que é democracia. – com inquietação na voz. – Democracia não é roubar do povo e enriquecer na escuridão. Fazem leis para manter o povo no lugar enquanto roubam a população e as riquezas do país. Essa gente faz o que quer. – sério. – O povo tem o direito de destituir o governo que não reconhece.

– Mas e a democracia? – insiste a repórter.

– Democracia pressupõe conscientização cívica, que por sua vez, exige educação cívica, educação de valores morais de convivência social em prol do todo respeitando os direitos individuais. Se os governos não dão educação para o povo, ficamos assim: com um povo sem civilidade, sem cultura, sem educação, que resolve tudo no tiro e na porrada. Que acha democrático escolher quem o rouba: ou o ladrão armado, ou o político safado. – falava e agitava os braços em auxílio ao discurso. – O povo é educado para ser servil, trabalhar e agradecer o prato de comida. Enquanto isso, políticos enriquecem às custas do dinheiro público. Isso é errado. – tom severo. – Além de roubarem os cofres públicos, eles têm salários altos, carros com motorista e gasolina, telefone pago, casa montada paga, assessores e muito mais. Juiz tem auxílio moradia, auxílio livro, auxílio educação e etc.! Onde já se viu isso? E o Ministério Público, que deveria vigiar essas coisas, tem também, recebe as mesmas mordomias. É uma espécie de pacto de demônios. Enquanto não têm esses luxos reclamam. Quando têm, se calam.

– Mas eles merecem, não? Eles fizeram concurso público *pra* isso.

– Não. Claro que não. Que absurdo! – veemente. – Eles fizeram concurso público para servir ao país, para servir à sociedade, para servir à população. – tenso. – E não é isso que eles fazem. Eles não estão na rua servindo o povo, estão em castelos e palácios distantes do povo. Ficam lá ensaboados em seus ternos e gravatas se achando superiores e querendo o povo distante.

– Ora. Mas qualquer um do povo pode fazer concurso público e virar juiz ou promotor. Basta querer. Ao invés de ficar reclamando, é só fazer como eles: estudar e passar no concurso.

– Você não está falando sério, está? – quase ofendido. – A população não tem acesso à educação. O menino remelento tem que ir *pra* rua lutar pelo alimento, vai conseguir pensar em ser juiz? O filho do "bem nascido", esse sim, estuda e passa. Temos um país desigual e não fazemos nada para mudar. Além disso, não se trata de quem ocupa esses cargos, branco, negro, homem, mulher, rico ou pobre, se trata do fato que esses cargos não podem ter esse exagero de mordomias. Essas mordomias são mantidas pelo povo que passa fome, que não tem saneamento básico, que não consegue ingressar na escola, que pega ônibus lotado e é assaltado todos os dias. Nós pagamos por um país que nos maltrata. Que não consegue garantir o mínimo de dignidade e segurança.

– O país melhorou muito, não acha?

– Claro que não! Cada vez pior. Somos um lixo.

– Somos a oitava economia do mundo.

– E o que mudou para a população sem casa, sem comida, sem estudo? Sem um sapato para calçar? O que adianta ser potência e ter um povo miserável. Prefiro não ser potência e ter uma sociedade com qualidade de vida.

– Outros países também têm problemas. O Brasil é um país novo.

– Novo? Só de independência são quase 200 anos. Isso não é desculpa. Austrália, Canadá, Estados Unidos, são países novos. O Chile e a Argentina aqui do lado. – nervoso na fala.

– Mas o nosso povo é um povo bom. – afirma.

— Tenho minhas dúvidas.

— Como assim?

— Eu gostava de acreditar nisso. Mas matamos quase 60 mil pessoas por ano, a tiro. Isso não é coisa de gente boa, ou é? Não temos projeto de nação. Não somos um povo. Somos pessoas que moram dentro da mesma fronteira territorial, cada um lutando por si, sem lembrar do próximo. Chamamos isso de esperteza, jeitinho, malandragem, "se dar bem". O Brasil não presta.

— Mas é a nossa sociedade... Essas pessoas são vítimas do sistema de exclusão.

— Não é verdade. – veemente. – Não se trata disso. Quem mata não é vítima, quem mata é mau mesmo. Essas pessoas matam, roubam e estupram. Isso não é coisa de vítima social, isso é má índole. Esse discurso de vítima funciona *pro* intelectual que fica seguro dentro de seu gabinete com ar condicionado, não funciona *pra* quem está tomando tiro, sendo roubado... A gente vive numa selva. Estamos numa guerra civil velada.

— Essas pessoas roubam porque não tiveram acesso à educação, a oportunidades.

— Não. Essas pessoas roubam porque não têm caráter, são más, porque ninguém as corrigiu quando tinham que ser corrigidas. Daqui a pouco você vai dizer que um estuprador estupra porque não tem acesso a mulher.

— Que horror! Claro que não. – já sem saber o que dizer. – Mas eles não tiveram oportunidade. – escandalizada.

— Todos fazemos escolhas. Os imigrantes que vieram para o Brasil na virada do século XIX e XX vieram sem oportunidades sociais, alguns sequer falavam português, e a maioria conseguiu se estabelecer sem gerar violência e sem esse discurso de vítima social. – breve pausa. – Somos um país rico com um povo pobre. Temos uma Constituição avançada e um povo atrasado. – olhou para uma das câmeras. – Temos é que explodir Brasília. Matar todo mundo que não presta e começar tudo de novo. Em cinquenta anos teremos uma nova ordem. Vamos montar os Tribunais do Povo e julgar essa corja. É rico com dinheiro do povo? Devolve o dinheiro e mata o sujeito.

— Que absurdo! – a jornalista parecia revoltada.

— Absurdo é o que esses corruptos fazem com o nosso país. A quantidade de pessoas que eles fazem sofrem para enriquecerem às custas do dinheiro público. Nosso país seria muito melhor. Desviam dinheiro da merenda escolar, da saúde, do transporte, das obras, das próteses... de todos os lugares. Temos que acabar com esses caras e com os traficantes. Só a morte resolve.

– Eu não posso acreditar que alguém defenda essas ideias.

– Eu não defendo essas ideias. Apenas busco solução para o problema. Se a perna está podre, é melhor amputá-la e salvar o corpo. – semblante carregado. – Sou o porta-voz do prenúncio. Consigo ver a realidade e tenho coragem *pra* falar dela. O povo vai se rebelar. Vai explodir Brasília e instaurar um governo popular provisório.

– Um governo comunista? – tenta manter a seriedade.

– Não. Um governo popular. Quem gosta de comunismo é intelectual bem alimentado, pobre de espírito e incapaz de entender história. Só gosta de comunismo quem nunca viveu num país comunista. Só gosta de comunismo quem está no poder nos governos comunistas. Fazem revoluções mentirosas e se tornam mentirosos compulsivos. Dizem que são a favor dos trabalhadores, mas param de trabalhar. Essa discussão ficou parada no século XX, não cabe mais.

– Eu gosto dos ideais comunistas. Eu me acho uma comunista. – achando que havia posto o convidado numa "saia justa".

– *Hã*? Então você ou é intelectual, pobre ou incapaz. – sorriso irônico. – Deixo a seu critério. E aproveita, pois escolher a sua linha política só é possível na democracia. Qualquer regime de intolerância cerceia pensamentos políticos distintos. Só a democracia tolera o intolerante. – achando boa a sua frase.

– O senhor não me ofenda, por favor. – tentando manter a linha.

– Eu não lhe ofendi. Eu não a chamei de comunista, foi você mesmo quem se ofendeu.

– E *pra* você, qual é a diferença entre comunismo e socialismo?

– *Pra* mim, são a mesma porcaria, embora tenham diferenças apenas nos manuais. Se formos rigorosos na avaliação, não existem Estados comunistas, nem socialistas. O que existe é uma fanfarra de partido único. Quem tiver a arma na mão fica bem, quem não tiver é enganado.

– Mas no capitalismo as pessoas também são enganas.

– Claro que são. Mas você luta por uma causa que é sua. Você luta para ter mais qualidade de vida, para conseguir viajar, comprar coisas e etc. Nos países chamados de socialistas ou comunistas você é obrigado a fazer aquilo que é bom para o "povo". É o auge da tragédia humana. Você não tem liberdade de pensar por você mesmo. Quem estuda essa joça, diz que socialismo é um estágio para chegar ao comunismo. Eu não vou discutir, mas é a mesma coisa que dizer que a ditadura militar é um estágio para chegar à democracia. Burrice total. Socialismo não funciona nem dentro da sua família, vai funcionar num país inteiro?

— Não entendi.

— Ora, no socialismo se defende os meios de produção na mão do Estado, o Estado como único proprietário de tudo, que na verdade é do povo, o Estado como fonte da lei, como gerador da igualdade. Tudo para atingir-se o estágio do comunismo, quando cada qual seria dono de sua própria produção e do resultado de seu trabalho, sendo desnecessária a existência de Estado.

— Eu acho o socialismo melhor que o capitalismo.

— Tudo bem. Na democracia, que inclusive os socialistas dizem que são democratas, você é livre para achar o que quiser. Mas essa discussão entre socialismo e capitalismo está desatualizada. — irônico. — Acabou lá em 1989, com a queda do muro de Berlin, construído por um "governo do povo". — sorriu novamente. — "Governo do povo" que separa pessoas à força. Dava tiro em pessoas que queriam outra vida. O mundo é tão burro.

— Você é contra um governo socialista no Brasil.

— Sou contra qualquer governo que roube o país. Seja de que partido for, tenha que ideologia tiver. — semblante fechado. — O povo quer um governo que dê qualidade de vida para a população. Um país rico tem que ter um povo igualmente rico. É simples.

— Então você se considera o quê? Um liberal? Anarquista? Nazista?

— Não me considero nada. Sou brasileiro, só isso. Um "brasileirista". — sorriu.

Houve um ligeiro silêncio.

— E quais são as propostas desse movimento?

— Muitas. Primeiro derrubamos o atual governo. Mas esse "derrubá-lo" não poderá ser através do voto nem de um processo de *impeachment*. Terá que ser com revolução armada. O povo vai ter que quebrar tudo.

— Como assim? — preocupada.

— Se não for assim, o próximo governo que entrar também não nos respeitará. Temos que quebrar tudo e dar tiro no Presidente da República, do Senado, do Congresso e do Supremo.

— Não acredito que o senhor fale essas coisas a sério. — espantada.

— Claro que falo. — com convicção. — Chamo isso de "Legítima defesa da Pátria". Eles roubam a nação, nós os matamos. Temos que instaurar a política da guilhotina e estripar essa gente do nosso país. — satisfeito por ter palanque. — Temos que fazer como fizeram com Tiradentes: matar, esquartejar em quatro partes e espalhar partes do corpo pelo país a fora.

Condenar os filhos e netos desses corruptos e confiscar as propriedades.
– Não acredito no que estou ouvindo!
– Acredite. Eles nos roubam para mais de três gerações, pelo menos. Ensinam os filhos e os netos a serem corruptos. Tiram tanto dinheiro dos cofres públicos que conseguem garantir as famílias por gerações. Esse dinheiro é público, não é de um "senhor feudal".
– Mas os filhos não têm culpa.
– Claro que não. Mas não vão viver com o dinheiro público roubado, nem vão ocupar cargos públicos.
– Por quê? Isso é inconstitucional.
– É só mudar a Constituição. Aliás, se houver uma nova ordem, haverá a necessidade de uma nova Constituição. – concentrado em sua fala. – Se o filho vê o pai roubando dinheiro público, ele será a continuidade dele caso entre para a vida pública. Talvez o político corrupto que seja pai, sabendo que seu filho também será atingido, pense melhor antes de se corromper. – ponderando. – Situações extremas precisam de soluções extremas. Não é o que eu defendo, é o que o país precisa.
– Que absurdo! Não necessariamente.
– Concordo. Mas não se corre risco com o dinheiro público. – taxativo. – Foi condenado por corrupção, não poderá ocupar cargo público até o final de sua vida, nem seus filhos e netos.
– Que exagero!
– Exagero é o que essa gente já roubou deste país, continua roubando e não tem medo. Ainda usam a lei, que eles mesmos fizeram, para se defender e são julgados pelo "amigo" que eles puseram no Judiciário. Temos que acabar com essa vergonha. Se quando roubam pensam em garantir o futuro do filho, nós temos que garantir que o futuro do filho não será construído às custa do dinheiro público. – quase ofendido.
– Você não acha que está incentivando o caos, a baderna e a violência?
– Não. Acho que eu estou incentivando a ordem que virá após o caos. Estou querendo acabar com político corrupto, com a sangria à qual submetem este país.
– Mas você esteve envolvido em vários escândalos de corrupção. – sem entender.
– Por isso que eu sei como funciona. E por isso que eu sei o tamanho do estrago para o país. São cerca de 5.570 municípios e 27 unidades federativas desviando dinheiro público. É o Governo Federal desviando dinheiro

público de todas as formas possíveis e impossíveis. Essa gente não presta. Isso tem que acabar. Depois de expulsar os corruptos da vida pública, de condená-los e executá-los, o país seguirá seu curso sem essa corja que atrasa a nação. – em tom de discurso. – Proponho parar o país por 12 horas, amanhã às 12 horas, meio-dia. Ninguém faz nada, não trabalha, não estuda, não fala. Nada. Todos parados esperando um futuro melhor.

O diretor do programa não imaginava a audiência que essa entrevista poderia ter. Nunca fora tão alta. Eram ideias tão absurdas, que parecia estranho despertarem tanto interesse nos telespectadores.

*****

Romano e Grego estão no local do crime.
– Feia a coisa, *hein?* – fala Grego para Romano que nada diz.
O apartamento era pequeno e estava maltratado. Paredes que um dia foram brancas punham limites fronteiriços à visão, que ficava apertada por ausência de opção. Havia uma janela na sala, enfeitada por uma cortina desbotada, descosturada e já sem esperanças de conserto. Eram amarelas por mau gosto, curtas por mau zelo, enrugadas por mau acabamento, furadas por maus tratos. A luz as atravessava e parecia amarelar em palidez desnutrida todo o ambiente até encontrar o sofá solitário encostado de vergonha. Tinha cor de mofo e aspecto de abandono. Ficava de frente para o aparelho de televisão, que estava ligado, falando sem parar, preenchendo o vazio deixado pelo silêncio que acompanha a morte.
– Quem o achou? – pergunta Grego a um policial militar.
– Um vizinho. Estranhou o cheiro. – responde o policial.
– Ele que arrombou a porta? – olhando para a fechadura.
– Não. Fomos nós. – referindo-se a si próprio e ao colega.
– Alguém viu alguma coisa? Já falou com o porteiro, com os vizinhos?
– Ninguém falou nada, não.
– E quem é o nosso "freguês"?
– Agnaldo Figueira. – responde olhando a documentação. – Encontramos isto. – entrega uma carteira profissional.
– Agente Carcerário. É... deve ter muita gente satisfeita a essa altura.
– Isso é bom, Grego. – Romano participa. – Vamos pesquisar os detentos do presídio que ele trabalhava, pelo período que ele lá esteve.
– Trabalhava na Nelson Hungria. – mostra o registro de ponto dele.

— Diminuímos os suspeitos para 50 mil pessoas. — ironiza.

— Começamos pelos condenados por homicídio. Quanto tempo ele trabalhou lá?

— Não sei. Depois eu olho isso.

A vítima era um homem grande. Estava com o corpo no chão, sentado com as costas apoiadas numa das paredes. Estava sem camisa. Suas mãos estavam presas no meio das costas, com uma corda que lhe passava pelo pescoço, de forma que se enforcaria a si próprio se fizesse movimentos com os braços pendurados para trás.

— O que é isso? — aponta Grego para uns cortes abaixo de um dos braços da vítima. — Parece um desenho.

Romano pega o livro que estava no chão, ao lado de uma das pernas do cadáver:

— *Papillon: o homem que fugiu do inferno*. — lê o título e olha para o cadáver. — Isso é uma borboleta. — aponta o desenho feito no peito daquele homem, fazendo a relação do livro com o assassinato.

— É. Parece mesmo. — conclui Grego olhando as feridas de sangue marcadas, provavelmente, pela faca que estava no chão, ao lado do corpo. — O que é que tem o livro e o desenho com a vítima? Qual a relação? — pergunta para Romano com esperança.

— Não sei. — tentando entender. — No outro assassinato, lá do apartamento, deixaram o *Guerra e paz*. Agora o *Papillon*. Não sei a relação. Aliás, não sei nem se há relação. — com dúvidas na fala, enquanto mexe no livro. — Você lembra se o outro livro era da Biblioteca Municipal? — pergunta para Grego mostrando a etiqueta da biblioteca no livro que segurava em suas mãos.

— Não. Mas isso simplifica tudo. — otimista. — É só ir lá *na* biblioteca e ver quem retirou o livro.

— Concordo. Embora pareça óbvio demais para quem planeja um assassinato, não acha?

— Esses caras são assim. Às vezes esqueceu desse registro.

— Sim. De qualquer maneira temos que conferir, lógico.

Romano continua observando:

— Troço feio, *hein*? O que será?

Havia um corte, como uma cicatriz costurada de qualquer maneira, debaixo de uns dos braços.

— Está com sangue nos olhos. Acho que estão vazados.

Grego confere.

– Credo. Alguém arrancou. – conclui Romano em voz alta.
– Já vimos isso antes, *hein*? – referindo-se a outro caso, mais antigo.
Conferiu os cômodos da casa. A pia da cozinha e a do banheiro estavam cheias de água, com cubos de gelo já se derretendo.
– O que será? – tenta entender.
De repente Romano ergue a cabeça e olha para a televisão. Ele conhecia aquela voz. Alguém estava falando sobre explodir Brasília, revolução ou algo assim. Depois de um tempo com a imagem na jornalista, ela volta para o entrevistado.
– Grego. – Romano pede a atenção do colega e aponta para a televisão.
– P... *que o p*...! – Grego deixa escapar.
Agora o corpo parecia ter ficado em segundo plano.
Os policiais que estavam por ali também olham para a televisão.
– P... *que o p*...! – repete Grego sem acreditar no que via.
– Quem é? – pergunta um dos policiais.
Romano nada fala.
– Moisés Duarte. – responde Grego.
– Quem? – insiste o policial.
Grego e Romano pareciam hipnotizados pela televisão.

*****

Capítulo III

João Henrique está sentado displicentemente em uma poltrona mais confortável do que de boa aparência. Com preguiça recostada, indagava-se se deveria tomar um *whisky* ou se deveria ficar ali, sem se mexer. Os olhos, sem prestarem atenção em nada, permaneciam pregados na televisão. Pensava nas coisas do mundo, sem pensar em coisa alguma. Sua mente parecia não querer produzir. Sempre arranjava uma desculpa qualquer. Desta vez, era preguiça mesmo. Foi quando viu a notícia de um assassinato no Edifício JK. Concentrado, prestou atenção. Um morto e um livro. Já era o segundo.

Teve interesse na reportagem. Sentou-se na poltrona para prestar atenção. Queria saber mais. Gostou da ideia dos livros. Começou a imaginar uma trama qualquer. Sorriu. "Amanhã vou *na* polícia". – pensou empolgado, mas sem grandes energias. "Quem sabe eu descubro uma história bacana?".

* * * * *

PARTE XI

Capítulo I

— Moisés está de volta, *hein*, Romano? — Grego puxa o assunto.
Romano balança a cabeça, mas nada diz.
Tomavam umas cervejas na região da Praça da Liberdade.
— Até que foi rápido. — Grego parecia revoltado. A cada gole um resmungo. — Fala aí, Romano. *Pô*, solta a garganta. Não *tá* preocupado, não?
— Estou, Grego. Claro. Justiça no Brasil é de faz de conta. — sério.
— É. — querendo ouvir o amigo. — O que te faz pensar com a volta desse cara? Por que ele não desaparece logo?
— Faz pensar muita coisa.
— O quê, por exemplo?
— Esse cara *tá* em todas. Deu um tiro em mim. Na prisão ele aprontou *pra* caramba. Não gosto dele.
— Nem eu. — Grego acompanha. — Ele anda sempre com uma carga negativa. Sai fora!
— Acho que foi ele que mandou matar o Prefeito Eduardo. Depois aquele Rodrigo que era deputado, lembra? — sem esperar resposta. — Acho que aquele secretário de Governo e a Juíza também. — pensa. — Difícil saber. É tanto detalhe. — como se procurasse algo em sua memória. — Os detalhes escaparam da gente. Isso me revolta. — mais um gole. — Além disso, o cara é todo enrolado. Esquema *pra* todo lado. E agora quer consertar o país?
Grego não se lembra de Romano falar por tanto tempo sobre isso.
— Mas sabe o pior, Grego?
— Quê?
— É que eu estava ouvindo o que ele falou lá na televisão e eu acho que ele *tá* certo em muita coisa. Este país não tem conserto, não.

— *Qué* isso, Romano. Você não acredita no Brasil?
— Não. – cético. – Já acreditei. Atualmente não acredito mais. – tenta refletir. – O Brasil é bom, mas os brasileiros são difíceis. Nós estragamos este país.
— Então vamos ligar *pro* Moisés e vamos explodir essa joça toda. – brinca Grego.
Breve silêncio.
— Grego. Temos um assassino solto por aí.
— Vamos pegá-lo.
— Lembra que o "assassino do Chicote" deixava uma Bíblia junto dos corpos? – satisfeito em trabalhar com o amigo.
— Lembro.
— Eu descobri algumas coisas pelas páginas que ele deixava marcadas, lembra? – continua.
— Lembro.
— Então. Este aqui tem deixado livros. Preciso entender o que é. – concentrado. – Se é o título, o contexto, a mensagem geral do livro ou alguma passagem.
— Difícil, *hein*?
Breve silêncio.
— Parece o mesmo padrão do "assassino do Chicote", não?
— Não acho. – arrisca Grego, sabendo que discordar de Romano era salutar para a construção de raciocínios. – O cara do Chicote era doidão. Pegava as meninas, batia nelas, lembra? A motivação era sexual.
— Isso é o que ele queria que pensássemos. Talvez a motivação fosse outra. – breve reflexão. – Eu nunca consegui dar esse caso por concluído. Vira e mexe ele volta na minha memória.
— Já tem um tempo, *hein*, Romano?
— É. – lamentando.
Breve silêncio.
— Conferi quem retirou o livro na biblioteca. – Grego.
— Conferiu? E aí?
— *Tá* no nome de Agnaldo Figueira.
— É?
— É.
— Ou seja, a própria vítima. Então os livros podem não ter relação com os crimes. Pode ser que não haja relação entre os crimes. – concluindo sem certezas.

— Pode.

— Num o sujeito estava lendo um livro e tomou os tiros. – especulando.

— Não foi coisa de amador, Grego. Os tiros tiveram sequência e foram firmes. É disparo de quem está acostumado. – raciocina. – No segundo, o sujeito tinha o livro na casa dele, e o livro acaba caindo na cena do crime. Será?

— Talvez. – não sabe se concorda.

— A execução foi diferente. Será que tem relação? Nós estávamos fazendo a ligação entre os casos por causa dos livros, mas agora já não sei.

— É. – intercalando a fala com goles de cerveja.

Romano parecia preocupado.

— Será que o Moisés voltou à ativa? O tal de Vagner foi Promotor de Justiça no Primeiro Tribunal do Júri de Belo Horizonte, onde Moisés foi condenado. E esse Agnaldo era agente penitenciário na Nelson Hungria, onde Moisés cumpriu pena. Será só coincidência?

— Doideira, *hein*, Romano?

— É. Mas mesmo assim, precisaríamos saber o motivo que levou a mãe do garoto a se matar.

— Vamos pegar esse cara. Seja quem for. Se for o Moisés, nós *pegamos ele* de novo. Já pegamos uma vez, pegamos uma segunda. – olha sério para Romano. – Moisés deu um tiro em você, Romano. Não gosto dele.

— Eu também não. – tenso.

— *Vamo* armar uma *pro* cara? – propõe Grego.

— Não é o meu feitio. – censura o amigo com um olhar severo.

— Então *tá*, Romano. Fica aí dando uma de certinho *pru'cê vê* o que o mundo faz com você. – como se ameaçasse o amigo.

Romano não argumenta. Era como era e não mudaria sua natureza.

Grego olha para as garotas que estavam por ali. Ia cumprimentando-as sem qualquer outro critério que não fosse o interesse pelo estereótipo. Se achasse bonita, cumprimentava e brindava com o copo no ar.

— Esses dois que morreram tinham ligação com Moisés.

— O cara nem saiu da prisão e já *tá* aprontando? – completa Grego.

— Isso é que é o pior. Aliás, da prisão ele já aprontava.

— Também, os celulares deles funcionam melhor que os nossos aqui fora. – sendo sarcástico.

Nesse exato momento o celular de Romano chama. Ele atende. A conversa não é longa. Foi só o tempo de Grego brindar no ar com mais algumas garotas que passaram sem retribuírem. Ficava louco, mas se controlava.

— Pô! Já tinha esquecido. — resmunga Romano.
— Quê?
— Lembra daquele delegado de Machado?
— Qual? Do relógio *Minas do Rei Salomão*? — riu Grego de sua própria piada.
— É. Esse mesmo. — Romano também riu. — Que senso de humor refinado, *hein*, Grego?
— Gostou?
— Estou embasbacado. — com ênfase.
— Entendeu a piada? — ainda rindo.
— Claro.
— Então. — sorriso largo. — Era tanto ouro naquele relógio que parecia As *minas do Rei Salomão*.[8]
— Agora você foi bem, *hein*, Grego? — ainda rindo.
— Bom... mas o que é que tem ele?
— Ah. Ele pediu *para eu receber* a sobrinha dele que virá *pra* cá. Vai trabalhar na nossa unidade. Só recebê-la. — pareceu incomodado.
— Pode *deixá* comigo. — feliz.
Romano sorri:
— E se for um *trambolho*?
— Aí o departamento a acomodara. — preocupado. — Mas se for *bunitinha*, eu me encarrego das honras. — satisfeito. — Tem vaga garantida. — sorri satisfeito pela vida. Toma mais um gole de cerveja.

* * * * *

Meio-dia. Não houve a paralisação proposta por Moisés, mas uma ou outra pessoa, aqui e acolá, parou em protesto.

* * * * *

---

8 *As minas do Rei Salomão*, livro do escritor inglês Henry Rider Haggard, originalmente publicado em 1885. Foi traduzido para o português por Eça de Queirós.

Capítulo II

João Henrique foi até a livraria Quixote, na Rua Fernandes Tourinho, na Savassi. Sentou-se numa das mesas que ficavam no passeio e ajeitou-se para tomar um copo de cerveja.
— Bom? *Uai*, sumido, *hein*? — festeja o dono do estabelecimento.
— Bom dia. — respondeu João Henrique. Gostava de conversar, mas nem sempre era aberto a grandes diálogos.
— Posso? — indicando a cadeira vazia na mesma mesa.
— Claro. É um prazer.
Sentou-se:
— Então? Como vai o nosso escritor preferido?
— Bem.
— Que bom. — cortês. — Escrevendo muito?
— Menos do que preciso e mais do que quero.
— Ora, viva. — mesmo tom. — Uma daquelas frases que temos que fazer força para compreender. — sorri.
— Nada. — retribui o riso. — Apenas jeito de falar. — a cerveja chega.
Brindam e tomam um bom gole.
— E aí, vendendo muito? — pergunta João Henrique.
— Menos do que eu queria e mais do que preciso.
Os dois riram.
— Os meus têm vendido? — arrisca.
— Sim. Mas deram uma queda.
— É. — conformado.
— Aquele do assassinato é que sempre vende.
— *Vingança cega*. — cita o nome de um de seus livros.
— É. Esse é sucesso. *Tá* sempre vendendo. — querendo conversar. —

Os outros dependem da época, de datas festivas, essas coisas.
— Como assim?
— Dia dos namorados, natal, dia das mães, dia dos pais, essas coisas.
— Entendi.
— Agora o que *tá* vendendo bem é o *Guerra e paz* e o *Papillon*. — acrescenta.
— Sério? — estranhando um pouco a procura desses livros.
— Sério.
— Clássicos, *né*? Sempre vendem. — conclui.
— Não. — interrompe o raciocínio. — *Tá* acima do normal. Deve ser por causa dos assassinatos.
— Quais assassinatos? Nos livros? — tentando lembrar-se dos detalhes dos livros.
— Não. Você não ouviu falar dos assassinatos, não?
— Quais?
— Não sei direito. — ajeita-se na cadeira. — Mas morreu um cara num apartamento aí e, do lado dele, tinha um exemplar do *Guerra e paz*. Já tem um tempinho. Aí o livro passou a ter procura nas livrarias. — dá de ombros. — As pessoas são assim. — tenta explicar. — E agora morreu outro cara lá no JK e do lado dele tinha um exemplar do *Papillon*. — do tom narrativo pulou para o quase eufórico. — A venda também pulou. — fazendo gesto com a mão, como se ela própria desse um salto. — *Tô* vendendo adoidado desses dois. Vai entender.
— É mesmo. — concordando sem concordar.
— É. — respondendo sem pergunta.
— Então agora escritor tem que sair por aí colocando livro no lado de cadáver *pra* vender? — riu de sua própria conclusão.
— Não. — achou graça também. — Claro que não. — outro gole de cerveja. — Livro nunca vai deixar de vender. As pessoas gostam.
— Mas hoje se lê cada vez menos.
— Não sei dizer. Eu continuo vendendo bem. Sempre a mesma média. Às vezes mais, às vezes menos, mas sempre vendendo bem.
João Henrique dá uma boa golada no copo.
— Bom. Vou ali escrever um livro e matar alguém *pra* ver se eu tenho dez milhões de cópias vendidas.
Ambos riram.

* * * * *

Capítulo III

Albino para de frente para o hotel:
— É aqui. – anuncia. – Precisa de ajuda? – simpático.
— Não, obrigada. – igualmente simpática.
— Nós vamos comer qualquer coisa. Quer ir com a gente?
— Não. Pode deixar. Obrigada. – já saindo do carro. – Tchau, Vavá. – tentando ser gentil.
Ela apenas sinaliza com a mão e dá um sorriso decorativo.
— Certeza? – também do lado de fora.
— Certeza. Vou tomar um banho e descansar um pouco. Depois vou para os compromissos. – como se devesse explicação.
— *Ok*. Então *tá*. Deixa só te levar até o balcão. – solicito.
Lídia até estranhava aquela gentileza toda. Creditou ao jeito dos mineiros.
Entrou no saguão do hotel.
— Olá. Fiz uma reserva.
— Claro. Pois não. Meu nome é Divino. – aponta para o crachá. – Pode me emprestar sua identidade, por favor?
— Claro.
Lídia entregou-lhe o documento, ditou seu número de celular e soletrou seu *e-mail*, assinou uns papéis quaisquer e recebeu a chave do quarto, que tinha forma de cartão.
— Quarto 23, senhora. Segundo andar, final do corredor à esquerda. – informa o funcionário com educação treinada.
— Pronto. – querendo encerrar a jornada na companhia de Albino. – Obrigada mais uma vez. Tchau.

Albino abriu os braços, meio sem jeito para receber um abraço de despedida.

— Tchau.

Dão um abraço rápido e com certa distância.

— Você anotou meu celular?

— Sim. — sabia que não seria preciso.

— Qualquer coisa é só me ligar.

— *Tá*. Obrigada. — sorri por educação, mas deixa claro que não estava dando-lhe espaço para mais nada.

— De nada. A gente se vê. — parecia impressionado por Lídia.

Ela vira-se e vai em direção ao elevador. Albino a acompanha com os olhos. Gostava do que via. Lídia entrou no elevador e tomou o cuidado para não voltar os olhos para Albino.

"Se ela me olhar antes de entrar no elevador, ela me ama". — convencia-se.

"Se eu olhar *pra* esse cara, ele não vai sair da minha cola". — já convencida.

Ela entrou no elevador. Finalmente Albino volta para o carro.

Vavá lhe olha repreensivamente:

— Precisava babar na menina?

— *Cê* é doida?

— Doida, é? Doida você vai me ver se não andar direito. — dá-lhe um pequeno tapa no ombro.

Albino arranca o carro.

— A caixa *tá* aí? — lembra-se de repente.

Vavá riu, sem responder.

* * * * *

Lídia toma um banho. Sentiu-se renovada. Gostava de sentir-se limpa. Agora seria a vez dos cremes e depois, finalmente, iria com a sensação de frescor para o evento. Pôs uma roupa leve, que combinasse com seu estado de espírito, com seu estilo e com o clima de Belo Horizonte.

— Divino, *né*? — pergunta Lídia para o rapaz da recepção.

— Sim. Sou Divino. — rindo do trocadilho, que na verdade era uma constante.

— Pode chamar um *táxi pra* mim, por favor? — Lídia pede para o rapaz da recepção.

— Claro. Prefere UBER?

– Não. Pode ser *táxi* mesmo. O que for mais rápido.
Divino usou o telefone.
– Já está vindo, senhora. – falou a marca e modelo do veículo.
– Obrigada.
Lídia foi até a porta. Esperou um pouco. Mais um pouco. Pareceu-lhe esperar demais. Vou à recepção.
– Ainda não chegou? – perguntou Divino percebendo a presença de Lídia e seu olhar de indagação. – Só um minuto. – pega outra vez no aparelho telefônico.
– Já está chegando. – anuncia. – Está vindo pela Rua Rio de Janeiro. – sendo mais preciso.
Lídia voltou para a portaria. Esperou poucos minutos. Desta vez o veículo chegou. Abriu a porta e, antes de entrar, virou-se apenas para agradecer ao funcionário e avisar-lhe que o carro chegara. Divino continuava ao telefone e não olhou para si. Mesmo assim, Lídia acenou com a mão e entrou no veículo.
– Boa tarde. – ela cumprimenta. – Vou para a Feira do Livro, por favor, na Serraria Souza Pinto.
– Pois não.

*****

Capítulo IV

— Não aguento mais. – Júlio reclama. – Vamos dormir aonde?
— No carro.
— De novo? Preciso tomar um banho.
Virgílio olha para o céu estrelado.
— É. – e aponta.
— A gente tinha combinado de procurar um hotel *pra* tomar banho, dormir e tomar café da manhã. – parecia com pressa. – Você procurou?
— Fiquei por aqui mesmo. Eu gosto daqui.
— Já sei que você gosta daqui. – irritado. – Você tem dinheiro? – Júlio olha para Virgílio, quase que exigindo.
— Tenho. – com serenidade. – Você achou algum lugar?
— Então. Se descermos a Bias Fortes, tem um hotel baratinho lá no final. – aponta para a avenida. – Vamos?
— Vamos. – estava satisfeito. – Um quarto só?
— Melhor, *né*? O dinheiro *tá* curto. – concorda. – Mas tem que ter café da manhã.
— É. – despreocupado.
Virgílio estava gostando de estar ali.
— Vamos? – começou a andar e Júlio o acompanhou.

*****

— Boa noite. – Júlio cumprimenta.
— Boa noite. Pois não. Meu nome é Mariana. Posso ajudar? – aponta para o crachá.

— Eu queria um quarto para dois, por favor.
— Claro. Pode me emprestar sua identidade, senhor?
Júlio pega-a no bolso e entrega para a atendente. Virgílio entrega-lhe a dele e Júlio a repassa.
Ambos preenchem alguns papeis.
— Pronto? – pergunta a funcionária.
— Pronto. – Júlio responde.
Virgílio nada diz, apenas olhava em volta.
— Quarto 23, senhor. Segundo andar, final do corredor à esquerda. – informa o funcionário com educação treinada entregando-lhe uma chave com formato de cartão.
— Deixe-me ajudar. – fala outro funcionário olhando na tela do computador.
— O que foi, Divino? – cordial.
— *Uai!* O quarto 23 deveria estar ocupado. Eu lancei no sistema. – olha para a tela do computador. – Já liberou!
— No sistema o quarto está desocupado.
— É. Verdade. – concordando. – Era uma garota que ia *no* Festival do Livro. Falou que ficaria três dias. Pelo visto desistiu. – concluiu.

* * * * *

PARTE XII

Capítulo Inominado I

Sábado, 25 de outubro de 1975.
Levantou-se cedo, antes do horário de costume. Estava compenetrado em seus pensamentos. Encarou-se na frente do espelho e fez a barba. Sem perceber, buscou ar nos pulmões e aliviou-se num forte suspiro que vinha da preocupação que tentava disfarçar. Tomou seu banho, no ritmo normal. Escolheu uma roupa confortável e calçou seus mocassins pretos.
— Querida, eu vou lá *na* delegacia, *tá?* – deu-lhe um beijo.
Ela quis preparar-lhe algo para comer.
— Não. Pode deixar. No caminho eu como qualquer coisa na padaria. – fez carícia com uma das mãos e recebeu um beijo sonolento.
Já na rua sentiu o frescor do início do dia. Na padaria pediu um misto quente e um copo de café com leite. Sentado num daqueles bancos mais altos, estava apoiado na bancada, mastigando com o pensamento distante.
Sabia que não fizera nada de errado, nada clandestino, mas em tempos de ditadura o simples fato de ter posicionamentos diferentes do governo já era perigoso. Não havia como concordar com o governo ditatorial, mas também não conseguia combatê-lo. Era homem de opinião, tinha que deixar claro seu posicionamento contra a ditadura, sem que, contudo, ficasse exposto. Conseguia visualizar apenas dois grupos, a igreja católica ou os partidos de esquerda. Ele era descendente de judeus, assim, excluiu a possibilidade de manifestar sua resistência na igreja. Por outro lado, não era de esquerda, embora, em tempos de excesso, qualquer um que não fosse a favor do governo era considerado como esquerdista. Decidiu tentar essa via. Era a mais perigosa, é verdade, mas ele não faria nada, apenas iria satisfazer o seu inconformismo com o estado das coisas.

No dia anterior, por volta das 21h30, fora procurado, no seu local de trabalho, por dois homens que se apresentaram como agentes de segurança do Exército. Para não ser detido, assumiu o compromisso de comparecer à delegacia. Disseram que era para prestar alguns esclarecimentos. Ficara preocupado, mas não muito. Dera sua palavra, tinha que cumprir. Fora educado assim, quando assumia um compromisso, cumpria. Contudo, à medida que se aproximava da delegacia, seu semblante ia ficando mais cerrado de preocupação. Os tempos estavam esquisitos, o mundo estava estranho. Muita ideologia, pouca paz.

Nos momentos difíceis da vida, gostava de lembrar-se de seus pais, que tomaram a decisão de saírem da Iugoslávia e virem para o Brasil tentar a vida. Isso fora na época do período nazista no país e, por serem de família judaica, deixar a Europa passou a ser uma questão de sobrevivência.

Para si, se sua família fora capaz de sobreviver ao nazismo, deixar a Iugoslávia e viver na Itália, depois deixar a Itália e se instalar no Brasil, era óbvio que ele conseguiria sobreviver à ditadura brasileira, afinal, governos não eram maiores que países. Além disso, segundo o presidente Geisel, o Brasil estava no período de abertura democrática, era a época da "distensão", então, em sua crença, apenas iria esclarecer alguns pontos e em breve estaria em casa com sua esposa e seus dois filhos.

Sem perceber sua mente trouxe-lhe a imagem de seus filhos. Tomara o cuidado de por nomes com histórico bíblico, mas com sonoridade para os brasileiros. Seus dois filhos eram dois bons motivos para fazer a vida valer a pena e desejar um Brasil melhor, livre e desenvolvido.

Por volta das 9 horas chegou à Rua Tomás Carvalhal, número 1.030, no Bairro Paraíso.[9] No prédio funcionava o Destacamento de Operações Internas – Comando Operacional de Informações do 2º Exército, conhecido pela sigla DOI-CODI. Entrou pela porta da frente e apresentou-se ao atendente explicando o motivo pelo qual estava ali.

– Só um momento. – sem simpatia. – Documento.

Ele entregou.

– Pode aguardar ali que os agentes já vêm.

Concordou com um aceno de cabeça e sentou-se num banco de madeira dura, sem compromisso com o conforto ou com a estética. Estava calmo, mas ansioso. Queria cumprir logo o que prometera – estar ali –, mas queria ir embora o mais rápido possível.

---

9 Endereço na cidade de São Paulo.

Depois de um tempo:
– Vladimir Duque? – perguntou um homem, alto e musculoso.
– Sim, sou eu.
– Pode me acompanhar?
Levantou-se e acompanhou aquele homem. Chamou-lhe a atenção a tatuagem de um escudo, ao estilo medieval, em negro, no antebraço.

* * * * *

Não conseguiu entender bem a sequência dos fatos. Foi obrigado a trocar de roupa e usar um macacão de preso. Depois, ainda pela manhã, fez acareação com dois outros dois homens. Todos tinham um capuz de feltro preto que lhes tampava a visão, portanto, todos se ouviam, mas ninguém se via.
– Vocês são do PCB,[10] cambada? – perguntava um agente.
Vladimir era filiado ao partido, mas participava apenas como ouvinte nas reuniões, com uma ou outra contribuição intelectual. Nunca tivera atuação efetiva, nunca estivera envolvido em ações de grupos, nunca tivera alguma ação de campo. Seu alinhamento era apenas ideológico. Mas naquele momento pareceu-lhe melhor dizer que não era filiado. Eram tempos estranhos. Qualquer fala que tratasse de desigualdades sociais, luta de classes ou algo assemelhado, era visto como uma fala de esquerda, portanto, "perigosa" para o país no entendimento dos militares e dos conservadores.
Um dos presos, chamado Rednok, conseguiu ver os mocassins de Vladimir e concluiu ser ele, mas era melhor dizer nada. A situação já estava fora de controle. A tensão passeava por ali como um anzol no mar esperando a vítima.
Os dois presos foram retirados da sala e deixados no corredor. Os movimentos eram ríspidos, sem gentilezas ou cordialidades. Vladimir permaneceu onde estava, recebeu uma carga de perguntas para as quais não tinha respostas. Estava preocupado, realmente preocupado com o que lhe poderia acontecer. Não lhe ocorreu que a situação pudesse chegar àquele ponto. Simplesmente não lhe passou pela cabeça. Sabia que o governo prendia e torturava, que eventualmente até matava e desaparecia com os corpos, mas nunca pensou que isso pudesse chegar perto de si, tão perto como agora.

---

10 Partido Comunista Brasileiro.

Estava realmente preocupado. Sentia-se impotente. Não tinha o que falar, não tinha como reagir. Sequer tinha o direito para proteger-lhe. Estava sozinho contra os abusos do Estado ditatorial. Agentes cujos salários advinham dos impostos, estavam preparados para agir contra ele, sem que ele tivesse feito algo além do terrível "crime capital" de pensar diferente do "dono do poder".

Sentiu-se num dos livros de George Orwell.[11] Junto com as perguntas vieram as primeiras pancadas ao seu corpo. Vladimir gritou por reação, não por covardia. Seu corpo era apenas o reservatório de sua mente, esta é que precisava ficar bem.

– Traz a máquina. – alguém deu a ordem. – Vamos dar uma animada nesta festinha. – referindo-se à máquina para choques elétricos.

A manhã seguiu assim. Torturador e torturado. Gritos e aviltamento. Ali Vladimir representava não apenas uma pessoa, era como se toda a sociedade estivesse sendo violentada. Um cidadão subjugado ao poder abusivo do Estado ditatorial. O ser humano tem que ter a liberdade de pensar como bem entender e o Estado não tem o direito de agir fora dos limites da lei, de agredir alguém que se posiciona ideologicamente em posições diferentes.

É a força bruta vencendo a razão. É a ignorância se impondo à civilização. É o "dono do poder" se impondo sobre aqueles "sem poder".

– Cê é comunista, né? Bandido tem que morrer. – gritava o homem.

Balbuciando, Vladimir tentava dizer que não era bandido, que era cidadão brasileiro.

– Brasileiro ama a pátria. – afirmava seu algoz. – Brasileiro não é vermelho, seu comunista de *m*...

Os choques foram dados com maior intensidade e em menor espaço de tempo. Aumentaram o volume do rádio para disfarçar os gritos de dor de Vladimir. Aquilo era insuportável.

Voltaram a chamar o preso Rednok:

– Fala *pra* esse infeliz que não vale a pena resistir. Dá uns conselhos *pra* ele, vai. – deu a ordem e assim foi feito.

Nesse momento Vladimir mal conseguia falar. Seu corpo estava trêmulo. O capuz atrapalhava a respiração que já estava comprometida. O corpo já não respondia. Rednok ajudou Vladimir a assinar um termo de confissão, no qual afirmava ser filiado ao PCB e que fora aliciado pelo próprio Rednok.

---

11 Pseudônimo de Eric Arthur Blair (1903 - 1950), autor inglês de livros como a *A revolução dos bichos* e *1984*.

Rednok foi retirado.

– Tá vendo aqui, seu imbecil. Era só *tê* falado antes. – parecia com raiva. – Mas não... Parece que gosta de tomar choque.

Nesse curto período, entre a assinatura e a saída de Rednok, Vladimir sentiu um fio de esperança. Afinal, já assinara a confissão, nunca tivera atividades clandestinas ou criminosas, não era perigoso para o sistema, era jornalista e professor, e o presidente Geisel assumira o compromisso de promover a abertura democrática do país. Não era possível que nesse contexto, ele fosse submetido a mais tempo de tortura. Ele acreditava na liberdade do ser humano, que cada qual podia defender sua ideologia, sua filosofia, sua religião, sua linha política, ou qualquer outra ideia, sem que para tanto a sua própria vida estivesse em risco. Acreditava na liberdade.

Concentrou seu pensamento em seus pais, sua mulher e seus filhos.

– Bandido tem que morrer.

Os gritos continuaram. Depois dos gritos, o silêncio total.

* * * * *

Bertoldo acordara cedo como sempre. Dormira mal naquele sofá velho da delegacia. Seu corpo começava a sentir o peso de noites seguidas mal dormidas. Precisava pôr o sono em dia.

Era agente do Exército já havia alguns anos. Desde 1964 que os militares estavam no poder. Não sabia dizer se aquilo era bom para o país, mas acreditava que sim. Não sabia dizer se aquilo era bom para ele, mas acreditava que sim. Falava pouco. Dava sempre a aparência de estar a atendo a tudo. Não tinha pensamentos estratégicos, não tinha falas polidas. O que queria fazer, fazia. O que queria dizer, dizia. Não era homem de muitos sentimentos, mas parecia haver uma raiva do mundo dentro dele. Como se a injustiça o perseguisse permanentemente. Como se ele tivesse nascido para ser grande, mas não era. Como se ele estivesse sempre à espera do reconhecimento de algum grande feito que ainda não fizera. Não tinha muitos amigos. Diziam que gostava de mulheres, mas não tinha pachorra para aturá-las, então preferia pagá-las. Diziam que ele tinha dois filhos, que a mãe fugira com as crianças, mas ninguém sabia ao certo.

Sempre que lhe perguntavam, ele se levantava e nada dizia.

– Ei, o cara chegou. – um colega lhe avisa.

– Quem? – voz grossa e postada de forma a fazer-se ouvir.

— Vladimir Duque.
— Já vou lá.

Bertoldo sabia bem o que lhe aguardava. O tal de Vladimir poderia dar sorte, se confessasse logo e dissesse tudo que soubesse rapidamente. Dentro de si não havia conflitos de consciência. Se tivesse que torturar alguém, torturaria. Não entrava em questões humanitárias e sofrimentos psicológicos. Acreditava na violência como forma de educar o transgressor e, na sua concepção, comunista é inimigo do país, do povo e do exército. Eles queriam assumir o poder para roubarem as pessoas, tirarem delas suas propriedades. Comunista tem o discurso de fazer o bem para todos, mas na verdade só faz o bem para eles mesmos. Não gostava de comunista. Ainda mais comunista judeu.

Nessas horas sempre se lembrava de seu pai, soldado da infantaria alemã durante a Segunda Guerra Mundial. Com o término da guerra, a família veio para o Brasil.

— "Comunista tem que morrer". — pensou.
— Judeu tem que morrer. — deixou escapar em voz alta.

* * * * *

Agência Central do SNI,[12] *22h08*
Informo que hoje, 25 de outubro, cerca de 15h, o jornalista Vladimir Duque suicidou-se no DOI/CODI/II Exército.

* * * * *

---

12 Serviço Nacional de Informações.

PARTE XIII

Capítulo Único

Mal conseguia respirar. Tudo estava escuro. Muito escuro. Fez silêncio para tentar ouvir algum som. Não ouviu nada. Mesmo assim, gritou:
– Ei... Ei.
Nada. Não queria se desesperar. Mas...
– Ei... Ei. – bateu nas paredes apertadas que pareciam movimentar-se para apertá-la naquela escuridão solitária.
Não ouviu nada, mas gritou novamente para, em seguida, ficar na dúvida se deveria guardar suas forças. Sentiu-se dopada, com o corpo pesado e cabeça latejando. Gritou desesperadamente, junto com um choro compulsivo que a dominou. O que estaria acontecendo? Ela tinha certeza que não tinha feito nada. Será que havia droga nas coisas que ela trouxera? Não é possível, ela conferiu.
Ouviu o barulho de metal como se fosse uma porta fechada e viu luz entrar.
– Ei! – gritou. – Aqui!
Alguém entrou, mas ela não conseguiu ver. Jogaram-lhe uma garrafa d'água e uma marmita com comida com cara de tudo, menos de refeição.
– Quem é você? – desesperada. – Onde estou? – gritando. – *Me* tira daqui.
Ficou sozinha novamente, como companhia, somente a escuridão que lhe abraçava de forma envolvente e desconfortável.

*****

PARTE XIV

Capítulo I

— O que deixamos passar, Grego? Deve ter algum detalhe que nós não vimos. — Romano questiona para si e para o colega.
— O quê, por exemplo?
— Não sei. Tem que ter alguma coisa. *Serial killers* gostam de deixar pistas. Não é à toa que deixou os livros. Primeiro para mostrar que era o mesmo assassino, que há um padrão. Segundo, para deixar o desafio no ar. — compenetrado. — Temos que descobrir. Temos que entender o que está havendo.
— É. — concordando, mas sem saber como poderia ajudar.
— Se soubermos o padrão, podemos descobrir o próximo passo e nos anteciparmos. A estratégia de sempre.
— Então, vamos lá, Romano. Trabalhando *pra* descobrir rápido. — como se desse uma ordem, sorridente.
Romano, sisudo, não cedeu à pequena provocação. Sorriu, mas como sempre, de forma mais modesta.
— Você já leu os livros que o cara deixou? — pergunta Grego.
— Já. Mas já faz um tempo. Vou ter que ler novamente *pra* tentar fazer alguma relação. Mas daí já podemos entender que é uma pessoa culta.
— Será?
— Sim, mas vou ter que ler os livros.
— Então vamos lá, Romano. — batendo palmas motivadoras e provocando o colega. — Vamos ler os livros enquanto eu preencho os relatórios. — sempre bem disposto.
— Quais relatórios? — estranha Romano. — Eu fiz isso tudo ontem.
— Tudo bem. Então minha parte *tá* feita. — como quem comunica. —

Vou tomar uma cerveja no Mercado Central. Quando você acabar, passa lá. – já querendo encerrar o expediente.

– *Tá* doido? Que conversa é essa? *Tá* cheio de trabalho e você *tá* querendo ir tomar cerveja? – reclama.

– O que você quer que eu faça? É só falar. – solicito.

– Não sei. Tem que estudar o caso. Voltar *no* local e dar mais uma olhada. Sei lá. Vê aí. Você não é policial? – mal humorado.

Pronto, Grego já conseguira irritar o colega. Acomodou-se numa das cadeiras e começou a espalhar as fotografias do caso como se as estivesse estudando.

Alguém bate na porta.

– Romano. – avisa. – Tem uma moça aqui. Disse que marcou hora com você.

– Comigo! Quem é?

– Não sei. Falou que é de Machado.

Romano se lembrou do pedido que lhe fizera o antigo delegado daquela cidade.

– Tudo bem. Peça para entrar. – gesticulando com a mão. Vira-se para Grego. – Você trata disso, pode ser?

– Pode.

Sem timidez nenhuma, aparece uma jovem.

– Boa tarde. – estende a mão e cumprimenta Grego, que já estava de pé, depois cumprimenta Romano, que se levantou ligeiramente, apenas o suficiente para ser cordial.

– Boa tarde. – respondeu Grego, avaliando a beleza da moça.

– Boa tarde. – respondeu Romano, avaliando o estilo da garota.

Para Grego ela era apresentável, nem bonita, nem feia. Cabelo castanho, nem loiro, nem negro. Pele morena, nem branca, nem negra. Estatura mediana, nem alta, nem baixa. Olhos amendoados, nem verdes, nem castanhos. Trajes diferentes, nem cerimoniosa, nem à vontade.

Para Romano ela pareceu-lhe sem confiança, não olhava nos olhos e o aperto de mão fora frouxo. Não tinha postura de corpo, fazendo um arco no final da coluna, o que lhe dava um ar desmotivado. Seu cabelo não estava penteado, suas unhas não estavam feitas, isso não combinava com a vaidade feminina, demonstrando descaso com sua apresentação para aquele momento, que por ser uma apresentação para o trabalho, parecia caber-lhe bem certa cerimônia. Sua roupa era uma camiseta branca com o símbolo da banda Dead Kennedys, uma calça rasgada na altura dos joelhos e botas pretas, estilo militar, que juntamente com maquiagem preta, brincos cor de aço e *piercing*, deixavam clara sua rebeldia.

— Tudo bem? – finalmente pergunta Grego com um ligeiro sorriso.

— Sim. – responde ajeitando o chiclete na boca e deixando aparecer um *piercing* na língua, que se somava ao preso ao nariz.

Ela abaixou o olhar, depois olhou novamente para Grego.

— E aí? – lança no ar, olhando para ela e depois para Romano. Grego estava na dúvida. – Qual o seu nome?

— Vanusa.

— Olá, Vanusa. Bom. – sem saber ao certo o que fazer. Vira-se para Romano. – Tem que passar nos Recursos Humanos?

— Seria melhor. – responde olhando para aquela garota. – Seu pai te deu alguma orientação?

— Não. Pediu *pra* procurar um tal de Romano. – falava parecendo não querer falar.

— Só isso?

— Só isso. Por que, tem mais? – tom mais afrontoso.

— Não sei. – sereno.

Ela parecia não gostar de estar ali.

— Eu sou o "tal" de Romano. – sem sorrir, sem ser simpático, deixando claro que não queria ter aquela conversa.

— Eu sou Grego. – interrompe para "salvar" Romano, deixando claro que não queria confusão. – Venha, eu te levo lá no RH.

Romano ainda mexendo nas pastas, abre um ligeiro sorriso cerimonioso como quem se despede.

— Obrigado, Grego. Depois você volta que ainda não acabamos por aqui. – volta-se para ela. – Até logo, Vanusa. – sem nenhuma simpatia.

— Vavá. – igualmente seca. – Gosto que me chamem de Vavá.

*****

Pouco depois, Grego volta desacompanhado:

— E aí, o que achou? – pergunta para Romano que analisava alguns papeis.

— Ainda não achei nada. – concentrado, sequer olha para o colega. – Mas precisamos do laudo do legista.

— Não. *Tô* perguntando da garota. Acha que vai dar certo?

– Não. – olhando os papeis.

– Credo. – estranhando a costumeira sisudez de Romano. – *Cê é pessimista, hein?*

– O que você chama de pessimismo, eu chamo de realismo. – finalmente olhando para Grego.

– E por que você acha isso? – querendo entender.

– O quê? Pessimismo e realismo? São coisas diferentes.

– Não. – sorri. – Que a garota não vai dar certo.

– Por que ela não quer trabalhar. Isso deve ser um desejo do pai e não dela. Mas, é mera especulação com base na observação. Posso estar enganado.

– O que você viu para chegar nessa conclusão?

– A insatisfação dela estava nos olhos, na atitude, ou ausência desta. Estava na aparência, no jeito, na fala. Em todo lado.

– Não consegui perceber. Achei que era só jeito da juventude de hoje.

– Ela vai ficar pouco tempo, de quatro a seis meses. Não vai aguentar mais do que isso.

– Como pode precisar o tempo?

– No primeiro mês estarão lhe explicando o serviço e ela recebe o primeiro pagamento. Ficará feliz com o pagamento, mas não com o serviço. Começará a fazer corpo mole, mas se lembrará do pagamento. No segundo mês o pai dela ligará para saber como estão indo as coisas e a importância da oportunidade que ele arrumou *pra* ela. No terceiro mês começará a desaparecer do setor e a arrumar desculpa para não vir trabalhar, para chegar mais tarde e sair mais cedo. No quarto mês, o chefe do setor dará uma dura nela, ela se sentirá injustiçada, falará com o pai que, consequentemente, falará comigo. No quinto mês ela achará que recebe pouco para o tanto que faz, mas continuará não fazendo nada. E, enquanto isso, estará falando com o pai o quanto ela é infeliz no trabalho, que é perseguida no setor, que ninguém reconhece o esforço dela e outras choradeiras. O pai dirá que vai resolver e pede para que ela fique mais um pouco. Nisto, ele vai ligar para mim de novo. No sexto mês vão me perguntar se podem trocá-la de setor ou se podem mandá-la embora. Vou dizer que sim. O pai dela me liga, me xinga e assunto encerrado.

– *Qué* isso, Romano? Será?

– Quer apostar?

– Você acaba de descrever o meu primeiro estágio. – sorriu.

*****

Capítulo II

— Você não acha estranho o hotel não saber se o hospede está ou se já saiu? – pergunta Júlio apenas para puxar assunto.

— Não sou acostumado a estas coisas. Não sei como funciona. – responde Virgílio observando o quarto e sua organização. – É tudo arrumadinho, *né*?

Aquele pequeno quarto, com preocupação mais funcional do que estética, era maior e mais bem equipado que a casa toda de Virgílio. Sua casa cabia naquele quarto e ainda sobraria espaço.

Júlio liga a televisão e escolhe uma das camas. Aquela que lhe pareceu mais confortável e com melhor vista para o aparelho televisor.

— Fico nesta. – anunciou sem se preocupar com Virgílio.

— *Pra* mim tanto faz. Você ficará bem nessa? – se preocupando com Júlio.

— Fico. – sem lembrar de agradecer-lhe.

Virgílio vai até o banheiro e gosta do que vê. Cheira o sabonete, o xampu, quase que mergulha na toalha.

— Tem banheira. – avisa como se fosse uma criança festiva. Já tira a camisa e começa a despir-se. Aquele seria o primeiro banho de banheira da sua vida. Tinha que aproveitar.

Júlio já recostado na cama levanta-se de sobressalto, como quem está com presa. Pega suas coisas e resolve guardá-las no pequeno guarda-roupas. Nessa hora vê uma mochila. Achou estranho. Perguntou-se de quem ela seria, afinal, não era dele nem de Virgílio.

Abriu a mochila, apenas para confirmar. Mexeu com cuidado.

— Lídia Abreu Cardilho. – fala para si, olhando os documentos que estavam na mochila. Achou-a bonita. – Coincidência, nasceu no mesmo ano que eu. – pensou. – Por que alguém deixaria a mochila com os documentos num quarto de hotel? – indagou-se tentando entender.

– Ei, Virgílio! – chama seu parceiro improvisado. – A garota deixou a mochila aqui no quarto. – fala separado pela porta do banheiro.
– Pode entrar. – já relaxado na banheira.
– A garota deixou a mochila aqui no quarto. – repete. – Com os documentos e tudo. – olha para a carteira de motorista. – Lídia Abreu Cardilho. – e continua vasculhando com as mãos. – Tem dinheiro.
– Não tem problema. Amanhã a gente entrega na recepção. Não tira nada, *hein*? Deixa o dinheiro aí.
– Você não acha esquisito?
– O quê? Entregar com o dinheiro? – reflete. – Hoje isso parece bem esquisito mesmo, mas o que não é teu, não é teu.
– Não. *Tô* falando de alguém deixar *pra* trás os documentos e dinheiro. Quem faria isso?
– É. – concordando, mas sem estar preocupado. – Não deve ser nada.
– É sim. – começando a se preocupar.
– Mas você não fez o mesmo? – referindo-se ao fato de Júlio ter saído de casa sem documento e sem dinheiro.
– Fiz. Por isso que é estranho. – conclui.
– Ela deve ter tido seus motivos.
– Virgílio. Aconteceu alguma coisa com essa garota. Tenho certeza. – reflete. – Ninguém sai assim sem ter motivo.
– Mas você não saiu?
– Saí. Tive motivo. – pensava o que fazer. – Não fale nada com ninguém. Não fale que achou a mochila.
– Por quê? – realmente relaxado na banheira.
– Porque se alguém fez alguma coisa com ela, não é bom saber que temos as coisas dela, concorda.
– Concordo. – satisfeito pela desenvoltura do rapaz.
– Amanhã eu descubro isso. – decide. – Vou procurá-la enquanto você procura seus filhos.
– Como irá procurá-la?
– Não sei. – com dúvidas. – Como você irá procurar seus filhos?
– Também não sei.
– Somos uma bela dupla, *hein*?
Por instantes ficaram em silêncio, como se refletissem. Virgílio, com seu olhar perdido num ponto da reflexão, parecia procurar um objetivo que dignificasse sua vida prestes a se encerrar pelo desgaste dos anos. Já Júlio

parecia fixar um olhar raivosamente controlado num ponto distante de seu futuro, como quem procura um objetivo nobre para sua vida recém-iniciada.

– Basta ir *na* polícia. – sugere Virgílio.

– Eu não posso ir *na* polícia. – repreende, como se fosse algo que Virgílio já devesse saber.

– Por que não? Você não fez nada.

– Tenho meus motivos.

Virgílio permaneceu em silêncio. Não estava ali para julgar ninguém. Já fizera isso ao longo de sua vida e a única coisa que conseguira fora o afastamento das pessoas que deveriam estar próximas.

– Amanhã eu vejo como eu faço. – dando o assunto por encerrado.

– Então amanhã iniciaremos nossa jornada rumo ao desconhecido. – sorriu satisfeito.

*****

Capítulo III

João Henrique precisava de ideias, mas elas não vinham. Queria reconhecimento, mais do que dinheiro, mas não tinha, nem um, nem o outro. Precisava encontrar uma maneira de ter seus livros reconhecidos. Sentado na varanda de sua casa, inconformado consigo mesmo, apreciava a vista enquanto se exigia uma ideia para um grande livro. Estava em profundo debate interno. Tinha várias ideias em sua mente, mas não conseguia pô-las no papel.

A televisão estava ligada no noticiário, mas João Henrique não lhe dava atenção. Falavam da imensa corrupção no país e da falta de caráter dos políticos. Não era novidade, contudo a situação parecia mais séria. Talvez fosse pelo fato de haver uma espécie de sistema para a propina, ou porque os políticos se escondiam nas brechas da lei e acabavam por ficar ilesos. Talvez fosse pelo aumento do desemprego. Fato é que o país estava em crise, tanto política como econômica.

João Henrique acreditava que comumente era assim na história, a crise política provoca a crise econômica e a crise econômica provoca a crise política. Dificilmente há a distinção entre ambas, era como se fossem "criador e criatura" ao mesmo tempo. Da televisão ouviu uma entrevista a um Ministro do Supremo Tribunal Federal.[13] Deu atenção à fala do Ministro.

– Agora Ministro do Supremo dá entrevista para o noticiário. – crítica em voz alta. – Como é que pode? Agora Ministro do Supremo é *pop star*. Dá entrevista na televisão feito jogador de futebol.

Anos esquisitos. Todos aparecem a todo tempo. As pessoas se acham mais importantes porque têm redes sociais, postam fotografias e ficam monitorando quantas "curtidas" terão. Mais grave, medem sua estima dessa forma.

---

13 Corte de instância mais elevado no organograma do Poder Judiciário brasileiro.

– Será que as pessoas estão lendo menos? – perguntou para si sem esperar resposta.

Não acreditava nisso, porém, achava as pessoas tão vazias. Não tinham conteúdo, não tinham o mínimo de cultura geral. Havia um culto ao próprio ego via redes sociais e uma obsessiva busca pelo prazer. Festas, drogas, bebidas, sexo, música, carros...

Como se a vida pudesse ser uma festa permanente. Não era. Como se a felicidade viesse do desconhecimento, da ignorância e estivesse vinculada ao prazer momentâneo e, em hipótese alguma, atrelada às conquistas duradoras. Estas sim dão prazer. Os grandes feitos e realizações, o mérito advindo do esforço. Esses são o tom da felicidade entrelaçada com uma vida de realizações. A felicidade não é encontrada em prateleiras de mercados, em embalagem a vácuo, com durabilidade garantida em prazos de validade. É um estado do ser, da alma individual.

"Não devemos deixar que nos digam o que é felicidade. Cada qual terá a sua" – reflete.

Já fora em festas. Umas boas, outras nem tanto. Drogas? Não gostava de perder o controle sobre si. Nem tinha relação com o fato de ser bom ou não, de ser crime ou não. A lei costuma registrar valores de um determinado grupo em um determinado povo, em uma determinada época em um determinado lugar. O que era proibido hoje poderia não ser amanhã. O que já foi permitido no passado, atualmente era proibido, ou ao contrário. Não gostava da ideia das pessoas, ou da sociedade, dizerem-no o que poderia pôr para dentro do seu corpo ou não. Mas gostava menos da ideia de perder o controle sobre si. Não se permitia ser controlado por ninguém, muito menos permitiria que a droga o dominasse.

Bebidas? Gostava de saborear. Não era de beber grandes quantidades. Não gostava desse culto à bebida. E assim como com a droga, tinha receio de perder o controle sobre si mesmo, ou por ficar bêbado, ou por ficar dependente da bebida. Sexo? Adorava. Acreditava que sexo era o ápice de um relacionamento. Já fizera sexo por fazer, sem compromisso algum. Também já pagara por sexo, mas essa não era uma prioridade. Música? Sempre faz bem para o espírito humano. Contudo, as músicas estão cada vez piores e mais rasteiras. Gostava de ouvir boa música e refletir sobre as letras. Mas ouvir boa música tornou-se algo cada vez mais difícil. Carros? Como qualquer bem material, são objetos de desejo e apenas isso, objetos. Não era sua prioridade. Se conseguisse tê-los, ótimo. Caso não conseguisse, não sofria por isso.

E então se morre. O que acontece? As festas continuam, com as drogas, as bebidas, o sexo, as músicas e os bens materiais, porque as pessoas não se importam com o que acontece à sua volta, se importam com elas mesmas, com sua própria beleza plastificada, com a fotografia de registro fácil e falso, com seus corpos modelados em academias de ginástica vendedora de felicidade farsante, com o convite da festa badalada que irão para se sentirem importantes e com a imagem que irão postar nas redes sociais. A vida passará e você não será lembrado por ninguém, inclusive nem por seus "amigos" virtuais.

Resolveu tomar um *whisky*, estava começando a ficar azedo, era melhor ficar ácido. Sorriu para si enquanto preenchia o copo baixo de boca larga.

* * * * *

Capítulo IV

— Não, filha. Hoje eu trabalho na casa do Sr. João Henrique. Lembra? Aquele escritor famoso.

— Então, *tá*. Cê me avisa quando estiver chegando?

— Claro, filha. Dá um beijo na mamãe, dá? – esticando a bochecha para receber o beijo de sua filha, que se levantou com felicidade adormecida no rosto e deu-lhe o beijo, seguido por um abraço.

Achou que sua mãe estava demorando mais, lhe olhando mais, como se quisesse dizer algo, mas que não podia. O cumprimento ou a despedida costumavam ser mais rápidos. Um beijo e um abraço curto, sem grandes comoções. Agora fora diferente.

— Quer falar alguma coisa, mãe? – preocupou-se.

— Não. – os olhos encheram-se de água, sem que as lágrimas ganhassem caminhos de descida. – *Te* amo, minha filha. Só isso. – havia emoção contida e doçura no olhar.

— Também te amo, mãe. – aprendera a respeitar a mãe sem grandes questionamentos.

— Nunca duvide de meu amor por você, filha. – segurando-lhe as mãos. – Tudo que eu faço é por você, pelo amor que sinto de você.

Dra. Vera virou as costas e abriu a porta da rua. Não olhou para trás. A filha esperou fechar a porta e voltou para as conversas intermináveis que mantinha no WhatsApp.

*****

Capítulo V

— Todo político deveria usar nariz de palhaço para andar na rua. — declara Moisés.
— Isso não é um exagero? — pondera o entrevistador.
— Claro que não. — veemente. — Aliás, claro que é, pois, palhaço somos nós que continuamos votando nessa turma toda. Esse bando de assaltantes. — breve pausa para retomar seu discurso. — Desde que eu tenho memória, que ouço falar de corrupção na política brasileira, menor abandonado e conflito no Oriente Médio. — sorri. — Este último é difícil até de dar opinião, agora, os outros dois dependem de nós. Temos que pensar que país queremos construir. O que queremos para nós enquanto nação. Qual a sociedade ideal para nós? Esta? — olha para o pequeno auditório no estúdio do programa. — Alto índice de corrupção, grandes desigualdades sociais, baixa escolaridade, *deficit* de moradia, fome, intolerância com as diversidades, altíssima e vergonhosa taxa de violência urbana, 60 mil assassinatos por ano, alto salário de certos grupos de servidores públicos, mordomias pagas com os cofres públicos? Sem saúde pública de qualidade, sem educação de qualidade, sem transporte público de qualidade, sem segurança pública de qualidade. As pessoas não podem andar na rua em paz. Que país é esse? Que sociedade é essa? Que civilidade é essa? — tenso. — Como podemos ter um país em condições se remuneramos mal os professores? Se não respeitamos nossas próprias regras? Se temos valores distorcidos? Se permitimos que os "donos" do poder sejam usurpadores? Que as chamadas "vítimas sociais" matem e roubem nossa população? Então? Já se perguntaram? Que país queremos? — em desafio. — Queremos ser potência? Sétima ou oitava economia mundial? Maior hidroelétrica do mundo? Maior vão entre colunas do mundo? Maior estádio do mundo? Maior ponte

do mundo? Será que é isso? Do que adianta ser potência mundial e não dar qualidade de vida para sua população? Falo de condições mínimas como alimentação, educação, saúde e segurança. Como podemos exercer nossa liberdade, sem segurança pública? Como podemos exercer nosso direito ao voto sem educação de base? – revoltado. – Alguém se pergunta que país queremos? Existe algum projeto de nação ou apenas esses partidos que não representam nada além de seus próprios interesses?

– Por que você se intitula o "terrorista da paz"? Ou "porta-voz do prenúncio"?

– Não sou eu que me nomeio assim. – sorri sem graça. – As pessoas começaram a me chamar assim. Elas entenderam minha mensagem de forma errada.

– Por quê?

– Porque não sou terrorista, embora saiba que algumas coisas que digo possam ser confundidas com atos terroristas.

– Sim. Você fala em explodir o Congresso Nacional.

– Claro. Calma lá. – querendo explicar. – Eu não estou incentivando a violência, nem a desordem, apenas acho que o Congresso tinha que vir abaixo mesmo e aqueles que lá estão deveriam ser presos e condenados à prisão perpétua pelo estrago que fizeram ao país. E quem fala Congresso, fala Supremo e Palácio do Planalto.

– Mas a Constituição da República não permite a prisão perpétua. – argumenta o entrevistador.

– Também não permite a corrupção e essa roubalheira descarada. Eles roubam dinheiro da merenda de crianças, do remédio dos idosos, da boca do pobre! Jogam a população cada vez mais para baixo. – revoltado. – A Constituição não permite a prisão perpétua para o cidadão de bem que eventualmente venha a cometer um crime comum, claro, para este não. – entusiasmado com suas ideias. – Agora, para essa corja que está matando o Brasil inteiro, lesando toda uma pátria, sugando o país como se fossem sanguessugas... Que estão aí há décadas ferindo o país numa sangria desenfreada, causando a miséria de milhares de pessoas e decretando a sua morte social? Esses têm que morrer. Têm que ser banidos. Têm que ficar presos para nunca mais voltarem à política. – falava com raiva nos olhos.

– Mas você acha isso certo?

– Claro que acho. Senão não defenderia. – dedo em riste. – Errado é roubar o país e ainda rirem da nossa cara. – revoltado.

– Por isso que chamam você de "terrorista da paz". – conclui, tentando acalmar os ânimos do entrevistado e o rumo das falas, embora soubesse, que em seu programa, esse estilo sempre representava aumento relevante dos índices de audiência.

– Mas é errado. Não sou terrorista, nem sou da paz. Tem que haver resistência... Estou em guerra contra essa gente aproveitadora. Todos eles...

– Mas dentro da lei. De forma pacífica, não acha? – interrompe novamente.

– Achava. Agora não acho mais. Tem quebrar tudo. Essa turma sem caráter que ocupa os cargos públicos estragou o país. Viramos uma pátria sem caráter, corrompida e corroída. Toda a sociedade apodreceu. Ter essas pessoas no poder é como se houvesse uma autorização, uma chancela, para que todos nós sejamos corruptos, ladrões, egoísta, entre outras coisas. – gesticula como se discursasse. – *Macunaíma*,[14] dos anos 20, já falava da flexibilidade de moral do brasileiro. Nos anos 30, o "tenentismo" defendia medidas políticas para acabar com a oligarquia, o nepotismo e a corrupção.[15] Depois foi Getúlio Vargas nos anos 40, com medidas para acabar com o nepotismo e o tráfego de influência, chegou a criar o Departamento de Administração do Serviço Público. Jânio Quadros, nos anos 50, se elegeu dizendo que iria combater a corrupção. E a corrupção não acaba neste país. Está no sangue das pessoas. – tenso. – O período militar passou e vem o Collor de novo falar em combate aos marajás. Ele mesmo teve o *impeachment* exatamente por corrupção. Aí vem o PT e diz que vai acabar com a corrupção e é corrupto do mesmo jeito ou de jeito pior. *Tá* tudo aí. Até quando nós vamos aceitar isso? Até quando vamos acreditar que somos sem caráter mesmo? – nervoso. – É a população séria deste país que sustenta essas coisas. O preço da corrupção todos nós pagamos, mas quem se beneficia? Por que nada acontece? Porque nós seguimos a lei, eles não, eles fazem a lei. Eles me deram o direito à "legítima defesa da nação". – decreta.

– Não entendo. – pedindo para explicar.

– Eles agridem a nação todos os dias. Nós reagimos defendendo-a. – entusiasmado com a ideia. – Isso vale *pros* traficantes e bandidos também, que

---

14 Obra de Mário de Andrade, lançada em 1928. É um clássico da literatura brasileira.

15 Conjunto de movimentos político, de iniciativa dos militares de postos inferiores das forças armadas, sobretudo tenentes. Teve repercussão na década de 1920 e início da década de 1930. Além do descontentamento referente à área militar, havia insatisfação quanto às condições econômicas, sociais, políticas e institucionais do país. O ponto culminante desses movimentos foi a Revolução de 1930, que pôs fim à Primeira República.

todos os dias agridem a população e quebram o nosso "Pacto Social". Tem que morrer todo mundo. – com convicção. – Vamos construir um país novo.

* * * * *

Virgílio e Júlio assistiam ao programa de televisão.
– Ó, esse cara é doidão. – comenta Júlio.
– É. Ele é doidão e o nosso país é doido também?
– Eu voto nele. – Júlio categórico.
– Ele é candidato?
– Acho que não. Mas desse jeito, uma hora vai ser.
– É. – concorda. – Não entendo nada de política.
Júlio continua prestando atenção.

* * * * *

– Então é isso. O programa vai chegando ao seu final. Gostaria de agradecer a você que nos assistiu e ao Sr. Moisés Duarte pela participação sempre polêmica. Muito obrigado. – o jornalista encerra o programa.

* * * * *

Virgílio se levanta de sobressalto:
– Moisés Duarte? – repete o nome.
– Que foi? – Júlio pergunta chateado pelo pequeno susto.
– Moisés Duarte. – com a curiosidade ansiosa no ar.
– Já ouvi, *veio*. O que é que tem?
– Sou Virgílio. – e abre um sorriso.
– Eu sei, *veio* doido. – querendo resolver logo a questão.
– Sou Virgílio Duarte. – batendo no seu peito, como quem se autoindica. – Ele é Moisés Duarte. Será?
– Será? Seu filho? – Júlio acompanha.
– Não. Neto. – sem convicção. – Pode ser que seja. Será? – pensando nas possibilidades. – Filho de Rebeca, neto meu. Será?
– Ele parece mesmo com você. – força a vista para reparar nas feições do entrevistado. – Tão feio quanto. – riu. Júlio se surpreende por sentir-se disposto, com bom humor.

– É. – satisfeito no grau de encantamento. – Pode ser seja.
– Amanhã a gente liga para a emissora e acha o cara, pode ser?
– Amanhã. – decidido, mas sabendo que talvez não conseguisse adormecer com facilidade, apesar do cansaço e do conforto da cama que há muito não tinha na vida.

* * * * *

PARTE XV

Capítulo Único

Só reconhecia que estava de dia porque uma luz muito tênue raspava o teto e eventualmente tocava uma das paredes. Não percebeu feridas em seu corpo, mas não estava normal. Cada movimento que tentava era sempre com dificuldade. Fazia muita força e mal conseguia sair do lugar. Era como se tivesse um peso sobre si, que a empurrasse para baixo, limitado apenas pelo piso. Parecia daquelas ações que se faz quando se está dormindo, um soco que não sai, uma corrida que não anda, um chute que a perna não obedece.

O cheiro daquele lugar frio e abafado era horrível. Gritou quando ouviu vozes. Ninguém veio até si. Voltou a gritar quando ouviu outros gritos. Ninguém veio até si. Não sabia onde estava. Não sabia o que fazer. Ouvia portas e ecos de sons. Não tinha como saber onde estava. Apenas percebeu no meio da sua dormência, que estava presa. Alguém deve ter-lhe dado algum tipo de droga, pois não conseguia sequer colocar-se de pé.

Voltou a ouvir sons. Por um momento de esperança, indagou se estava presa numa delegacia qualquer. Quem sabe era a polícia quem estava por ali. Mas não era. Sabia não ser. Aquele lugar, aquele isolamento, aquela forma de agir, não combinava com a polícia. Era um quarto adaptado e não uma cela. Passou a acreditar que fora vítima de sequestro. Definitivamente era isso.

Ouviu vozes de novo. Começou a gritar:

— Ei! Ei! — estava angustiada. Pelo menos poderiam falar-lhe o que estava acontecendo. — Quem são vocês? *Me* tira daqui. — a voz parecia não sair.

Por um instante repetiu seus gritos, ou o que imaginou serem gritos, no entanto, não lhe deram atenção. Achou prudente fazer silêncio, para tentar ouvir o que falavam. Esforçou os ouvidos. Não conseguiu entender.

Forçou novamente. Não conseguiu entender. As vozes pareciam mais distantes. Voltou a gritar. Mesmo deitada no chão sujo e empoeirado, bateu na porta. Fez o máximo de barulho que suas forças limitadas lhe permitiram.

Ouviu vozes novamente. Fez silêncio novamente. As vozes e os passos vinham em sua direção. Antes torcera para que isso acontecesse. Agora estava receosa, com medo.

"O que será?".

Com receio afastou-se da porta. Deixou de ouvir os passos, mas as vozes continuavam. Andou em direção à porta. Foi devagar, querendo ouvir sem ser ouvida.

A discussão era bem na sua porta. Agora que reparara que a porta era de metal, robusta, com um quadrado, na altura da cintura, como se fosse uma porta menor na própria porta, e havia um retângulo na horizontal, na altura dos olhos, provavelmente para alguém conseguir ver, sem ter que abrir a porta.

Encosta-se à porta tentando ouvir. Ouviu, mas não compreendeu. Homens conversavam em tom de discussão, mas parecia outra língua. Com esforço, se levantou apoiando-se na porta e encostou os olhos no tal retângulo. Forçou os olhos para tentar ver alguma coisa pela fresta. Viu pouco. Concentrou-se. Viu dois homens. Estavam em pé, um de frente para o outro. Não conseguiu ver direito, mas viu suas imagens, como quem vê um quadro de Van Gogh. Tinha certeza que tinha visto o tronco de dois homens.

Afastou-se da porta, ainda assustada, tentando compreender. Percebeu que a discussão entre eles acabara. Resolveu olhar de novo. Quando se aproximou daquele retângulo na horizontal, ele se abre de repente e aparecem dois olhos sisudos dando-lhe um grande susto. Lídia cai para trás e sente-se impotente, sem energia para reações. Junto com o movimento, sem perceber, solta um pequeno grito, mais pelo susto do que pelo medo. Seguiu-se um segundo grito, agora pelo medo e não pelo susto. Junto com os pequenos gritos, se movimentava para trás, até encostar-se numa parede gordurosa e suja, que trancafiava o terror no mesmo espaço sufocante.

Aquele homem fecha o retângulo imediatamente e ela volta a ficar no escuro.

*****

PARTE XVI

Capítulo Inominado II

Bertoldo era só uma criança quando chegara ao Brasil. Seu pai viera por causa do fim da Segunda Guerra Mundial. Entendeu que, com a derrota da Alemanha e com a Europa devastada, deveria começar uma nova vida em outro país. O Estado Unido, por motivos óbvios, era inviável, afinal, acabaram de vencer uma guerra contra os alemães. Pensou no Brasil, na Argentina ou no Uruguai. Acabou vindo para o Brasil.

Bertoldo lembra-se da longa viagem de navio. Seu pai dizia para que ele não conversasse com ninguém. Não queria que as pessoas soubessem que se tratava de uma família alemã. O trauma da guerra e suas repercussões ainda eram muito recentes. Bertoldo tinha seus oito anos de idade.

– Não leve isso, meu filho. – falou-lhe seu pai no momento de partirem, se referindo à espingarda de brinquedo.

Ele ficou olhando-o, mas sequer pensou em desobedecer. Em suas mãos segurava uma espingarda de brinquedo. Gostava dela e de fingir que era soldado como seu pai. Não entendia por que seu pai não a deixaria levar. Em seu rosto parecia que a pergunta era essa, pois seu pai sentiu a necessidade de completar a fala:

– Depois voltamos para buscá-la.

Bertoldo a pôs no chão, debaixo da cama, acreditando que a estava escondendo-a. Seu pai sabia que eles jamais voltariam, mas Bertoldo não. Acreditou em seu pai. Se ele falou que voltariam, então, voltariam. Observou que várias coisas da casa ficaram no lugar. Teve certeza que voltariam.

A mãe chorava em silêncio para que ninguém notasse. Se seu marido achava que aquilo era o melhor a ser feito, era o que faria. Cabia-lhe ajudar e providenciar que tudo fosse feito como ele queria, afinal, é o homem quem conduz a família. E seu marido era um homem de fibra, acostumado aos desafios, de poucas palavras, muita atitude, personalidade forte, com brio e orgulho que vinham no sangue da família de militares prussianos. Tinha orgulho de seu passado e de ter servido ao seu país.

A Alemanha perdera a guerra e as coisas pareciam-lhe diferentes desta vez. Os russos estavam dentro de seu país e havia rumores que dividiriam a Alemanha. Resolveu partir. Tentou levar sua irmã. Ela preferiu ficar. Tentou levar seu irmão. Ele preferiu ficar. Ambos o viram como uma espécie de desertor, como alguém que abandona a pátria quando a pátria dele precisa.

– Eu tenho um filho. – explicou.

Não importava, para seus irmãos que não tinham filhos, Josef Steiner era um desertor em tempos de reconstrução da pátria.

– Eu lutei na guerra e vocês não. – tentava justificar.

Sua irmã fez o que era possível para as mulheres, trabalhou em fábricas, ajudou nos hospitais e nos orfanatos. Seu irmão não tinha idade, mesmo muito jovem conseguiu alistar-se, mas poucos dias depois a Alemanha rendeu-se.

Josef buscou sua mulher e seu filho, levou-os para a sacada do navio para verem o Brasil. Chegaram pelo Rio de Janeiro. Bertoldo não se esquece daquela imagem cheia de luz, de calor, mesmo com as nuvens cortando as rochas que se apresentavam colossalmente.

– Rochas. – lembra-se de ouvir seu pai falar em voz alta sem tirar os olhos da nova vida que se anunciava no Novo Mundo.

Do Rio de Janeiro foram para São Paulo. Lá havia lugar para eles ficarem por um mês. Era o apartamento de um alemão há mais tempo no país, que ajudava os imigrantes alemães cedendo-lhes a casa temporariamente. Foi nesse apartamento, enquanto brincava pelos corredores, que Bertoldo ouviu seu pai falando com sua mãe:

– Precisamos ter um filho brasileiro.

– Você acha?

– Sim. – olha compenetrado para a mulher, como quem pede desculpas. – Se tivermos um filho nascido aqui, o Brasil não poderá nos expulsar. Terá que nos dar os documentos. Eu poderei trabalhar e o Bertold poderá estudar em escola do governo.

– Mas o Bertold é alemão.

– Inventamos uma história qualquer. Já consultei um advogado que entende dessas coisas. – sério. – Dizemos que ele foi estudar na Alemanha e voltou. Ou que ele é filho de brasileiros que moravam na Alemanha e nós é

que cuidamos dele. Ele pode aprender a falar português. Ele tem que estudar.
– Como Bertold Steiner passaria por brasileiro?
– Vou inscrevê-lo como Bertoldo Rocha. – o pai sorriu. – Os cartórios daqui aceitam esses nomes diferentes da linhagem familiar.

A mãe sabia que a conversa não tinha o objetivo de convencê-la, pois se o pai decidira, assim seria feito. Realmente assim ocorreu. Bertolt Steiner virou Bertoldo Rocha em todos os documentos e um ano depois nascia seu irmão caçula. Esse já vinha com todos os direitos, pois nascera em solo brasileiro. Sem perceberem, a família criou uma espécie de gratidão velada ao caçula, pois seu nascimento permitiu que residissem no Brasil, mas também uma segregação inconsciente, pois era o primeiro Steiner a nascer sem o orgulho do nome, da honra e do histórico familiar. Era o primeiro a nascer em solo não alemão.

Bertoldo criou para si a convicção de que ele era fruto do amor entre o pai e a mãe, já seu irmão, era fruto da necessidade burocrática.

– Os russos mataram seus tios. – lembra-se de ouvir seu pai falando.
– Aqueles comunistas. – praguejava enquanto dava pequenos socos pelos móveis da pequena casa.

Bertoldo ouvia sempre em silêncio aquelas falas do seu pai. Embora o tom fosse contido, havia ódio dentro dele. Por uma dessas armadilhas da vida, a melhor opção de emprego que seu pai teve foi em uma fábrica, cujos donos eram judeus. Bertoldo lembra-se de ouvir seu pai explicando para sua mãe por que recusara a oferta.

– Eles sabem quem você é. – dizia ela com muita ponderação no tom de voz. – Se isso fosse um problema para eles, não te chamariam.

– Não posso. Não combina com minhas convicções. Não posso fazer isso.

– Suas convicções irão alimentar esta família? – ela quer saber com objetividade, sem desafiá-lo.

– Não. Meu trabalho vai. E sou eu quem decide onde trabalho. – semblante sério. – Não confio em judeus. Não gosto de comunistas. – punho fechado. – Quase morri na guerra. Não posso mudar aquilo que está dentro de mim. – tenso. – Judeus mataram meus pais de fome. Russos comunistas fuzilaram meus irmãos. Não aperto mão de judeu nem de comunista.

– Mas os tempos são outros. As pessoas são diferentes. Estamos em outro país. – tentando ponderar.

– Mas as minhas convicções são as mesmas. Não posso mudar aquilo que me moldou como homem. – firme. – Assunto encerrado.

*****

PARTE XVII

Capítulo I

Júlio acorda cedo e, juntamente com Virgílio, resolve começar o dia aproveitando o café da manhã do hotel. Longe de ser primoroso, mas era mais do que os dois estavam tendo naqueles dias. Pão, ovos mexidos, salsichas, bacon, manteiga, requeijão, queijo, salame, leite, café, suco de laranja, salada de frutas, pão de queijo e algumas frutas. Era um verdadeiro banquete. Virgílio estava delirando com aquela quantidade de comida, toda ao mesmo tempo. E poderia comer de tudo e quantas vezes quisesse. Simplesmente não estava acostumado.

Júlio parecia com pressa e prestava atenção em todos os funcionários do hotel. Estava com o assunto da garota na cabeça.

– Eu já acabei. Vou lá *no* quarto escovar os dentes e depois partimos. – fala Júlio.

– Tudo bem. Vou comer um pouco mais e já subo. – satisfeito com seu banquete.

Júlio vai até a recepção e pede para chamar o mesmo funcionário que lhe atendera no dia anterior.

– Ele chega mais tarde. Por volta das 14 horas. Posso ajudá-lo?

– Pode. – na dúvida. – Eu achei uma mochila no meu quarto. Deve ser da hospede anterior.

– Claro. O senhor está com ela ou está no quarto?

– Está no quarto.

– Vamos até lá. – solicito.

Júlio se fez acompanhar.

No elevador, um curto constrangimento pela ausência de assunto.

– Pronto, senhor. – educadíssimo.

Júlio seguiu até o quarto e abriu a porta. Foi diretamente para o guarda-roupa.

– *Uai*! – sem entender.

O atendente permaneceu estático.

– Estava aqui. Tenho certeza. Era uma mochila de menina.

– O senhor pode ter guardado em outro lugar?

– Não. – sem entender. – Eu pus aqui.

Procurou pelo quarto, inclusive debaixo da cama, no banheiro, nos armários, na cômoda. Onde poderia estar?

– O que está havendo? – sem entender o que poderia ter acontecido. – Onde pode estar? Ela estava aqui.

– O senhor tem certeza?

– Tenho?

– Será que não fez alguma confusão?

– Não. Eu vi o nome dela: Lídia alguma coisa. – tentando entender. – Lá no sistema deve ter o nome dela. – lembrou-se. – Pode perguntar *pro* meu colega.

– Vamos ver no sistema, então? – sugere o atendente.

– Meu colega está tomando o café da manhã. Vamos falar com ele. Às vezes ele pegou a mochila, quem sabe?

– Quer ir até lá?

– Melhor. – decidido. – Ele confirmará tudo. – já saindo do quarto e indo em direção aos elevadores.

– Por favor, senhor. Vamos por aqui. É mais rápido. – o atendente lhe mostra outro elevador. – Este é só dos funcionários.

Júlio acompanhou o funcionário.

Somente dentro do elevador, em silêncio desconfortável, que Júlio percebeu que a fotografia do crachá do atendente era de mulher. Reparou mais, e viu que ele estava sem a calça do uniforme e de tênis.

– Você trabalha no hotel?

– Sim.

– Então pegou o crachá errado, *né*?

O atendente fez o gesto para conferir.

– É mesmo.

– Por que você está sem o unif... – não conseguiu terminar a frase. Recebeu uma pancada forte na cabeça e foi ao chão.

* * * * *

Capítulo II

Dra. Vera entra em silêncio. Sabia ser essa uma das várias exigências do "patrão escritor", como gostava de chamar-lhe.
– Olá, Dra. Vera. – João Henrique a cumprimenta.
Para sua surpresa ele estava bem disposto e fizera-lhe festa. Algo incomum. Não que ele fosse mal humorado, não era, porém não gostava de grandes conversas quando estava escrevendo, ou pior, quando estava tentando escrever.
Ela abre seu melhor sorriso, satisfeita pelo sorriso dele. Ela sim era uma pessoa de sorrisos fáceis, raramente falsos, pois também os sabia fazer. Aprendeu essas coisas mais por instinto de preservação e sobrevivência do que por primar pelo caráter.
– *Tá* tudo bem? – ele continua.
– Tudo bem. – satisfeita, já procurando seus afazeres.
– Eu também estou bem.
Ela o olha, como quem pede autorização para falar.
– Que foi? Pode falar. – ele permite.
– O senhor voltou a escrever?
– Ainda não. Mas vou voltar. – defende-se com otimismo atualizado.
– Tive umas ideias boas. – balança a cabeça convencido de sua própria capacidade. – Vai dar certo. – confiante.
– Que bom. Há muito tempo não vejo o senhor assim.
– Eu vi uns negócios na mídia. Tive umas ideias. – levantando as sobrancelhas.
– Fico feliz pelo senhor. – parecia sincera. – Quer que eu passe um café?
– Você já ouviu falar desses assassinatos que o assassino deixa um livro como pista no local dos crimes.

— Não sei. – constrangida. – Talvez sim. – gostava de programas policiais, com esse tipo de notícia.

— Então. Acho que vou escrever sobre isso. A impressa está chamando de "assassino dos livros". – parecia entusiasmado. – Quem sabe agora eu venda dez milhões de cópias, *hein*? – todo empolgado.

Provavelmente ele não se lembrara que ela trabalhava numa das casas onde ocorrera um desses assassinatos.

— O que acha? – ele complementa. – Ainda estou pensando num título.

— Boa ideia. – já mexendo no pó de café. – E como seria?

— Ainda não sei. Mas estou pensando em criar várias mortes, nelas a doméstica da casa põe o livro no chão só para despistar a polícia. Na verdade, o plano é outro muito maior. Estou pensando ainda.

— Por que a doméstica? – ela pergunta curiosa, achando certa graça e ao mesmo tempo constrangida, como se naquele momento representasse toda a classe.

— Porque os empregados da casa, nos livros policiais, sempre passam despercebidos e no final... – empolgado. – São ótimos vilões.

— Entendi. – sorri e vira-se para colocar o pó na cafeteira.

— Ou você nunca ouviu falar que "o mordomo é sempre o culpado"? – estava descontraído.

Ele a olha e também sorri, pela metade é verdade, mas era um sorriso, que junto com os olhos, deixavam uma desconfiança no ar.

Dra. Vera voltou a sorrir, contudo, sem graça.

— Estou pensando assim: seus pais não deixaram que ela estudasse. – gesticula como se narrasse um filme. – Mulher numa sociedade machista, educada para cuidar da casa e nada mais. Ela sai da casa do pai que tentava abusar sexualmente dela. A mãe nada podia fazer, então fingia que não via. Quando ela chega *na* cidade grande, vai trabalhar de doméstica, pois é a única coisa que sabe fazer. Na casa onde trabalha o patrão tenta abusar dela, e com raiva ela o mata. Com raiva de seu passado e de seu presente, põe a culpa de tudo que passa na falta de estudos. Aí joga um livro no chão para mostrar que se tivesse estudado tudo poderia ter sido diferente.

Dra. Vera acompanhava enquanto preparava o café.

— Primeiro se arrepende do que fez, depois passa a gostar. A polícia nem desconfia dela. Ela mata de novo. Agora com método, já com mais cuidado.

— Quem ela matou agora? – interessada.

— Não sei ainda. – pensando. – Um ex-namorado, um cobrador de dívida, alguém que "passou a mão" nela no ônibus. Não sei. Algo que represente a revolta feminina contra o mundo machista. Na verdade, o livro falará disso. Uma mulher humilhada pela sociedade machista, sem opções, que se rebela e usa do próprio charme feminino para matar. – construindo enquanto falava. – O que acha?

– Parece bom.

– Bom? Será um clássico. – já festejava sua ideia. – No final ela vai a julgamento, mas a sociedade fica do lado dela, como se ela fosse uma espécie de justiceira, de libertadora feminista.

– Ela vai presa?

– Condenada?

– É.

– Ainda não sei. Posso deixar isso em aberto, dando a entender que sim. Aí haverá discussões se ela foi presa ou não. Uns achando que deveria ter sido, outros achando que não. – seus olhos brilhavam. – Vai ser uma Joana D'Arc moderna. – satisfeito.

Dra. Vera gostara.

– O café está pronto. – põe-lhe o café à frente.

João Henrique realmente estava empolgado com sua ideia. Sabia que escrever era mais difícil, mas sem ideias, não tinha nem como iniciar.

– Pode ir, Dra. Vera. – liberando-a para seus afazeres e querendo dar atenção à sua escrita.

– Eu queria pedir-lhe um livro. – encabulada.

– Claro. Qual?

– *Vingança cega*. – pede. – Todo mundo elogia. Queria lê-lo, depois eu devolvo.

João Henrique levanta-se e vai satisfeito até a estante próxima. Gostava quando seus livros eram elogiados.

– Não precisa devolver. Este é seu. – já com o livro na mão, preparando-se para fazer-lhe a dedicatória.

– Não precisa. – encabulada.

Ele olha-a por um instante.

– Claro que precisa.

Entrega-lhe o livro com alegria interiorizada.

– Obrigada.

Recebe o livro com alegria externada.

* * * * *

Capítulo III

— E aí, Grego? — Romano cumprimenta estranhando o amigo ter chegado antes dele. — Alguma novidade?

— Tirando que você não respeita o horário, não. — fazendo troça, com os olhos voltados para uma papelada, sem olhar para Romano, como este costumava fazer.

— Vamos tomar um café?

— Estou trabalhando. — sério, mas ambos sabiam que não era.

Romano sentou-se na cadeira à frente de Grego e também começou a mexer na papelada.

Depois de um tempo, Grego acaba por perguntar:

— Já sabe o que procuramos?

— Ainda não. — chateado. — É ruim por que nestes casos parece que o assassino está sempre um passo à nossa frente.

— "Parece" não. Ele sempre está à nossa frente.

— É. — lamenta. — Normalmente é a partir do terceiro assassinato que eu consigo traçar um perfil com mais exatidão.

— É. — olha para o colega. — Mas já tem alguma ideia?

— Já. — confiante. — Mas prefiro esperar o laudo para ter certeza de algumas conclusões.

— Por exemplo.

— É cedo. — pensativo e buscando as fotografias dos assassinatos.

— Fala aí. Depois a gente vê o que você acertou.

Romano põe as fotografias espalhadas em cima da mesa, mas seguindo certa ordem.

— Não sei se os dois crimes têm relação. — pensando em voz alta.

— Como assim? E os livros? Eles estão nos dois casos?
— Pois é. – por isso que está difícil de entender.
— *Pra* mim é o mesmo cara.
— Calma. Nada de conclusões precipitadas. – segura algumas fotografias. – Aqui. – mostra fotografias do primeiro caso. *Tá* vendo?
— Sim. – querendo que o colega desse continuidade. – *Tô* vendo o quê?
— Aqui houve emoção. O crime foi por impulso, um rompante. Algo aconteceu que eu ainda não entendi. – compenetrado. – Temos que falar com o garoto, Júlio, não é? E com a empregada, Dra. Vera. – com convicção. – Aí eu mato a xarada.
— Mas por que você fala assim?
— Olha as fotos. – vai apontando. – Há desordem no ambiente. Arma no chão, sangue, coisas fora do lugar, o garoto desaparece, a mãe se joga pela varanda e a empregada nunca mais volta. – raciocina. – Até onde conseguimos averiguar, não desapareceu nada de valor, não havia herança e nem seguro de vida. Foi algo emotivo, apenas isso. Não é o perfil que costumamos ver nesses assassinos. Eles são metódicos, se acham inteligentes, deixam pistas discretas. – compenetrado. – Não parece um desses assassinos. Foi só emoção. Dessas coisas de família. – concentrado no que dizia e nas imagens das fotografias. – Parece fácil de resolver. Basta falar com o garoto e com a empregada. Um dos dois saberá explicar-nos o que houve.
— Mas e o livro? – insiste Grego, quase que inconformado.
— Pode não ser nada. – tenta. – Era o livro que o cara estava lendo antes de morrer e ficou por lá. Alguém deixou cair na bagunça. Realmente não sei.
— Mas como você explica ter um livro no segundo assassinato?
— "Segundo" somos nós que estamos dizendo. Um caso pode não estar relacionado com o outro.
— Como assim? – realmente inconformado. – E o livro? Nasce do nada?
Romano pega as fotografias do segundo assassinato e põe-nas próximas ao do primeiro.
— Está vendo aqui, Grego? – apontando as imagens.
— *Quê?* – ansioso. Ao mesmo tempo que gostava de acompanhar a construção do raciocínio que Romano fazia, Grego comumente ficava ansioso, querendo saber logo qual a conclusão.
— Está tudo em ordem. Nada fora do lugar. Foi completamente exato. A pessoa foi lá *pra* isso. Não teve bagunça, luta, sangue espalhado, nada.
— E o livro?

— Eu acho que este segundo foi diferente. Alguém quis matar alguém. Viu a notícia do primeiro caso e resolveu deixar um livro no local, apenas para que fizéssemos a relação com o primeiro, mas que na verdade não tem relação nenhuma.

— Será?

— Só estou especulando.

— O assassino é homem, adulto e forte? – arrisca Grego.

— Não dá *pra* saber. Mulher sabe usar métodos sem se expor à luta corporal. Mulher sabe que costuma ser muscularmente mais fraca que homem, assim, usa outros métodos. – raciocinava. – De qualquer forma acho que foi homem, ou mais de um, porque o cara era grande e, *pra* mim, foi mudado de lugar. Ele não morreu onde estava. Foi carregado.

— Como sabe?

— Vi marcas no calcanhar. Como se tivesse sido arrastado.

— Então é tudo diferente do primeiro?

— É. Parece. – ainda tentava entender. – No segundo caso tem uma cicatriz muito feia na vítima, debaixo do braço. Não parece coisa de médico. Parece que foi feito o corte e depois costurado de qualquer forma. E era recente. A sensação que me deu é que alguém sabia como cortar e onde cortar, mas não se preocupou na hora de fechar o corte.

— O que você acha que é?

— Não sei. Mas tem casos de tráfico de órgãos. Isso explica os olhos arrancados, a água com gelo na pia e a cicatriz. – raciocinando. – Ainda não sei.

— Difícil. – conclui Grego. – E eu achando que *tava* fácil. Era só pegar o garoto.

— É. – Romano volta atenção para as fotografias e relatórios.

— E o fato de um ser Promotor de Justiça e o outro Agente de Segurança? Um ter atuado na condenação do Moisés e o outro atuar no mesmo presídio que Moisés cumpriu pena? Você não acha estranho o Moisés estar de volta assim, não? De cara limpa?

— Acho. – Romano concorda. – Mas precisamos ter calma. Moisés não é culpado por todos os crimes de Minas.

— Mas enquanto esteve preso deu ordem *pra* muito crime. Mandou extorquir, matar, e o escambau.

— Verdade. Por isso que quero analisar com calma. Até onde pode ser ele mesmo, ou pode ser simplesmente cisma nossa? – preocupado. – Não gosto desse cara, e gosto menos ainda do papel de salvador da pátria que ele está tentando fazer. Fico sempre pensando o que ele pode estar tramando, qual será a próxima jogada. – semblante serrado. – Mau caráter é mau caráter. Não muda tão fácil assim, não.

– É. – Grego concorda. – Eu devia ter matado o cara quando pude. – arrependido.

– Claro que não, e você sabe disso. – como quem lhe traz para a consciência.

– Não sei de nada. – irritado.

Breve silêncio.

– E o legista, já falou algo? – lembrou-se Grego.

– Ainda não.

– Vou procurar essa Dra. Vera hoje mesmo. – decidido. – Até o final do dia ela estará aqui.

Romano olhou-o satisfeito. Gostava do entusiasmo do colega e de sua confiança.

– Vou ficar esperando. – como quem não acredita.

– Pode esperar.

– Mas não vai sozinho, Grego.

– Pode *deixá*. – põe a mão na arma.

– Não vou jantar, então. Vou ficar te esperando *pra* jantar depois. – desafiando o colega.

– Ela vai trazer o jantar para você. O que você quer? Comida japonesa, picanha? Pode falar.

– Nada. – por reflexo. – Depois ela põe veneno na comida.

– Beleza então.

– *Pera* aí, Grego. – levanta-se.

– E se a empregada envenenou a turma? – de rompante. – Era hora do café da manhã. – tenso. – P... *qué* dê o laudo desse legista? – já se mexendo. – Vou até lá no Instituto.

– Eu vou procurar a Dra. Vera.

Ambos saem com seus objetivos.

*****

PARTE XVIII

Capítulo Único

Na infância tivera tantas possibilidades para sua vida. Pouco a pouco todas foram-se embora. Quis ser tanta coisa. Professora, *miss*, velejadora, executiva de uma grande empresa, advogada, juíza, delegada, psicóloga, dona de restaurante, estilista e uma infinidade de opções. Pensou em tantas coisas. Gostava de falar de uma nova vontade e de ver a reação de seu pai. Sempre com um sorriso maduro, tentava dizer-lhe o que seria melhor para seu futuro. Ela ouvia, sempre com carinho nos olhos.

– Eu quero mesmo é viajar o mundo inteiro. – ela falou-lhe certa vez, cheia de vida pela frente, cheia de energia em seu corpo juvenil.

– Então vá, minha filha. A vida é uma só e acaba muito depressa. – respondeu-lhe como quem anuncia uma fatalidade.

Pouco tempo depois, seus pais morreram num assalto em frente de casa, quando chegavam. Abriram a garagem para porem o carro e foram abordados. Sua vida nunca mais fora a mesma. Lembrava-se bem de seu pai e de sua mãe. Na sua mente, momentos felizes eram os marcantes. Lembra-se de correr pela praia com seu pai. Livre, solta ao vento, com a vida inteira pela frente. Tinha medo das ondas, tinha seu pai para protegê-la. Queria se esconder do sol, tinha sua mãe para cuidar de si.

Sorrisos era o que via todos os dias em seus pais. Eram felizes e ela usufruíra daquela felicidade. Para onde fora tanta alegria? Onde estava toda aquela liberdade de outrora? Trancada no escuro, não tinha seu pai para protegê-la, nem sua mãe para cuidar de si. Estava sozinha, apenas com o apego à religião, que usava como única possibilidade de esperança e de conforto. Rezou as orações que sabia e improvisou outras com a exatidão da dúvida. Com o espírito abalado, as palavras que lhe saiam pelos lábios em murmúrios, se misturaram às lágrimas que lhe escorriam pelos olhos sem cerimônias. Não entendia o que estaria acontecendo. Não entendia porque estaria acontecendo consigo.

Ouvira aqueles homens falarem em "mercadoria". Será que ela trouxera algo e não sabia? Talvez fossem aquelas coisas que entregou para o Albino, primo da Mércia. Bem que desconfiou que havia algo de errado. Mas ela olhou com cuidado no aeroporto. Tinha certeza que não embarcara com droga ou algo parecido.

Acreditava que iria conseguir esclarecer a situação. Será que era um sequestro? Mas para quem eles iriam pedir o resgate? Seus pais morreram e ela era filha única. Será que eles sabiam disso? Será que sabiam que deveriam entrar em contato com os seus avós, caso quisessem resgate? Será? Mas os avós moravam em Portugal. Como fariam isso?

Estava preocupada. Será que é por isso que tudo estava demorando? Ainda não tinham conseguido o contato de ninguém? Falaria com eles na próxima vez que ouvisse vozes.

Não demorou muito e isso aconteceu. Ela ouviu dois homens conversarem. Agora estava preparada para quaisquer sustos. Já se sentia mais forte, pelo menos conseguia ficar em pé. Falavam qualquer coisa sobre mercadoria e seu respectivo preço. Gritou para chamar-lhes a atenção. Como resposta recebeu pancadas na porta. Afastou-se. Depois aproximou-se novamente e apurou o ouvido. Não ouviu mais nada. Era como se os dois lados, separados pela porta, se estudassem esperando a próxima jogada do adversário.

Ela agiu primeiro e gritou:

– O que vocês querem? – repetiu várias vezes aos berros. Sua voz saiu tremula, estava destreinada, mas já fora com maior vigor.

Repetiu o quanto pode e acrescentou algumas pancadas na porta. Alguém abriu a porta à sua frente. Abriu com força intimidadora. Tinha uma pistola na mão esquerda e um facão na mão direita. Não tinha o que fazer a não ser tentar agir com a razão. Tentou não se apavorar, mas apavorada já estava.

O homem entra naquele espaço pequeno e fê-lo ficar menor ainda.

– O que você quer? – ela perguntou desesperadamente.

Ele ficou em silêncio olhando-a de forma profunda. Era forte.

– O que quer? – tentou novamente. – É dinheiro? Eu tenho lá no hotel. – berrando e tentando se controlar.

Ele permaneceu parado à sua frente, apenas olhando-a.

– O que quer? – tenta novamente. – Diz logo. – como em tom de ordem e querendo romper aquele silêncio. – Eu entreguei o que me pediram. Eu entreguei a mercadoria toda. O que mais você quer?

De repente ele põe a arma na cintura, se aproximou e puxa-a pelo cabelo, jogando sua cabeça para trás.

Além do susto, Lídia sentiu dor.

– Eu entreguei a mercadoria. – ela repete mais alto, acreditando tratar-se disso.

– Você não entendeu? – voz grave e segura.

– O quê? O quê? – voz aflita e tremula.

– Você é a mercadoria.

* * * * *

PARTE XIX

Capítulo Único

A Galeria Ouvidor, inaugurado em 1964, funciona na Rua São Paulo, no centro de Belo Horizonte. Tem diversas lojas e atende todo o tipo de gente. É considerado o primeiro centro comercial da cidade. É tradicional.

Amanheceu para mais um dia de trabalho. As lojas foram se abrindo, quase que ao mesmo tempo, retirando a preguiça de uma noite de sono, enquanto o movimento já estava nas ruas. A disputa pelos fregueses não era ostensiva, era apenas uma montra mais enfeitada do que a outra, querendo atrair a atenção. Não havia gritaria, locutor ou música, como é comum no comércio popular.

– Bom dia. – entra o freguês.

– Bom dia. – responde-lhe a atendente, ainda ajeitando as coisas e segurando um livro qualquer de uma literatura qualquer. – Posso ajudar?

– Estou procurando um anel de noivado.

– Um anel de noivado? O que exatamente? – ela passa a dar-lhe mais atenção.

– Queria um que fosse bonito e discreto. – olha bem para a vendedora. – Qual seu nome?

– Tânia. – sorri.

– Vânia?

– Não. Tânia, com "t".

– "T" de tatu?

– É. – ela olha-o bem. – E você, como chama? – de repente ficara tensa, com as mãos suando frio. Sua expressão mudara.

– Túlio.

– Júlio? – sem convicção, como numa peça teatral mal ensaiada.

– Túlio, com "t".

– "T" de tatu?

– É, "t" de tatu.

Ela pega umas chaves que estavam por baixo do balcão.

– Vou lhe mostrar nossas melhores peças. Pode me acompanhar. – ela estava nervosa.

Ele dá um sinal pelo celular e, assim que a vendedora abriu uma porta atrás do balcão, apareceram mais três homens com máscaras negras que lhes tampava os rostos. O último a entrar voltou a abaixar a porta de aço da loja. Tudo muito rápido.

Na parte de trás havia uma sala com cofre e mais outras três pessoas. Armas apontadas, não houve reação de ninguém.

– Quem é o dono? – perguntou um dos homens de máscara, olhando para um deles.

– Sou eu. – acaba por responder um senhor de uns sessenta anos de idade, cabelos brancos e terno preto.

– Hoje é seu dia de ser herói.

– Eu? – sem coragem para tanto.

– Sim. O senhor vai salvar a sua vida e a de seus funcionários. É só abrir o cofre.

– Abrir o cofre? Eu não posso abrir o cofre.

– É melhor abrir.

– Eu não sei a senha. Quem sabe é minha mulher. – toma um tapa no rosto, sem força, apenas para amedrontar.

– Ó, judeu de filho da *p*...! Eu sei que você abre esse cofre todo dia. Ou abre essa *p*... ou vai começar a *morrê* gente. – outro tapa.

Como ele parecia indeciso, um dos homens dá o sinal com a cabeça e o olhar.

– Todo mundo aqui de joelhos e enfileirado. – apontando a arma.

Dois funcionários mexeram-se rapidamente.

– Eu também? – perguntou a vendedora do balcão.

O homem que parecia o líder balançou a cabeça afirmativamente.

– Vai abrir ou não vai? – insiste o homem que apontava a arma para o dono.

– Eu não tenho a senha.

Mais um tapa, agora mais forte.

O outro homem destrava a arma e age como se fosse executar uma das outras três pessoas. Elas estavam ajoelhadas e de costas para o lugar onde estava o dono, que por sua vez também estava de costas para eles.

— Vai ou não vai? — mais veemente.

O dono, com receio, balança a cabeça negativamente, acreditando tratar-se de um blefe.

Ouve um tiro seguido de um grito. O dono suava. O som do disparo fora forte.

— Não morreu ninguém. Mas o próximo é *pra* matar. — adverte. — Só vamos gastar quatro balas, uma *pra* cada funcionário e uma para você.

— Se me matar jamais abrirá o cofre. — arrisca.

— Nem você, judeu filha da *p*... — nervoso. — Vou atrás da sua mulher e abro essa *p*... Mas você já vai estar morto. Vai ficar contando dinheiro lá no inferno, judeu de *m*... Abre logo essa *p*... — novo tapa, seguido de outro.

Ele levanta as mãos como quem pede paz. Acaba por abrir o cofre. Rapidamente os dois outros homens pegam o dinheiro que ali estava e as joias. O dono é obrigado a ficar ao lado dos outros três já ajoelhados e põe-se na mesma posição, de joelhos olhando para o chão.

Tudo é feito com sincronismo. O homem que estava na porta, juntamente com mais um, ocupa-se do cofre. Ao mesmo tempo que, aquele que cuidava dos três funcionários, desloca-se para a porta e, o que estava com o dono, agora observa todos.

Recolheram tudo do cofre e começam a sair.

— Não quero confusão. — fala o último homem para os quatro ajoelhados, três funcionários e o dono. — Nada de polícia. — antes de afastar-se, dá um tiro na cabeça de Tânia. Esta deixa cair o livro que ainda trazia consigo. Ele lê o título, sorri e sai.

*****

— Ei, Romano. Estão chamando a gente lá *na* Furtos.
— O que houve?
— Não sei. Vamos lá? — Grego já ansioso.
— Vamos.

*****

PARTE XX

Capítulo I

Virgílio não compreende. Onde estava o garoto? Onde Júlio se metera? Novamente estava sozinho. Isso ele não estranhava, afinal, sentira-se sozinho quase que sua vida inteira. Mesmo casado, mesmo com filhos, mesmo com amigos, sempre havia um sentimento de solidão que o rondara. Não era simples lamúria, não ocorria apenas em datas especiais, era constante. Como se vivesse uma vida que não era a sua, como se ocupasse um corpo que não era o seu. Agora que a carcaça estava velha, sentia-se mais isolado do que de costume. Sozinho de todas as formas, como se o planeta inteiro não combinasse com a sua presença. Como se não houvesse ninguém que pudesse falar da sua passagem pela vida. Desta quisera paz, mas sempre guerreara com tudo e com todos. Não conheceu a tranquilidade, o riso fácil, o alimento farto, o conforto, os ensinamentos e estudos. Não usufruiu da vida, não foi feliz, não teve nenhum grande feito, não deixará legado. Trabalhou para pôr o alimento dentro de sua casa. Trabalho que começara com o nascer do sol e estendia-se pela noite afora. Trabalhara assim que seu corpo de menino permitiu e assim seria até que seu corpo envelhecido permitisse. Quando Virgílio percebesse, a vida já lhe teria passado, sem aviso, sem cerimônias. Veio ao mundo e deste partirá sem deixar lembranças, sem deixar saudades, sem deixar ninguém para derramar alguma lágrima por si.

Vira Júlio e este pareceu-lhe a imagem que sua memória guardara de seu filho mais velho, talvez de si mesmo. Sabia que a memória era destorcida pelo tempo, sabia também que a imagem estava congelada, como se o tempo não avançasse. O desgaste do tempo na distorção e o encanto do tempo na imagem que não mudara, fazia com que tivesse somente lembranças boas de seu filho. Era como se seu filho fosse jovem eternamente, e uma pessoa melhor do que na realidade.

Não se lembrava de receber o colo da mãe ou a compreensão do pai. Apenas lembrava-se de luta. Esse era o resumo de sua vida. Lutou para sobreviver, lutou para ter alimento, para ser respeitado. Nunca tratou disso como um sofrimento, pois acreditava que era assim que o mundo funcionava. Uns nasciam nas boas famílias, com dinheiro, com sorte e com futuro. Outros nasciam nas famílias que nada tinham, não tinham dinheiro, não tinham acesso, não tinham sorte nem tinham futuro. Uns aproveitam a vida e usufruem de tudo que o dinheiro é capaz de comprar. Outros nada têm, sequer esperança, e trabalham para sobreviver. Até ter sua aposentadoria, simplesmente não conseguia se lembrar de descanso, de paz, de festa.

Perdera-se no meio dos caminhos da vida, tomou algumas decisões erradas que se tornaram consequências irremediáveis. Quando vira Júlio perdido, acreditou que poderia ajudá-lo. Achou que poderia orientá-lo. Quis ser para Júlio alguém que ele mesmo não tivera e alguém que ele mesmo não fora para seus filhos. Queria ser alguém que apontasse a direção quando os caminhos ficam confusos e a vista turva. Mas agora Júlio desaparecera.

Virgílio estava parado no saguão principal do hotel, sem saber o que fazer. Mais uma vez a vida exigia dele decisões que ele não queria tomar.

– Você viu o garoto que estava comigo? – arriscou para alguém da recepção.
– Não. – olhou-o bem, como quem puxa pela memória. – Seu filho?
– Mais ou menos.
– Eu acho que ele foi embora. Ele não avisou o senhor, não?
– Não. – preocupado.
– O senhor já ligou no celular dele?
– Ele não tem celular.
– Quem não tem celular hoje em dia? – sorriu com certo espanto.
– Ele não tem. Eu não tenho. – inocente. – É obrigatório?
– Não. Claro que não. – delicado demais na voz e com trejeito nos gestos. – Mas ajudaria numa situação dessas.

Virgílio ainda parado. Queria saber de Júlio, não da importância de ter ou não um celular.

– Viu o garoto? – com a voz tão confusa quanto sua mente.
– Não. – como quem quer encerrar a conversa.

Virgílio olha o salão do hotel. Não sabe dizer o que vê. Paredes, quadros, sofás e cadeiras, pessoas. Vidas que vem e vão, com suas bagagens trancafiadas em malas com rodas, como se fosse fácil transportar a vida, mudar o destino, alçar voo para lugares distantes da realidade, longe dos passados indesejados.

Onde estaria Júlio? Do que ele foge? Para onde pode ter ido? Será que ele partiria sem se despedir? Será que ele iria embora deixando a mochila para trás? Estava na dúvida quanto ao sumiço repentino de Júlio.

Virgílio perdera o pulso firme da mocidade, perdera a capacidade de tomar decisões com convicção. Tentava refletir sobre os fatos, sobre o todo que se apresentava para si. Tornara-se lento para andar, agir e decidir. Estava preocupado com Júlio. Ele não saíra sem falar com ele, ou sairia? Tirou algum dinheiro do bolso.

– Quanto devo?

Paga e sai para a rua, sem saber para onde ir, mas com a convicção de que teria que encontrar Júlio.

* * * * *

Capítulo II

Grego e Romano foram até o local do assalto. Um sempre pronto para a ação. Outro sempre tentando entender os fatos, suas complexidades e razões.

A loja parecia intacta. Era como se nada tivesse acontecido. Contudo, na sala de dentro, a rigidez da apresentação e disposição do mobiliário era quebrada pelo corpo sem vida de uma mulher no chão.

Romano tenta entender o que teria acontecido.

– Já pede para ver as imagens. – indica uma câmera gesticulando com a cabeça para Grego. Este vai falar com os funcionários que estavam por ali.

Romano observa com cuidado a cena do crime. Tudo muito organizado, as coisas ainda estavam no lugar. Nem o cofre estava revirado. Aproximou-se da vítima, sem tocar em nada.

– Quanto eles levaram? – pergunta para o Tenente da Polícia Militar encarregado.

– O dono falou em cerca de quinhentos mil reais, parte em dinheiro e parte em joias. – pausa. – Os funcionários estão falando em cem mil.

– Quem é o dono?

– Aquele ali. – com certo desdém, sem solidariedade. O homem chorava, quase balbuciando, próximo à funcionária assassinada.

– Por que do choro?

– Não sei.

– A funcionária era alguma coisa dele?

– Não sei. – firme e objetivo. – Essa parte é da Civil. – fazendo referência às competências das polícias. A Polícia Militar tem a atribuição ostensiva, enquanto que a Polícia Civil tem a função investigativa.

– Foram quantos caras?

– As testemunhas falam em quatro meliantes. Foi tudo muito rápido. – olha bem para Romano. – Os lojistas vizinhos não viram nada. Sabe como é, não é?

– Sei sim. Nunca ninguém viu nada.

– Quem é a vítima? – referindo-se ao corpo.

– Uma funcionária. Tânia. *Tá* tudo aqui. – apontando para o boletim de ocorrência.

– Obrigado, Tenente. Nosso pessoal assume daqui. – informa.

O Tenente vira-se, dá algumas instruções para o Sargento e vai-se. Romano fica em silêncio, tentando perceber o que haveria ocorrido. Permanece ali parado, observando, era como se tentasse projetar a cena do crime no instante em que acontecera. Sua mente o transportava para o momento através das observações que ia fazendo.

– Grego! – chama pelo amigo. Este encerra alguns apontamentos e vai até Romano.

Os dois se olham e dão mais uma vista no cenário.

– Então? – pergunta Grego, sempre com pressa na solução.

– Tudo muito estranho, não acha?

– O quê?

– Tudo.

– *Pra* mim não tem nada estranho. – olha novamente o entorno. – Entraram, roubaram, mataram e foram embora.

– Então, Grego. – Romano já raciocinando. – Depois quero ver nas imagens, mas estou achando esquisito.

– O quê?

– Tudo. – olha para Grego. – Você já falou com o dono?

– Ainda não.

– Por que ele está chorando pela funcionária? Era da família?

– Não sei.

– Chora mais por ela do que pelo assalto. Não é comum esse comportamento nesses comerciantes.

– Às vezes era antiga na casa.

– Não tem como.

– Por quê?

– Ela é muito jovem.

– Então era amante dele?

– Com certeza não.

— Como pode saber.
— Basta ver como está vestida. Roupas simples, sem maquiagem, sem perfume. Sem o cuidado de quem quer impressionar pela aparência.
— Isso não quer dizer nada. – contrapõe, sempre achando os conceitos de Romano ultrapassados.
— Sem brincos, sem colar, sem anel.
— Qual o problema?
— Nenhum. Mas se o dono da joalheria fosse amante dela, ela já estaria usando alguns desses. – aponta para as joias exposta atrás de um vidro.
— Não necessariamente.
— Concordo. – olha para o amigo. – Depois perguntamos para ele.
— *Tá* certo.
— Sabe por que ele fala em quinhentos mil e os funcionários falam em cem mil?
— Não sei.
— Por que deixaram as barras de ouro no cofre?
— Não sei.
— Por que mataram a funcionária se não houve resistência?
— Não sei. – estranha. – Como sabe que não houve resistência?
— Está tudo no lugar. Nada desarrumado. Estranho, não é? – olha para Grego. – Por que está tudo no lugar? Sem desordem. Sabiam onde ir buscar e o que buscar.
— Não sei. *P...* Romano. Eu não sei. Fala aí. – impaciente.
Romano fez silêncio.
— Vamos ver as imagens. – pede para o colega. – Já conseguiu?
— Estão ali no computador. – sinaliza Grego. – Vamos?
Romano o acompanha.
Grego põe as imagens do assalto na tela. Romano as observa com a atenção de quem as estuda em detalhe. Esforça a vista para ver melhor.
— Está esquisito, Grego. Você viu aqui? – apontando para a imagem.
— O quê?
— O que você vê, Grego?
— Eu? – estranhando. – Vejo quatro carinhas assaltando e matando numa joalheria. Quero pegar os caras. – categórico. – Sem teoria, mas com pressa. Os caras precisam saber que estamos na cola deles, é nessas horas que eles cometem erros.
— Olha direito, Grego. – Romano pede a atenção e começa a descre-

ver o que vê. – O primeiro cara entra. De boné e óculos escuros e assim permanece. Não dá para ver o rosto, pois ele se posiciona de um jeito que as câmeras não conseguem filmá-lo de frente. Veja. – aponta novamente.
– Estes movimentos não são naturais. Ele sabia onde estavam as câmeras. Sempre cobre o rosto e se posiciona mais de lado do que de frente.
– E daí? Estudou o lugar. – conclui Grego.
– Se for isso, teremos que pegar imagens anteriores. Mas pode ser que ele tenha recebido as informações de alguém, não pode?
– Pode, claro. Hoje em dia...
– Quando ele aborda a funcionária, não a ameaça. A conversa parece amena e ele não mostra nenhuma arma.
– Pode ter ameaçado de outras formas. – tenta.
– Não. – categórico. – Veja. – aponta para o momento exato da fala com a funcionária. – Ela não sabe quem ele é. Está descontraída, apenas atendendo um cliente. Mas deste ponto em diante ela muda. As mãos ficam ligeiramente trêmulas, ela morde os lábios repetidas vezes, as sobrancelhas ficam carregadas e os gestos mais nervosos.
– Verdade. Dá *pra* perceber.
– Sem mostrar nada da vitrine da parte da frente, ela dá acesso à parte de trás da loja, onde normalmente ficam as joias mais valiosas, o cofre, as encomendas, o dinheiro e etc.
– Esquisito mesmo.
– Vão *pra* parte de trás. O dono está tranquilo. Ele não se surpreende.
– Às vezes tem sangue frio.
– Não parece. – apontando para o choro dele. – Levaram o que estava no cofre, mas deixaram o ouro.
– Não faz sentido.
– Não faz sentido. – repete.
– Você vem *pra* roubar e não rouba.
– A menos que você não tenha vindo para roubar.
– Como assim?
– Ainda não sei, Grego. Olha este final aqui. – apontando para as imagens. – O cara passa, volta e dá um tiro na vítima. Por quê? Já estava de saída, por que fazer isso? Ela estava de joelhos, sem olhar para ninguém.
– É esquisito mesmo. Talvez ela tenha reconhecido o "cliente", o primeiro que entrou na loja.
– Não reconheceu. Ela mudou o jeito de reagir depois que ele se

anunciou. Ela reconheceu o nome, ou uma troca de palavras, mas o rosto ela não reconheceu.

— É. — tentando entender. — Mas se olhou bem para ele, poderia reconhecê-lo a qualquer instante.

— Isso. — concorda. — Esse pode ser o motivo: o medo do reconhecimento futuro.

— Claro. — Grego satisfeito em ajudar na construção no raciocínio.

— Esses caras entraram aqui já sabendo o que iriam encontrar. Não fizeram bagunça, pegaram o que queriam e foram embora. Tudo muito organizado. Ou seja, não é coisa de *assaltantezinho* improvisado. É coisa de quem sabe o que está fazendo. Concorda?

— Concordo.

— Eles planejaram. Estavam organizados e tinham alguém aqui de dentro.

— É o que parece.

— Seguindo a lógica, eles não iriam matar por matar. Tem que ter algum motivo. — olhando as imagens repetidas vezes. — Esse cara executou a funcionária. Deu um tiro *pra* matar.

— Talvez estivessem combinados com ela. — tenta Grego. — E resolveram eliminá-la na última hora.

— Não parece, Grego. — Romano segue analisando atentamente as imagens. — Todos saíram no mesmo ritmo, repara. — querendo que Grego desse a mesma atenção. — Depois este volta. — aponta para um deles. — Olha só. Já estava de saída, junto com os outros. Para um pouco na porta e confere se os outros já seguiram, volta e executa a funcionária.

— Verdade.

— Esse cara sabia o que estava fazendo. Matou pegou o livro que antes estava na mão dela e jogou no lado do corpo.

— P... que p...!

— Esse é o cara que estamos procurando, Grego.

— Será?

— E se ele apenas jogou o livro ali, sabendo desses casos de assassino com livro?

— Acho que não. Olha aqui. — pede para Grego ver a parte final do vídeo.

Aparecia o homem como Romano descrevera. No final das ações, ele pegou o livro, apontou para duas câmeras diferentes e deixou o livro próximo ao corpo. Assim, quis deixar claro seu gesto. Também deixou claro para Romano e Grego que sabia da localização das câmeras, pois não as procurou, simplesmente olhou diretamente para onde elas estavam, certamente já sabia da sua localização.

– Já viu qual é o livro? – pergunta Grego.

– Ainda não. – compenetrado.

– Deve ser mais um desses clássicos quaisquer. – pondera Romano. – Ainda não consegui ver se há relação entre os livros e essa sujeira toda. Talvez sejam escolhidos aleatoriamente.

– O carinha não sabe nada. Mata e joga um livro qualquer só para ser diferente. – pavio curto para longos raciocínios.

Romano o olha como quem espera a continuidade. Grego não continua, estava agitado.

– Continua, Grego. – acaba por pedir.

– Acho que o cara quer matar e pronto. Para ser diferente, sair do anonimato, joga um livro e se torna famoso. – caçoando. – "O assassino dos livros".

– Mas qual o motivo?

– Não faço nem ideia. – semblante fechado, quase como se ofendido de ter que responder a todas as perguntas.

– Não é dinheiro, porque nunca tirou nada de valor das casas. Não é sexo, porque nunca violentou as vítimas. Não parece, pois parece não haver relacionamento algum entre as vítimas. – reflete. – O que seria?

– Nada demais, Romano. Vontade de matar e pronto. Os caras são maus. Ser humano mata mesmo. Por isso que temos leis, presídios e eu e você temos este emprego, *tá* lembrado?

Romano fica em silêncio. Nunca foi de grandes falas. Mantinha dialogo com Grego de uma forma que não fazia com mais ninguém. Não era sisudo, era personalidade.

– Acho que é aleatório. – arrisca Grego.

– O quê?

– A escolha dos livros.

Romano indaga o colega com o olhar.

– Ele usa como uma marca e só.

– Por que acha isso? – como se desconfiado do raciocínio do colega.

– Sei lá. Acho que o cara pega livros que acha, qualquer que seja. Talvez escolha pelo nome, pela capa, e joga lá, só *pra* dar um charme de "assassino intelectualizado". O prazer dele é ver a gente se enrolar todo. Às vezes estamos perdendo tempo analisando detalhes que não têm importância, porque o cara pôs na cena do crime só por pôr. Ele mesmo não sabe o significado.

– Não faz sentido. E mesmo que ele tenha posto sem significado para ele, terá significado para nós, pois soa esses detalhes que nos fazem chegar nos criminosos.

– Nem tudo tem lógica, Romano. As pessoas agem por impulso. Às vezes matou e gostou da sensação. Apenas voltou a fazer e pronto.

– É. – a contragosto. Para Romano todas as coisas tinham que ter sentido, tinham que ter lógica.

– Às vezes ele faz igual um mágico. – Grego sorri. – Faz com que olhemos para um lado enquanto ele nos sacaneia em outro lugar completamente diferente. – satisfeito com seu raciocínio. – Estamos olhando para um lado e ele está fazendo o quer em outro lugar qualquer.

– Faz sentido. – Romano concorda, discordando. – Mas, mesmo assim, é nossa obrigação apurar os fatos. Se tivermos sorte, ou azar, será mais um livro retirado da Biblioteca Pública. – mais esperançoso do que conclusivo.

– Pouco adianta. – interrompe Grego. – No outro caso a pessoa que retirou na Biblioteca Pública informou que foi roubada, ou seja, continuamos sem saber quem é.

– Roubada aonde?

– Tanto faz.

– Claro que não, Grego. – severo. – Por que não me falou antes?

– Também não sabia.

– No ônibus, na faculdade, no trabalho, na rua. Onde ela foi roubada?

– Acho que na rua, perto da Biblioteca Municipal.

– Tenta saber dos detalhes, Grego. Às vezes conseguimos ver nas câmeras de algum prédio da região.

– Vou olhar.

Romano permanece pensativo.

– Será que a loja tem seguro? – pergunta.

– Deve ter.

– O dono falou que tinha mais no cofre do que realmente tinha. Deve estar querendo receber da seguradora.

– É possível. Essa não seria a primeira vez a vermos esse golpe.

– E se esse assalto foi encomendado pelo próprio dono?

– Isso explica muita coisa, mas não explicaria o livro. – conclui Grego.

– O livro não é do grupo, o livro é só daquele cara. É isolado.

— Também não explica a morte da funcionária.
— Ela pode ter armado tudo. Para não deixar testemunhas, a mataram.
— Mas aí teriam que matar o dono também.
— Verdade. – inconformado. – As coisas não estão fechando.
— Ou o dono teria que matar o pessoal do grupo.
Ambos em debates internos.
— Os senhores são Romano e Grego? – pergunta um jovem policial se dirigindo a Grego.
— Sim. – Grego mais rápido que o colega. – Por quê?
— O Silva *tá* chamando vocês. – aponta na direção do corpo.
Grego e Romano se aproximam do corpo, retorcido no chão.
— Já deram uma olhada nisso? – pergunta o tal de Silva, colega da Civil.
— O quê?
— Olha aí. – aponta para o livro no chão, dobrado de forma a deixar a primeira página à vista. – Tem uma dedicatória *pra* vocês.
— *Tá* de brincadeira! – Grego se prepara para ler em voz alta.

Para Grego e Romano,
Que a vingança não tire de ti a capacidade de enxergar.
Que a cegueira não tire de ti a vontade de lutar.

J. Henry

— Bacana a frase, *hein*? – solta Grego, já olhando o nome do livro. – *Vingança cega*, de J. Henry. Conhece, Romano?
— Não. – querendo entender. – Como o cara sabe nossos nomes, Grego? – intrigado.
Antes de conseguir pensar a respeito, Silva volta a falar:
— Estão chamando vocês dois lá na Desaparecidos, na Brasil.[16]
— Na Desaparecidos? – estranha Grego. – Primeiro é a Furtos e agora a Desaparecidos. – resmunga. – Quando que vamos poder trabalhar em paz.
— Mas aqui, eu tinha que chamar vocês, concorda? – fala Silva apontando para o corpo e para o livro.
— Concordo.
— *Vingança cega*. – Silva sorri mascando um algo que dava voltas pelos dentes amarelos de cigarro e café.

*****

---

16 Avenida Brasil.

Capítulo III

Chegaram à Divisão Especializada de Referência a Pessoa Desaparecida, que ficava na Avenida Brasil.
— Boa tarde. — Grego foi cumprimentando e apresentando sua identificação. — Ligaram *pra* nós. Grego, Romano. — apontando para si e para o colega.
— Só um momento. Deixa *eu* confirmar aqui. — pegando no telefone. — Parece que estão esperando vocês.
— O que houve?
— Não sei direito. Digitaram um nome no cadastro e apareceu um alerta para entrar em contato com vocês. — conversa rapidamente pelo aparelho. — *Tá* bem. Pode deixar entrar, então? — volta a dar atenção para os dois. — É só seguir o corredor à direita, terceira porta.
Os dois já foram andando.
— É *pra* falar com quem? — lembrou-se já alguns passos à frente.
— Travessoni.
— *Panettoni?* — Grego brinca.
— Não. Travessoni. — repete o colega que estava na recepção.
— Travessoni.
— É.
Grego e Romano seguiram. No curto caminho, Grego foi resmungando em voz alta:
— Travessoni. Que diacho de nome é esse? Quem chama um filho de Travessoni?
Romano nada dizia, apenas acompanhava o colega, esperando que ele encontrasse a porta, pois ele mesmo não prestara atenção à explicação do caminho de corredores e viradas.

Grego bate numa porta e entra. Olha para dentro dela e volta para trás.
— Acho que errei. — comenta consigo mesmo. — Terceira porta. — contou novamente e era aquela porta mesmo. Abriu-a novamente. — Boa tarde.
— Boa tarde. — cumprimenta uma moça em pé, no meio da sala com alguns papeis na mão. — Pois não?
— Estou procurando Travessoni. — de repente Grego vê o nome da placa de identificação em cima da mesa. — Ah, é aqui mesmo. Essa é a mesa dele. — satisfeito. — Sabe se vai demorar?
— Não.
— Não sabe ou não vai demorar?
— Não vai demorar.
Grego sorri largamente.
— Você é nova aqui?
— Mais ou menos. Por quê? — sem dar espaço, mas sem cortar-lhe.
— Nada não. Só puxando assunto.
— Quem são vocês? — ela pergunta.
— Eu sou Grego. O meu colega é Romano. — fez ares de conquistador. — Já ouviu falar da gente?
— Não. Por quê? Deveria?
— Nós somos famosos.
Romano olhou para um sofá que estava ali:
— Posso? — perguntou antes de largar o corpo.
— Claro.
Ela estava de pé, à frente de Grego.
— Tem jeito de você chamar esse Travessoni *pra* gente? Estamos com pressa.
— Claro.
— Aproveita e pede *pra* trazer um copo d'água e um café. Dois. — corrige-se.
— Claro.
— A propósito. — engata Grego. — O que está fazendo aqui sozinha? É estagiária? Está em treinamento?
Ela olha para Grego como quem pensa se vale a pena responder.
— Vou buscar o café e a água. Só um momento.
Ela sai.
— A gente tinha que arrumar umas estagiárias assim. Umas assistentes dessas. A gente só arruma "fubá", *né*, Romano?
Romano nada fala. Estava cansado.

– Preciso dormir. – acaba por dizer.
– Como você acha que é um sujeito que se chama Travessoni?
– Não tenho nem ideia. – respondendo desinteressado.
– *Pra* mim deve ser um cara esquisitão, com a barriga inchada, desengonçado e mal-humorado. Travessoni. – rindo sozinho e tentando fazer o amigo rir. Volta-se para a porta. – Você voltou? – com voz aveludada. – Obrigado. – já pegando o café e a água e levando até Romano. Este estava ali, sem se mexer, sem nada dizer.
Alguém empurra a porta.
– Travessoni, tinha um pessoal te procurando. Já te acharam. – quando abre a porta toda, percebe a presença de Grego e Romano. – Ah, ó eles aí. – agitado. – *Qué* ajuda ou *tá* tranquilo?
– *Tá* tudo certo. Vamos começar agora. Só fui buscar água e café.
– Se precisar é só chamar, *dotôra*.
– Obrigada. – ela dá a volta na mesa e senta-se na cadeira respectiva. Propositalmente ajeita a placa com seu nome, garantido que Grego veria.
Grego olha sem olhar. Melhor nada dizer.
– Travessoni. Prazer. – ela sorri satisfeita pelo incomodo de Grego.
– Eu não imaginava. – difícil consertar, ela era delegada.
– Não imaginava o quê?
– Nada.
– Uma mulher no comando?
– Não. Com isso já estamos acostumados.
Ela sorri pela pequena vitória. Grego continua:
– Não esperava que alguém com o nome Travessoni fosse uma mulher tão bonita quanto você.
– Obrigada. – ainda sorridente.
Grego permanecia desconsertado.
Romano levanta-se:
– Sem querer ser indelicado, podemos ir direto ao assunto?
– Claro. – ela se organiza. Grego parecia hipnotizado. – Uma mãe veio aqui procurar sua filha. Disse que não está conseguindo falar com ela e etc. Que ela não atende celular, não consegue falar no trabalho. Essas coisas.
– Quanto tempo? – Grego querendo mostrar profissionalismo.
– Desde hoje de manhã?
– *Uai,* e já *tá* na Desaparecidos?
– Calma. Deixa tentar explicar.

– Quando ela deu os nomes, tinha um alerta *pra* vocês.
– Quem é?
– Vera Guimarães. Sabe quem é?
Grego buscou as anotações dele. Romano respondeu:
– Sim.
– É a Dra. Vera? – Grego pergunta respondendo.
– É. – Romano fala com Grego, depois volta-se para a Travessoni. – Ela está aí?
– Sim. Eu pedi que aguardasse.
– Podemos conversar com ela?
– Claro.
Romano refletiu:
– Como se chama a filha dela?
– Tânia.
Romano respira:
– Morreu hoje num assalto.
Breve silêncio.
– Quem dá a notícia? – pergunta Grego.
– Melhor aguardar o reconhecimento do corpo. – Travessoni.
– Concordo. – Grego.
Romano permanece ali, enquanto vê a troca de olhares entre aqueles dois. Ela simpatizara com Grego, dava para perceber. Grego, por sua vez, simpatizava com todas, mas estava mais atuante, como se querendo exibir-se.
– Preciso falar com ela sobre outro assunto. – Romano explica. – Assassinato.
– Claro. Da Homicídios. – conclui sem muito esforço.
Grego faz ares de herói, afinal, era policial da Homicídios. Isso por si só já deveria ser um diferencial – acreditava.
– Vamos? – indaga Travessoni indo em direção à porta.
Os três foram para outra sala.

*****

– Dra. Vera. – Travessoni chama-a. – Estes são os agentes Grego e Romano. Eles precisam conversar com a senhora.
Ela balança a cabeça em sinal positivo, mas ainda tentando entender aquilo tudo.
– O que houve? Aconteceu alguma coisa com a minha filha?

— Calma. — Travessoni tenta acalmá-la. — Tudo vai ficar bem.
— Onde está minha filha? Vocês sabem dela?
Breve silêncio. Grego e Romano se entreolham.
— Dra. Vera, nós estamos precisando falar com a senhora sobre Vagner, Fabíola e Júlio. Tudo bem? Pode ser?
— Sim. — preocupada. — Eu não sei de nada. Eu vim saber da minha filha.
Silêncio constrangedor.
— Eu sei que aconteceu alguma coisa. Eu sinto isso. Sou mãe, gente. — as lágrimas saiam dos olhos vermelhos de previsão. — Eu falei *pra* ela. Eu falei *pra* ela. — repetiu ignorando a presença dos policiais.
— Não tem um jeito fácil de falar, Dra. Vera. — Romano. — Vamos ter que levar a senhora ao Instituto Médico Legal.
— IML? — ouvindo sem querer ouvir.
— Sim. — consternados. — Tudo indica que sua filha foi vítima, hoje pela manhã, num assalto, numa joalheria na Galeria Ouvidor.
— Não pode ser. — sem querer acreditar.
— É preciso reconhecer o corpo.
— Como sabem que é ela?
— A identidade, os colegas de trabalho. — consternado.
— Quero ver minha filha. — foi o que conseguiu dizer. Parecia agarrada àquela pequena esperança. Talvez não fosse ela. Podiam ter confundido os documentos, os nomes. Até chegar ao IML guardaria para si o gosto da dúvida. Poderia ter acontecido algum engano. Sua filha poderia estar viva.

Entraram no carro da polícia. Ela seguiu cabisbaixa, encolhida com a cabeça encostada na tristeza, em silêncio com suas orações e pensamentos. Sua garganta estava seca. O ar estava começando a faltar-lhe, a vida perdera o sentido. Do que valera tanto esforço seu? Por que essas coisas têm que acontecer? Somos ensinados a nos preparar para a vida e não para lidar com as coisas da morte.

Seguiu imóvel, sem palavras, sem gestos, sem movimentos. Lágrimas em silêncio ganhavam o terreno sem resistência, sem exibicionismo. Era o choro sincero, sem freios, de uma mãe que perde sua filha.

*****

Não era um momento fácil. Não havia como tornar mais brando. O corpo teria que ser mostrado e reconhecido.

Os funcionários do IML trataram com a frieza de quem executa uma tarefa rotineiramente. O corpo estava coberto e etiquetado.

Grego segura a porta de acesso à grande sala, para que os outros passassem.

– Fico por aqui. – informa Travessoni.

Grego sorri ligeiramente, como quem descobre um pequeno segredo de alguém.

– Você vem, Romano.

Balança a cabeça positivamente, já entrando na sala. Não apreciava esses momentos, mas sabia fazer parte do seu trabalho. Queria observar a reação da mãe.

Grego avança acompanhando um funcionário que lhes indica onde estava o corpo.

– Posso? – pergunta para Dra. Vera, antes de descobrir o rosto daquele corpo sem vida, estendido sobre uma mesa de metal, pronto para a análise dos médicos legistas.

Dra. Vera responde com um aceno e se prepara emocionalmente.

– É minha filha. – a voz tremeu, seu corpo tremeu, por dentro sentiu um peso impossível de ser suportado. Era Tânia, sua filha.

Romano observa.

A vida é frágil, as pessoas são violentas.

Travessoni ficara do lado de fora. Grego foi até lá.

– Não gosta de ver? – Grego pergunta por perguntar.

– Não. – responde por responder. – Não gosto de lidar com a morte. – completa.

– Então por que entrou para a Polícia Civil? – estranhando.

– Para salvar vidas. – sorri com brilho nos olhos pelo ideal. – Achei que poderia salvar vidas.

Grego retribuiu o sorriso.

– Deveria ser médica ou ir para o Corpo de Bombeiros. – falou para imediatamente se arrepender.

Travessoni nada diz, afinal, dizer o quê?

– Sou da Homicídios, sempre lido com a morte. – como quem se explica. – Esqueço que salvamos vidas.

– Estranho, não acha?

– Acho. Às vezes é ruim mesmo. Por exemplo, agora vamos ter que interrogar a Dra. Vera. Não dá nem para esperar.

– Não dá *pra* esperar *ela* enterrar a filha?
– Daria. Mas ela sumiu por uns dias. Não podemos correr esse risco novamente. Tem um garoto sumido que precisamos achar e entender o que houve.
– Eu ponho alguém de olho nela.
– Assim dá. Só avisar o Romano.
– Ele que manda, é? – ela provoca.
– Sim. Não. Depende. – não entendeu a observação. – Por quê?
– Nada. – sorri. – Você parece todo decidido, mas na frente dele só faz o que ele fala.
Grego sorri, tentando entender aquela fala:
– O Romano é meu parceiro. O respeito que tenho por ele é inabalável. Faço o que ele fala porque ele conquistou meu respeito e confio nele. Nunca se impôs, nunca me obrigou. Não se trata de quem manda. É respeito. – olha firme para ela. – Você não sabe quem ele é, sabe?
– Não. – desinteressada. – Um policial como outro qualquer.
– É? Então você não sabe quem ele é.
– E ele? Sabe quem é você? *Te* respeita?
– Claro. – sem entender. – Onde quer chegar?
– Em lugar nenhum. Só estou conversando.
Grego a encara desconfiado.
– Se você quer me dizer algo, diga. – firme.
– Fale isso com seu parceiro.
– O que foi?
– Nada. Estava apenas conversando.
Romano e Dra. Vera retornam.
– Vamos? – Romano pergunta para Grego e Travessoni.
– Sim. – responde Grego sem entender aquele diálogo. Conversa esquisita. Não tinha nada para perguntar para Romano. Romano era Romano e pronto. Seu parceiro, seu amigo. Confiava nele cegamente.
Não entendera aquela fala.

* * * * *

Capítulo IV

De volta à delegacia, chegaram sem trocar palavras.
No saguão principal, Grego alerta Dra. Vera:
– Dra. Vera, sei que é chato, mas teremos que fazer algumas perguntas.
– É?
– Sim. Tanto sobre sua filha, como sobre aquele caso do apartamento que a senhora trabalhava.
– *Tá*. Quando?
– Quando a senhora quiser. Pode ser hoje, amanhã. Quando a senhora quiser.
– Hoje não, *né*? Tenho que enterrar minha filha.
– Nós vamos respeitar isso. Quando então?
– Não sei. – ainda apática.
Breve silêncio.
– Preciso de uma data. Tenho que dar sequência às investigações.
Ela olha dentro dos olhos de Grego:
– Vocês vão pegar os caras que fizeram isso com minha filha?
– Vamos.
– Então enterro minha filha amanhã e depois de amanhã estarei aqui. – com firmeza na voz que não tivera até então.
– Aqui? – Grego olha para Romano e para Travessoni, se referindo ao local.
– Pode ser. – Travessoni se adianta.
– Aqui é melhor para a senhora? – atravessa Grego.
– Aqui? É. Já sei chegar.
– Então fica marcado. Depois de amanhã, às 10 horas, pode ser?

— Sim. – afastou-se em passos pesados, com os ombros caídos e o olhar pusilânime e baixo.

Grego e Romano ficaram ali, parados por um instante.

Um senhor de aparência mais singela se aproximou.

— Por favor, uma informação.

— Só um momento. – Travessoni. Volta-se para Grego e Romano. – Bom. Ajudo em algo mais?

— Não. Obrigado. – Romano. – Podemos falar com Dra. Vera aqui mesmo, *né*?

— Claro. Sem problema algum.

Grego estava com o semblante fechado.

Despediram-se e foram para o carro.

— Pois, não? – Travessoni deu atenção para aquele senhor.

— Eu estou procurando uma pessoa. É aqui que a Polícia me ajuda?

— Qual o nome do senhor?

— Virgílio Duarte.

— Senhor Virgílio, faz um favor *pra* mim? *Tá* vendo aquele rapaz de blusa vermelha?

— *Tô*. Meu amigo Júlio desapareceu.

— Então, é só falar com aquele rapaz que ele vai orientar o senhor direitinho, *tá*?

— Obrigado. – sorriso de gratidão. Estava preocupado com Júlio, mas ao mesmo tempo estava sentindo-se amparado, como há muito não se sentia.

* * * * *

Capítulo V

— Romano. — Grego na direção.
— Quê? — apenas compenetrado.
— Você tem algo *pra* falar comigo?
— Como assim?
— Não sei. — pondo a dúvida.
— O que seria? — mantendo a dúvida.
— Está escondendo alguma coisa ou não?
— Eu? — estranhando.
— É. Você.
— Que eu me lembre, não. O que por exemplo. — sem entender.
— Qualquer coisa.
— Por que está me perguntando?
— *Me* responde aí.
— Presta atenção no caminho, Grego. — adverte Romano antes de responder.
— Nós não estamos voltando *pra* delegacia? — quase que afirmando.
— Sim.
— Então. Deixa que eu escolho o caminho. — tenso.
Romano o olha sem nada dizer.
— Está tudo bem, Grego? — depois de um tempo.
— *Tá* tudo bem. Só não gosto desse seu jeito de querer me controlar o tempo todo. Fica aí dando ordem como se fosse meu superior.
— *Qué* isso, Grego? — sem entender. — Calma, aí. O que é que *tá* havendo?
— Nada. — ficando nervoso com a conversa. — Mas você está escondendo algo de mim.
— O quê, por exemplo? — pensa Romano. — Que estou mal de grana?

Que não consigo tirar férias há quatro anos? Que tem relatório em aberto que eu estou com preguiça de fazer? Que ainda não entendi a "ressurreição" de Moisés? Que ainda não consegui fazer a relação entre os crimes? Que esse cara que *tá* matando está sempre na nossa frente? – pensou. – É isso?

– Não sei. – Grego.

Breve silêncio.

– O que aquela Delegada te falou? A Travessoni. – pergunta Romano.

– Nada.

– Lançou a dúvida se você poderia confiar em mim? Jogou a semente da discórdia? Falou que eu fico te dando ordens e etc.?

Grego demora, mas reconhece.

– É. Como sabia?

– Fácil demais, Grego.

– Como assim? Eu não falei nada! – sem entender a precisão do colega.

– Você é um cara de ideias firmes, de convicção e teimoso quando acha que tem razão. Ninguém te dobra facilmente.

– É. – querendo concordar.

– Para te dobrar, tem que ser mulher e bonita. Aí você se *f*... todo.

– Como assim?

– Mulher te leva no bico, Grego. – observa Romano. – Mas não é qualquer uma. Tem que ser bonita, inteligente. – olha para o amigo. – Estilo a Travessoni.

Grego sorri, sem perceber. Volta a ficar sério.

– Mas ela me falou que você está me escondendo alguma coisa.

– Aí eu já não sei, Grego.

– O que você está escondendo, Romano?

– Você terá que perguntar *pra* ela. Talvez ela saiba mais sobre mim do que eu mesmo.

– Por que ela falaria isso?

Romano pensa antes de responder. É como se já soubesse o que dizer, mas avaliava se seria o caso de falar. Falou:

– Ela deve estar interessada em você.

– Como assim? – sem entender nada.

– Clássico. – parecia óbvio no olhar de Romano. – Lança uma dúvida sobre algo que te interessa e pareça que ela tem a resposta. Isto faz com que você mantenha o elo.

– Mas por que falar de você?

— Não falou de mim. Falou de algo que você valoriza: nossa amizade.

— Mas essa não parece uma boa abordagem. Se ela queria me cativar, essa crítica não é uma forma boa. — conclui.

— Aí que você se engana. — raciocina Romano. — Primeiro que a mente feminina é muito diferente da mente masculina.

— Falou o perito. — com ironia.

— Não sou perito em mulheres, mas tento entender o comportamento humano.

— Continue. — pede Grego.

— O homem não gosta de ganhar sem conquistar. Brindes e presentes nos soam sempre muito estranho.

— Qual a relação?

— É a mesma coisa em relação às mulheres. A maioria dos homens desvaloriza mulheres que se "oferecem" ou de relativa "conquista fácil". Preferimos acreditar que as conquistamos por algum mérito que é só nosso. — levanta levemente a sobrancelha. — Mal sabemos que na verdade, é a mulher quem nos escolhe e conquista. Pois ela permite a aproximação daquele que desperta o seu interesse. Mas ao contrário dos homens, que avançam sobre o território "inimigo" com o ímpeto todo, elas manobram em pequenos movimentos, de forma lenta, até que a "vítima" esteja toda entregue.

— Entendi o que você está falando. Não sei se concordo. — pondera. — Só não consigo fazer a relação com a Travessoni. — comenta Grego.

— A maioria das pessoas que se manifestam é por algo que lhes incomoda. Preferem reclamar a elogiar.

— Ainda não entendi.

— Ela despertou a tua curiosidade "escondo algo de você". Assim, você fica mais tempo com esse assunto na cabeça. — pontua. — Ela falou uma coisa ruim, que "você me obedece". Assim, você fica inconformado e quer dar a resposta contrária, mostrar o contrário. Só que não adianta mostrar *pra* mim, terá que ser *pra* ela. É o desafio. Como se você tivesse que provar que tem valor para que ela te aprove. — Romano olha para o colega. — E por fim, ela nos aguarda na delegacia depois de amanhã.

— Não sei se entendi.

— Curiosidade, desafio e afeto. Ela sabe que você irá procurá-la novamente. Ou para matar a curiosidade, ou para mostrar que ninguém manda em você ou para verificar se há espaço para você conquistá-la.

— P... — solta Grego. — E eu achando que era só uma mulher ajeitada.

— É. — Romano. — Mulher bonita, quando sabe que é bonita, dá mais trabalho. Mas lembre-se, só a embalagem é pouco.
— Falou o experiente. — novamente caçoando.
— De fracassos amorosos eu entendo bem. — ligeiro sorriso.
— Isso é verdade. Quer falar sobre isso? — sabendo que Romano não falaria.
Chegaram à delegacia.
— Tem um cara esperando vocês. — avisa Vanusa logo à entrada.
— Um "cara"? — Romano repete estranhando a forma com a qual ela se refere a uma pessoa.
— É. *Tá* ali. — aponta com descaso e com um chiclete que fazia voltas com as frases a cada nova palavra.
— "Tá ali"? — sem acreditar que alguém poderia se comportar profissionalmente dessa forma em um órgão público.
— É. — muitos chicletes e poucas palavras.
— Já nem lembrava dessa daí. — comenta Grego.
— "Dessa daí"? — estranha novamente Romano.
— P...! *Tá* surdo, Romano? Fica só repetindo o que a gente fala. — Grego.
Romano e Grego foram ter com o tal "cara". Grego na frente:
— O senhor está nos esperando? — olha para Romano para ver se ele concorda com a pompa.
— Sim. — levantou-se já estendendo a mão. — Romano?
— Não. Sou Grego.
— Não. — mudando o semblante. — Eu vim falar com Romano. É ele quem decide as coisas, não é? — cerimonioso.
— Ele é Romano. — indica Grego, um pouco contrariado.
Romano faz um gesto como quem diz "não saber de nada".
Aquele homem estende a mão para Romano e o cumprimenta com entusiasmo desmedido.
— Muito prazer. É uma grande honra. Todos falam muito bem de você.
— Obrigado. — agradece Romano. — Este é Grego, meu colega. — apresenta.
— Prazer. De você eu nunca ouvi falar. — despachado.
— Podemos ajudar? — incluindo Grego.
— Sim. Eu queria ter uma conversa com o senhor.
— Sobre o que?
— Sou Carlos Homero. Tenho um assunto de seu interesse. — com ares de suspense querendo despertar a curiosidade.

— Assunto de meu interesse e eu não sei qual é? – pondera Romano.
— Saberá. – com um sorriso simpático. – Onde podemos conversar a sós.
— Na minha sala. – aponta. – Vamos?
— Claro. Claro. – satisfeito.
Dirigiram-se para a pequena sala de apoio usada por Grego e Romano. Quando Grego ia entrando Carlos Homero alertou:
— Eu queria falar a sós com Romano.
Grego olha para Romano como se tivesse ficado na dúvida.
— Grego é meu parceiro. Não há segredos entre nós. Se fala comigo, fala com ele também.
Grego gostou de ouvir.
Romano gostou de falar.
Carlos Homero ficou na dúvida.
— Talvez seja melhor voltar em outro horário.
— Pode falar. Aproveita que estamos aqui. – Romano.
— Então *tá*. – como quem se prepara para dar uma ótima notícia. – Eu tenho uma oferta irrecusável para vocês.
— Para nós? – estranham.
— Sim. São vocês que estão investigando esses crimes do assassino que deixa livros no local do crime, não são?
— Não podemos dar informações a respeito.
— *Tá* certo. Mas eu sei que são vocês. – não esperou a confirmação. – Todo o livro deixado, dispara as vendas. As notícias dos assassinatos acabam por divulgar os livros. – explica e levanta as sobrancelhas como se tivesse dito algo inteligente e esperasse que os dois o acompanhassem. – Entenderam?
— O quê? – pergunta Romano. – Que os livros vendem mais?
— Sim. – novamente as sobrancelhas como se estivessem dando sinal para serem tão espertos quanto ele.
— E por que o senhor está nos dizendo isso?
— Ora. Sempre que um livro vende mais, ganhasse mais dinheiro. Se há dinheiro em quantidade, sobra *pra* todos. – lá estavam as sobrancelhas, subindo e descendo.
— Todos quem?
— Ora, todos.
— Existe algum motivo para o senhor estar mexendo as sobrancelhas desse jeito? – pergunta Romano incomodado.
— É uma grande oportunidade.

— Você não vai dizer o que eu penso que vai, vai? – atravessa Grego.

— Olha. – Carlos Homero tenta explicar. – É só deixar um desses livros, que eu passo comissão.

— Comissão de quê? Você tem problema? – Grego, mais nervoso.

— Vocês não precisam fazer nada. Houve um assassinato na cidade, vai lá e deixa um livro desta lista. Só isso. – aponta para um papel com vários títulos.

— Posso ver? – pergunta Romano.

— Claro. – responde Carlos Homero com rapidez. – Esse folheto eu trouxe *pra* vocês. – sendo simpático.

Grego não acredita que Romano estava levando aquela fala em consideração.

— Qual destes títulos você indicaria? – pergunta Romano. – Tem uma ordem de preferência?

— Qualquer um aí é bom. – empolgado. – Deixa *eu* marcar quais são de minha preferência.

— Isso. Faça isso. – Romano concorda e contém Grego com o olhar.

— Pronto. – satisfeito.

Romano segura a lista e dá-lhe uma olhadela.

— Já conversou com outros colegas nossos sobre isso.

— Já. Claro. – sério. – Mas não posso falar, *né*? Eu tenho ética.

— Ética?

— É.

Grego continua achando que Romano está meio surdo.

— E você já chegou a pagar comissão para alguém? – Romano.

— Ainda não. Tive a ideia recentemente. – lançando elogio para si mesmo. – Mas a comissão é a de vendedor. – satisfeito. – Sobre todas as vendas. – completa.

— Entendo. – calmo. – Mais alguma coisa?

— Você não quer ganhar dinheiro?

Silêncio.

Insiste:

— O que pode ser mais importante que dinheiro? – sem entender a resistência.

— Não adiantaria tentar explicar-lhe. – sem entenderem a insistência.

— O quê? Estou falando de dinheiro. – insiste novamente e a resposta vem novamente com o silêncio dos dois. – Não querem saber quanto vão ganhar?

— Não. – Romano seco.

— *Tá* certo. Depois a gente combina.

— Senhor Carlos Homero. Não haverá "depois". Não nos procure para este assunto. Não trabalhamos assim, não fazemos esse tipo de coisa.

— Não entendo.

— Entende, sim.

— *Me* disseram que vocês eram "bons de conversa".

— Quem "disseram"?

— O Aurélio Chaves. Ele é meu amigo.

— Pode até ser *seu* amigo, mas *meu* não é. – gostou do pequeno trocadilho. – Melhor o senhor ir embora.

Carlos estendeu a mão para reaver o folheto com os títulos.

— Isto fica. – adverte Romano.

Saiu da sala desconsertado. Parecia não compreender o que acontecera. Dois policiais não aceitaram ganhar mais dinheiro, e se tratava de dinheiro sem esforço. Caminhou querendo rever sua estratégia de abordagem.

Grego e Romano permaneceram na sala. Pareciam não acreditar que alguém os abordasse com esses assuntos com tamanha facilidade e calma.

— É, Grego. Estamos numa sociedade corrompida. – solta.

— Corrupção é coisa de político. – chateado com o ocorrido.

— É coisa de toda a sociedade. Está por todos os lados. Por isso que as pessoas não entendem quem age de forma correta. Essa pessoa acaba virando a sistemática, a rigorosa, a chata e etc. Dar a curva é que é o normal.

— Muito ruim. – concordando.

— É. Mas uma criança não nasce corrupta. Alguém a ensina a agir assim. Temos é que educar a população.

— No Brasil ninguém educa ninguém.

— Quem sabe daqui a quinhentos anos o país estará melhor?

— Quem sabe? – sem entusiasmo.

Romano lê os títulos do folheto.

— Grego! Olha aqui. – aponta para um título.

— *Qué* isso? – lendo o título. – *Vingança cega*!

— Agora *f...* tudo. Não saberemos se os livros estavam nas cenas do crime, se os colocaram intencionalmente ou por algum acaso, ou se foi um picareta desses que combinou de ir colocando os livros porque as vendas aumentam.

* * * * *

PARTE XXI

Capítulo I

Lídia ainda tentava entender o que estaria acontecido.
"Eu sou a mercadoria". – pensou. – "Como assim?" – perguntou-se. – "Eu sou a mercadoria." – repetia em diferentes tons de voz.
O que seria isso? Sequestro? Prostituição? Não conseguia entender, mas temia pelo pior. Encolhida na esquina das paredes geladas de seu cativeiro escuro, Lídia lutava para manter a calma. Seus olhos estavam negros da maquilagem que borrara pelas lágrimas. Seu cabelo estava oleoso pela ausência de banho, a pele coçava por todos os poros, o esmalte descascara e sua roupa estava suja e surrada. Não sabia a quanto tempo estava ali.
"Eu sou bonita". – pensou. "Pode ser prostituição". – com certo temor.
Tentando analisar os fatos, discordou de si mesmo, afinal, fosse isso teriam o cuidado de deixá-la apresentável. Por que aquilo estaria acontecendo consigo? Já nem conseguia manter uma linha de raciocínio. Acreditava que estavam pondo alguma droga na comida que lhe entregavam, mas como poderia ficar sem comer? Após as refeições acabava por sentir certo mal--estar, começava a suar muito, a sentir sono e a tremer um pouco. Depois passava. No início achou ser apenas em virtude da situação, mas agora...
Se fosse sequestro já lhe teriam falado alguma coisa. Quem pagaria por ela? Em sua mente especulou qual seria o valor exigido por ela. Quanto ela valeria? Não deveria ser. Mas então, o que seria? Sentiu-se como uma princesa presa à espera da libertação.
Lídia arrastava aquela angustia enquanto o tempo se arrastava à sua volta. Ouviu barulho de passos e de pessoas. Tentou apurar os ouvidos. Estavam vindo em direção de seu cativeiro improvisado. Abriram a porta e jogaram alguém no chão.

– Não quero bagunça. – disse um algoz com voz grave.
Voltou a fechar a porta.
Na penumbra Lídia não conseguiu ver com nitidez. Levantou-se com a intenção de ajudar.
– Quem é você? – ela pergunta.
– Onde estamos? – ele também pergunta.
Lídia ajuda-o a levantar-se.
– Não consigo ficar de pé. Acho que me drogaram.
– Quem é você? – ela pergunta novamente.
– Meu nome é Júlio. E você?
– Lídia.
– O que houve? O que estamos fazendo aqui?
– Não sei.
– Quem são esses caras?
Ela balançou a cabeça negativamente.
– Onde estamos? O que vão fazer conosco?
Tantas perguntas. Eram exatamente as mesmas que ela já se tinha feito repetidas vezes.
"O que estaria acontecendo?" – se perguntou.
– Alguém sabe que você está aqui? – Júlio.
– Não. – sem saber como agir.
– Não se preocupe. Meu amigo vai nos achar. Ele vai procurar por mim.
– Quem? – demorou para perguntar.
– Virgílio. Meu amigo.
– Ele sabe que você está aqui?
– Não. Mas ele vai me procurar. Tenho certeza.
– Como pode ter tanta certeza?
– Não sei. Apenas tenho.
Ela olhou-o preocupada. Dali a alguns dias ele saberia que ninguém os procuraria.
– Você está bem?
– Estou. – exausto. – Só não consigo ficar em pé.
Lídia sabia que ninguém os encontraria, mas por outro lado, aquela pequena dose de confiança fez-lhe bem. Não desejava mal a ninguém, porém, era bom ter companhia. Não é que ela quisesse que ele estivesse ali, preso como ela, mas já que estava... Então seria bom ter companhia.
Agora já não estava sozinha, tinha com quem conversar. Tinha quem

lhe fosse solidário pela situação.
— Júlio. — ela chama.
— Quê?
— Não quero que pense mal de mim. — fala com sua voz naturalmente doce. — Posso te dar um abraço?
— Um abraço? Por quê?
— Porque estou sozinha e com medo. Preciso de um abraço.
Júlio abre os braços.
— Claro. — ele mesmo estranha seu gesto.
— Um abraço de solidariedade. Não se aproveite de mim.
— Solidariedade. — repete Júlio. — Apenas isso.
Ela o abraçou e enroscou-se no calor de outro corpo humano. Uma sensação de segurança correu por si. Agora sentia-se acompanhada.
Júlio achou estranho. De repente era ele a dar a sensação de proteção a alguém. De repente percebeu que Virgílio era sua única esperança. De repente surpreendeu-se tendo esperança e desta precisar. Como sua vida poderia ter mudado tanto em tão pouco tempo?
Estava sem forças e achara confortante o abraço de Lídia. Não queria nada além de acalentar a carência momentânea. Mal se olharam, mal falaram, mas as dúvidas estavam em ambos os rostos. Estavam sozinhos enquanto o mundo seguia seu curso.
Lídia se afasta.
— Não toque em mim. — ela dá a ordem, agora em tom arisco.
— Não vou tocar em você. — sem entender.
— Nós vamos morrer aqui. — com certo desespero.
— Calma. Tenha fé.
— Fé? Em que?
— Em quem. — corrige Júlio.
— Em quem? No seu amigo? — dúvida. — Ele não sabe onde estamos. Como irá nos encontrar?
— Tenha fé. — repete. — Se acalme. — pede. — Não consigo pensar direito. Estou todo esquisitão. — a língua se arrastava para cumprir sua missão.
— Não aguento mais. Prefiro morrer. — descarrega.
— Acredite em mim: você não prefere morrer. — tenta ser seguro, mas as palavras foram imprecisas e saíram atrapalhadas.
— Se eu morrer acaba tudo. — argumenta.
— Você tem que viver. Haja o que houver, o importante é ficar viva.

— Não sei se aguento.

— Aguenta.

— Eles são mais fortes do que nós. Eles têm armas. Nunca vamos conseguir vencê-los.

— Quer vencê-los? Fique viva. — aconselha Júlio. — É o que eu faço.

— Não vamos conseguir.

— Você não pode ter todas as dores do mundo. Sorria de vez em quando e, mesmo quando a vida lhe bater, fique viva. É nisso que você tem que se concentrar.

— Mas eu não quero ficar viva e ficar aqui. Melhor morrer.

— Calma. Vamos achar uma solução.

— Qual solução? O que vamos fazer? — nervosa.

Júlio não respondeu. Adormeceu em silêncio.

Lídia tentara falar com Deus esses dias todos. Será que Júlio era uma resposta às suas preces? Como? O que estaria reservado para eles? Como falar de fé sem adoçar a esperança?

Lídia também começou a sentir o corpo ceder. Fez um último esforço para adormecer próxima a Júlio. Queria o conforto de um abraço.

*****

Capítulo II

– Por que estamos seguindo esse cara? – pergunta Grego.
– Ele é o autor daquele livro. – responde Romano.
– Qual? *Cego vingativo?* – brinca.
– Não. *Vingança cega.* – corrige por reflexo. Demorou para perceber que Grego estava brincando.
– E por que não seguimos os outros autores também? – indaga Grego.
– Quais?
– Dos outros livros. – impaciente com a falta de expediente de Romano.
– Os outros autores? – confirma.
– É.
– Você se lembra do nome do outros autores.
– Claro. Eu anotei. – feliz por sua iniciativa e eficiência.
– Então fala *pra* mim. Quem são?
– O do apartamento é um tal de Tolstói.
– E o outro?
– O do JK é um tal de Henri Charrière. E o último é esse cara aí, J. Henry.
– Então faremos assim: hoje seguimos esse J. Henry e amanhã você faz um levantamento dos outros dois.
– Já procurei. Não têm ficha com a gente. Deve ser porque são estrangeiros.
– Onde você pesquisou?
– No nosso sistema. – estranhando a pergunta. – Mas mandei *pra* Interpol também. Estou esperando a resposta deles.
– Mais aonde você pesquisou?
– Só.
– Depois dá uma olhada no Google. – aconselha.

— Por quê? — não gostava quando Romano agia assim, já sabendo a resposta, mas querendo que ele a procurasse.

— Nada. Amanhã você me fala.

— Qual é a sacanagem?

— Nenhuma. — Romano regozijado consigo pelo seu próprio senso de humor.

João Henrique foi até a livraria Quixote, na Savassi. Como de costume, sentou-se numa das mesas na calçada e pediu uma cerveja. Desfolhou um livro qualquer, concentrado, esperando que o dono viesse puxar assunto consigo.

Grego e Romano se acomodaram no carro para espiarem.

— O que espera que aconteça? — pergunta Grego.

— Nada. Vamos só esperar um pouco.

— Você acha que ele sabe de alguma coisa?

— Difícil dizer. Vamos observar.

— Mas você sabe que não foi ele, não sabe?

— Acho que não foi. — não tinha muitas dúvidas. J. Henry não parecia ser o tipo de pessoa que matava alguém. Além disso, não tinha o porte físico ao estilo daqueles homens que assaltaram a joalheria. Contudo, não gostava de descartar hipóteses. Já fora surpreendido várias vezes por pessoas que nem suspeitas eram.

— Mas então por que estamos aqui? — impaciente.

— Calma, Grego. Vamos ver o que acontece.

Grego fecha a cara.

— O que houve? Está incomodado com quê, Grego?

— Nada, não. — emburrado. — Você nunca fala o que está havendo.

Romano nunca fora de falar muito. Com Grego falava muito mais do que o seu normal.

— Você quer ir embora, Grego? Não tem problema.

— Estamos perdendo tempo aqui. Se não foi esse cara, *pra* que ficar de olho nele?

— Você lembra que o livro dele tem um autógrafo para nós?

— Lembro.

— Então. Pode ser que ele se lembra de quem pediu para ele escrever nossos nomes.

— É só ir lá e perguntar. — argumenta Grego com pragmatismo.

— Antes quero saber da rotina dele. — e dá uma olhada para a livraria.

Quando Romano voltaria o olhar para retomar a conversa com Grego, ele sai do carro.

— Aonde você vai? — tenta Romano, mas Grego já não responde.

Romano também sai do carro.

Grego atravessa a rua e vai em direção a João Henrique.

– Bom dia. – cumprimenta. Vê que Romano atravessa a rua também.

– Bom dia. – retribui João Henrique com um sorriso aberto, acreditando ter sido reconhecido por um fã.

– O senhor é J. Henry?

– Sim. Sou eu mesmo. – procurando, com o olhar, um livro na mão do fã que pudesse dar-lhe um autógrafo. Foi solícito.

– Sou Grego. – mostra a sua identificação.

O semblante de João Henrique muda na mesma hora. De eufórico e sorridente, para preocupado e sisudo.

– O que houve?

– Nada. Eu e meu colega queremos lhe fazer algumas perguntas.

– Colega? – João Henrique procura, mas não vê ninguém.

– Sim. – confirma. – Só um momento. Está vindo.

Romano chega e para do lado de Grego.

– Pronto. – com sabor de vitória. – Este é meu parceiro, Romano. – que o cumprimenta com um aceno de cabeça.

– Bom dia. – retribui. – Querem sentar-se? – tentando ser simpático.

– Não. – Romano.

– Claro. Obrigado. – Grego já se sentando na cadeira à frente de João Henrique. – Precisamos conversar um pouco. Temos algumas perguntas.

– *Pra* mim? Tem certeza?

– Temos.

João Henrique ficou nitidamente incomodado.

– E sobre o que seria?

Romano finalmente senta-se também.

– Então. – Grego fita diretamente nos olhos de João Henrique. – Você é escritor, não é?

– Sou. – com orgulho de si.

– E é autor daquele livro *Vingança cega*?

– Sou. – com um sorriso convencido.

– Pois é. Seu livro foi encontrado na cena de um crime. Sabe disso?

– Não. – pareceu sincero.

– No livro deixado havia uma dedicatória sua.

Na mesma velocidade que achou ser ótimo ter um livro seu na cena do crime, pois talvez aumentasse as vendas, notou que poderia ser ruim se achassem que estava envolvido.

— É? — tentando entender o rumo da conversa. — Eu autografo muitos livros.
— É?
— Sim. — confirma.
— E você já ouviu falar de nós? Grego e Romano?
— Não. Por quê? Deveria?
— Não sei. *Me* diga você. O autógrafo estava dirigido a nós.
— Como assim? — mantendo a calma.
— Tinha os nossos nomes.
— Pode ser. Eu assino para muitas pessoas. — tentando lembrar-se. — Mas não sei dizer. — raciocinando. — Não é comum assinar para dois nomes. Talvez seja mais fácil lembrar-me.
— Qual a última vez que você autografou?
— Às vezes alguém escreveu como se fosse eu. — especulando.
— Foi em alguma livraria?
— Está com o livro aí para eu dar uma olhada?
— Não. — Grego.
— Não? — julgando o despreparo.
— Não. — chateado. — Mas é só você escrever algo num pedaço de papel que depois a gente compara as letras. Aí saberemos se foi você que fez a dedicatória.
João Henrique olha para Grego, depois para Romano.
— E aquela parte de que "ninguém é obrigado a produzir prova contra si mesmo"? — pergunta.
— Não é o caso.
— Não sei.
— Você não está sendo acusado de nada. Além do mais, o fato de ter um livro seu na cena do crime não o torna assassino. E mais, o fato de ter uma dedicatória em nosso nome não implica em nada. Mas talvez, você se lembre *pra* quem entregou esse livro.
— É muita gente. — lamenta João Henrique.
Romano o estudava. Media sua fala, seu gesto, seu semblante, seu olhar. Resolveu perguntar:
— Muita gente? É isso mesmo, J. Henry? Você vende tanto assim?
— Muito. Eu sempre vendi muito.
— Não é a informação que nos deram.
— Como assim?
— Seu editor falou que suas vendas estavam bem derrubadas.
— Falou? — como uma criança descoberta na mentira.

— Que você estava doido *pra* que um livro seu fosse colocado na cena de um crime, *pra* aumentar as vendas. — completa.
— Que coisa, *hein*? — encabulado. — Sim. Apenas disse. Isso não quer dizer que faria. — sorriu levemente. — Várias vezes tenho dito que queria matar o presidente da República, mas isso não quer dizer que o faça. — tentou sorrir com elegância. Escolheu as palavras, para não se comprometer mais.
Romano e Grego se entreolharam.
— Você está escondendo algo? — Grego acaba por perguntar.
— Não. Claro que não. — como se ofendido.
— Você sabe que a polícia acha as coisas, não sabe?
— Não é meu universo, senhores. Sou cidadão de bem.
Chegou outro copo de cerveja.
— Você está feliz de terem achado seu livro na cena do crime? — Romano.
— Não deixa de ter um certo charme. — confiante. — É possível que o livro volte a vender bem. — satisfeito.
— Você poderia escrever algo num papel, só para comparamos as letras.
— Não me sinto à vontade com isso.
Romano se levanta da mesa repentinamente e entra na livraria.
Grego e João Henrique estranham e tentam entender o que acontecera.
— Deve ter ido ao banheiro. — fala João Henrique.
Romano volta.
— O que houve? — pergunta Grego. — Tudo bem?
Romano põe um livro em cima da mesa.
— J. Henry, você autografa para mim? — apresentando um exemplar do livro *Vingança cega*.
João Henrique parecia pensar como agir. Percebeu que as pessoas em volta deram atenção para a sua mesa. Ainda parado, decidindo o que seria melhor, vê alguns usuários da livraria virem em sua direção. Uns apertaram sua mão em cumprimentos, outros já carregavam o livro, mas todos pareciam esperar que ele fizesse a dedicatória para Grego e Romano.
Pegou o livro e preparou-se para escrever:
— Ponho em nome do casal? — provocando.
— Casal. — Grego achou graça. — É. Grego e Romano. Primeiro o nome do marido, por favor. — e riu quase às gargalhadas.
Romano permaneceu em silêncio, não gostava dessas brincadeiras infantis. Estava concentrado nos atos, ele tinha que ter certeza que João Henrique escreveria. E ele escreveu realmente:

Para Grego e Romano,
Pelo empenho, meus sinceros cumprimentos.
Pela incompetência, minhas sinceras lamentações.

                    J. Henry

*****

– E aí? – pergunta Grego já no carro.
– Foi ele. – fala Romano lendo a dedicatória.
– Ele que matou? – estranhando a conclusão do amigo.
– Não. – carregando a sobrancelha. – Foi ele que escreveu a dedicatória.
– Como sabe? Tem que comparar com a outra.
– Mesmo estilo. A mesma disposição do texto. Duas frases curtas com conteúdo medíocre acreditando ser filósofo. – com desdém.

Grego não entendia como Romano via aquilo tudo. Pegou o livro para ler novamente:
– Cara atrevido. *Tá* chamando a gente de incompetente. – não gostou.
– O livro que está conosco é relativamente novo. Deve ter sido adquirido há pouco tempo. Vamos tentar descobrir onde esse livro foi vendido recentemente.
– Concordo.

Romano pensava nos fatos. Grego ainda resmungava pelo conteúdo da dedicatória.
– Vou quebrar esse cara no meio. – deixou escapar.
– É alguém que nos conhece, Grego.
– Difícil saber. – abre um sorriso que não combinava com a situação. – É tanta gente que nos conhece, Romano. Somos famosos. – riu.
– Você não consegue falar sério, *hein*, Grego?

Grego ri.
– Você é famosinho, Romano. – provocando.
– Dirige aí, vai!
– Agora você tem mais um livro para ler.
– Verdade. – achando graça. – E você? Já pesquisou sobre os outros autores?
– Não. Vou fazer isso assim que chegar *na* delegacia. – voltou a ficar sério.

*****

Capítulo III

– Já conseguiu outro médico?
– Não. – preocupado. – Está tudo muito esquisito.
– P..., Albino. – elevando o tom da voz. – Se eu mandei *fazê*, é *pra fazê, c...*!
– Seu pai pediu para esperar um pouco. – argumenta.
– O velho? Ele não manda mais nada. – irritado.
– Cuidado com o que você fala. Uma hora te ouvem falando assim e você *tá* ferrado.
– Ferrado, por quê? Você acha que meu pai vai fazer alguma coisa contra mim?
– Não sei. Mas eu ficaria esperto. – preocupado. – Você tem que agir com a cabeça. Eu é que sou atrapalhado, eu é que falo demais. Você não. Você não pode. Tem que agir com inteligência.
– Vá se *f...*! Eu faço o que eu quero. – nervoso.
– *Qué* isso, doidão. *Tá* nervoso, por quê? – sem entender bem. – *Se acalma, aí.* – Albino observa o amigo. – *O que que é?* A *mina tá* te tirando do sério? – pergunta.
– Não fala dela. – dá a ordem.
– *Qué* isso. – rindo. – Ainda *tá* naquela de que "você não manda nada", "quem manda é seu pai". – imitando uma voz. – Sossega, valente. A *mina tá* fazendo tua cabeça e você nem percebe. Parece que não aprendeu nada com teu velho.
– O que você quer dizer?
– Não existe esse negócio de pai contra filho, filho contra pai. É o mesmo sangue. Qual é a dessa *mina*? – firme.

— Não tem nada disso. — como quem se explica. — Ela apenas fala o que eu penso.

— Antes dela você não pensava assim. — atravessa. — E é melhor mudar de ideia. Daqui a pouco teu pai te manda *pro* "exílio" e você não vai ter nada.

Houve um pequeno silêncio.

— Estou cansado de esperar. — desabafa.

— Calma. Tua vez vai chegar. É igual aqueles negócios de coroa de rei e o escambau. Quando teu pai morrer, você assume. Antes disso, é bom ficar na encolha. Cabeça no lugar. — aconselha.

— De qualquer forma temos que achar outro médico logo.

— Calma.

— E outra enfermeira. Deu um jeito naquela cagueta?

— Assunto resolvido. Agora é pensar *pra* frente.

— Mas temos que ser rápidos. Não dá *pra* ficar tanto tempo com "estoque" parado. Essas coisas dão certo quando são rápidas. Além disso, tem uns oito meses que estamos funcionando aqui e ninguém sabe. Não podemos estragar isso.

— Nem teu pai? — já sabendo a resposta.

— Principalmente ele.

— Quando vai contar?

— Por agora, não. Ele não concorda com esse tipo de mercadoria. Temos que resolver isso antes que alguém comece a desconfiar.

— Nunca pegaram a gente, não vai ser agora. — sorriso largo.

— Mas nunca tivemos dois juntos. Nem por tanto tempo.

— Tudo bem. Vou dar um jeito.

— O pior é que não dá simplesmente *pra* matar. — contrariado. — E matar sem usar é um desperdício.

— Calma. Nós vamos resolver. É só receber o dinheiro do comprador e pronto.

— Não é, não, doidão. Ainda tem que achar outro médico.

— Isso eu resolvo.

— Mas *pra que que* aquela maluca tinha que se matar. — irritado.

— P..., cê tá linguarudo, *hein*? Para de *falá*. — como quem pede silêncio. — Ninguém sabe de nada, c... Para de *falá*. Fica quieto. — nervoso. — Além do mais ela já estava ficando toda nervosa. Era correta demais para trabalhar conosco.

— Não interessa. A gente ia usar o filho dela e pronto. Ela jamais deixaria

de trabalhar para nós enquanto pudéssemos fazer mal ao filho.
— Mas ela se matou. Muda de assunto. Não adianta ficar falando disso.
— Mas o garoto ainda está conosco. – pondera.
— Deixou de ser isca para ser mercadoria.
— Mas o comando ainda é nosso. Faremos o que acharmos melhor. É só pôr a cabeça no lugar.
— Concordo. Mas vamos resolver logo isso tudo. Quero mudar de lugar. Estou incomodado de estar naquele bairro.
— Ali é bom. Perto do hospital. Ajuda no negócio. – parecia bem humorado.

* * * * *

— *Tá* faltando um.
— Toda a vez é a mesma coisa.
— Chama o vizinho novo. – sugere.
— Ele é pequeno.
— É melhor que ter de fora.
Pinga a bola para depois segurá-la nas mãos.
— Aí, o garoto, quer jogar? – chamando o novo vizinho para o futebol.
O garoto balançou a cabeça em sinal positivo e já se levantou para ir ter com o grupo que estava pronto para começar uma partida.
A rua ficava sempre cheia de meninos que improvisavam um campo de futebol com qualquer coisa. O campo era o próprio asfalto. O meio-fio era a linha lateral do campo. Latas de cerveja eram as traves, com tijolos riscavam o meio de campo e a área era onde a imaginação marcasse. Falta perto do goleiro era pênalti. Era consenso, não dava discussão. Difícil era definir o que era considerado perto do goleiro. Bola? Nem sempre era bola, ou melhor, quase nunca era bola. Bola de couro, de capotão como eles gostavam, era muito rara. Chutavam o que tivessem e com o que tivessem. Ninguém tinha chuteira, uns tinham tênis, outros jogavam descalços. O goleiro punha os chinelos nas mãos e improvisava como se luvas fossem. O importante era jogar. Um time com camisa e outro sem. Pronto, era como se estivessem uniformizados.
O jogo começou e o garoto novo na rua parecia querer ganhar o respeito dos demais. Corria muito, pedia bola, depois prendia o jogo tentando driblar e mostrar que era bom de bola. A turma só queria jogar, mais nada.

O espaço era dividido com o movimento normal da rua. Quando passava um carro, o jogo era interrompido e tinham que abrir espaço para o veículo passar. Quando passava uma moto, era mais rápido e ninguém precisava sair do lugar. Quando era um pedestre, dependia, se fosse adulto, esperavam por respeito, se fosse garotada, não ligavam.

Naquela hora passou um garoto de bicicleta. Ele era da rua da padaria, não era da turma. Havia uma rivalidade em virtude do futebol, mas as turmas se respeitavam.

– Ó o jogo, aí! – alguém avisa como se pedisse para que ele passasse mais rápido.

Ele diminuiu a velocidade e passou no meio da rua. Talvez com receio de "atropelar" alguém.

– Vai logo, *véio*! – alguém fala reclamando.

A bola estava no pé do novo vizinho que, mira e chuta no rapaz da bicicleta. Acerta-o nas costas. A bolada não o derrubou, nem deve ter chegado a doer, mas fora falta de respeito. Parou a bicicleta e desmontou. Pôs a bicicleta no chão, com cuidado. Pegou a bola que estava no chão e segurou-a. Olhou os garotos que estavam na provável direção da onde a bola teria vindo. Em silêncio, era como se perguntasse quem havia sido. Todos, menos um, levantaram os braços negando o ato. O garoto novo ficou sem reação.

– Foi você? – pergunta o rapaz da bicicleta.

– Fui. Por quê? Não gostou, não? Cai *pra* cima. – arredio.

– Você vai pedir desculpas?

– Não. Vá se *f*... – achando que estava ganhando o respeito da turma.

O rapaz manteve-se calmo.

– Você vai pedir desculpas? – repete com calma.

– Vá se *f*... – repete nervoso.

Houve um curto tempo de impasse.

– Devolve a bola, aí e sai fora. – grita alguém.

O rapaz olha para a bola e volta a olhar para a turma que agora, fazia uma espécie de semicírculo.

– Vou devolver a bola. – com segurança para que todos o ouvissem.
– Mas ele tem que me pedir desculpas.

Todos esperaram para ver a reação do garoto.

– Não vou pedir desculpas. – estava sem saída.

– Mas você jogou a bola em mim de propósito. *Tá* errado.

– Sai fora. Dá logo a bola aí e vai embora.

Ele ficou parado.

– Se você não devolver a bola vou te encher de porrada. – ameaça o garoto.

O rapaz não fez menção de devolver a bola, ao contrário, pareceu preferir a luta.

– Mais ninguém entra. Só eu e ele, *tá* certo?

Todos concordaram.

– *Peraí*. Não precisa disso. É só devolver a bola e a gente pede desculpas. – alguém faz a intervenção. – A gente não é de confusão, não. Só queremos jogar bola. Foi mal, aí.

– Não. – interrompe o garoto. – Agora vai ter luta.

O rapaz entrega a bola para o garoto mais próximo e se posiciona pronto para o duelo. O garoto se aproxima e põe-se em posição como se tivesse o treino de lutas marciais.

– Como vai ser? – pergunta. – Porrada até um desistir?

– Pode. – já fazendo a guarda com os punhos.

– Então eu vou te arrebentar, ô folgado. – avisando.

O rapaz ficou em silêncio, esperando.

Agora a turma parecia querer ver a luta. Até os meninos mais novos esticaram o pescoço para conseguirem assistir. Estavam parados, um de frente para outro. Foi o novo vizinho quem teve a iniciativa. Deu um soco no ar, pois o rapaz desviou facilmente. Nova tentativa, novo desvio. Em reposta o rapaz acertou um soco diretamente no rosto do seu adversário que, sem reação, foi ao chão.

Olhou para todos em volta de si. Ninguém esboçou reação.

– *Miô, miô?* – fazendo o gesto de acabou. – Não tem treta. Acabou aqui.

A turma concordou.

O rapaz pegou a bicicleta, montou-a e foi-se embora.

Foi assim que Albino conheceu Bismarck. A amizade dos dois era forte. Bismarck era o rapaz da bicicleta. Albino era um dos garotos da turma que jogava bola. O novo vizinho era Jonas Bittencourt.

*****

Capítulo IV

— Pode ficar à vontade. O senhor Bertoldo já vem. – apontando uma das cadeiras do escritório da casa.

Túlio acreditava ser uma honra estar ali. Afinal, Bertoldo nunca o chamara para conversar na sua própria casa. Com certeza iria parabenizá-lo pelas últimas ações. Talvez recebesse sua parte diretamente das mãos do "chefe" – pensou.

O escritório era grande e sóbrio. As estantes com livros circulavam as paredes. Um ou outro quadro. Havia um sofá, algumas poucas poltronas, a escrivaninha e duas cadeiras confortáveis. Acomodou-se e enquanto esperava, observa os livros nas estantes, apenas com olhos, não tinha interesse em seu conteúdo. Não gostava de ler, achava uma perda de tempo.

Tentou adivinhar qual seria o assunto da pequena reunião. Estava tenso, talvez pela honra de conhecer o líder do grupo que estava dando-lhe inúmeras oportunidades. Os pequenos assaltos e golpes ficaram no passado. Agora Túlio era convocado para os atos de grande porte. Acreditava que ganhara a confiança por ser sempre discreto. Tinha apenas que tomar cuidado com o que contava para Andresa, pois ela sempre falava demais. Ou com as amigas ou com os familiares. Não fazia por mal, mas fazia.

Bertoldo entrou no escritório. Era altivo. Achou-o mais velho do que imaginara, mas ao mesmo tempo, parecia ter mais vigor do que a idade que aparentava.

— Túlio, eu presumo. – cordial, sem sorrisos.

— Sou eu. – levantou-se e cumprimentou Bertoldo, sem saber como fazia. Se estendia a mão e inclinava o corpo, se cumprimentava com olhar firme e fixo nos olhos, se apenas acenava levemente.

Bertoldo sentou-se na cadeira à sua frente e fez sinal para que Túlio se sentasse também. Delimitou-se a olhar firme e observar Túlio por um tempo. Não era um olhar de desconfiança, era de intimidação.

Junto com Bertoldo entraram outros dois homens. Ficaram em pé, postados em posição de sentido. Sem palavras, sem simpatias. Um próximo à porta, outro nas costas de Túlio. Era difícil interpretar o que estaria acontecendo. Estranhou os seguranças. Ficou preocupado.

– É uma honra estar aqui. – tenta.

– Claro. – sem dar muita importância.

Túlio achou prudente ficar em silêncio. Tentou disfarçar o nervosismo parando de balançar a perna e de brincar com um isqueiro nas mãos.

– Está tenso, Túlio? – perguntou Bertoldo.

– Não. Sim. – corrigiu-se.

– Qual o motivo?

– Não estou acostumado a estas coisas. – sem graça. – Recebo a ordem vinda de alguém em seu nome, mas nunca tive a oportunidade de estar diretamente na sua frente.

Bertoldo sorriu.

– Quer um copo d'água? Um *whisky*? Alguma coisa?

– Aceito água. – com a garganta seca. Sabendo que a condução da conversa deveria ser de Bertoldo, Túlio acha prudente ter uma postura mais contida.

Bertoldo fez um sinal e puseram um copo d'água à frente de Túlio.

– Então? Correu tudo bem lá na joalheria, não foi? – parecia satisfeito.

– Acho que sim.

– Sua parte está aqui. – apontou para uma mochila.

Túlio sorriu.

– Obrigado. – iria receber sua parte diretamente das mãos do chefe. Isso era uma honra.

– Não gaste com coisas caras. Chama muito a atenção. – dando-lhe um conselho.

– Sim. – sabia ser prudente e econômico nas palavras também.

– Dê um pouco para a sua mãe, sua irmã, sua mulher.

– Não tenho ninguém. Sou sozinho.

Bertoldo levantou a sobrancelha como quem chega a alguma conclusão.

– Sozinho? Fale isso para a Andresa, para mim não. – sorriu levemente.

– Não estou mais com ela. – desviou o olhar, foi inevitável.

Bertoldo sabia que ele estava mentindo. Várias vezes fizera chegar até ele o conselho sobre os falatórios de Andresa. Muita conversa não era bom para os negócios.

– Sua participação foi importante. – acaba por falar.

– Obrigado. – gostou de receber um elogio do chefe.

Houve um silêncio. Túlio percebeu que Bertoldo o estudava. Alguma coisa importante iria ser dita.

– Tudo deu certo. Correu conforme o planejado. – diz Bertoldo num tom reconfortante.

– Foi. – sorriu, orgulho de si.

– No final, você ainda mandou um recado matando aquela moça, não foi?

Túlio ficou em silêncio.

– Ótima decisão. Pusemos medo em todos eles agora.

– O senhor acha?

– Claro.

Túlio sorriu aliviado, mas nada disse.

– Foi você quem atirou nela, não foi?

– Fui. Achei que era o melhor a fazer.

Bertoldo se levanta e fica parado na frente de um dos quadros pendurados no escritório. De costas para Túlio, pergunta-lhe:

– E foi você que deixou um livro na cena do crime?

– Fui.

Pronto. Era o que Bertoldo queria: a confissão. Voltou-se para Túlio e olhou-o bem:

– Então você matou a moça e deixou um livro na cena do crime?

– Sim. – percebendo que o tom mudara.

– Era só um assalto e você matou uma pessoa.

Túlio ficou em silêncio, já constrangido. Era melhor ser prudente. Esperou antes de falar.

Bertoldo continua:

– Matar alguém põe a Homicídios atrás de nós. – aparentando calma. – Você sabe o que isso significa?

Balançou a cabeça negativamente, mas fazia ideia.

– Significa que podem chegar até nós porque um idiota como você resolveu matar alguém. Nós não agimos assim. – mantendo o tom calmo, mas com o olhar severo.

– O pessoal da Furtos e Roubos é mais fácil de lidar. Sabemos o preço deles e conhecemos as pessoas certas. – Bertoldo fez uma curta caminhada pelo grande tapete que ficava no escritório. – A turma da Homicídios são mais difíceis. Sempre foram. Querem justiça. Não querem dinheiro. – preocupado.

– Não fiz por mal. – sem segurança na voz.

– Não fez por mal? – mais alguns passos. – Não fez por mal, mas fez. – sentencia.

Túlio não sabia se falava a verdade.

– E deixar o livro vai atrair aqueles dois policiais.

– Quem?

– O tal de Grego e Romano.

Túlio ficou preocupado. Já tinha tido problema com eles.

– Eles me conhecem. – deixou escapar.

Bertoldo censurou-o com o olhar. Túlio finaliza:

– Mas eu estava de capuz. Não vão me reconhecer. – completa.

– Como que eles te conhecem?

– Uma vez, lá em Ouro Preto. Estavam atrás de um garoto, um tal de Doze e chegaram em mim sem querer. – respira fundo. – Não têm nada contra mim. – explica.

Bertoldo continua sua pequena caminhada pelo tapete, parando apenas para falar com Túlio olhando-o firmemente.

– Você não devia ter matado aquela moça. – preocupado.

– Mas eu só fiz porque o Bismarck mandou. – pronto, falara a verdade.

Bertoldo fitou-o como quem o despe. Pensou um pouco e perguntou:

– Por que Bismarck faria isso? Por que ele lhe daria uma ordem dessas?

– Não sei, senhor. – realmente tenso. – Só executo. Faço o que me mandam.

Bertoldo olhou-o firme.

– Isso é verdade? Foi Bismarck quem deu a ordem?

– Sim.

– Posso perguntar *pra* ele?

– Pode. Ele vai confirmar.

– Você sabe que Bismarck é meu filho, não sabe?

– Sei.

– Por que um filho meu me desobedeceria?

Túlio abaixou a cabeça.

– Não sei dizer. – a voz saiu quase sem força nenhuma.

Bertoldo deu mais alguns passos pelo tapete e falou com um daqueles homens.

— Peça para Bismarck vir aqui, por favor.

Bertoldo sentou-se e permaneceu estudando Túlio.

— Estou falando a verdade. Dessa forma o senhor vai me jogar contra ele.

— Essa decisão é minha. Preciso esclarecer essa situação. — aparentemente calmo. — Ninguém me desobedece assim.

— Sim. — vendo-se sem saída. — Ele é seu herdeiro, senhor. Eu não posso ficar contra ele. — preocupado. — Uma hora será ele a mandar nisso tudo. — tentando convencer Bertoldo a mudar de ideia.

— Por enquanto sou eu *que* mando. — firme. — Isso tem que ser esclarecido. — como quem pede compreensão.

Túlio tentou argumentar, mas foi interrompido por um gesto de mãos de Bertoldo e um aceno negativo com a cabeça, como quem pede calma e avisa que não há nada a fazer.

Bismarck entrou no escritório e cumprimentou o pai primeiro, depois fez um aceno rápido em cumprimento para Túlio.

— Meu filho, tudo bem?

— Sim, pai. Mandou me chamar? — solicito e respeitoso.

— Sim, filho. — olha-o bem. — Deixando a barba crescer?

— Sim, meu pai.

— Vamos ver se fica com cara de homem. — sorri satisfeito com o filho, depois olhou para Túlio. — Túlio falou que você mandou atirar naquela moça da joalheria e que mandou deixar um livro.

Túlio olhou para Bismarck, acreditando que agora a responsabilidade, pelo menos, seria dividida.

— Não, pai. Não mandei fazer nada diferente do que o senhor me mandou fazer. — calmo.

— Então você não deu a ordem para matar a moça nem para deixar o livro.

— Não. — em posição de sentido como se fosse um militar. — O livro era dela. Já estava lá.

Bismarck falou sem olhar para Túlio. Este se levanta tenso.

— *Qué* isso, *veio*? *Tá* querendo me *f*...? Você deu a ordem sim. — perdeu a compostura. O homem atrás de Túlio se aproximou e pôs-lhe a mão no ombro como que para conter o movimento. Túlio manteve certa distância de Bismarck. — Por *que que* eu ia *fazê* um negócio desses sem que alguém tivesse me mandado?

— Não sei, Túlio. — Bismarck olha firmemente para Túlio. — Esta não é a primeira vez que você desobedece, é? — frio.

– Passado é passado. – nervoso. – Fala a verdade, seu mentiroso.

– Túlio. – Bertoldo fala um pouco mais alto. – Se acalme. Sente-se. Vamos resolver a bem.

– Como posso me acalmar. Esse *muleque* está mentindo. Foi ele que deu a ordem. – Túlio não conseguia entender o que estaria acontecendo. Olhou para Bismarck e apontou-lhe o dedo. – Se acontecer alguma coisa comigo, você está *f*...

Era como se tivesse se esquecido que estava na casa do "chefe", ameaçando seu filho.

Bismarck nada disse e manteve-se à frente do pai.

– Calma, Túlio. – intervém Bertoldo. – Dentro da minha casa você não chama meu filho de mentiroso nem o ameaça. Dentro da minha casa você não eleva o tom de voz para mim nem para ninguém da minha família.

– Mas ele está mentindo.

Silêncio perturbador.

Túlio acreditou que não fariam nada com ele, pelo menos ali, não naquela casa. Melhor ir embora e sumir por uns tempos.

– Talvez fosse melhor você descansar um pouco. Ficar fora de ação até as coisas se acalmarem.

– Claro, senhor. – tentando se acalmar. – Para onde posso ir? Qualquer lugar?

– Qualquer lugar.

– Quando poderei procurá-lo novamente?

– Não se preocupe. Assim que as coisas estiverem calmas nós lhe chamaremos.

– Obrigado, senhor. Desculpe o transtorno. Pode acreditar em mim. Eu estou falando a verdade.

Bertoldo sorriu compreensivamente.

– Podem levar o senhor Túlio, por favor. – fala com os dois homens que assistiram a tudo. – Deixem-no aonde ele quiser. – como quem faz uma boa ação.

– Não precisa. Pode deixar. Eu estou de carro. Melhor eu ir sozinho.

– Claro que não, Túlio. – Bertoldo põe-lhe a mão no ombro dele. – Você nunca estará sozinho. Somos uma família. Faço questão que meus homens te levem.

Túlio sabia o que aquilo significava.

– Mas, e o carro?

— Um dos rapazes leva para você. — sorriso contido. — Não se preocupe.
— Posso pedir um favor para o senhor?
— Claro. O que quiser.
— Como eu vou dar uma sumida, pode entregar esse dinheiro para Andresa? — referindo-se à sua parte.
— Não. Você mesmo entrega. Vá para casa e descanse. Depois pensaremos para onde você irá.
— Por favor. — Túlio insiste.
— Não. — categórico. — Você mesmo entrega.
— Mas...
— Aja como homem, meu rapaz. — firme, com voz grave.
Túlio olhou para Bismarck na esperança que ele falasse a verdade, mas ele nada disse. Seguiu escoltado pelos dois homens.
Bertoldo esperou um pouco e acabou por perguntar:
— Você deu a ordem para ele matar a moça?
— Não, pai. Já disse.
— Meu filho, vou acreditar em você, mas veja bem, caso você tenha dado a ordem, estará matando um homem que lhe foi obediente.
— Não dei a ordem. — manteve sua fala.
Bertoldo manteve-se em silêncio, pensando nos próximos passos.
— Não o mate, pai. — sugere Bismarck.
— Por quê? — olha para o filho. — O que tem em mente?
— A morte dele pode ser útil. Deixe-me pensar em algo.
— O que, por exemplo?
— Eu pensarei em algo.
— Tudo bem. Mas cuidado. Resolva isso. — fechando uma das gavetas da escrivaninha. — Avise os rapazes.

*****

Túlio estava entalado no banco de trás de uma camionete qualquer. Um homem de cada lado, outro dirigindo e mais um no banco do carona. Sua hora chegara. Tentava não transparecer, mas estava tenso. Não conseguia pensar em alguma solução.
— Esse caminho está errado. *Pra* minha casa tem que pegar a Cristiano Machado.[17]

---

[17] Avenida Cristiano Machado, uma das principais de Belo Horizonte.

Não houve reação. Ninguém fez nada, ninguém disse nada.

Túlio sabia o que iria acontecer consigo. Era melhor manter a calma e morrer com alguma dignidade. Ou será que era melhor tentar alguma reação? Mas o que poderia fazer?

– Aqui, podem ficar com o dinheiro. *Me* deixa descer aqui e vocês ficam com o dinheiro. – tenso. – *Qualé*, pessoal. Não fiz nada. Foi aquele idiota do Bismarck. Ele deu a ordem e eu obedeci.

Os dois homens que estavam atrás olharam-no de forma severa, como se pedissem silêncio.

Túlio não sabia o que fazer. Morrer assim, porque obedecera e falara a verdade, era esquisito. Tantas vezes estivera em situações de risco e nada lhe acontecera. Nunca precisara trocar tiro com a polícia nem com a bandidagem. Estava inconformado. Mais do que a própria morte era o motivo, ou melhor, a ausência de motivo. Tinha que ter alguns dias, pelo menos para falar com Andresa e avisar sua turma que o Bismarck não era de confiança.

Tomara que pelo menos seja uma morte sem sofrimento. Um tiro na cabeça e pronto, assunto resolvido. Seu corpo largado no meio da mata até alguém achá-lo.

"Vou rezar um Pai Nosso". – pensou.

Um celular toca.

– Sim. – o homem do banco do carona atende.

Apenas ouve e a ligação se encerra.

Quase que imediatamente o veículo para.

– Pode descer. – fala o homem que ia à frente.

– Aqui? – já se preparando para descer antes que mudassem de ideia.

Abrem umas das portas e o empurram para fora do veículo. Jogam a mochila com o dinheiro também.

Túlio se levanta, pega a mochila e tenta ver onde estava, como se isso fosse importante.

– P...! Essa foi por pouco. – falando sozinho e sorrindo para si mesmo aliviado.

Sem perceber, pegou-se em agradecimentos divinos.

*****

PARTE XXII

Capítulo Pretérito III

— Doutora. – fala ao pé do ouvido enquanto ela fazia uma operação de rotina. – O Dr. Assis pediu que fosse até a sala dele assim que acabasse.
— Obrigada. – detestava ser interrompida. Agora, ao invés de manter-se concentrada no seu trabalho, sem querer, ficava preocupada pensando no que o diretor poderia querer falar com ela.

Fabíola era médica num dos hospitais mais conceituados de Belo Horizonte. Ficava próximo à Assembleia Legislativa, região boa da capital mineira. Sua vida profissional seguia bem. Relativamente respeitada no meio e reconhecida por seus pares. Ganhava dinheiro e gostava disso, especialmente das coisas que podia comprar. Já sua vida pessoal era um pouco atrapalhada. Seu primeiro casamento acabara cedo. Casarem-se devido à gravidez, mas não deu certo. Rapidamente as conversas se transformaram em brigas, as rotinas em monotonia e a relação em tédio. Ou ficavam em silêncio ou brigavam. Isso durou até o dia que ele saiu de casa após uma discussão mais enérgica. Ela ficou nervosa, talvez por sentir-se rejeitada, mas no fundo, sabia ser a melhor solução. Era como se seu orgulho dissesse que a relação teria que acabar, mas tinha que ser ela a fazer isso.

Ficou sozinha com o filho. Não foi difícil se recompor do casamento frustrado, o difícil foi conciliar o trabalho com o filho, sem alguém para ajudar. Até que encontrou Dra. Vera. Ela cuidava de Júlio como se fosse uma espécie de parente, como se fosse uma avó ou uma tia. Dava para perceber o carinho nos olhos dela. Júlio, de seu lado, também tinha afeto por ela.

Não teve interesse em casar-se novamente, embora tenha mantido o interesse por vários envolvimentos, mais sexuais do que amorosos. Era ótimo, era o que queria, era o que precisava.

Quando recebeu a notícia do falecimento seu ex-marido, teve uma reação dúbia, ora sentiu-se vingada pela fatalidade, ora sentiu a perda. Sua vida seguiu e seus caminhos foram-se se apresentando com sua voluntariedade. Porém, depois de um tempo passou a sentir-se sozinha, sem um companheiro. Acreditou que Júlio sentisse a falta de uma presença masculina na casa e começou a permitir-se conhecer pessoas com esse perfil. De repente, os rapazes com músculos fortes e cabeças fracas deixaram de ser interessantes. O mesmo aconteceu com aqueles com comportamento infantil, piadas de mal gosto e descorteses.

Foi quando conheceu Vagner, homem maduro, com carreira estável e comportamento discreto. Deu espaço e deixou que o tempo fizesse seu papel. Passaram a viver juntos. Achava que ele tinha alguns comportamentos estranhos, mas nada que pusesse sua relação em risco. Por mais estranho que fosse, ela gostava mais de sexo do que ele. Parecia que ele sempre a evitava. Certa vez acreditou tê-lo visto reparando de forma diferente para alguns rapazes.

"Melhor ignorar". – pensou à época. Deve ser cisma.

Tudo fora muito rápido. Quando olhava a vida para trás, tudo acontecera muito depressa. Agora lá estava ela, na sala do diretor logo após mais uma operação de transplante bem sucedida.

– Pois não, Dr. Assis. – anunciou-se. – Queria falar comigo?

– Sente-se. – indica a cadeira. – Tudo bem?

– Tudo bem, obrigada. – esperando o assunto.

– Você está com ar cansado. – comenta.

– É? Acabei de sair de uma operação complexa, Doutor. Apenas lavei-me e vim conversar consigo.

– Pois é. – não estava com cara boa. – Temo por esta conversa, Doutora. Mas preciso que entenda que sou eu quem dirige este hospital.

– Claro. – o que poderia ser.

– Me diga, Doutora, qual é a sua rotina quando vai operar.

– Como assim?

– Como você procede. Chega *no* hospital descansada, convoca a equipe... Como faz? Qual a rotina?

– Confiro minhas escalas semanalmente. No dia anterior me preparo para a operação: *me* alimento sem excessos, não bebo nada, durmo bem e mentalizo os procedimentos.

– Como faz em relação à equipe?

— Não entendi. Como faço o quê?

— Quem você escala primeiro, qual o seu critério de escolha?

— Ora, o hospital põe o nome dos profissionais livres na lista. Eu escolho entre eles.

— E como escolhe?

— Pelo mais experiente para o menos experiente.

— Ou seja, do mais velho para o mais novo.

— Sim. Mas a referência não é a idade, mas sim o tempo de profissão.

— Você sabia que este é um hospital escola?

— Sim.

— E que eu peço para darem preferência para os novatos?

— Sabia. Mas "dar preferência" é diferente de ser obrigado a usar os novatos.

— É um hospital escola. — reitera.

— São vidas humanas. — argumenta. — São procedimentos complexos para novatos.

— O médico com mais experiência aguenta aguardar outras oportunidades, o jovem médico precisa dessas oportunidades. São os hospitais escolas que dão essas experiências para os residentes.

— Eu não opero com "crianças". É meu nome que está em jogo, é minha reputação e eu lido com vidas humanas. Minhas operações são sempre complexas e não dá tempo para brincadeiras ou espaço para erros.

— Doutora. — aumentando o tom da voz. — Somos um hospital escola. Os novatos têm preferência.

— Mas por que está fazendo isso? Está rompendo um sistema secular usado por todos os grandes hospitais. O médico que conciliar melhor a competência com a experiência fica responsável pelas demandas mais complexas. Demorei para chegar onde cheguei e não permitirei que um residente mimado acostumado a ter tudo na mão fure a fila por uma ordem estúpida de um diretor qualquer.

— Dra. Fabíola, contenha-se! — levantou-se. — Não sou um "diretor qualquer". Sou o diretor deste hospital e até onde eu sei, a senhora é funcionária deste hospital. Vai fazer o que eu mando ou não serve para estar conosco.

— Eu não darei preferência para residentes.

— Enquanto eu for diretor deste hospital, você fará como eu digo para fazer. Quando você for diretora, fará como bem entender.

Fabíola levantou-se.

– Só isso?

– Preciso da sua resposta. – desviando o olhar. – Vai fazer o que estou mandando ou vai pedir demissão?

Fabíola tirou o crachá e jogou-o na mesa do diretor.

– Sabe onde enfiar, não sabe? – virou as costas e foi-se embora.

*****

A vida de desempregada não combinava com os hábitos de Fabíola. Estava acostumada a ter dinheiro para o conforto cotidiano, nada demais, mas era necessário ter dinheiro.

– Não se preocupe, querida. Você vai arrumar outra coisa. – Vagner tentava lhe acalmar, normalmente pela manhã, quando tomavam o café e ela fazia alguma reclamação da vida, infelicidade e da injustiça.

– Eu não estou bem. – reclamava.

Dra. Vera ouvia suas lamurias logo pela manhã, mas tentava ter sempre falas positivas.

– Vai passar. Médico sempre arruma trabalho.

– Mas o mundo está todo errado. As pessoas dão valor a coisas que não têm. A intolerância e incompreensão estão matando o conceito de sociedade.

Dra. Vera não sabia conversar sobre essas coisas. Sabia apenas das coisas da vida, das rotinas e cobranças, do quão mal o Brasil tratava a sua população.

– Tenha calma e fé. As coisas acabam por acontecer por si próprias. Não acredite que possa consertar o mundo, pois irá sofrer quando perceber que não pode. As pessoas não são como queremos que sejam. A vida não é como queremos que seja. A senhora tem que ter calma e absorver as frustrações da melhor forma possível.

Fabíola a olhava com admiração. Por vezes se surpreendia com as falas de Dra. Vera.

– Mas eu não sou feliz. – deixou escapar.

– A felicidade não é tão perfeita quanto imaginamos. – lavando a louça enquanto Fabíola alisava o cabelo de Júlio.

– Mãe, eu não sou feliz também. – falou como se adulto fosse, no alto de sua imaturidade.

– Não é, meu filho? – preocupada. – O que houve?

– Não sei. Mas parece que viver é chato. Não gosto de nada, não gosto de estudar, não gosto de ficar em casa... Não gosto de nada.

– Calma. Você vai ser muito feliz, meu filho. – ficou preocupada. Melhor não ter mais aquele tipo de conversa perto dele. Talvez fosse prudente levá-lo a um psicólogo.

Ficaria mais atenta às necessidades do filho.

* * * * *

Procurava trabalho. Não queria abrir uma clínica. Gostava de fazer operações e para isso era melhor já ter uma estrutura pronta. No início fora mais seletiva, mas agora, o dinheiro começava a ficar escasso e as exigências familiares eram permanentes. Embora Vagner ajudasse, ou quase que mantivesse a casa sozinho, ela não gostava. Queria contribuir com as despesas, até por que o filho era dela. Além disso, gostava de sentir-se produtiva.

Quando o dinheiro desapareceu Vagner ficou mais agressivo com ela. Primeiro em palavras e depois, aos poucos, em atos físicos. Ela acreditou que era exceção, talvez os exageros da bebida, as pressões do trabalho, o custo de manter a casa. Preferiu dar-lhe desculpas, acreditando ser algo que passaria. Não percebeu como as coisas saíram do controle. Tentou-se impor. Na maioria das vezes conseguia, apenas momentaneamente, depois o comportamento agressivo voltava. Quis suportar pelo filho. Assim que arrumasse um trabalho daria um jeito naquela situação.

Foi quando respondeu a um anúncio de jornal. Viu-se na Avenida Afonso Pena, num dos prédios próximos à Praça Sete. Estranhou, pois a região hospitalar ficava em outro lado da cidade. Talvez fosse consultório. Confirmou o endereço e entrou no prédio.

Apresentou-se para o porteiro e entregou sua identidade.

– Pode subir. Décimo segundo. É o andar todo. – informa o porteiro.

"Andar todo" – imaginou uma grande clínica.

– Vim pelo anúncio. – informou à moça que estava na recepção.

– Só um momento. Fique à vontade.

O lugar era simples. Parecia bem cuidado com as paredes pintadas e os móveis novos. Mas não tinha luxo algum. Sua visão ficava restrita à recepção, pois havia uma porta em madeira que separava a parte de dentro. Esperou um pouco, até que a tal moça voltou.

– Pode me acompanhar, por favor. – com um sorriso estreito e um decote largo.

Fabíola acompanhou-a até uma das salas.

Estranhou, pois não viu nada que se parecesse com a área médica. Talvez fosse uma empresa de planos de saúde. Já que estava ali, pelo menos veria do que se tratava. Além disso, no anúncio dizia que pagavam bem.

Concentrou-se para parecer simpática. Queria causar boa impressão. Entrou na sala e viu dois homens, ainda jovens, com ternos de gosto duvidoso e sem qualquer sinal de serem da área médica.

– Olá, sou Fabíola. – sorriu com educação, não mais que isso.

Os dois a olharam bem. Pareciam acanhados, como quem não sabe bem o que fazer. Comportavam-se com ares de importantes. Melhor ouvi-los.

– Sou Bismarck e este é meu colega, Albino.

– Prazer.

– Prazer.

– Bem. – sorriu sem jeito. – É pelo anúncio do jornal.

– Claro. – faz ar sério e concentrado. – Você trouxe seu currículo?

– Sim.

– Fale sobre sua trajetória profissional.

– Então. Eu sou médica. – entregou-lhes o currículo. – Tenho experiência e gosto do que faço. – contou um pouco de sua experiência.

Os dois balançaram a cabeça como se estivessem prestando atenção. Olharam para o currículo como se estivessem entendendo.

– Do que se trata afinal? – ela pergunta. – A vaga é para...?

– Dra. Fabíola, somos uma empresa em expansão. Temos negócios diversificados e pretendemos ingressar na área da saúde. A intenção é ocupar espaços que o Estado não atue, ou atue mal. Como estamos iniciando, precisamos de alguém que saiba nos dizer do que precisamos, enquanto equipamento, e que atue tanto na gestão do empreendimento como na execução.

Fabíola gostou.

– E como seria exatamente?

– Devido ao sigilo ainda não podemos adiantar muita coisa. Mas a pessoa selecionada irá conduzir toda a operação, desde a aquisição de equipamentos, da escolha da equipe e da própria execução. De nossa parte ela receberá o dinheiro necessário e toda a logística. No final, haverá a repartição do resultado financeiro.

Fabíola recostou-se na cadeira. Ficou na dúvida.

– Então vocês querem um sócio? – concluiu.

– Não. – Bismarck corrige. – Nossa sociedade é conservadora.

Não há vagas para novos nomes. Contudo, há sempre espaço para parcerias.
Fabíola mostrou desinteresse em sua reação.
– Você trabalha, nós pomos o dinheiro e arranjamos os clientes. No final, dividimos o resultado.
– Qual é a expectativa de vocês?
– A melhor possível.
– Têm ideia de valores. Apenas para que eu possa tomar uma decisão.
– Não podemos dar-lhe muitas informações. Caso aceite nossa proposta, vai ganhar quatro vezes mais do que ganhava no seu último emprego.
– Como sabe quanto eu ganhava?
– Como disse, Doutora. Temos muitos parceiros.
Ela ficou em silêncio. Não gostava muito daquele mistério todo, mas gostava de dinheiro e, no momento, precisa dele também.
– Serei eu a montar minha equipe?
– Sim. Faremos uma pequena triagem e pode haver uma ou outra restrição a algum nome, mas em princípio, a equipe é sua.
– E seria eu a escolher os equipamentos?
– Sim. O que houver de mais moderno.
– E serei eu a executar as operações? – adorava seu trabalho.
– Sim.
– Eu aceito. Quando começo?
– Não temos tempo a perder.
– *Ah*. – lembrou-se. – Eu preciso de horário flexível, tenho um filho.
– Você fará seu próprio horário. Quanto mais trabalhar, mais dinheiro ganhará. – olhou-a firmemente. – Trabalhamos com clientes do mundo todo, especialmente Europa, Estados Unidos e Japão, portanto, temos clientes para qualquer fuso horário. – sorriu ligeiramente.
Bismarck estendeu-lhe um papel e explicou-lhe:
– Este é um Termo de Sigilo e Confiabilidade. Nada do que foi dito aqui pode ser falado fora desta sala, nem por telefone, celular ou *e-mail*. O assunto tratado aqui, se encerra aqui. A partir de agora, todas as informações são confidenciais e sigilosas. Você não falará sobre este assunto com mais ninguém além de nós dois. – pegou um celular e entregou-lhe.
– Tome. Quando quiser falar conosco use este celular, nossos números estão aí. Eu sou o "um" e Albino é o "dois". Quando precisarmos falar com você usaremos esse aparelho. Assim, quando ele tocar, certifique-se que pode falar conosco, que não tem ninguém por perto.

— Nossa gente. – pareceu empolgada. – Está parecendo uma mistura de *Cinquenta tons de cinza* com 007. – sorriu.

Mantiveram-se em silêncio. Bismarck bateu duas vezes com o dedo no local de assinatura do termo. Ela assinou.

— Posso contar para o meu marido?

— Segundo o termo, não.

— Mas como vou esconder dele?

Bismarck olhou-a:

— A mulher sabe esconder coisas do homem, não sabe? – sorriu levemente. – A senhora saberá como fazer. Mas não é prudente que ele saiba. Normalmente são os cônjuges quem usam todas as informações contra o outro em caso de desafeto.

— Nossa! – refletiu. – Não se trata de nada ilegal, *né*?

— Nosso negócio é internacional e nossos advogados trabalham com várias legislações. Não se preocupe. – breve pausa. – *Ah*. Pode acontecer de precisar fazer viagens para o exterior, todas viagens curtas e com despesas pagas.

Já estava perto da porta.

— Ok. Sem problema.

Fabíola saiu satisfeita. Escolheria o equipamento, montaria sua própria equipe e dividiria resultado financeiro. Queria contar para todo mundo, mas, especialmente, queria poder esfregar na cara do tal de Dr. Assis.

"Ô homem nojento". – pensou com cara de nojo para logo depois rir de si mesma.

* * * * *

PARTE XXIII

Capítulo I

Romano estava parado na calçada. Pediu que Grego chegasse às nove horas e nem sinal dele. Olhou no relógio, como sempre, Grego estava atrasado, apesar de que há dez minutos recebera uma mensagem dele avisando que já estava a caminho. Parado na porta de seu prédio, Romano se irritava com essa falta de compromisso.

Sem perceber, olha novamente para o relógio. Apenas o ponteiro dos segundos movimentava-se com pressa. Ficar esperando quando alguém lhe dizia que já estava chegando confundia-lhe a ideias.

Vê o carro dobrar a esquina. Era Grego.

– E aí, Romano? – sorridente ao cumprimentar o amigo. – Quais as novidades? – pergunta Grego já cheio de energia e com felicidade no rosto.

Romano entra no veículo. Cumprimenta Grego com um aperto de mão e faz-lhe uma espécie de aceno com a cabeça. Sem palavras, sem alegria, sem expressão que tornasse possível perceber seus pensamentos ou sua personalidade. Aliás, era aquela a sua personalidade. Poucas palavras, poucos gestos. Parecia estar sempre envolto em seus pensamentos, como se o corpo ali estivesse, mas a mente não. Seus pensamentos iam longe, a mente de Romano estava sempre em outra dimensão.

– Você tem relógio? – finalmente pergunta Romano enquanto Grego dirige.

– Tenho. – estranhando a pergunta.

"Será que Romano lembrou do meu aniversário?", pensou ele. "Vai me dar um relógio?". No mesmo instante que pensou isso, percebeu o quanto isso soava estranho. Romano não se lembraria de seu aniversário e, caso se lembrasse, não teria o cuidado de dar-lhe presente.

– Então por que você nunca consegue chegar no horário?

– *Qué* isso, Romano? A gente vai ouvir a Dra. Vera às 10 horas. Dá tempo de chegar com calma.

– Não foi isso que eu perguntei. – já conformado, sabendo que o amigo não iria mudar seu comportamento.

– Você é estressado demais, Romano. Você já nasceu adulto, *hein*? – inconformado, mesmo sabendo que o amigo não iria mudar seu comportamento. – Já acorda de mau humor!

– É só cumprir o combinado. – sequer olhava o caminho, ia mexendo em seus papeis e anotações. Não gostava quando Grego tentava defender o errado.

– Atrasei quinze minutos, Romano! Normal esse atraso. – não gostava quando Romano ficava lhe acusando, como quem lhe dá sermão. – Você é que é todo sistemático, todo certinho. – ia dirigindo e olhando de relances para o amigo.

– Se eu marcar um horário com você, eu estarei lá nesse horário. Combinado é combinado. – sentencia Romano.

– Relaxa, Romano. Você já está no carro e nós estamos com tempo de sobra. O depoimento será às dez.

– Eu gosto de chegar cedo. Gosto de estudar o caso e anotar as perguntas que vou fazer. Tudo com calma, com tempo. Sem correria. – explica.

– Já estamos a caminho. – querendo dar o assunto por resolvido. – Quer que eu ligue a sirene? – já sabendo a resposta.

– Claro que não. Não há necessidade. – Romano prefere dar o assunto por encerrado.

Grego não gostava quando Romano lhe chamava a atenção. Sem perceber ficou mais calado.

Romano não gostava de chamar a atenção de Grego, contudo, sua personalidade impunha. Sem perceber ficou mais calado.

*****

Dra. Vera entra no ônibus.
Naquele horário já havia menos trânsito. Os ônibus eram mais vazios.
Achou melhor sair cedo de casa, gostava de chegar no horário.

*****

— Pronto, chegamos. – anuncia Grego como se estivesse dando o aviso a uma criança. Já foi desligando o veículo e abrindo a sua porta para sair.

Romano tira o olhar dos papéis:

— Onde estamos? – embora soubesse a resposta.

Pararam na frente do Fórum na Avenida Augusto de Lima, no Bairro Barro Preto.

— Chegamos. – Grego já do lado de fora do veículo, com sorriso aberto por ter cumprido bem sua "missão de motorista".

— Mas nós combinamos de ouvi-la na Desaparecidos, lá na Avenida Brasil.

— Nó! É mesmo. Esqueci. – já entrando no carro e pondo a chave na ignição.

Romano manteve-se imóvel. Seu olhar era suficiente para que Grego sentisse sua reprovação.

— Foi mal, Romano.

— Então vamos. Estamos em cima da hora.

Acabara de ligar o carro e Grego solta a chave com uma expressão estranha no rosto:

— *Nó!* – Grego.

— Quê? – Romano.

— Esqueci. – preocupado.

— Quê? – insiste.

— Fiquei de entregar o carro *pro* Aldair.

— Como assim?

— Ele falou que estava sem viatura e tinha um negócio marcado não sei onde. Falou que ia sair daqui, da Documentos. Como a gente vinha *pra* cá, marquei com ele aqui. O depoimento demora pelo menos uma hora. Falei *pra* ele pegar o carro comigo aqui. – preocupado. – Ó ele ali. – avistando-o vindo em direção a eles. – E já coloquei na escala.

— É só ele deixar a gente lá na Desaparecidos.

Grego esperou Aldair se aproximar e cumprimentou-o já fazendo a pergunta:

— Tem como deixar a gente lá na Avenida Brasil? – com simpatia.

— Não tem, não. – igualmente simpático. – Vou lá *na* Vilarinho.[18] Do outro lado da cidade. Não dá tempo, não. – já pedindo a chave fazendo gestos com uma das mãos.

---

18 Avenida na região de Venda Nova, distante da Avenida Brasil.

Houve um ligeiro impasse. Grego manteve em poder das chaves.
— Mas estamos atrasados. — insiste Grego.
Romano, ainda no carro, interfere:
— Tudo bem, Aldair?
— Fala aí, Romano. — simpático, quase feliz em cumprimentá-lo.
— Não tem jeito de você deixar a gente na Desaparecidos, não?
— De boa. Não tem jeito, não. Eu já estou em cima da hora e o pessoal lá já *tá* me esperando.
— O carro está conosco. Também temos horário. — endurece a voz.
— Ó, irmão. — como se estivesse preocupado. — Sinto muito. Mas o carro não é seu e na escala já *tá* comigo. Tenho horário. — fez ares de pesar.
— Combinado é combinado. — estendeu a mão para pegar as chaves, mais uma vez. — Sai fora. Dá teu jeito que eu dou o meu. — com certo atrevimento já de posse das chaves, falando com Grego.
— Relaxa, Aldair. Vamos encontrar uma solução. — tenta Grego.
— Solução a gente procura quando tem problema. Eu não tenho problema. Quem tem um problema são vocês. — entrou no carro.
Difícil argumentar. Combinado era combinado.
— E aí, Romano. Vai comigo? — provoca já dentro da viatura.
— Vamos de *táxi*. — sugere Grego.
Aldair ligou a viatura.
Romano, recolhendo os papéis, sai a contragosto.
— Valeu, Grego. Depois a gente se fala. — acelerou só para provocar.
— Tem que anotar na guia aí o horário e a quilometragem.
Aldair pega a prancheta no porta-luvas, anota e assina. Arranca o carro com um sorriso largo de sua pequena vitória.
— Você combinou e não falou comigo, Grego. — sentencia.
— Esqueci. — com sentimento de culpa.
— Você veio *pra* cá sem confirmar comigo o lugar. — nova sentença.
— Achei que era aqui. — com certo constrangimento.
— Não dá tempo de chamar outro carro, *né*? — resmunga Romano olhando para as horas e parecendo desamparado próximo à escadaria do edifício fechado por grades.
— Vamos de *táxi*. — Grego sugere mais despachado que Romano. Já foi para o meio da rua e chamando o primeiro *táxi* que avistou.
Romano, ainda refletindo o ocorrido, foi atrás do amigo.
Entraram no *táxi*.

– *Tá* com dinheiro aí, *né*, Romano? – satisfeito por ter encontrado um *tá*xi rapidamente. – Vamos para a Avenida Brasil. – anuncia ao motorista.

Romano balançou a cabeça. Não gostava daquele tipo de situação. Era organizado e planejava seus atos. Não gostava de confusão e de fazer as coisas em cima da hora.

– É para acelerar que nós estamos com pressa. – avisa Grego para o motorista.

Veículo ainda parado e Grego já havia falado essa frase mais duas vezes. Com a mão esquerda o motorista segurava o volante e com a direita ligou o taxímetro. Os movimentos foram lentos. Ergueu o braço sem pressa, apoiou-o no aparelho, com o dedo indicador apertou o botão para iniciar a corrida.

– Tem como acelerar esse troço? – Grego, que já estava tenso, ficando mais ainda.

Romano em silêncio pensava no atraso que teriam, que por causa do atraso Dra. Vera iria embora, e que talvez tivessem dificuldade em reencontrá-la. Semblante fechado.

O homem no volante já tinha certa idade. Seus movimentos eram lentos, mas aparentavam maior lentidão ainda em virtude da pressa de Grego e Romano. Camisa xadrez com cores inacreditáveis, um bigode de tamanho igualmente inacreditável e um perfume absurdamente intolerável.

Olhou no retrovisor para sair com o veículo. Ligou a seta sinalizando o movimento para a pista do lado esquerdo. Aguardou um veículo passar, depois outro, uma moto e mais outro veículo. O *tá*xi continuava parado.

– Acelera esse troço, *p*...! – Grego em tom de ordem.

O motorista que tinha se preparado para dar saída ao veículo e ir para a pista da esquerda, interrompeu o movimento para dar atenção à fala de Grego.

Grego se desespera.

– *P*...! Estamos com horário. – irritado.

O motorista dá atenção para Grego, como se tivesse que ler seus lábios para entender o que ele dizia e tivesse que fitar seus olhos para perceber seu tom de urgência. Quando Grego terminou sua fala, o motorista voltou a concentrar-se no, agora complexo, movimento para ganhar a pista da esquerda.

Concentrado espera um veículo passar, depois outros. Dava para ir, mas não foi. Aguardou uma fila de carros que apostaram corrida depois que o semáforo abriu, mais uma moto e finalmente conseguiu sair com o veículo.

A expectativa de Grego era de que agora ele desenvolve-se. Isso não aconteceu. Andou poucos metros em muitos minutos.

— Melhor ir por aqui. — Grego pede para que ele vire à direita, saindo da Avenida Augusto de Lima e entrando na Rua Ouro Preto.

O motorista ligou a seta para a direita e fixou seu olhar como um caçador pronto para a decisão. Foi um olhar com ares de ação, mas os movimentos foram muito lentos, excessivamente prudentes, chegando a ser preguiçosos. O olhar ainda estava no retrovisor e dele não saía. O carro ainda estava parado e do lugar não saía.

Como pronto para a velocidade, o motorista assume uma postura dos filmes de ação. Fez o movimento com o volante em uma ação de piloto e, abruptamente, retornou para evitar a batida com um motoqueiro.

— Essa foi por pouco. — a voz escapou-lhe tão preguiçosamente quanto a suas ações. Até o sorriso de satisfação por ter evitado a batida, não saiu de sua boca.

Pelo retrovisor, confirmou com o olhar novamente, até finalmente virar a rua. Tudo acontecia muito devagar.

— Pode ir mais rápido? — Grego insiste e cada vez que falava com o motorista ele reduzia mais ainda a velocidade já lenta de suas ações. Era como se não conseguisse se concentrar nas palavras de Grego estando concentrado na direção.

— Ou o senhor vai mais rápido ou é melhor pegarmos outro *tá*xi. — ameaça Grego impaciente com toda aquela lentidão.

Surpreendentemente rápido, numa velocidade de gestos que até então não havia tido, o motorista para o veículo. Nada diz, apenas acompanha o desembarque dos passageiros.

Grego já chama outro *tá*xi que acabara de parar para uma passageira descer na lateral do Fórum.

— *Tá* livre? — pergunta.

— Vai descer. — responde o motorista satisfeito em emendar uma corrida na outra.

Romano acabara de descer do primeiro *tá*xi, depois de recolher a papelada novamente, e fechar a porta do veículo, quando Grego já estava entrando no outro.

— É só a passageira descer. — alerta o motorista.

Grego abrira a porta para entrar no veículo, mas a passageira ainda estava terminando de contar o troco.

— A senhora quer ajuda para descer? — quase tirando-a do *tá*xi.

— Quero sim. — ela estende a mão. — Que jovem simpático.

Grego tira-a com agilidade, mas com educação.

Romano entra no veículo.

– Não sei se foi a melhor opção. – resmunga enquanto Grego já tratava como fato consumado.

– Preciso que acelere. Estamos com pressa. Avenida Brasil. Lá eu oriento. – tenso. – Mas tem que ir correndo.

– Eu vou. Mas não furo semáforo. – já ligando o taxímetro.

– Tudo bem. Vamos.

E o motorista arranca com velocidade. Seguiu driblando os carros. Ia com agilidade de movimentos e preocupação como se o atraso fosse dele. Mas respeitara todos os semáforos. Acelerou pela Avenida Bias Fortes, respeitando os semáforos e o radar de velocidade. Rapidamente passou pela Praça da Liberdade e entrou na Avenida Brasil. Tudo muito rápido, mas com sensação de lentidão.

– É ali na delegacia. *Tá* vendo? – Grego.

– *Tô*. – responde o motorista todo solícito. – Chegamos a tempo, não chegamos? – como se o compromisso fosse dele também.

– Acho que sim. – Grego.

– Estamos atrasados quinze minutos. – Romano em tom grave.

– Tudo vai dar certo. – fala o motorista com otimismo.

– Vai. – Grego compartilha do otimismo. – Pode parar aqui que eu atravesso.

O motorista para do outro lado da avenida.

– Você acerta aí, Romano? Vou na frente. – já saindo do veículo. – Obrigado, fera.

Romano põe a mão no bolso.

– Quanto deu?

O motorista indica o valor do taxímetro. Romano paga, agradece e faz o movimento para sair do veículo.

– Obrigado. – fala o motorista.

– Eu que agradeço. Bom trabalho. – acena Romano em sinal de despedida.

– Tchau. Boa sorte. – despede-se o motorista já se preparando para sair com o veículo.

Por instantes de segundos, Romano tentava restabelecer a calma da tensão em seu corpo. Nada dizia, mas seu semblante era de preocupação.

– Tudo vai se resolver. – deixou escapar em voz alta. Querendo convencer-se que o rumo das coisas estava correto.

Foi ter com Grego.

– E aí? – pergunta.
Grego estava confirmando na recepção.
– Ainda não chegou. Deve estar a caminho.
– Melhor assim. Vamos esperar um pouco.

* * * * *

Capítulo II

— Eu não acredito que este país tenha conserto com esse governo que está aí. — fala Moisés pessimista para o entrevistador da rádio.
— Mas existem conquistas sociais importantes.
— Quais?
— Uma série de conquista. — tenta ponderar.
— Existem esmolas desses canalhas que enriquecem às custas do próprio miserável. — com revolta. — O povo trabalha feito escravo, come o que der e se contenta com as esmolas que vão lhe dando de tempos em tempos. Enquanto isso, os políticos desviam milhões dos cofres públicos em todas as esferas. Estou falando de governo federal, estadual e municipal. Estou falando de Poder Executivo, Legislativo e Judiciário. Estou falando de Ministério Público e de todos eles. A corrupção está em todos os órgãos públicos. — com o dedo em riste. — A única conquista social que poderiam dar para o povo era a educação série e de base. Educação científica e educação de valores. Só assim teríamos um povo livre e evoluído. — breve pausa. — Somos um povo atrasado, bagunçado e violento. Quem está em cima empurra o de baixo cada vez mais para baixo e, chega a usá-lo como degrau para pular mais para cima ainda. É um esmagando o outro e se aproveitando das riquezas da pátria. Precisamos acabar com isso tudo. É preciso reconhecer que erramos o caminho, rompermos com o que está aí e iniciarmos por outra via. Em alguma dessas curvas da história pegamos o caminho errado.
— Eu não concordo. — veemente o locutor.
— Não concorda? Um país que maltrata a sua população enquanto os homens no poder estão encastelados tendo do bom e do melhor. Essa corja que estraga o país. Nós vivemos na Idade Média. Somos atrasados. Trabalhamos para enriquecer um rei, aliás, vários reis. Uma das maiores cargas tributárias do

mundo com serviços horrorosos. Custa caro manter as mordomias dos "reis" e a corrupção. A população morre na rua, nos hospitais enquanto os políticos têm planos de saúde vitalícios. Pagos por nós! Isso não é justo. – nervoso. – A desigualdade é absurda. Trabalhamos cinco meses por ano para manter a máquina pública que não nos dá nem segurança. – nervoso. – Temos que acabar com esse ciclo que acaba com o país. Hoje vivemos na barbárie. Nobres e plebeus. Senhores e escravos. Aristocratas e serviçais. Temos que quebrar as correntes que nos são impostas socialmente por uma falsa democracia. Não basta nos darem um "bolsa disto ou um bolsa daquilo". Estamos num país que as pessoas se matam por moedas. Como que o dinheiro pode valer mais que a vida de uma pessoa? Como pode valer mais do que a dignidade de uma pessoa? – como se desafiasse alguém ao debate. – Quem tem arma na mão mata quem não tem. E as armas estão na mão dos bandidos e do Estado. É roubo de carro, de casas, de gado, de celulares, de lojistas, de cargas, de tudo que der para carregar. Uns querendo arrancar de nós nossas pequenas conquistas; outros querendo nos calar ao menor sinal de rebeldia. Temos que acabar com isso. Isso tem que ter fim. – com entusiasmo. – Somos nós do povo quem sofremos. Somos assaltados nos ônibus, nas ruas, nos botecos, em todo lado. Não temos sossego. Mal ganhamos nosso misero salário, já tem um ladrãozinho *pra* roubar. *Tá* errado. O estado leva nosso trabalho em tributo e o que sobra é levado em assaltos diários. – veemente. – Os poderosos ficam em condomínios fechados, cheios de seguranças particulares, longe dessa violência que eles mesmos nos jogaram. – recupera o fôlego. – Você fica aí, na fila do hospital vendo seu filho morrer, eles vão para os melhores hospitais do país. Por que eles são atendidos em hospital particular? Tinham que ser atendidos pelo SUS.[19] – sem querer ouvir resposta.

– Mas estamos na democracia. Eles não são obrigados a usarem o SUS. Podem ter o plano de saúde que quiserem. – tenta o locutor.

– Claro que podem. Mas com o dinheiro deles, não com o dinheiro do povo. Cambada de sem vergonha. – nervoso. – É só maracutaia. Um rolo atrás do outro. Todo mundo ganhando dinheiro por fora. Temos que tirar essa gente da política. Eles estão acabando com o país e conosco.

– Tem que tirar através do voto, afinal, vivemos num regime democrático.

– Regime democrático? Nós vivemos é num regime da "sem-vergonhice". É o "sem-vergonhismo" descarado. Vivemos o período do "Corrupto Esclarecido". Eles sobem ao poder para extorquir o país. Passou a aristocracia e a oligarquia. Agora estamos na "politicocracia". – sorriu com

---

19 Sistema Único de Saúde

certo cinismo. – Basta virar político que você fica rico e o sistema te protege para que você seja mantido no próprio sistema. – com raiva contida. – É muito fácil. É você quem faz as leis que serão aplicadas para você mesmo. "Dinheiro fácil, prisão difícil". – frase de efeito.

– E o que o senhor sugere? Quais são suas propostas?

– Vamos explodir Brasília. Acabar com aquela podridão. Vamos trazer os Poderes para perto do povo. Brasília é distante, fica longe da pressão popular. O povo não consegue exercer pressão sobre aqueles parasitas e eles conseguem fazer o que querem. Tratam-nos feito idiotas.

– O senhor não tem receio de falar assim e ser processado?

– Assim como? Chamá-los de parasitas? Vagabundos? Sanguessugas?

– Sim.

– Claro que não. É o que eles são. – novamente dedo em riste como se discursando. – Quero ver um desses aí me processar por isso. Desafio qualquer um deles. – como se estivesse num palanque. – Não trabalham na segunda, nem na sexta. Têm férias de sessenta dias. Fazem o que querem e as pessoas ainda ficam cheias de delicadezas, bajulando os ladrões que nos roubam todos os dias... Nós temos que acabar com isso. Eu proponho fazermos nossa revolução, temos que "matar o rei".

– Como assim?

– Temos que instalar a "república da guilhotina" até acabarmos com essa gente.

– Como assim? – repete o locutor espantado, mas sabendo que a audiência do programa melhorava com aquelas falas.

– Na Revolução Francesa o povo matou o rei. – explica. – Os ingleses mataram Carlos I, acusando-o de traição, pois usava o reino para atender interesses pessoais. Na Revolução Russa mataram a família real. Nos Estados Unidos, vira e mexe, dão tiro no presidente só *pra* lembrar quem é que manda naquela joça. – veemente. – Vê se nesses países os políticos desrespeitam o povo? É claro que não. Eles têm medo do povo e é assim que *tá* certo.

– Mas está defendendo o uso da violência?

– Não. Claro que não. Eu não defendo a violência. Apenas acho que ela é necessária neste momento. Aliás, basta você querer manifestar contra eles, que eles usam a violência contra nós. Temos que ser violentos também. Aqui não tem Gandhi, não. Aqui é o povo brasileiro. – por um momento, empolgado a cima do seu normal.

– Mas então você está defendendo a violência.

– Não. Medidas extremas para situações extremas. Estamos falando de libertação. – convicto. – Medidas de exceção para momentos excepcionais. Estou defendendo a "legítima defesa social". Se esses homens que estão no poder nos violentam e se autoprotegem atrás da lei, temos que ter o direito de nos defender e de tirar-lhes o poder que não demos. Isso é legítimo. Nós temos que lutar pelo país e não por essa corja podre que está no poder. Eles usam do poder para seus interesses pessoais. E são todos eles. Estão por toda a parte. Políticos, juízes, policiais, fiscais, assessores, ministros, promotores. A corrupção está em todo o lado. O Brasil está podre por dentro. – nervoso. – É deputado protegendo presidente, é ministro do Supremo protegendo senador. É o Ministério Público ficando calado apenas para ter as mesmas regalias do Judiciário. É podre. É podre. – com tristeza ríspida.

– Mas fomos nós que os pusemos lá. Somos nós que votamos.

– Isso é de uma imbecilidade vil. É o que eles querem que você acredite. – revoltado. – Eu não votei em ninguém para roubar o país. Eu não concordo com as regalias que eles têm. Eu nunca autorizei através do voto que desviassem dinheiro para enriquecerem às nossas custas. – mexia-se incomodado na cadeira. – Além disso, temos o Judiciário e o Ministério Público. Vem do mesmo grupo social e vão se protegendo na barreira social do concurso público fabricado para atender interesses de poucas famílias.

– Não entendi? Está errado o concurso público, é isso?

– Não. O concurso público está certo se houver igualdade de oportunidades e de condições para todos. O que há hoje é a perpetuação do dono do dinheiro no poder. E o Estado não faz nada para mudar isso. Ou seja, se no país só tem acesso ao estudo quem tem dinheiro, nesse tipo de concurso, só terá acesso quem estiver no grupo social endinheirado. Pronto! Criamos mais um ciclo vicioso que se perpetuará caso não façamos nada.

– E o que sugere?

– Basta aumentar o salário de lixeiros, professores, policiais, entre outros. E diminuir drasticamente o de políticos, promotores, juízes, fiscais, entre outros.

– Não entendi. Como isso funcionaria?

– Fácil. Estaríamos provocando a migração social. Profissões humilhadas passariam a ser prestigiadas e profissões que humilham seriam tratadas com a exata medida de seu encaixe social. – aponta para si. – Eu sentirei mais falta do lixeiro, do professor e do policial do que do senador e do deputado.

– E o promotor e o juiz?

– Se você tem uma sociedade equilibrada, livre, educada com disciplina social e ações preventivas, a necessidade de promotores e juízes diminui.

Aí passaremos a dar menos importância para esses "senhores da verdade" e iremos prestigiar quem merece. – constrangido. – O que um juiz e um promotor recebem de auxílio moradia é quatro vezes mais do que recebe um lixeiro. É o que recebe um professor e um policial para sustentarem a família.

– Mas cada um tem um papel na sociedade. Basta estudar para virar juiz e pronto.

– Você acredita nisso, mesmo? O próprio Estado não te deixa estudar nesse nível.

– Eu conheço juiz que têm origens humildes.

– São minoria e resultado de seu próprio esforço e da família. Nenhum deles foi por políticas de acesso. – convicto. – Ainda que fosse assim. Juiz, promotor, senador, deputado e aí vai, recebem do próprio Estado, trinta vezes mais que um professor, só de salário base. A distância é absurda. Quem é mais importante para a sociedade? O professor que constrói pessoas e pode ter função preventiva a longo de prazo em relação a várias mazelas da sociedade, ou o juiz que está na outra ponta, quando o preventivo falhou? – revoltado. – Não tenho dúvidas que o professor tem papel muito mais relevante... Tanto que aos seis anos de idade retiramos a criança do convívio familiar e entregamos a um professor, torcendo que sua formação seja boa. Não entregamos as crianças para os juízes. – concluindo. – Usam do poder para, legalmente, se favorecerem e se esquecem do país.

– Mas você já fez parte disso? – acreditando ter dado a cartada final.

– Nunca fiz parte disso. Sempre me acusam, mas nunca fiz parte disso. Quem acusa tem que provar. Por *que que* as provas nunca aparecem? – desafia. – Porque não existem. – conclui. – Político gosta de dinheiro e eu não tenho dinheiro.

– Dizem que você chantageava vários políticos. Isso é verdade?

– Antes fosse. É assim que essa gente funciona: pelo dinheiro ou pelo medo do mal que você possa lhes causar. Dinheiro eu não tenho, então quero que eles tenham medo de nós, não de mim. Eu sozinho não sou ninguém, mas com o povo junto comigo... Podemos construir um país melhor.

– E você não acha estranho se apresentar para o povo como alguém que quer mudar o país, sendo que o seu passado fala por si só?

– Qual passado? O passado de luta para sobreviver num país que quer que seu povo morra ou seja servil? – nervoso. – Nunca me apresentei como salvador. As pessoas me veem assim. Eu sei que posso contribuir porque tenho coragem de falar e ninguém me cala. Sabe por que esses políticos não me calam?

– Não.

– Porque eles acham que eu não sou ninguém. É assim que eles veem alguém que vem do povo: como ninguém. Mas nós vamos derrubá-los, um a um, até que a vontade popular seja respeitada. Até que cada brasileiro possa viver com dignidade e com direito de sonhar e a tentar realizar seus sonhos. É nossa obrigação construir um país melhor para as gerações futuras.

– Você chegou a ser condenado penalmente, não chegou?

– Sim. E não tenho orgulho disso.

– Mas difícil acreditar em quem já foi condenado, não acha?

– Acho. – concordou. – Mas eu acredito na capacidade de mudança, você não? – provoca. – Eu mudei. O Brasil também pode mudar. A justiça já me julgou. Fui condenado injustamente.

– Todos os condenados dizem isso. – sorriu.

– Quando cheguei *na* minha casa tinha um homem lá dentro. Como poderia saber que era um policial? Um policial sem mandado judicial. Isso é grave. Isso é abuso de autoridade. Um representante do Estado não respeitou a Constituição. Fui induzido ao erro. Só fui condenado porque era um policial. E foi o colega dele que atirou em mim, me pondo na cadeira de rodas por anos. Mesmo assim, não desisti. Fiquei preso injustamente e numa cadeira de rodas até reconstituírem os meus joelhos. – com ar de sofrimento contido. – Mas não desisti, sou brasileiro e "brasileiro não desiste nunca". Por isso que o povo gosta de mim, porque sou humilhado todos os dias e não desisto. – voltou ao tom de discurso. – Nunca deixe que as pessoas rotulem você e digam que você não é capaz. Você consegue. E nós vamos mudar este país. Juntos nós conseguiremos. – de punho erguido como se comemorasse um gol.

– Bem. – retoma o locutor. – Estamos encerrando mais um programa, hoje com Moisés Duarte. Só mais uma pergunta: o senhor é candidato?

– Por enquanto não. Prefiro ajudar na limpeza do país e para isso é importante que eu seja apartidário, independente e imparcial. Mas sou um dos líderes do movimento "Terror pela Paz". Meu partido é o povo. – e sorri.

– Como você faria com a Lei da Ficha Limpa?[20]

– Não sei. Ainda não analisei isso. Mas por enquanto não sou candidato, então isso não é um problema. Se um dia eu for candidato eu vejo. Por enquanto eu quero defender o povo pelo poder do conhecimento e sonhar com um Brasil instruído, onde o povo seja o verdadeiro dono. – sorriu numa simpatia que não combinava com a severidade de sua fala.

*****

---

20 Lei Complementar nº. 135, de 2010. É uma legislação brasileira que regula as condições de elegibilidade e de inelegibilidade.

Capítulo III

Dia de pouca luz. As árvores balançavam ao sabor do vento que lhes tocava sem cerimônias, obrigando seus galhos a curvarem-se num balanço dançante.

O grupo de meninos estava parado, segurando suas energias enquanto decidiam qual seria a atividade do dia.

– Vamos jogar futebol. – dizia um.

– Não posso. Vou almoçar *na* casa da minha avó e minha mãe falou *pra* eu não me sujar. – dizia outro já com o uniforme da escola.

– Roupa bonitinha, *hein*? – a troça era de todos.

O sorriso da mocidade era fácil. Todos contentes só por estarem ali.

– *Vamo* então só chutar a bola no gol. – sugere um apontando para o portão de uma casa quase sempre sozinha, sem família, sem nada, que costumava servir de baliza para a garotada, trave e travessão no imaginário da turma. O portão já estava cheio de marcas de bola, assim como o muro de tinta descascada.

– Não posso. Já falei. – quase resmungando.

– Você só chuta. Outro fica no gol.

– Mas meu tênis é novo. Minha mãe falou que não posso jogar bola com ele. – como se a vida fosse uma tragédia.

– É só jogar descalço. – insiste o amigo de brincadeiras.

– Tênis bonitinho, *hein*? – voltam a fazer troça e os sorrisos voltam a aparecer.

Uns saem do grupo e põem a bola para rolar no chão de asfalto. O primeiro chute já foi na direção do portão e voltou para os pés de um dos garotos.

Começava a partida improvisada.

* * * * *

— Júlio. Você está ouvindo? — tenta Lídia envolta na escuridão daquele quarto sem conforto de chão frio. Havia apenas alguns feixes de luz que passavam desafiantes pelas frestas da madeira que tampava a janela do cômodo.

— O quê?

— Não sei. De vez enquanto acho que ouço vozes por todos os lados.

— É sua imaginação. — cético.

— Acho que é Deus. — com dúvidas.

— Deus? — com desconfiança.

— Você acredita em Deus?

— Sim. — sorri sem graça. — Não. — fica sério.

— Acredita ou não acredita? — confusa.

— Acredito na necessidade humana de acreditar em seres superiores. — tenta explicar. — É como se precisássemos de alguém ou algo superior para justificar nossas conquistas e nossos fracassos. Alguém para nos confortar nos momentos difíceis e agradecer nos tempos de bonança. — sorri com ingenuidade. — É como se fosse o "amigo imaginário" do mundo dos adultos. — mantém o sorriso.

Lídia parece horrorizada.

— Eu acredito. — reafirma sua fé.

— Acredita? — Júlio em tom desafiador. — Então, onde está seu Deus que te abandonou aqui?

— Não sei. É o que eu me pergunto a todo o instante. — frustrada. — Mas e essas vozes que eu ouço? Será que não é Deus querendo me confortar?

— Não. Isso é sua imaginação. — insistentemente cético. — Aliás, Deus pode ser produto de uma imaginação coletiva. Já pensou nisso?

— Que coisa para se falar numa hora dessas, Júlio! É nas dificuldades que precisamos ter fé.

— *Tá* vendo. É uma necessidade nossa. — descrente. — Rezei todos os dias da minha infância e pouco adiantou. Continuei rezando na adolescência e o resultado continuou não vindo. A fé era tudo que eu poderia me agarrar, mas não adiantou.

— Por quê? O que aconteceu?

— Nada. — constrangido. — Não gosto de falar sobre isso. Só acho que é uma grande enganação. Nós acreditamos por acreditar e é a nossa capacidade de crença que nos faz mover, ou seja, não há um Deus que nos premia e nos puni. Há apenas a nossa capacidade de fazer algo ou deixar de fazer pela crença que temos da presença de um Deus que olha por nós.

— Para, Júlio. — quase em desespero. — Se agora eu não puder acreditar em Deus, vou acreditar no quê?

— Em você e no seu instinto de sobrevivência.

— Nós vamos morrer, será?

— Não sei. Por enquanto nos querem vivos. — raciocina.

— Você acha?

— Sim. Caso contrário não nos dariam comida e água.

— É.

— Só estou preocupado, pois no início davam-nos água e comida em curtos espaços de tempo. Agora têm demorado mais.

— Será que não é porque estamos presos aqui e já perdemos a noção do tempo?

— Pode ser. Mas eu tenho me sentido melhor nesses intervalos maiores. — tentando entender. — Eu acho que eles põem calmante ou outra coisa qualquer na comida, pois a gente fica meio *dopadão* e dorme o tempo todo.

— É. — tinha uma voz naturalmente doce, que inspirava tranquilidade. — Mesmo assim estou confusa. — cerra os olhos. — Eu tenho ouvido vozes de garotos. Na minha confusão mental, fiquei achando que eram anjos da guarda nos procurando. — sorri numa mistura de ingenuidade infantil e esperança aflita.

*****

— *Nó!* — grita a garotada ao ver a bola passar pelo muro e cair dentro da casa.

— *Pô!* Já falei que não pode chutar com força desse jeito. — sentencia um.

— É. Não vale bola alta, *pô!* — completa outro.

— Sempre você, *hein? Cê* é o *maió zoão.* — como se estivesse contendo uma pequena revolta.

— Agora vai ter que ir buscar a bola. — determina um terceiro. — Não quero nem saber. — bravo, afinal, era o dono da bola.

— Eu não posso. Minha mãe falou *pra* eu não me sujar. — argumenta.

— E aí você vai deixar a bola lá. Não pode, não. — como se invocasse um código de conduta da turma.

Todos os garotos olharam para o "culpado", esperando dele o cumprimento do código de honra.

— E se tiver alguém na casa? — tentando se esquivar.

— Toca a campainha primeiro. — sugere um.

Foi até o portão e apertou a campainha. Esperou. Não teve resposta.

* * * * *

— Você ouviu? – Lídia pergunta.
— O quê?
— A campainha. – mexeu-se querendo fazer algo. – Tem alguém tocando a campainha.
— Você acha que anjo da guarda tocaria a campainha? – ironizou.
Ela sorriu, depois foi até a janela coberta por madeiras pregadas pelo lado de fora. Conseguia pôr os olhos em pequenas frestas preocupadas em censurar qualquer imagem. Pouco ou nada conseguia ver.

* * * * *

— Ninguém atende. – conclui o garoto.
— Vai ter que pular. – sentencia outro.
— Eu não. – se defende.
— Então vai ter que pagar uma bola nova *pra* mim. – aplica a punição.
— Sem chance. Essa bola é cara. Meu pai me mata. – se explica.
— Então vai ter que pular. – insiste.
— Alguém vai comigo?
Ninguém se manifesta.
— Vai sozinho. Você que chutou.
— Mas essa casa é esquisita. Dizem que tem fantasma aí dentro. – argumenta.
A turma começa a rir.
— *Tá* com medinho? – solta um.
— Então por que ninguém vem comigo?
— Por que foi você que chutou a bola. – pondera outro. – Você tem que ir.
— Não vou.
— *Tá* com medo, é?
— *Tô*. Quem não *tá*? Quem vai comigo? – desafia. – Se alguém for, eu vou. Sozinho não vou, nem *f…*!
Os garotos se olham sem reação. Ninguém era voluntário.
— Eu vou. – um se apresenta. – Pode deixar que eu vou sozinho. Não preciso de nenhum medroso comigo. É só pegar a bola e pronto. É rápido.
Já foi em direção ao muro.
— Não. – sentiu-se desafiado. – Pode deixar que eu vou. – com confiança

repentina, acaba por se decidir o autor daquele "grave delito" de chutar a bola para além das "fronteiras".

* * * * *

– Parou. Não tem ninguém. – conclui Júlio. – Mas já dá *pra* saber que passa gente na rua.
– Um garoto pulou o muro. – Lídia vê com dificuldade a imagem de um garoto no pátio da casa.
Júlio não deu crédito. Deve ser a imaginação dela.
– *Deixa eu* ver. – mesmo assim se levanta do seu canto.

* * * * *

O garoto foi muito devagar, controlando seu medo.
Viu a bola. Pretendia ser rápido. Sua mente lhe exigia cautela, pelo receio de haver fantasmas na casa. Suas ações lhe exigiam rapidez, pelo receio de haver fantasmas na casa.
Imaginação e músculos se confrontavam em silêncio enquanto ele mirava a bola com o olhar, sabendo que teria que resgatá-la, mas vasculhava o entorno para ver se estaria seguro.

* * * * *

– Tem um garoto mesmo. – Júlio também vê.
Em reflexo, começa a gritar por ajuda para o garoto. Lídia o copia aos gritos de "socorro".

* * * * *

Ele assustou. Começou a ouvir pedidos de "socorro". Devem ser os fantasmas das pessoas presas na casa. Devem ser suas almas. Correu como nunca correra para salvar a bola. Rapidamente atirou-a para a rua e preparou-se para saltar o muro de volta. Tudo muito rápido e sem olhar para trás. Fizera tudo na velocidade que seu medo impôs.

* * * * *

— Aqui! Chama a polícia! – grita Júlio.
— Meu nome é Lídia. *Nos* ajude. Socorro! – ao fundo.

* * * * *

Pulou o muro gritando para que os colegas, que o esperavam na rua, corressem tão rápido quanto ele. Por reflexo inconsciente, todos correram. Num primeiro momento desgovernados, depois todos na mesma direção.
— Cadê a bola? – pergunta o pequeno salvador escondido pelo muro do pequeno prédio de esquina.
— *Tá* aqui. – tranquiliza o colega.
— O que houve? – todos querem saber.
— Eu ouvi fantasmas. É mal-assombrado mesmo. – ainda assustado.
— Tem certeza?
— Tenho. Na hora que eu vi a bola, eu ouvi gente gritando por socorro. – recuperando o fôlego. – Doideira. Eu que não passo na frente daquela casa nunca mais.
— Mentira, *né*? – duvida um. – Cê *tá* falando só *pra* gente ficar com medo e você se sentir o herói, *né*?
— Cê é doido? Eu ali não vou nunca mais. Não passo nem na porta. – determinando para si mesmo. – Eu vou é embora. Vou lá *pra* casa da minha avó. – aponta para o portão daquela velha casa. – Eu se fosse vocês, não chegava nem perto.

* * * * *

— Deus está ouvindo minhas preces, Júlio. – conclui Lídia. – Mandou um garoto. Depois mandará a polícia. – concentrada na sua crença. – Nós vamos conseguir.
Júlio estava mais para chateado.
— O garoto podia ter nos ouvido. – inconformado. – Agora vamos ficar aqui *pra* sempre.

* * * * *

— Você é Romano? – pergunta a voz ao telefone.
— Não. Quem é? – fala Grego.

– Preciso falar com ele.
– Quem está falando? – insiste.
– Ele está por aí?
– Não. Quem está falando? – já perdendo a paciência.
– Mataram o garoto no bairro Concórdia. Fala *pra* ele ir lá.
– Que garoto? Quem *tá* falando? Aonde?
Desligaram.
– Você ouviu? – pergunta Grego se voltando para Romano.
– O quê?
– *Me* ligaram querendo falar com você.
– Quem?
– Não sei. Falou que mataram o garoto. Lá no bairro Concórdia.
– Que garoto? – Romano dá atenção.
– Não sei.
– Será que é o Júlio?
– Não sei. Sei que *tá* difícil. Muita violência. Toda a hora morre alguém. – desanimado.
– Se for o Júlio alguém vai nos avisar. O nome dele já está no sistema.
– É.
Ainda esperavam Dra. Vera.
– Será que ela vem? – Grego joga no ar.
– Vem. – Romano olha para a porta. – Ela virá.
– *Tá* atrasada quase trinta minutos.
– Vai chegar.
– E se aconteceu alguma coisa?
– Vamos aguardar.
Seguiu-se um silêncio incomodo para Grego, não gostava da sensação de imobilidade. Gostava de fazer algo. Já Romano gostava de pouco movimento, quanto mais imóvel, melhor. Ficar parado era bom, assim como ficar em silêncio.
– Espera para ver se um dos nossos confirmam essa informação. – fala Romano. – Já estamos velhos para cairmos em armadilhas de bandidinhos.
Grego concorda.

*****

Capítulo IV

O dia estava cinzento. A ausência de cores tornava o ar mais tenso. A casa tinha uma fachada discreta e, embora a rua fosse movimentada, ninguém reparava nela. Construção feia e sem criatividade. Parecia abandonada. Vidros quebrados nas janelas, portão enferrujado, tinta descascada e muro pichado. Seu aspecto não despertava o interesse de ninguém. Seu muro, embora não muito alto, afastava os curiosos.

Na rua, diziam tratar-se de uma importadora de remédios, mas ninguém sabia ao certo. Por vezes via-se certo movimento no imóvel, mas era bem raro. À noite havia mais movimentação. Diziam que era porque negociavam com os chineses, coisa de fuso horário. Mas ninguém sabia ao certo. Não faziam barulho, não se via muitas pessoas. Até as luzes eram raras. Diziam que ali funcionava apenas o estoque de remédios. Por isso sentiam o "cheiro de hospital" de vez em quando. Ninguém sabia ao certo. Ninguém se interessava por saber. Era mais por mera curiosidade do que por qualquer outra coisa.

Do lado de dentro da casa, dois homens conversavam:

— Não podemos esperar mais. Temos que agir.

— Já achou comprador?

— Já. Só não pagou ainda.

— Mas e aí?

— E aí que nunca seguramos ninguém por tanto tempo. É arriscado e eu não gosto de correr riscos.

— Pressiona o cara, *pô*! Tem que pagar. – fala Albino.

— O nosso contato ainda não deu retorno. Temos que esperar ou liberar a carga.

— *Cê tá* doido? Aí a gente perde a grana. – decidido. – Vamos esperar mais um pouco.

— Não sei, não.

— É o russo?

— É.

— Então. Ele sempre paga.

— Desta vez *tá* complicado. Ele *tá* lá na Suécia acertando os detalhes. – preocupado. – Mas não dá. Não podemos ficar esperando esse tempo todo. – pensativo. – Ou fazemos logo ou liberamos a carga.

— Calma. Uma carga dessa não é toda a hora. O russo nunca fura.

— É verdade. Mas se meu pai aparecer por aqui, vai dar *m*... – fala Bismarck.

— Seu pai? Ele nunca vem aqui. Aliás, nem sabe onde funcionamos.

— Meu pai sabe tudo que fazemos.

— Certeza?

— Certeza. Por que acha que estou preocupado? Por causa da carga? – aponta para o quarto que funcionava de cativeiro. – É por causa do meu pai. Se ele descobrir estamos ferrados.

— Calma. Ele vai compreender.

— Não vai não.

* * * * *

Capítulo V

Finalmente Dra. Vera chegou. Havia um peso sobre seus ombros. Sem perceber, passara a andar curvada, com movimentos lentos. Apresentou-se e pediu desculpas pelo atraso.

– Não tem problema. – absolve Grego. – Atrasos acontecem. – com um sorriso cordial.

Romano apenas olha e cumprimenta à distância, com um breve aceno cerimonioso.

– Veio sozinha? – pergunta Grego sabendo a resposta.

– Sim. Por quê? Tinha que trazer alguém? – direta, sem simpatia e com aparência exausta.

– Não. Claro que não. – responde rápido. – É porque às vezes teria combinado algo com algum advogado, só isso. – explica Grego.

– Será necessário?

– Em princípio não. Mas se for a gente avisa. – cordial. – Vamos lá. – sinaliza o caminho.

Foram para uma sala reservada, lá colheriam o depoimento de Dra. Vera. Agora na sala estavam Grego, Romano, Dra. Vera e uma escrevente.

– Dra. Vera, a senhora sabe que iremos ouvir seu depoimento, não sabe? – começa Grego.

– Sim.

– A senhora pode se recusar a responder. Tudo que disser será colocado em ata e ficará registrado. Está consciente disso?

– Sim.

– Sabe do que se trata esta investigação?

– Sim. Da morte do Dr. Vagner.

– Exatamente. – breve pausa. – Podemos começar?
– E da morte da minha filha? Vocês estão investigando também?
– Sim. Mas achamos que são crimes sem ligação.
– Mas vocês vão investigar?
– Vamos. – espera um pouco e volta a perguntar. – Podemos começar?
– Sim. – ela olha bem para Grego, depois para Romano. – Eu sou suspeita de algo?
– Não. Por enquanto, não.
– Melhor eu ter um advogado?
– Por enquanto não precisa. Mas é a senhora quem sabe.
Grego responde.
Romano olha.
Dra. Vera espera.
Por segundos que se arrastaram, nada aconteceu.

* * * * *

PARTE XXIV

Capítulo I

– Então, Dra. Vera, o que foi que aconteceu naquele apartamento? A senhora estava lá na hora das mortes? – começa Grego.
– Estava. – sem precisar puxar pela memória. – Tudo é muito complicado.
– O que exatamente?
– Aquela relação. O casal era estranho. Eu gosto do Júlio, o garotinho.
Os olhares ficaram parados junto com o silêncio de Dra. Vera, esperando que ela desse sequência. Ela continua:
– Ela gostava dele. Ele gostava dela. Mas ele era esquisito. – como se escolhesse as palavras. – O Júlio era filho só dela.
– Era esquisito, por quê? Eles brigavam muito ou algo assim?
– Não. E isso é que era estranho. Eles quase não brigavam, aliás, quase não conversavam. Havia sempre um silêncio esquisito, sabe?
– Como assim?
– Não sei explicar. Era um silêncio carregado. Às vezes era como se houvessem coisas para ser ditas, mas ninguém dizia. Outras, parecia ser como se ninguém ligasse *pra* ninguém. Era estranho. Ou ama ou odeia.
– O silêncio às vezes é estranho, não é? – fala Grego e olha para Romano que, obviamente, permanecia em silêncio.
– Mas as coisas foram mudando. Quando eu cheguei lá, o Júlio era muito novo. Havia carinho entre ele e o Dr. Vagner. Mais desse homem até. Era meio pegajoso, mas todos achavam que era bonita a relação dele com o enteado. – reflete. – Depois, o Júlio foi crescendo e se afastando cada vez mais. Não brigava com ele, mas havia raiva dentro dele. Estava no olhar.
– Júlio matou Vagner? – Grego pergunta diretamente.
– Não sei. Acho que não. Eu corri quando ouvi o primeiro tiro. Mas não sei ao certo o que aconteceu.

— Tente lembrar o que viu. Onde estava Júlio nessa hora?
— Eu vi muito pouco. Mas sei o que aconteceu.
— Onde estava o Júlio?
— Estava lá.
— O que sabe então?
— Eu vi a Dra. Fabíola no quarto, assustada. O Dr. Vagner no chão, já morto. O Júlio também já estava lá, em pé, por ali como se ali não quisesse estar. – tensa. – Fiquei assustada e quis ir embora. Chamei Júlio, mas ele não respondia. Liguei para a polícia e fui embora.
— Por que você foi embora?
— Fiquei assustada e com medo.
— Medo de quê?
Ela ficou em silêncio.
— Medo de quê? – repete Grego.
Dra. Vera permanece em silêncio.
— Pode falar, Dra. Vera. Ninguém vai fazer-lhe mal. Estamos numa delegacia.
— Fiquei com medo de ser presa. – como se estivesse num confessionário.
— Por quê? Foi a senhora *que* matou o Dr. Vagner?
— Não. – quase que assustada.
— Então. Explique-se, por favor.
— Fui eu que abri a porta.
— Como assim? Abriu a porta?
Ela ficou em silêncio, como se fizesse força para vencer uma barreira.
— Vou contar desde o começo, então. Pode ser?
— Sim. – Grego com pressa de saber, mas com calma para ouvir.
Romano, encostado nas costas da cadeira desconfortável, tentava fazer uma leitura dos fatos e entender o que poderia ter acontecido. Dra. Vera não vira o fato acontecer, mas sabia das rotinas da casa e das relações familiares. Mesmo parecendo distraído, Romano estava atento.
— Sempre sobra para o mais fraco. – ela reflete.
— Neste caso, não. – conforta Grego.
— Eu já tenho passagem. E por isso sei o que acontece.
— Pela polícia? – quase não acreditando.
— É. – confirma.
Grego olha para aquela senhora com cara de "avó de todos". Como ela poderia ter passagem pela polícia? Deve ser por alguma bobagem, como ameaça, furto, briga de vizinhos, ou algo assim.

— E o que a senhora fez? — por curiosidade.
— Matei um homem. Matei meu companheiro.
— *Qué* isso! — sem acreditar. — Como foi?
Havia certo constrangimento nos gestos dela. Procurava a melhor posição na cadeira como se procurasse o melhor jeito para contar seu passado.
— Eu não queria matar. Mas tive que matar.
Grego e Romano permaneceram em silêncio respeitoso. Grego, por gestos, incentivou Dra. Vera a continuar sua narrativa.
— Quando fiquei viúva, acabei arranjando outro companheiro. Ainda era jovem e bonita, cheia de vida. — ela continua. — Homem não presta. Nenhum de vocês. É só *vê* mulher que fica doido. — comenta.
— Mas *tá* errado? — pergunta Grego já sentindo o toque de advertência de Romano em seu braço. Não era o momento para esse tipo de debates. Deveriam deixá-la falar.
— Minha filha tinha treze anos na época que ele foi morar com a gente. Eu demorei *pra* perceber. — seus olhos ficaram aguados. — Começou com ele a espiando tomar banho, dormindo, trocando de roupa e etc. O que parecia carinho, só uma atenção com ela, na verdade já era taradice de homem fraco da cabeça. — limpou os olhos. — Minha filha também não percebeu. Ele ficava pela casa, só esperando todo mundo ir dormir. Depois ia *no* quarto dela e a ficava alisando, *tadinha*. — já com raiva na fala. — Depois começou a se masturbar nela enquanto ela dormia. — respirou. — E foi só piorando.
Grego levantou-se e deu-lhe um copo d'água. Dra. Vera bebe com a mão tremula. Continua:
— Um dia cheguei em casa e percebi que ele estava tentando agarrá-la. Demorei para entender o que estaria acontecendo e culpei minha filha por andar pela casa com pouca roupa. — respira novamente. — É difícil acreditar. Eu demorei muito para perceber. Minha filha nunca me falou nada. Eu achei que a culpa era dela. Ela era bonita, jovem e estava em competição comigo. Achei que era isso e acabei ficando contra ela. Quase a expulsei de casa nessa época. — triste. — Até que eu vi que era coisa dele.
— Como?
— De noite. Senti que ele se levantou. Esperei um pouco e fui atrás. Foi aí que eu vi. Ele foi até o quarto dela, tirou o lençol e ficou vendo-a dormir. Depois começou a se masturbar para jogar aquela coisa nojenta em cima dela. — com asco.
— E o que a senhora fez?

— Nada. Homem é mais forte que a gente. — consolada. — Mas fiquei com medo. Ele poderia querer cometer algum abuso, talvez até estuprar minha filha. — comovida. — No dia seguinte comprei umas fitas adesivas e fiquei esperando o melhor momento. Já estava com tudo planejado. Foi só esperar.

— Esperar o quê?

— Esperar ele dormir. Tinha que fazer de madrugada.

— O que, matá-lo?

— É. — novo gole de água. — Eu pus uns remédios na bebida dele. Quando ele dormiu, eu o coloquei deitado de frente. Aí peguei a fita adesiva e o prendi na cama toda. Passei o rolo pela cama mesmo, de ponta a ponta. Primeiro prendi as mãos e depois as pernas. Depois o corpo todo. Coloquei um monte de comprimido dentro da boca dele e tampei com a fita adesiva. — parecia ter orgulho de seu feito. — Rezei um pouco e tomei coragem. Então tampei o nariz dele. Aí foi só esperar.

Grego olhou para Romano. Já tinham visto muita coisa, mas olhar para Dra. Vera contar sua ação praticada com tanta frieza foi estranho.

— Deu certo. Tive que ser muito forte. — finaliza ela.

Houve um ligeiro silêncio, como se fosse necessário para se recomporem.

— Mas em relação ao Dr. Vagner, o que houve?

— Sim. Eu já conto. — ela se ajeita na cadeira. Por reflexo, todos se ajeitaram em suas respectivas cadeiras. Havia curiosidade no semblante de Grego, incapaz de disfarçá-la. Romano mantinha-se sem expressão aparente. Apenas queria ouvir concentrado para que sua mente nada perdesse e sua memória tudo guardasse. — Eu percebi no Dr. Vagner atitudes iguais às que eu vi no meu companheiro. — Dra. Vera continua. — Mas a Dra. Fabíola não percebia. Igualzinho aconteceu comigo. O Júlio nada dizia, mas nitidamente estava incomodado. As coisas mudaram um pouco quando ela ficou sem emprego. Foi pouco tempo. Mas aí ela ficou em casa e o Dr. Vagner não conseguia mais fazer as coisas que ele estava acostumado. Aí ele começou a ficar mais irritado. Tudo incomodava. Os dois começaram a brigar direto. O tempo todo. — nova tristeza no olhar. — Mas ela não percebeu o que acontecia em relação ao Júlio. Eu conheço o Júlio desde muito novo. Eu vi que ele estava sofrendo. Então resolvi falar com ela. — Grego olha para Romano, como quem começa a entender o que houvera. — Mas não era para ter sido assim. — lamenta.

— Conta Dra. Vera. O que foi que houve?

— Eu falei com minha filha. Ela ficou revoltada. Afinal de contas, a situação era igual à que ela havia passado.

– Mas o Júlio não conseguia se defender? Ele já era grande, não?

– O Dr. Vagner ameaçou divulgar um vídeo que ele gravou. Júlio teve receio. Além disso, falou que acabaria com a vida da mãe dele. – breve silêncio. – Enfim. – lamenta. – Cheguei a ficar presa. Pouco tempo, mas fiquei. Conheci algumas pessoas que conhecem outras pessoas. Sabe como é, *né*? Assim, arrumei alguém *pra* nos ajudar em relação ao Dr. Vagner.

– Dra. Fabíola sabia?

– Sim.

– Júlio sabia?

– Não. *Tadinho*. Ele tem a vida toda pela frente.

– Sabe onde ele está?

– Não. Só sei que fugiu por aí. Ele parece uma pessoa fraca, mas não é. É forte. Aguenta o problema, mas não o enfrenta. Aí parece que é fraco. Não se revolta. Fica quieto esperando que o problema se resolva por si só. Sempre foi assim. *Se* afasta e a solução aparece.

– Como o "problema" foi resolvido? – insiste Grego para não perder o foco.

– Foi tudo combinado com a Doutora. Ela só não sabia quando, nem como. Mas ela me autorizou a "resolver o problema". Primeiro ela precisou ver a verdade com os próprios olhos. Foi igual aconteceu comigo. A gente não acredita. A decepção é muito grande. Mas… – respira. – Instinto de mãe, *né*? A gente protege a cria.

– E como o "problema foi resolvido"? – Grego.

– O pessoal indicado faria tudo. Era só abrir a porta do apartamento para eles. A gente não ia pôr a mão em nada.

– E como foi?

– Eles avisaram que já estavam prontos e nos disseram o que teríamos que fazer. Aí esperamos o melhor momento. – se ajeitou novamente. – Naquele dia, na véspera, Dr. Vagner bebeu muito vinho. Deitou feito porco. De manhã abri a porta para quatro homens. Não sei quem eram. Não vi o rosto de ninguém, essa era a condição. Eles entraram, fizeram tudo e deixaram tudo preparado *pra* quando a polícia chegasse. Quando cheguei *no* quarto já estava daquele jeito. Tudo resolvido.

– Aconteceu tudo pela manhã?

– Sim.

– E como autorizou a entrada no prédio? Ninguém desconfiou?

– Não. Foram entregar uma geladeira, numa caixa grande. Foi assim.

– lembra-se. – Claro, não tinha geladeira nenhuma, *né*?
– E a arma no chão?
– Não sei.
– E o livro jogado lá?
– Também não sei explicar.

Grego olha para Romano como quem tenta entender o que realmente teria acontecido.

– Quantos tiros foram disparados?
– Não lembro. Fiquei com medo.
– Onde o Júlio estava nessa hora?
– Não sei. – pensou. – Nem sei se ele dormiu em casa naquele dia. Acho que não. – tentando proteger o garoto.

Grego e Romano se entreolharam.

– Vocês pagaram alguma coisa pelo "serviço"? – pergunta Grego.
– Sim e não. – respira.
– Como assim?
– Troca de favores. – completa. – Ficou combinado com o pessoal que o serviço seria feito. Em troca, eles exigiram que a Dra. Fabíola teria que fazer alguns serviços para eles e eu tinha que os pôr em contado com minha filha, que trabalhava na joalheria. A Doutora tinha que fazer a parte dela antes e eu faria a minha depois. Assim, ela fez alguns serviços *pra* eles. Depois assaltaram a joalheria. Só não entendo por que mataram minha filha. – inconformada.

– Então eles são a mesma turma? Os caras que entraram no apartamento são os mesmos que assaltaram a joalheria?
– São os mesmos.
– E a Dra. Fabíola? Ela que se matou mesmo?
– Não sei. Já não estava lá.
– E o Júlio? *Tava* lá?
– Já falei que não.
– E sabe dele agora? *Pra* onde ele foi?
– Não sei. Acho que foi embora logo depois de mim. Ficamos com medo.
– O Júlio também ficou com medo? Por quê? O que ele fez?
– Nada. Mas ele vive com medo. É o jeito dele.

Grego e Romano tentavam raciocinar sobre tudo que foi dito. Era tudo muito novo e muito diferente do que estavam acostumados. Além do mais, qual seria a ligação com os outros assassinatos em que um livro era deixado na cena do crime? Se é que haveria relação. Com o assalto parecia que a ligação estava feita, mas e com a morte no Edifício JK? Qual seria a relação?

– Quais os serviços que a Dra. Fabíola teve que fazer? – pergunta Romano rompendo o seu silêncio.

– Não sei ao certo. Mas é algo ligado à medicina, pois eles disseram que precisavam de médicos. Aí ela acabou aceitando fazer. Ela comentou que eles a pagariam. Falou que era um bom dinheiro, mas ela foi ficando estranha. Disse que não gostava do que estava fazendo. Que o dinheiro não valia... Não sei o que poderia ser.

– O que poderia ser? – Grego.

– Não sei. – ela deu de ombros.

– Eu apenas quero que prendam quem matou minha filha.

– A senhora pode ser considerada mandante do crime, sabia? – informa Grego.

– Eu?

– É. – insiste Grego.

– Eu agi em legítima defesa de terceiros. – sorriu sem jeito. – Li na *internet*. Além do mais, não matei ninguém. Apenas abri a porta do apartamento.

– Mas foi tudo premeditado. Você que planejou o crime e deixou os assassinos entrarem!

– Isso é o que você está dizendo. Jamais confirmarei isso.

Grego e Romano em silêncio.

– Você sabe como encontrar essa gente?

– Não. Mas posso dar o meu contato.

– Quem é?

– Um tal de Bertoldo.

Romano e Grego entreolharam-se enquanto tentam reconhecer o nome. Nada.

– A Dra. Fabíola ficou quanto tempo nesse trabalho? – Romano.

– Uns três a quatro meses.

– Ela ia como? De carro?

– Sim.

– Carro dela?

– Sim.

Romano se levanta e pede que Grego faça o mesmo.

– Qual era o carro dela? – pergunta para Grego.
– Um Volvo XC60.
– Novo? – com esperança.
– Sim.
– Já sabe o que fazer. Anote todos os endereços do GPS. – Romano para Grego.
– Certo. E você?
Romano olha com calma para a Dra. Vera.
– A senhora vai ficar um pouco mais aqui, viu? Depois a gente se fala.
– Eu não posso. Tenho compromisso. – tenta.
– Pois é melhor cancelá-lo. – com calma.
Romano ainda estava tentando entender, bem como tentava pensar quais seriam os passos certos a serem dados.
Já do lado de fora da sala de interrogatório, Grego pergunta:
– E aí? Vou lá e volto?
– Sim.
– E você?
– Vou *na* casa da Dra. Vera. *Tá* tudo muito estranho. – desconfiado.
– Você acha?
– Acho.
Grego olha-o esperando que completasse a frase.
– Ela fez parte de tudo. Estranho ela falar tanto. Estranho ela dizer que não viu nada, que não conhece os caras, mas sabe o nome. Falou o nome muito rápido. – desconfiado.
– Mas eles mataram a filha dela. Ela está com raiva.
– E por que a deixariam viva? Se mataram a filha por causa do assalto, tinham que matá-la também.
– Parece lógico. Mas essa gente é maluca.
– Por que não mataram o Júlio? Por que não mataram a Dra. Fabíola? Quem matou o cara lá do JK?
– *Qué* isso, Romano! Uma pergunta de cada vez. – parece nervoso. – E quem é esse tal de Bertoldo?
– Não sei. Vamos ter que procurar.
– Sem o sobrenome?
– É.
Os dois se preparavam para ir cada um para seu lado quando apareceu um colega.

– Romano! – chama. – Encontraram um garoto assassinado, lá no bairro Concórdia. Estão pedindo *pra* vocês darem um pulo lá. Parece que deixaram um livro na mão da vítima.

– Obrigado. Tem o endereço?

Entregou-lhe um papel com o endereço anotado.

– Vamos lá, então. Depois faremos o resto.

– Vamos. – concorda Grego.

– Liga *pra* estagiária e pede *pra* ela separar todas as fichas com nome Bertoldo. Qualquer Bertoldo. Da Polícia Civil e Federal. – pede Romano.

– Ligar para a estagiária?

– É. – reitera.

– Esta semana ela não vai trabalhar. – sem graça. – Ela não te falou, não?

– Não. O que houve?

– Disse que não estava se sentido bem. Coisas de mulher.

– Entendo.

– Chato, *né?*

– É. Depois tratamos disso.

* * * * *

Capítulo II

— Não para de chover, *hein?* — Grego ainda dentro do carro parado.
— É. — Romano.
— Vamos lá?
— Sim.

Os dois abrem as respectivas portas e vão em direção ao pequeno aglomerado de pessoas. Grego faz um pequeno trote até encontrar uma proteção para a chuva. Romano anda como se não houvesse chuva. Era como se os pingos tivessem que desviar dele.

Os dois ficam imóveis próximos ao pequeno aglomerado de pessoas que tentavam se esconder da chuva, mas não perdiam a cena. Foi apenas o tempo suficiente para entenderem a situação. Anunciam-se para os policiais presentes até que um colega da Civil os recepciona.

— Romano? Grego? — pergunta. — Por aqui. — indica.
— Você de novo?
— Sim.
— Silva, *né?*
— Isso.

Seguem pelo traçado da rua que, de repente, como se fosse um funil, torna-se muito estreita.

— Os carros não vêm aqui. — explica Silva.

Realmente era muito estreito para os veículos passaram. Apenas motocicletas.

Continuaram avançando.

— É ali. — aponta.

A chuva não deixava que eles vissem direito a cena que se apresentava para quaisquer olhos desavisados. Os olhos atentos dos curiosos, os olhos das crianças tampados pelas mães, os olhos preocupados dos moradores da região, os olhos prontos para o sermão na igreja, os olhos de quem mata. Estavam todos por ali.

Romano observa.

O corpo de um rapaz sem vida retorcido no chão molhado. A água batia no asfalto misturado com terra e saltava para todos os lados. O sangue estocado escorria acompanhando a chuva numa dança estranhamente harmoniosa e estranhamente vistosa para combinar com a morte. O rosto e os olhos inchados indicavam o espancamento prévio. Estava sem os dedos das mãos, que foram largados próximo ao corpo. Isso indicava tortura. A camisa estava aberta sem um ou outro botão e a calça também. Dois tiros, um na cabeça e outro na genitália.

– Tem muita raiva aqui, Grego. – fala Romano.

Silva os olha.

– Não acabou. Tem mais. – e chama-os com um gesto.

Romano e Grego o seguem, poucos passos, o suficiente para dobrar a rua estreita.

Os moradores acompanhavam os movimentos do tumulto. A chuva se mantinha em sua queda guiada pelo vento, como se viesse com a missão de limpar tudo aquilo, de lembrar à prepotência humana que a natureza é mais forte e que a morte chega. Como se houvesse um ser acima daquela algazarra toda.

De repente Romano sentiu a necessidade de olhar para cima, como se buscasse a direção de tanta água. Grego acompanhou o colega, mais por reflexo do que por outro motivo. Olhava para cima e para o colega. Romano manteve o olhar em direção ao céu fechado em dilúvio.

No chão, quase que num ritual, o corpo de uma mulher. Sem tortura, sem sofrimento, apenas um tiro na boca que deformou seu rosto delicado. O sangue estava por todo o lado levado pela água, onde está fosse, ele acompanhava.

Romano volta a olhar firme para o corpo, em silêncio.

"Por que o ser humano é assim?" – era a pergunta que estava em sua cabeça. Não era o momento para grandes reflexões, especialmente aquelas que pudessem ser interpretadas como fraqueza. Tinha que manter o foco.

Grego observava tudo e todos à sua volta. Qualquer detalhe era importante.

– F...! – deixa escapar. – No meio da rua. – comenta. – Ou será que primeiro mataram e depois trouxeram *pra* cá?

— Não sei, Grego. – fala Romano. – Acho que os trouxeram vivos e mataram aqui, os dois juntos. Acho difícil terem matado em outro lugar. Teriam que trazê-los até aqui sem carro, carregando a pé. Difícil, não acha? Muito tempo de exposição. – tenta. – Mas a tortura foi em outro lugar. O rapaz já chegou sem os dedos e com o rosto todo arrebentado.

— Como sabe?

— Não sei. Mera suposição. – reflete. – Os dedos estavam todos mais ou menos juntos no mesmo lugar, como quem joga no lixo e cada um cai num lugar, mas no mesmo raio. Se fosse durante a tortura, cada qual estaria onde estivesse. Caiu, caiu e pronto. Do jeito que eles estão, alguém os recolheu e depois os jogou próximo ao corpo.

— Por que nos chamaram? – lembra-se Grego. – *Tá* parecendo mais briga entre marido e mulher. – da onde estava via os dois corpos, cada qual em seu lado da esquina. – Ela é a esposa que traiu. – aponta para a mulher. – Ele o amante sem escrúpulos. – aponta para o homem.

— Pode ser. – Romano. – Isso explicaria a execução. – mantém a seriedade. – Mas não explica a tortura.

— O marido não tinha certeza. Então torturou o cara até que ele confessasse. – Grego deixa escapar um ligeiro sorriso orgulhoso de si mesmo.

— Pode ser. – concorda duvidando, como lhe era comum. – Ela está sem aliança. – pondera.

— Isso não quer dizer nada.

Romano concordou.

— Sua teoria explicaria o tiro na genitália. – Romano concorda mais uma vez. – Quem sabe você tem razão.

— Desculpa interromper, mas... – fala Silva.

— Pois não. – Grego solicito, Romano silencioso.

— Já sabemos quem são. Ambos estavam com identidade. – Grego e Romano esperam a complementação. – Ela é Fabrícia Bittencourt, técnica em enfermagem. Ele é Jonas Bittencourt, agente alfandegário da Receita Federal. Eram irmãos.

— Irmãos? – repete Grego em forma de pergunta.

— Sim. – Silva confirma.

Um momento de reflexão.

— Por que nos chamaram, sabe dizer?

— Sim. – parecia constrangido. – Primeiro trata-se de homicídio. Segundo poderia ser o casal que vocês estão procurando.

– Casal? – Grego é mais rápido que Romano. – Nós estamos procurando um rapaz.

– No sistema lançaram um casal. – explica Silva. – Júlio e Lídia.

– Lídia? – Grego estranha. – Não sei quem é Lídia.

– É uma garota que desapareceu. Saiu do hotel e desapareceu.

– Mas não fizemos chamado nenhum de Lídia. Será que é porque estávamos na Desaparecidos? – tentando entender.

– É possível. – Silva.

Romano em silêncio tentava entender.

– Tem mais uma coisa. – acrescenta Silva. – Não sei explicar. Têm que ver com os próprios olhos.

Grego e Romano seguiram o colega pelos poucos passos que separavam os corpos e postaram-se próximos ao corpo do homem.

Silva, ao lado dos dois, sinalizou para outros dois policiais:

– Podem virar.

Viram o corpo de forma que as costas ficassem visíveis.

Escrito com faca cravada na carne, marcada pelo sangue sólido e a pele rasgada:

G e R, boa leitura.

*****

– Esse cara sabe quem somos nós. – conclui Romano sentindo-se provocado.

– Verdade. – Grego. – Temos que usar a cabeça. – pondera. – O cara é doido. "G" de Grego e "R" de Romano, será?

– Claro. O cara é doido e está nos provocando.

– Será que é aquele escritor querendo vender livro? – lança Grego.

– Será? – duvidando.

– Vamos ver o GPS do carro da Doutora. – Romano estava tenso.

– Calma, Romano. – percebendo o nervosismo do colega.

De repente pareceu que os papeis haviam se invertido, Romano nervoso querendo ação e Grego pedindo calma, para não agirem de forma precipitada.

Entram no carro.

– Acelera aí, Grego. – dá o comando. Romano sentira-se desafiado. – Temos que pegar esse cara. Ele está brincando conosco.

– Posso ligar a sirene? – com o sorriso de uma criança perante um brinquedo que os pais não deixam usar toda a hora.

– Como ele sabe que somos nós que estamos nessa investigação?

– Vou ligar a sirene. – avisa.

– O cara tem informação de dentro, Grego. É isso. – conclui. – Isso explica muita coisa.

– Sirene ligada. – como quem apenas dá a notícia.

– Deve ser isso. Temos que agir rápido, Grego. – raciocinando. – Você checou os dados da estagiária?

– Não. Achei que você tivesse checado. – estranha.

– Eu? – estranha também. – E desde quando eu mecho com papelada, Grego?

– Desde sempre. – achando engraçada a esquiva de Romano. – Você acha que a Vanusa está no meio disso tudo?

– Não acho nada. Mas acho estranho que algumas informações cheguem tão rapidamente a quem não for de dentro.

– Concordo.

Romano estava tenso.

– Quem sabe desse GPS, Grego?

– Qualquer pessoa. Já vem no carro. – feliz em dirigir com a sirene ligada.

– Não. Quis dizer, quem sabe que o endereço pode estar registrado no GPS?

– Não sei, Romano. Mas agora me deixa dirigir. Estou concentrado. – satisfeito duplamente, em dirigir com a sirene ligada e em chamar a atenção de Romano.

– Desculpa. – voltando para a realidade. – Você ligou a sirene?

– Sim.

Romano, conformado, nada diz por instantes, até:

– Acelera esse troço, Grego.

Grego segue concentrado nas suas ações. Seguia com satisfação dentro de si: a sirene estava ligada.

Romano segue revoltado por dentro, apenas se contendo para que seu pensamento não se tornasse turvo. Alguém estava jogando com eles. E esse alguém tinha informações de dentro da corporação.

Não aceitaria ser manipulado.

*****

Capítulo III

– É esse o carro? – pergunta Romano.
– É.
– Então faz o que tem que fazer.
– E a ordem judicial? – pergunta Grego já dentro do veículo com tom irônico.
Romano nada diz.
Grego procura os endereços registrados no histórico do GPS.
Romano fica atendo ao entorno.
– Não dá *pra* saber. Tem muito endereço aqui.
– Certeza?
– Certeza. – confirma. – Desconsiderando o endereço da casa e aqueles que não são da região metropolitana, ainda sobram muitos.
– Por que você vai desconsiderar aqueles que não são da região metropolitana?
– Por nada. Apenas pensei que se ela ia trabalhar todos os dias, ida e volta, deve ser dentro no perímetro urbano.
– Não desconsidere nenhuma hipótese. Pode ser qualquer um desses. Anote todos.
– *Tá* certo. Teremos muito trabalho pela frente.
– Então vamos começar logo.
– Solta aí uma de suas teorias, Romano. Vê se consegue diminuir a lista.
– Quantos endereços você anotou?
– Treze.
– Então vamos.
– Um por um?

– Vai ter que ser. – sem lamento. – Um por um.
– Então vamos.

Pareciam muitos lugares, mas na verdade ambos sabiam que não eram. Procurar pessoas em cidades como Belo Horizonte, em países como o Brasil, era muito difícil. Talvez os endereços não tivessem relação com o sumiço de Júlio, que por sua vez poderia não ter relação com o sumiço da garota, mas tinham que tentar checar onde a médica trabalhara. Para Júlio desaparecer era relativamente fácil. Vasto território e população grande. Além disso, conseguir documentação falsa não era tão difícil também.

Romano e Grego não estavam convencidos quanto à possibilidade de se tratar de mero desaparecimento espontâneo. Algo acontecera. Ainda não sabiam direito, mas as coisas iriam acabar por se encaixarem. Júlio fora empurrado para aquela situação. Mas tinham que encontrá-lo.

Era sempre desafiador saber da plenitude dos fatos, aquilo que realmente acontecera. Porém, Romano, há muito, se convencera que eles nunca sabiam da verdade plena, sabiam apenas daquilo que viesse à tona. É como se estivesse navegando em mar aberto. Por mais que descobrisse segredos do oceano, nunca saberia da sua plenitude, das coisas escondidas nas profundezas. Ainda não entendera aquela situação toda. Ainda não entendera atrás de quem estavam. Agir sem entender era algo que lhe incomodava ao extremo. Já Grego era exatamente o oposto. Acreditava que devia agir, mesmo sem saber ao certo o que deveria fazer, pois de tanto mexer e remexer, uma hora a verdade apareceria. Enquanto Romano tentava entender o que poderia estar acontecendo, Grego já estava dentro do carro à sua espera.

– Vamos, Romano. – chama pelo colega.

Romano vai até o carro. Curta distância vencida com poucas passadas. Mas seus pensamentos estavam em outros lugares. Tentava conciliar os fatos, fazer algum tipo de conexão entre pessoas e acontecimentos. Estava concentrado e nitidamente incomodado.

– Vamos *pra* onde? – pergunta Romano já dentro do veículo.

– Não sei. Vou seguir a ordem de antiguidade dos endereços. Do mais recente para o mais antigos.

– Sábia decisão. – impressionado com o instinto do colega. Pôs o sinto de segurança. – Quer que eu dirija? – provoca sabendo a resposta.

Grego nem responde.

* * * * *

Capítulo IV

Virgílio estava cansado. Não sabia quantas vidas tinha vivido, mas tinha a certeza que nenhuma fora bem aproveitada. Agora, no alto de seus anos envelhecidos, percebia nitidamente que pouco fizera por si mesmo além de sobreviver. Paradoxalmente, esse era um feito extraordinário para alguém da sua classe social em um país como o Brasil. País que empurra quem está embaixo para baixo, cada vez mais baixo; enquanto que quem está em cima, usa o de baixo como forma de mais em cima se sentir, pisando-os como quem pisa a um degrau. Nação injusta com o povo, que cerceia oportunidades e submete as pessoas à extrema pobreza. Diferenças sociais absurdas, condições de vida muito distintas. Quem tem condições consegue usufruir da vida, quem não tem se submete às imposições sociais. A população é humilhada socialmente todos os dias.

Virgílio sabia que não conseguiria mudar nada no país, que estranhamente ele adorava. Abria um sorriso sempre que via a seleção de futebol na tela da televisão, pois nunca tivera dinheiro para ir ao estádio. Nunca pensara em política. Sempre pensara em sobreviver. Tudo à sua volta queria que ele morresse. Sua mãe fizera o parto num casebre perdido no meio do mato com a ajuda de quem estive por perto. Nasceu parecendo que ia morrer.

O alimento escasso era dividido com sacrifício familiar. Desde que se lembra de ter memória, se lembra de buscar água para sua mãe no ribeirinho próximo. Passada uma vida inteira e essa situação não mudara. As pessoas da região continuavam fazendo o mesmo. Gerações após gerações condenadas a rastejarem pela sobrevivência. Virgílio nunca tivera a possibilidade de estudar. Aprendeu a juntar as letras, e acreditara que estava bom, pois tinha que trabalhar.

"As oportunidades estão aí". – lembra que alguém lhe dissera.

Mas quais oportunidades? Só lhe sobravam os empregos que ninguém queria. Era como se vivesse de restos da sociedade. Ficou na dúvida se ficava com sua família ou se ia para a cidade grande. Não teve tempo para grandes questões. Seu pai o vendeu para um fazendeiro. Virgílio foi feliz. Agora tinha comida todos os dias, tinha água na torneira e tinha uma cama só para si. Foi um momento dos raros momentos de sua vida em que se sentira feliz. Ganhou roupas e agora tinha um par de botinas. Eram de couro. No início estranhou ter os pés calçados, mas depois acostumou-se. Agora andava feito senhor de terras, afinal, tinha botina nos pés. Sentiu-se realizado quando o fazendeiro lhe deu um canivete. Esse fora o auge de sua fortuna. Agora tinha comida todos os dias, água na torneira, uma cama só sua, um par de botinas e um canivete só seu. Fazia tudo com o canivete. Se estivesse fazendo algo que dele não precisasse, Virgílio arranjava um jeito dele precisar.

Olhando para seus dias, um após o outro, Virgílio nunca sentiu sua vida como sendo cheia de sacrifícios. Mas ao olhar para trás, depois de tudo que já fora e dos anos que já não voltam, percebeu que nada fizera a não ser sobreviver. E isso já era um grande feito. Sobreviver fora sua resposta para a realidade brasileira que esmaga quem vem debaixo. De repente sentiu-se um herói para si mesmo. Um sobrevivente no campo de batalha. Teve orgulho de seu caminho.

Não sabia de sua família além de seu avô. Agora com a idade, estava preocupado, afinal ninguém saberia dele além de seus filhos e netos. Mas já não sabia de ninguém. Todos tiveram seus caminhos e nenhum deles fora em direção de Virgílio. Talvez encontrasse seu neto. Acreditava que aquele moço na televisão, tão inteligente com palavras tão cheias de ideias era seu neto. O tal de Moisés Duarte.

Depois que encontrasse o Júlio, iria procurar aquele moço.

*****

— Eu defendo a criação de um Protocolo de Atos, ou um Termo de Repúdio, algo do gênero. Precisamos ser mais contundentes. – fala Moisés.
— Você não acha que já está bom? Já atraímos a atenção demais. – pondera Bismarck.
— Quando Túlio te apresentou, me disse que você queria mudanças e que era uma pessoa de coragem. – olha-o firmemente. – Para quem se diz corajoso, você pensa demais. Para quem quer mudança, você age pouco.

— Não me interessa sua opinião sobre mim. *Me* interesso apenas pelo que você faz. – olha-o desafiadoramente. – Coragem sem capacidade de análise, não é coragem, é burrice. E burro eu não sou.

— Você não tem nada a ver com o que eu faço. – tom grave. – Aliás, você com essa barba de comunista nem deveria estar conversando comigo. – com um sorriso irônico.

— Se o que você faz atinge minha corporação, eu tenho a ver com o que você faz. – calmo, mas firme. – O que você faz na minha área é assunto meu. Não quero a polícia perto de mim.

Moisés permanece em silêncio. Não gostava de jovem armado a esperto.

— Creio que nossa união tenha chegado ao fim. – prevê Bismarck.

Moisés permanece em silêncio.

Bismarck o olha como quem espera uma resposta.

— Nunca me uni a você. Apenas unimos interesses. – Moisés.

— Se o interesse acaba, a união também acaba. De acordo?

— Sim. Seu pai já sabe disso?

— Meu pai não pode saber que converso com você.

Moisés reflete.

— Como pretende agir daqui *pra* frente?

— Sozinho. Como deveria ter feito desde o início. – parecia haver amargura na fala.

— Preciso de dinheiro para continuar minha luta.

— Luta? – com certo escárnio na voz. – "Campanha" você quer dizer.

— Pode ser. Mas é pelo país.

— Nunca é pelo país, Moisés. Eu e minha família damos dinheiro para políticos e nunca é pelo país. – sua expressão era de nojo. – Sempre é por interesse pessoal. Sempre há alguém que fica rico no meio disso tudo. Meu pai mandou avisar que está cansado. *Te* viu na televisão e não gostou das coisas que ouviu.

— Do quê? Que o país precisa mudar? Que rico continua explorando pobre? Que o Brasil ainda está no século XVIII?

— Não. Embora não seja um entusiasta com as mudanças que você propõe, não gostou da atenção que você gera. – estuda a reação. – Muito barulho para pouco resultado.

— Mas funciona assim. Sem discurso não há mudança.

— Ninguém quer mudanças, Moisés. Apenas você. Nós queremos trabalhar em paz, sem chamar a atenção.

— Sem mudança essa sujeira toda continuará por aí. — nervoso, mas controlando o tom.

— Somos parte dessa sujeira. Se ela continuar, nós continuamos também. Se ela acabar...

Silêncio.

As palavras eram pensadas antes de serem ditas.

— *Te* pedi duas coisas, Moisés: tirar meu irmão da prisão e conseguir aprovar a lei de flexibilização dos controles de fronteiras para assuntos medicinais. — espera por instantes. — Não fez nem um nem outro. Fim de assunto.

— A legislação está com o relator da comissão. Seu irmão terei que esperar o momento certo. — tenta se explicar. — Tempos difíceis. A Polícia Federal está em cima. Já nem falo no celular.

Bismarck pensa um pouco e acaba por dizer:

— Façamos assim. Vamos te dar legenda e palanque. Você vai ter seus votos, mas todas as vezes que precisarmos de você, você agirá sem questionar. — olha-o firme.

— Combinado. — promete agora para ter o que quer e depois veria como seria. — E seu irmão?

— Eu mesmo cuido disso. Melhor que ele não tenha contato com você.

— Quem? Teu irmão? — estranha. — Ele sabe bem quem sou eu.

— Mas não terá contato com você. Assim é melhor. Não quero te dever favores.

*****

PARTE XXV

Capítulo Único

— Estou me sentindo forte. – estranhando. – E você?
— Também. – achando estranho também.
Júlio e Lídia conseguem ficar de pé sem grandes dificuldades.
— Devem ter se esquecido de nos drogar.
Olham-se. Parecia ser a primeira vez que se viam com lucidez.
— E agora? O que vamos fazer? – pergunta Júlio.
— Não sei. Você não sabe?
— Não. Alguma ideia?
— Não é o "mocinho" que tem que salvar a "mocinha"?
— As coisas mudaram. – sorriu.
Havia satisfação misturada com preocupação em seus semblantes. Observam à sua volta. O que poderiam fazer? Era um quarto com paredes esmagadoras e uma única janela vedada. A pouca luz que entrava vinha enfraquecida e cheia de pó. A porta era cerrada e não se abria pela força de Júlio.
— Como vamos sair daqui? – Júlio tenta pensar já desistindo de enfrentar a porta.
— O que será que vão fazer com a gente?
— Nada. Nós vamos sair daqui. Não vão fazer nada com a gente. – confiante.
— Como? – não era pessimismo, apenas não conseguia vislumbrar a possibilidade de saírem dali.
— Vamos sair pela janela.
Voltam as atenções para ela.
— Como? – insiste Lídia.
— Temos que tentar. – fazendo força. – Ela é trancada por fora.

O inicial entusiasmo diminui.
– O que faremos? – ela pergunta sabendo que não há resposta pronta.
– Vamos pensar em algo.
– Há quanto tempo não vem ninguém para nos trazer comida?
– Não sei dizer. Mas o suficiente para conseguirmos estar de pé.
– E se eles nos largarem aqui? Sem comida, sem nada?
Júlio não responde, não havia nada que pudesse dizer.
– Vamos conseguir. – confiante.
– Sem comida? Sem água?
– Calma. Vamos nos concentrar em achar uma saída.
– Mas se você gastar sua energia e não der certo? Quanto tempo você vai durar?
– Mas do que adianta ficar vivo e ficar preso?
– Ficar vivo é mais importante.
– Viver sem liberdade é o mesmo que não viver. Prefiro morrer.
– Não é verdade. Enquanto estiver vivo poderá lutar pela sua liberdade. Mas se morrer, tudo acaba. – conclui.
– Acaba ou começa. – tenta. – Não é você que acredita num ser superior?
– Acredito. Mas para acreditar também tenho que estar viva. – sorri ligeiramente. – Cada coisa a seu tempo.
– Seu sorriso é bonito. – Júlio deixa escapar.
Lídia nada diz, mas sem perceber, abre o sorriso, primeiro feliz pelo elogio, para logo em seguida, contê-lo pela timidez.
Júlio permanece parado olhando-a.
– Desistiu? – ela pergunta.
– Não. – volta para sua tarefa.

*****

PARTE XXVI

Capítulo I

Dia cinzento como todos naquela delegacia na Avenida Afonso Pena. Vidas sem cor, liberdades enjauladas. O teto fechado em paredes sisudas tirava o sonho das pessoas e dava-lhes o sono de vida sem direção. O asfalto na frente do edifício descia em direção ao centro da cidade. As vidas trancafiadas à espera de julgamentos desciam para uma espécie de purgatório administrado por humanos.

Não havia paz ali, mas isso não era problema, pois a paz, nenhuma daquelas pessoas conhecera em momento algum. Trancadas deixavam de ser quem eram e se transformavam em animais querendo sobreviver. Sem liberdade, restava-lhes apenas a vida pautada pela subsistência. Prevalecia o instinto animal. Presa e predador. Um devorado para sobrevivência do outro.

As celas cheiravam mal. Tudo cheirava mal naquele lugar. As pessoas estavam tão podres quanto o próprio sistema. O Estado corrói por dentro e apodrece tudo e todos à sua volta. Estado corrompido que corrompe sem cerimônia, sem arrependimentos. Faz da miséria de um povo sua riqueza covarde.

Era dia de visitas e a fila já estava formada do lado de fora do edifício, como serpentes querendo alimentar suas crias, parentes levavam comida nas mãos para os detentos. Era importante manterem-se fortes para morderem a próxima vítima. Eram o ser humano em sua faceta mais incivilizada. Naquela situação, o mal virava questão de ponto de vista, de costume e a sobrevivência virava unanimidade.

Lá estavam as mulheres ordeiras na fila, com devoção afetiva, estavam prostradas para a humilhação e empenhadas no seu objetivo de manter seus filhos, seus maridos, seus namorados, seus irmãos, vivos e de levar-lhes um sorriso de conforto. Havia também um ou outro pai, pronto para o sermão lançado ao vento. Vento sempre bem-vindo, para que o odor podre de cheiro insuportável fosse embora, e andasse o percurso inteiro onde as almas não pudessem senti-lo, evitando assim, o desmaio da virtude perdida.

Cada um que entrava era submetido à revista, inclusive íntima. Comumente aparecia alguém carregando aparelhos celulares na genitália e em qualquer outro orifício capaz de guardá-los incógnitos até a descoberta constrangedora. Por vezes, aparecia alguém que engolira drogas para depois vomitá-las intactas para o uso. Do estômago para o pulmão, para o nariz, para as veias. Um ou outro sempre passava. O Estado estava ali de olhos fechados e mãos omissas, corrompido em todas as suas entranhas decadentes.

Quando Bismarck chegou, a fila já estava em movimento.

– Essa barba *tá* bonita, *hein?* – fala Albino ao volante do carro estacionado. Parecia relaxado.

Bismarck sorri, mas nada diz.

– E aí? Vai mesmo? – pergunta Albino apenas por perguntar.

Bismarck continua em silêncio. Decidido, sai do carro e fecha a porta. Olha para a avenida e vai até a janela do motorista:

– Sabe o que fazer. – afirma em tom de ordem.

Albino sinaliza positivamente com a cabeça.

– Até mais. – despede-se já atravessando a avenida.

Bismarck entra na fila e espera sua vez.

Ele não combinava com aquele lugar. Tinha aspecto diferente. Mas ali, fila era fila e teria que aguardar sua vez. O sol brilhante de inverno estava ofuscando seus olhos. Não enxergava direito. Não tinha certeza do que iria fazer. Entrega o documento para o policial civil, que o olha comparando-o com a fotografia do documento. Depois, a revista com o detector de metais.

– Pode ir. – aponta o policial para o corredor que se apresentava à frente.

Bismarck avançou.

Paredes sujas de cinza quase negro naquilo que já fora branco, davam tom ao corredor de silêncio sepulcral. Havia marca de mãos com dedos acostumados às dores da vida. Estava tudo ali: o descaso do governo, a desigualdade social, a tragédia humana, a maldade dos homens. Pessoas de passados que preferiam esquecer, pessoas com presente que preferiam não ter, pessoas com um futuro que não chegaria nunca. A decadência estava em toda a parte: na parede suja e quebrada, nas pessoas sujas e quebradas, na sociedade suja e quebrada.

– Pode aguardar aí. – indica o agente de segurança.

Bismarck ficou parado, em posição de sentido. Preferiu assim.

Estava ali havia poucos minutos e já lhe pareceu uma eternidade. Sequer imaginava como seria cumprir pena. Estava concentrado em seu objetivo. Era só esperar um pouco.

* * * * *

– Por que *cê tá* tirando essa barba, ô doidão? – pergunta o colega de cativeiro.

– Meu irmão *tá* vindo, aí. – responde Adolfo.

– Bacana. Vai ficar arrumadinho *pro* irmão. – caçoando.

– É meu irmão. – sem sorrisos.

Terminou de fazer a barba e esperou ansioso.

Controlou sua ansiedade até ouvir seu nome sendo chamado:

– Visita. – informa o agente.

Adolfo seguiu-o e foi até o pátio onde ficavam os visitantes.

* * * * *

Bismarck viu seu irmão. O sorriso escapou-lhe.

Abraçaram-se. Tapas nos ombros.

– Meu irmão. – fala Adolfo primeiro, feliz e orgulhoso.

Novo abraço.

Bismarck nada disse. Estava satisfeito em ver o irmão inteiro.

– Tudo certo? – pergunta.

Adolfo balança a cabeça positivamente.

– Você tem certeza? – pergunta ao irmão.

– Combinado é combinado. – Bismarck.

Sorriso no rosto de Adolfo, numa mistura de satisfação com admiração pelo irmão. Acaba por perguntar:

– Quem está lá fora?

– Albino.

Os dois se olham.

– E o pai? Está bem?

– Sim. – completa. – Teimoso como sempre.

– Normal.

Os irmãos se abraçam.

– *Tá* na hora. – decreta Adolfo.
– Vai dar certo. – Bismarck confiante. – Semana que vem a gente se vê.
– *Tá* certo. – aperto de mãos.

Bismarck afastou-se do irmão e foi até o banheiro coletivo encostado na esquina daquele pátio paralisado nos anos 70. Conforme orientação de seu irmão, entrou no último *box*. Procurou atrás da descarga de água o macacão vermelho usado pelos presos. Rapidamente trocou de roupa e deixou as suas roupas escondidas. Tirou seus sapatos e calçou o par de chinelos que estava embrulhado com o macacão. Saiu do banheiro e afastou-se da porta para misturar-se às pessoas. Viu quando Adolfo entrou no banheiro. Manteve-se a certa distância, próximo a outro grupo como se àquelas conversas pertencesse.

Adolfo foi até o último *box* e tirou seu macacão para pôr as roupas de seu irmão. Calçou os sapatos. Estava feito. Saiu do banheiro e misturou-se às pessoas. Alguém avisou que o horário de visita acabara. Adolfo esperou para não ser o primeiro a sair. Formado o aglomerado de pessoas, a elas ele se misturou.

Bismarck, por sua vez, esperou o grupo de presos que se acumulava à frente de uma porta estreita e entrou no meio do aglomerado. Semblante fechado, em silêncio. Desviava o olhar dos eventuais olhos postos sobre si. Adolfo passou a última porta e viu a avenida como quem via a liberdade pela primeira vez. Procurou com o olhar e viu um veículo sinalizar com os faróis. Foi até lá. O ar tinha outro cheiro. O sol tinha mais brilho. Os sons tinham sabor de vida. Adolfo transpor a avenida com o andar decidido de um adulto e com a alegria contida de uma criança ao descobrir o tamanho da liberdade.

Entra no carro.

– Albino. – cumprimenta ao confirmar quem estava ao volante.
– Fala, chefe. – feliz em ver Adolfo, que dá a volta e entra no veículo.
– Embora?
– Vamos. – com um sorriso satisfeito.

O carro sai sem chamar a atenção.

Adolfo estava eufórico, mas contido. Parecia que tudo era-lhe novo. Como se a vida começasse agora.

– Vamos ver meu pai. – sorriso aberto.

*****

Capítulo II

Grego e Romano continuavam percorrendo a cidade. Seguiam endereço por endereço.
— Uma hora a gente dá sorte e acha os caras. — Grego confiante.
— Será? — Romano não tão confiante.
— Tenho certeza. — reforça.
— A cidade é muito grande.
— Vai dar certo. Vamos conseguir.
— Nós não sabemos nem atrás de quem que nós estamos. — tenso.
— Não importa. Normalmente a gente acerta. Você com suas teorias e eu com meu faro.
Romano olha para o amigo, num misto de admiração e de confirmação.
— Não sabemos nem que tipo de lugar estamos procurando. — solta Romano.
— Não importa. Vamos até os endereços e damos uma olhada. — pondera. — No máximo perdemos tempo.
— Mas será que temos esse tempo todo?
— Como assim? Claro que temos.
— Não falo por nós. Falo pelos garotos desaparecidos.
Grego olha para o amigo, num misto de decepção e incerteza.
— Vamos conseguir, Romano. Nesses endereços acharemos alguma coisa. A médica se matou, o marido dela morreu e o garoto fugiu. Alguma coisa tem. — conclui. — Acabaremos por descobrir.
Romano olha pelo vidro do carro, apenas por olhar.
— Vai dar certo. — acaba por repetir a fala do amigo.
Param na frente de um muro cinza, de uma casa aparentemente sem movimento. Uns garotos jogavam futebol no asfalto. Outros apenas observavam.

Romano observa a rua antes de sair do carro. Sempre estudava a cena. Grego sai do carro pronto para a ação, depois dá uma olhada na rua. Vão até a casa. Grego toca a campainha. Nada. Toca novamente. Nada. Olha para Romano como quem pergunta o que fazer. Romano indica a campainha, que Grego toca mais uma vez, agora, sem paciência alguma.

Um dos garotos se aproxima.

— Moço. Aí não tem ninguém não. — olhando de baixo para cima.

— Não mora ninguém aqui não? — pergunta Romano. O resto dos garotos se aproxima.

— Não. — com seus cerca de dez anos de idade.

— A casa é abandonada. — fala outro garoto.

— Mas tem fantasma aí dentro. — diz outro sob a troça dos demais.

— Medroso. — decreta um.

Grego ainda estava atento aos sons da casa. Olha para Romano e aponta para uma câmara de segurança. Romano aprova com o olhar. Isso significava dizer que a casa não era abandonada. Não faria sentido manter uma câmara de segurança numa casa abandonada.

— Quem quer entrar na casa? — pergunta Romano provocando a garotada.

Todos deram um passo atrás.

— Que medo é esse? Vocês acreditam em fantasma?

Todos negam, mas ninguém se candidata a entrar.

— Mas é verdade. — fala um dos garotos que até então estava mais afastado. — Eu vi. — em voz insegura.

— Viu o que? — pergunta Romano.

— Eu pulei para pegar a bola. — sem muita convicção se poderia confessar sua pequena transgressão. — E eu vi um fantasma atrás da janela.

— Por que você acha que era um fantasma?

— Só pode ser.

— Por quê? — insiste Romano.

— Não sei. — dá de ombros. — Porque a gente não vê ninguém entrar nem sair daí.

— Nunca viram?

— Já. Mas faz tempo que não.

*****

— Tocaram a campainha. — com receio.

— Espera um pouco. Às vezes é só a garotada.

Ficaram em silêncio.

* * * * *

— Estou ouvindo a campainha. — fala Júlio.
— Você ouviu? — Lídia. — Eu ouvi também, mas achei que estava delirando.
— Tocou mesmo.
Vão até a janela e forçam para tentar enxergar a movimentação. Não dava para ver nada. O pátio estava vazio e o silêncio retornara.

* * * * *

Grego toca a campainha mais uma vez. Agora com insistência.
— Se não tinham ouvido, agora não tem jeito. — sorri.
Romano olha para a casa.
— Vi uma sombra na janela lá em cima. — sem se mexer.
Grego percebe que deve ficar como está.
— Tem gente lá dentro, Grego.
— Tem certeza?
— Não. Mas eu acho que vi alguém.
— É o fantasma. — fala um garoto ainda por ali.
Romano até havia se esquecido dele.
— Vai jogar bola, garoto.
O garoto se afasta, sem muita pressa e com nenhuma convicção. Queria assistir.

* * * * *

— Tem dois homens na porta. — confirma pela câmara de segurança o que não conseguira ver pela janela.
— Fica aí. Vou lá e me livro dos caras.
— Cuidado com o que vai falar.
— Pode *deixá*.
— Vou lá *no* quartinho garantir o silêncio.
Um pega a pistola e vai até o portão da casa, enquanto o outro vai em direção a um dos quartos da casa.

* * * * *

Júlio aponta pela pequena abertura, para que Lídia visse um dos homens atravessando o pátio em direção ao portão.

– Tem alguém lá fora. É nossa chance. – empolgado. – Vamos fazer barulho.

Ela concorda prontamente e ambos se preparam. Não conseguiu ver direito, mas isso não importava. Começaram a bater na madeira que tampava a janela sem vidro que tivesse resistido ao seu uso. Soltaram a plenos pulmões, pedido de socorro. Não havia como saber se estavam sendo ouvidos. De repente a porta daquele pequeno quarto se abre.

– Silêncio. – em tom ponderado e mostrando a arma na mão.

Lídia, após um breve intervalo pelo susto, grita com mais força. O homem avança sobre Lídia para que ela se cale. Põe-lhe a mão na boca. Em reação, Lídia morde-lhe a mão.

Júlio, assustado, permanece em silêncio e sem reação.

O homem, após tentar controlar Lídia, coloca a arma em sua cabeça:
– *Pra* mim tanto faz. Viva ou morta dá no mesmo.

Somente agora Júlio percebera que a porta do quarto ficara aberta. Era o momento de fugir. Olhou para a porta e para Lídia. Não podia deixá-la sozinha.

Ela estava encosta na parede, encolhida no chão, com a arma na direção de sua cabeça. Aquele homem a mantinha controlada com o peso do corpo, apertando-lhe o tronco com as pernas, com uma mão segurava-lhe pelos cabelos e com a outra mantinha a pose ameaçadora segurando a arma de encontro à sua cabeça.

Júlio sabia que era aquele o momento. Poderia não haver outra oportunidade. Mas como deixar Lídia para trás?

*****

– Bom dia. – cumprimenta pelo portão, sem abri-lo completamente.
– Bom dia. – Grego, mais despachado.

Os garotos que estavam por ali saem rapidamente para uma distância segura. De onde estavam conseguiriam assistir e daria tempo de correr se fosse preciso.

– Vocês não são muito populares por aqui. – solta Grego com um sorriso ligeiro.

Romano mantém-se sério, um pouco atrás de Grego.

– Sou Grego. – se apresenta. – Este é meu colega, Romano. Somos da Civil. – mostra o distintivo. – Podemos conversar?

– Pois não, seu "guarda".

Grego olha para Romano e depois volta-se para o homem na porta.
— Não somos "guardas". Somos "policiais". — dá ênfase à palavra. — Somos da Polícia Civil. Conhece?
— Já ouvi falar. — com voz calma, mas sabendo que, para quem queria passar despercebido, atrapalhara-se nas palavras.
— Somos a polícia investigativa. Aquela que apura crimes. Já ouviu falar, não já?
— Sim. Com certeza. Como posso ajudar? — em tom mais sereno.
— Podemos entrar?
— Melhor não. — sem expressão. — Não estávamos esperando visitas. — justifica.
— Quem mais está aí com você? — Grego.
O homem apenas olha para Grego e nada diz por breves segundos.
— Como posso ajudar? — finalmente.
— Estamos procurando…
— Você mora aí? — Romano interrompe a fala de Grego.
— Sim. — sem mudar a expressão do rosto.
— Estou com sede. Pode me arrumar um copo d'água?
— Infelizmente, não. — igualmente calmo e sem justificar.
— Estou com sede. — repete insistindo.
— Infelizmente, não. — calmo. — Tem uma padaria ali na frente, dobrando a esquina. Lá deve haver água. — sorriso seco.
Grego se estica na tentativa de ver algo pela pequena abertura.
— Mais alguma coisa? — pergunta o homem.

*****

Júlio não podia deixar Lídia. Reúne toda a coragem que não tinha, toda a vontade de agir que desconhecia e avança sobre aquele homem aos urros de guerreiro. Surpreendido, num primeiro momento o homem se desequilibra e vai ao chão. A arma cai e Lídia se liberta.
Por um instante, pareceu que o homem ficaria no chão, Júlio com o controle e Lídia assistindo paralisada pelo medo. Era como se a cena tivesse se congelado.
A arma estava em um canto. Júlio não se preocupou com ela, não se preocupou com aquele homem muito maior do que ele, apenas se preocupou com Lídia.
— Corre, Lídia. A porta. — aponta para a porta aberta.

Houve um momento de dúvida. Lídia realmente não sabia o que fazer. Se ficasse ali, pouco ajudaria, pois não tinha a mesma força física. Se conseguisse fugir, traria alguém em socorro.

– Vá. – grita Júlio enquanto aquele homem parecia recuperar-se do susto.

* * * * *

– Você ouviu isso? – pergunta Grego para o homem parado no portão.
– O quê? – calmo.
– Não sei. Barulho daí de dentro.
– Fazer barulho é crime? – sorriu cinicamente.
– Não. Claro que não. Mas você falou que estava sozinho.
– Não. Não falei. – sem mudar a expressão.
Grego olhava-o como se esperasse uma explicação.
– Senhores. Tenho coisas a fazer. – adverte. – Mais alguma coisa?
– Podemos dar uma olhada na sua propriedade?
O homem apenas sorri ligeiramente, mantendo-se imóvel, respondendo sem dizer palavras.
– Nesta região tem muitas invasões de residências. Quer que a gente dê uma olhada na sua propriedade? – completa Grego.
– Agradeço. – olha para Grego e depois para Romano. – Realmente preciso voltar para os meus afazeres. – querendo fechar o portão. – Se não se importam. – já fazendo o movimento.
– Um momento. – pede Grego. – Preciso do seu nome e identidade para constar no relatório. Está com o documento aí?
Ouvem um barulho, mais alto desta vez, de coisas caindo.
Grego tenta olhar para dentro, não consegue.
– Precisa de ajuda aí dentro? – pergunta.
– Não. – ainda impassível. – Devem ser os cachorros. – sorri apenas com os lábios.
– Só um momento. Eu já volto. Vou buscar a minha identidade. – fecha o portão.

* * * * *

Lídia sai do quarto, mas não sabe para onde ir. Viu um corredor e seguiu por ele. Enquanto isso Júlio lutava com aquele homem. Júlio agia de forma descoordenada, sem ter técnica de luta, apenas gana pela vida.

Seus instintos lhe diziam que se quisesse permanecer vivo, teria que lutar com o máximo de suas forças. Sua determinação, num primeiro momento, foi suficiente para convencê-lo que poderia enfrentar aquele homem. Mas num segundo momento, aquele homem levantou-se e postou-se em posição de luta. Também não tinha técnica. Seria força com força.

Lídia viu o que imaginou ser a sala daquela casa maltratada. Atravessou-a sem sequer vê-la. Chegou à porta e preparou-se para abri-la. O pátio da casa estava logo ali, depois daquela porta. Se alcançasse o pátio, ela poderia gritar por socorro que com certeza seria ouvida. Talvez conseguisse pular o muro, assim como fizera aquele garoto menor que ela.

Antes de abrir a porta, ela se abriu à sua frente. Lídia tomou um susto com o homem parado à sua frente. Antes que conseguisse gritar, ele tampou-lhe a boca. Ela chegou a morder-lhe a mão, mas foi empurrada abruptamente para dentro da casa. O homem a empurrou de forma a que ela caísse no sofá cheio de pó. Lídia ficou com medo maior do que tivera até ali. De repente lembrou-se de Júlio.

Ela tremia pela força que fizera e pela força que já não tinha. Seu cabelo estava todo bagunçado e tampava-lhe a visão já turva. Sem perceber, colocara-se em posição de defesa, com as mãos e as pernas prontas para o confronto.

O homem se aproximou dela:

– Não vou lutar com você. – e mostra a arma.

– Prefiro morrer. – solta Lídia sem pensar.

– Ninguém prefere morrer. – voz grave.

Pega-a pelos cabelos e a arrasta até o quarto onde estaria Júlio.

* * * * *

– E aí? O que acha? – pergunta Grego.

– Difícil. – como se conformado. – Sem mandado.

– Não consegue um *rapidão*?

– Talvez. – Romano tentando analisar a situação. – Você acha que os garotos podem estar aí dentro?

– Não sei. Mas a gente veio verificar os endereços da médica. Este estava no GPS. – Grego tentando entender. – E se tem coisa aí que a gente não sabe e precisa saber?

– É. *Tá* tudo muito estranho, mesmo.

– Muito estranho.

– Vamos conseguir o mandado de busca. Deixa o cara voltar com a

identidade que a gente verifica.
— Acho que a gente deveria entrar de uma vez. – opina Grego.
— Sem mandado?
— É. – convicto. – Tem algo aí.
— E se não tiver nada?
— O que é que tem?
— Nada. Mas aí lá vamos nós para a Corregedoria. – sem paciência. – Não gosto de ficar explicando o que eu faço.
— Tem razão. – Grego pondera. Por reflexo olha para o relógio. – Já deu tempo do cara buscar a identidade. – conclui. – Cadê o cara?
— Já deu tempo. – concorda Romano.
— Não vou esperar mais, não. Vou entrar. – Grego se preparando para a ação. Queria entrar.
— Espera um pouco. – sugere Romano.
— Vou esperar só mais cinco minutos. Depois eu entro. – já fazendo os movimentos.

* * * * *

— Fica quieto, aí garoto. – com uma das mãos mantendo Lídia presa pelos cabelos e com a outra apontando a arma para Júlio.
Júlio estava todo entrelaçado com aquele homem.
— Se afaste. – dá a ordem para Júlio. – Vá para aquele canto ali. – aponta fazendo gesto com a mesma mão que segurava a arma.
— Não vai, Júlio. – tenta Lídia. – Lute.
Ele a puxa com força. Lídia sente a dor. Agora aquele homem põe a arma na cabeça de Lídia.
— Decida o que quer, rapaz. – firme, mas sem alterar o tom.
Júlio acabou desistindo do combate.
— Não. – Lídia em desespero. – Eu não aguento mais.
Ela é arremessada para dentro do quarto.
Lídia e Júlio acabam por se abraçar na solidariedade do desespero. Um homem sai e depois o outro. A porta é trancada.
Júlio tenta acalmar Lídia, procura feridas nela, mas vê apenas arranhões. As lágrimas começaram a vir sem controle pelo rosto de Lídia. Primeira vez que Júlio tinha a sensação de cuidar de alguém, de proteger alguém. Jamais alguém confiara na sua capacidade como sentira que Lídia confiara nele. Sentiu-se maior do que realmente era. Sentiu-se mais forte do que realmente era.

Enxugou lhe as lágrimas alisando-lhe o rosto.
– Quase conseguimos, não foi? – ainda cheia de uma confiança dita em palavras de som frágil.
– Quase. Na próxima conseguiremos. – e se abraçam.
– E se não houver próxima?
– Nós vamos conseguir. Fique forte. Fique viva. É o que importa agora.
– *Me* abraça, Júlio. – pede e sorri. – Estou tão orgulhosa de você.
Nunca ninguém sentira orgulho dele.
– Você tentou me salvar. – ela continua. – Você podia ter ido embora, mas ficou. – nunca ninguém tinha feito algo parecido por ela.
Aqueles dois mundos se encontraram e agora pareciam estar na mesma órbita. Logo ela que aprendera a resolver seus problemas sempre sozinha, sem a ajuda de ninguém. Naquele momento percebera como fora bom sentir-se protegida por alguém. Logo ele sempre tão criticado e acostumado a não ter iniciativas. Preferia não fazer do que tentar e fracassar. Era melhor permanecer imóvel. Fora assim que aprendera, sem iniciativa para a vida. Sempre fora assim, como se ele não estivesse por ali, tudo acontecia à sua volta e consigo mesmo, mas Júlio nada fazia. Já se acostumara à passividade. Naquele momento sentira-se capaz, importante para alguém. Nunca experimentara tal sensação.

*****

– Prepara tudo. – dá a ordem. – Vou lá no portão me livrar dos policiais, depois a gente faz o que tem que fazer com esses dois. – decidido. – Não sei nem por que vocês demoraram tanto. É perigoso. – resmungando.
– Seu irmão. – explica. – Bismarck é teimoso.
O outro homem se volta rapidamente e põe-lhe o dedo em riste no rosto:
– Nunca mais fale assim de meu irmão, entendeu?
– Sim. – surpreendido pela reação.
– Bismarck é meu irmão. Ninguém fala dele. – Adolfo repreende Albino.
Fica um tempo imóvel numa posição dramática. Depois lembra-se que tem que ir até ao portão.
– Onde está a identidade de Bismarck? – pergunta.
– Deixou no carro.
– Prepara as coisas. Vamos resolver tudo agora mesmo.
– Já tem comprador?
– Não discute. Faz o que estou mandando. – sem paciência.

Adolfo foi até o carro e pegou a identidade de Bismarck. Foi em direção ao portão. Queria ficar livre daqueles dois.

* * * * *

– Deu cinco minutos. – anuncia Grego. – Vou entrar.
Exatamente nesse momento, o portão é aberto.
– Desculpa a demora. Demorei para lembrar onde estava a minha identidade. – entrega-a para Grego.
– Sua mão está vermelha, o que houve?
– Nada, não. São os cachorros. – tinha sido Lídia.
Grego olha para a fotografia do documento e olha para o sujeito:
– Bismarck? – era o nome que constava no documento.
– Sim.
– Só um momento que meu parceiro vai anotar os dados. – entrega o documento para Romano.
– Claro.
Romano foi até a viatura para conferir o documento. Detestava essas coisas de computadores e sistemas, mas sabia reconhecer a sua praticidade.
Digitou os dados e não tinha nada. Ficha limpa.
– Tudo certo. – entrega o documento para Grego, que por sua vez entrega-o para "Bismarck".
– Obrigado, desculpe o inconveniente.
– De nada. – já fechando o portão.

* * * * *

Grego e Romano ainda ficaram uns segundos parados em frente à casa, como se a estudassem.
– Tem alguma coisa acontecendo aqui, não acha Romano?
– Não sei. – cético.
– Achei meio estranho demais. – comenta.
– Então achou estranho "inteiro" e não "meio" estranho.
– O quê? – sem entender.
– Nada, não, Grego. Humor, só isso. – explica.
– Humor, Romano! Desde quando você fala com humor? – quase revoltado.

— Desde sempre. — sem entender a revolta do amigo. — Por que ficou nervoso?

— Humor, Romano. Apenas humor. — e sorriu aberto. — É muito fácil te deixar tenso. Não sei como você se controla nessas situações.

— Tento ser racional.

O celular de Grego toca:

— Sim, está aqui comigo. — se referindo a Romano, que tenta entender a conversa. — Não sei. Quer falar com ele? Só um momento.

Grego sinaliza com a cabeça como quem pergunta se Romano vai atender, que responde afirmativamente, tanto com uma sinalização da cabeça como com um jogar de ombros.

— Alô. — Romano atende e fala com uma colega da delegacia. Esta pergunta se pode passar a ligação para um delegado de Machado. — Pode passar, claro.

— Alô, Romano?

— Alô. — responde sabendo tratar-se do pai de Vanusa, a estagiária.

— Tudo bem?

— Estou bem, obrigado. E você?

— Romano, não estou nada bem. Você dispensou minha menina.

— Teve que ser. — em tom conciliador.

— Mas o que houve? Ela disse que vocês "pegavam no pé dela". Que ela nem podia fazer as coisas da faculdade, nada. Que vocês não a deixavam estudar durante o expediente. Que tinha que chegar sempre no horário e nem podia faltar de vez em quando. Ora, Romano? *Pra* que agir assim com quem está começando agora? Ou você se acha o paladino da moralidade?

— Entendo. Mas ela não ia trabalhar e quando ia tinha dificuldade de fazer as coisas que lhe eram pedidas. — tenta explicar.

— Romano! — como quem tenta chamar para a razão. — Mas era bom *pra* ela. Ela sempre ia aprendendo alguma coisa e recebia a ajuda de custo do Estado. — argumentando.

— Mas é exatamente isso. Ela não trabalhava e recebia.

— Qual o problema, Romano? Era dinheiro do Estado. Qual o problema. O dinheiro nem é seu.

— Exatamente. Era dinheiro do Estado. — Romano.

— Então! Qual o problema? Se era dinheiro do Estado, qual o problema?

— O problema é esse: dinheiro do Estado. — por um momento parecia que um não conseguia entender o outro.

— Você é muito sistemático, Romano.

– Talvez. Mas não é o caso. Não é correto pagar para alguém que não trabalha.

– Mas não pode ser radical assim, Romano. E agora? Ela vai ficar traumatizada. Como vou conseguir convencê-la que trabalhar é bom se você não me ajuda? Você não pensa nas pessoas, Romano. Estou decepcionado com você, Romano. – sentencia.

– Decepcionado comigo? Você deveria estar decepcionado com sua filha. – sem entender bem a confusão de valores.

– Realmente decepcionado. Olhe, tomara que não precise de nada por aqui. Eu não lhe ajudarei. Estou magoado.

– Magoado? Magoado, por quê? – semblante fechado.

– Ora, Romano. O mundo dá voltas. Um dia você precisará de Vanusa e eu não deixarei que ela te ajude.

– Combinado. – querendo despachar a conversa que já parecia interminável.

Enquanto isso, Grego entrou na viatura e sinalizou para que Romano fizesse o mesmo. Grego saiu devagar pela rua, como quem quer ficar. Romano ainda estava ao telefone.

– Estou magoado com você, Romano. – repete.

– Já entendi. Então ficamos assim.

– Passar bem. – como quem joga-lhe praga.

– Passar bem. – repete no mesmo tom e desliga a ligação.

Grego lhe olha.

– E aí? – pergunta.

– Conversa esquisita. – solta Romano. – Os valores hoje em dia parecem estar todos ao contrário. – resmunga. – "Magoado"!

– O que foi?

– Você dispensou a estagiária? – pergunta Romano.

– Não. Por que, não foi você?

– Não. Nem estava lembrando da existência dela. – pensa. – A turma do departamento tem autonomia para dispensar?

– Acho que tem. Não sei, nunca tive estagiária sob minha responsabilidade. – lembra. – Mas o que é que tem? Ela é ruim de serviço mesmo e mandaram embora. Qual o problema?

– O pai dela ficou magoado comigo.

– "Magoado"? – Grego dá ênfase na expressão. – Que delegado fica "magoado"? – e riu abertamente.

— Verdade.
— Hoje em dia *tá* todo mundo muito sensível. – solta Grego. – "Magoado"!
Romano dá um leve sorriso.
— Cuidado, Grego. Este horário é cheio de motoqueiro. – acaba por avisar o colega dos inúmeros motoristas de motocicletas típicos do horário, que andam em filas pelos corredores formados entre os carros. Aparecem de todos os lados como se fossem enxames de abelhas.
— Pode *deixá*, Romano. Aqui é piloto. – brinca Grego.
Nesse momento, um motoqueiro tenta passar pela viatura, mesmo vendo que Grego mudava de faixa. Grego o fez lentamente, sinalizando com a seta, exatamente para que vissem a mudança de faixa. Mesmo assim, o motoqueiro resolveu passar como se a viatura ali não estivesse.
Grego ocupou a faixa, mas tomou o cuidado para não derrubar o motoqueiro. Este, passando pela frente da viatura, resolve parar e socar o capô duas ou três vezes.
— Que é isso? – fala Grego gritando pela janela.
— Não *tá* me vendo não? *Cê* é burro, é? – nervoso.
— Burro é você. Imbecil. – devolve. – Não *tá* vendo o carro, não? Você estava atrás. É você que tem a visão completa. – tentando argumentar.
Romano presta atenção. Estranha aquela reação.
— Embora, Grego. *Tá* estranho. – dá a ordem. Poderia ser uma armadilha.
— Vai se *f*...! – fala o rapaz da moto.
— Aqui é polícia, ô doidão! – Grego já sai da viatura com a arma na mão, embora recolhida. – *Qué tomá* tiro?
— Atira nada. Se você é polícia não pode atirar em mim.
— Bate de novo na viatura *pra* você *vê*. – nervoso, com o sangue nas veias.
O rapaz prefere nada dizer.
— Pede desculpa, ô infeliz. – exige Grego.
— Não vou pedir desculpa *p*... nenhuma. Você que está errado. – sério.
— Não vai pedir desculpa, não?
— Não. – e prepara-se para tirar fotografias com o celular.
Grego vai até o rapaz, toma-lhe o celular e aponta-lhe a arma.
— Isso é abuso de autoridade. – fala o motoqueiro com arrogância.
— Pensei que você fosse puxar uma arma e reagi atirando primeiro. Quer ver?
— Não. – agora com receio e com tom mais comedido.
— Então pede desculpa e vai embora.

– Desculpa. – com voz encolhida.
– O quê? – Grego pede que ele repita.
– Desculpa. – agora um pouco mais alto.
– *Uai*. Você não era todo machão, *nervosão*? Cadê a valentia, seu *b...*?
– Desculpa. Foi mal. *Tô* de cabeça quente. – tenta explicar.
– Então esfria a cabeça e dirige com cuidado.
– *Tá* certo. – concorda com a arma na sua frente.
– Quer que a gente fique aqui com você até você se acalmar?
– Não. – despachado. – Não precisa. Já estou calmo.
– Certeza? Nós estamos aqui *pra* proteger o cidadão de bem.
– *Tô* bem. – reitera.
– E você é cidadão de bem, não é?
– Sou. – mais contido.
– Então tudo vai dar certo. – otimista. – Quem não deve, não teme. Não é isso?
– É. – naquele momento concordaria com qualquer coisa que lhe fosse perguntado.
– Então vamos fazer assim: eu tiro a arma da sua testa, você vai embora para a direita e eu vou embora para a esquerda. Pode ser? – se referindo à avenida.
– Pode. – torcendo para ir-se embora logo.
– Então combinado. Lembre-se de nunca mais agir assim.
– Combinado.
Realmente aconteceu isso, cada um foi para seu lado.
Grego entrou na viatura resmungando:
– Hoje em dia *tá* todo mundo muito nervosinho. Todo mundo é dono da verdade e da razão.
– É. – Romano apenas solta, sentindo-se aliviado por não se tratar de uma armadilha.
– As pessoas se ofendem por tudo e por nada... – fala Grego voltando sua atenção à direção do carro.

*****

– Vocês estão prontos? – pergunta Albino entrando no quarto com um sorriso macabro.
– Prontos *pra* quê? – pergunta Lídia assustada.
– *Pra* morrer. – sorri de forma macabra.

– Vocês vão matar a gente? Por quê? – sem entender.
– Por que não? – devolve.
– Mas vocês não iam vender a gente? – preocupada.
Júlio põe-se de pé à frente de Lídia para protegê-la.
– Já vendemos. – o sorriso ainda estava ali.
– Então, *pra* que matar? – sem entender. – Você falou que nós somos a mercadoria. – sem entender. – Então? *Pra* que matar? Vocês nos venderam como escravos, não é? Temos que ficar vivos. – conclui.
– Não. Nós vendemos vocês como "órgãos". Têm que morrer. – sorrindo enquanto mostrava a seringa. – Vocês são coração, medula, córneas, fígado, pele e tudo mais que der *pra* vender. – apontando para as partes do corpo.
Lídia fica apavorada.
– Ninguém vai tocar nela. – atravessa Júlio.
– Quanto cavalheirismo, rapaz. Quer ser o primeiro?
– Vou. – com ar nobre de sacrifício.
– *Pra* nós tanto faz.
– Não! – Lídia apavorada.
– Andem. Resolvam quem será o primeiro. – da porta do quarto que servira de cativeiro até ali.

*****

– As pessoas andam nervosas, não andam Romano?
– Sim. Mas normalmente ninguém estoura do nada. Já tem algo acumulado.
– Verdade. Mas o povo anda nervoso. – insiste na ideia. – Ou sensível demais. – sorri ao lembrar-se do pai da estagiária.
– É. – pensa. – Estranho.
– Também achei. – concorda Grego.
– Não. Estranho mesmo. – repete Romano.
– Então. Estranho. O que foi que eu falei? Estranho.
– Não é isso, Grego. – como se buscasse seu raciocínio.
– Então é o que?
– O cara do portão.
– O que é que tem?
– Ele não teve reação nenhuma. Manteve-se sempre calmo.
– O que é que tem?

– Nem quando você disse que a gente era da polícia.
– O que é que tem? – repete Grego.
– As pessoas costumam ter reação de preocupação, concorda?
– Verdade.
– Quem não costuma ter?
– Os *bandidão*. – responde sorrindo.
– O cara continuou calmo. Isso não é comum.
– Concordo. Mas às vezes não era nada. – pondera em contrassenso ao seu próprio jeito de ser.
– Vamos voltar lá, Grego.
– Voltar? Só porque o cara manteve a calma você quer voltar? – na verdade Grego também queria.
– Não. Tem mais.
– O quê? – já procurando o retorno na via.
– Ele falou dos cachorros, lembra?
– Lembro.
– Falou que estavam derrubando alguma coisa. Que morderam a mão dele...
– Foi.
– Quantos cachorros você conhece que não latem quando a campainha toca?
– P... *que o p*...! – já dando a volta no carro. – Pede reforço, Romano. Vamos entrar naquela joça.

*****

Capítulo III

J. Henry atravessa a rua e vai até a livraria tomar seu costumeiro copo de cerveja. Senta-se na mesa que ficava na calçada e espera a chegada do atendente. Respira o ar da Savassi. Gostava de andar por ali.

– J. Henry? – pergunta-lhe um homem.

– Sim. – sem disfarçar o sorriso pretensioso, imaginando tratar-se de algum fã ou algo assemelhado, afinal, estava numa livraria que todos sabiam ser frequentador.

– Posso? – aproximando-se, dando a entender que queria uma conversa mais próxima.

– Claro. – por educação.

O homem sentou-se à mesa.

– Tudo bem?

– Sim. – ainda tentando entender.

– Está vendo aquele carro? – indicando uma SUV qualquer.

– Sim. – respondeu sem entender.

– Pois então. – levanta um pouco o casaco do terno e mostra uma arma. – Eu queria que o senhor me acompanhasse. – e acrescenta. – Tranquilamente. Para o seu bem.

– Por que eu faria isso? – começando a ficar nervoso.

– Seria bom para o seu pai.

– O que meu pai tem com isso?

– Para que todos fiquemos bem, é importante que o senhor venha.

O atendente chega com a cerveja.

– Posso? – pedindo autorização para consumir a sua bebida.

O homem lhe faz um sinal para que ele siga em frente.

— Meu amigo que vai pagar. — J. Henry apontando o homem para o atendente.

Muito a contragosto, o homem entregou o dinheiro para o rapaz.

— Pode ficar com o troco. — sem nenhuma simpatia.

— Diga ao Alencar que não vou poder esperá-lo. — fala J. Henry. — Acho que estou sendo sequestrado. — e sorriu.

O homem sorriu. O atendente também, mesmo sem entender.

J. Henry achou interessante a possibilidade. Se seu sequestro fosse divulgado pela mídia, talvez conseguisse vender mais livros. Sem perceber, simpatizou com a ideia. Já via até as manchetes. Era perfeito.

Entraram no veículo.

O homem manda mensagens pelo celular. Depois vira-se para J. Henry:

— Fique quieto e só fale quando eu lhe perguntar algo.

J. Henry sinaliza positivamente com a cabeça, contudo acaba por perguntar:

— Vocês estão me sequestrando?

A pergunta foi ouvida, mas não foi respondida.

J. Henry explica:

— Tudo bem. — como se concordasse com os termos. — Eu aceito ser sequestrado e não vou dar trabalho. Farei tudo que me disserem. Mas já aviso duas coisas: primeiro, não tenho dinheiro *pra* pagar por mim mesmo; segundo, exijo que meu sequestro seja noticiado pela imprensa.

Não houve resposta.

J. Henry parecia entusiasmado com a ideia.

*****

Moisés entra na sala do presidente do partido. Mais funcional do que luxuosa como convém ao discurso do partido.

— Só um momento que o presidente já vem. — anuncia a secretária.

Sentou numa das poltronas e aguardou em silêncio.

Toda a espera é incomoda. Moisés sempre se achou muito ativo. Não gostava de esperar pelos outros, embora achasse normal que os outros esperassem por si. Enquanto esteve preso, aprendeu a administrar sua ansiedade, pois lá o tempo simplesmente não passa, se arrasta enquanto a vida, sem lugar, fica paralisada, para depois, repentinamente, escapar pelas mãos trancafiada pelas grades que esmagam qualquer perspectiva.

– Boa tarde, Moisés. – cumprimenta o presidente que entra na sala juntamente com um de seus assessores.
– Boa tarde, presidente. – levanta-se por educação.
– Sente-se. – agradável, igualmente por educação. Abre um sorriso, daqueles que se põem em cartazes de campanha política. – Como vão as coisas?
– Bem. – com um sorriso de gesso, querendo ouvir primeiro.
– Que bom. Fico satisfeito.
Há um curto período de sorrisos cordiais, mas sem avanço na conversa.
– Caro, Moisés. – o presidente abre a conversa. – Sabe que o momento é complicado. O partido passa por reformas e talvez precisemos de nomes novos. – parecia escolher as palavras. – Essas denúncias de corrupção, essas delações e prisões… Tudo isso nos preocupa muito. Os colegas de partido estão tensos. – respira. – Precisamos de nomes novos, que estejam distantes disso tudo. – ponderando. – Nomes fortes, com apelo popular.
Moisés tentava entender o rumo da conversa. Estava inquieto e ansioso, mas não queria demonstrar isso. Policiou-se para não interromper o presidente. Dá uma rápida olhada no relógio e no celular. O presidente percebe, mas continua:
– Sabemos que você tem interesse em competir nas prévias. É isso mesmo, Moisés?
– Sim. – seguro.
– Pois é, eu vejo sua candidatura com muita dificuldade. – Moisés aguarda a complementação, que não veio.
Há um silêncio e o assessor do presidente entrega-lhe uma pasta com documentos.
– Estive analisando o seu currículo e um pouco de sua vida. – abre a pasta.
Moisés, com aparência calma:
– Presidente, nós dois sabemos que se houver interesse e vontade, o currículo é o que menos contará. A pergunta é simples e a resposta mais simples ainda: o senhor me apoia ou não nas prévias partidárias?
– Ora, como presidente não fica bem apoiar este ou aquele candidato nas prévias. Eu estou a favor da decisão do partido.
– Faça como sempre foi feito: apoie nos bastidores. Faça seus combinados e conchavos. Articule. – olha-o diretamente de forma dura. – Faça suas chantagens e acertos. Garanta a minha eleição nas prévias e estará garantindo o seu futuro.
– Meu futuro? – quase sussurrando em tom de dúvida do que acabara de ouvir. – O que quer dizer?
Moisés pondera antes de responder. Respira funda e controla o tom de voz e os gestos, para não parecer ostensivo ou ameaçador.

– Não é o momento de pressões políticas, contudo, este tempo que convivi com o senhor, percebi que invariavelmente você está sempre do lado vencedor, seja quem for. – olha-o com confiança nas palavras que virão. – E eu ganharei as prévias partidárias e a eleição, com ou sem o seu apoio. Portanto, para estar do lado vencedor desta vez, terá que estar do meu lado.

Breve silêncio enquanto as palavras eram compreendidas.

– E como pretende me convencer?

– Podemos conversar. Apenas não sei dizer se é oportuno.

O presidente sabia que Moisés era determinado e perigoso. O caráter de Moisés, suas manobras, modo de agir e suas ideias radicais, eram seus pontos contrários. Contudo, por outro lado, suas ideias radicais estavam dando-lhe maior visibilidade na mídia e com isso, vinha ganhando inesperado prestígio popular, cada vez maior. Era inegável que ele tinha potencial, mas era um homem imprevisível, o que implicava em ser incontrolável pelo próprio partido. Aliás, havia sempre o risco dele querer controlar o partido.

A secretária entra na sala com estranha pressa. Sussurra algo próximo ao ouvido do presidente.

– Tem certeza?

– Sim. – responde de forma disciplinada.

– Passe-me a ligação.

Ela entrega-lhe um celular.

– Seu filho *tá* com a gente. – diz a voz do outro lado.

– Como assim?

– *Tá* com a gente e vai *morrê*.

– Calma. – pede. – O que querem? – pergunta o presidente percebendo a gravidade da situação.

– Dinheiro.

– Quanto?

– Muito dinheiro, seu *veio* corrupto do *c*...

– Como saberei que meu filho está bem?

– Pergunte o que quiser.

– Deixe-me falar com ele.

– Não tem como. Ele *tá* na jaula. Pergunte o que quiser. Algo que só vocês dois sabem.

– Quero falar com ele. – tenta impor.

Há um breve silêncio:

– Vou ligar em dez minutos. Acho bom ter a pergunta. – o aparelho silencia.

O presidente estava visivelmente nervoso quando a ligação acabou. Andava pela sala sem pensar nos passos e nos móveis que ia driblando.

– O que houve, presidente? – pergunta Moisés em solidariedade.
– Nada. – primeira reação.
– Pode falar. Quem sabe eu posso ajudar.
– Sequestraram meu filho.
– Seu filho?
– Sim.
– Qual a idade dele?
– Sei lá. – nervoso.
– Criança ou adulto?
– Adulto.
– Então fique calmo. Se for verdade, eles vão entrar em contato novamente e vão pedir algo. Mantenha a calma. – querendo ajudar.
– Como você pode ter tanta certeza? – pergunta sem pensar.
– Apenas fique calmo. – aconselha. – Não fale nomes, nada. – o nervosismo era perceptível. – Quer que eu fale? – propõe com aparente tom de preocupação.
– Não. – nervoso. – Melhor eu mesmo falar.

Ficaram em silêncio. Não havia nada a ser dito.
– Ligue para seu filho. – propõe Moisés.
– Claro. Bem pensado. – o Presidente liga e o celular está dando sinal de desligado. O presidente pede que a secretária vá tentando.

Houve um período de espera que pareceu mais longo do que realmente fora. Moisés permaneceu estático, apenas olhando como se preocupado estivesse, porém, sem demonstrar grande interesse. À sua frente, um homem exposto à sua própria fragilidade. Apenas há poucos minutos atrás, falava cheio de arrogância estratégica e convicção conveniente, pronto para dispensar Moisés. Agora, sequer percebia a presença dele dali.

O telefone chama novamente, agora a chamada fora diretamente no celular do presidente.

– *Qualé* a pergunta? – indaga a voz metalizada.
– Só um momento. – pensou e acabou por deixar escapar. – Certa vez fomos *pro* sítio do avô em Itabira. Estávamos só nós dois. Peça *pra* ele contar o que aconteceu quando parei para abastecer o carro. Peça para contar com detalhes.

Breve silêncio:

– Ele vai saber responder? – de forma abrutalhada.
– Vai.
– Presta atenção. Se ele não *consegui respondê*, ele *morrê*.
– Pode perguntar. Ele vai lembrar.
O sujeito encerrou a ligação.
Moisés se levantou e falou:
– Calma. Não atenda mais. Deixa que eu falo com esse cara.
– Eu estou nervoso mesmo. Talvez seja melhor. – concordando.
Moisés pegou o celular das mãos do Presidente.
– Tente relaxar. Eu resolvo isto. – olha-o com súbita complacência. – Conte-me o que aconteceu para que eu possa confirmar.
O presidente estava visivelmente nervoso.
– Estávamos na estrada, no caminho de volta, e eu parei para abastecer. Na época eu tinha uma Blazer. Pedi para completar o tanque com gasolina, e a atendente pôs diesel. – contando de forma lenta. – Tivemos que colocar o carro numa vala, cortar a conexão do tanque e esvaziar até sair todo o diesel. Depois lavamos o tanque e voltamos a abastecer, só que desta vez, com gasolina. O carro funcionou, mas nunca mais foi a mesma coisa. Passou a ter cheiro de gasolina o tempo todo dentro dele. – contou com alegria e tristeza misturada nas palavras e nas emoções, como quem conta coisas boas em momentos ruins.
O celular toca:
– Alô? – voz serena. – Aqui é Moisés. Pode falar comigo mesmo. – calmo. – Então, qual foi a resposta do filho do presidente?
Moisés ouviu a fala do outro lado da ligação. Fez uma ou outra expressão, ora concordando, ora preocupado. O presidente estava aflito, transpirando pelas mãos. Finalmente ouve de Moisés ainda ao telefone:
– *Tá* certo. Foi isso mesmo que aconteceu. – como quem recebe uma boa notícia. – Agora diga o que você quer. – ouve com atenção e desliga.
– O que disseram? – Presidente preocupado.
– Contaram a história do jeito que você contou.
– Então estão com meu filho. – concluindo.
– Estão. Mas pelo menos sabemos que está vivo.
– É. – sem expressão. – E o que pediram?
– Dinheiro.
– Quanto?
– Quinhentos e quarenta e oito mil reais.

– Quanto? – parecendo não acreditar no número.
– Quinhentos e quarenta e oito mil reais.
– Por que esse número exato desse jeito?
– Não sei. – compartilhando a dúvida. – Quanto tem na sua conta?
– Vou conferir. – olhou uma primeira conta. – Esta tem só um pouco. – olhou uma segunda. – Esta não tem quase nada. – e uma terceira. – Esta tem exatamente esse valor. – com certo espanto.
– Quanto?
– Esse valor que você falou. – estranhando aquilo que não podia ser mera coincidência. – Quinhentos e quarenta e oito mil reais.
– Na conta tem exatamente esse valor?
– Tem. – reitera. – Exatamente esse valor. – completa com certo espanto.
– Isso significa dizer que eles têm acesso à sua movimentação bancária. – conclui Moisés.
– É. – ainda espantado.
– Temos que ter cuidado. – aparentemente preocupado. – Talvez estejam lhe vigiando, presidente.
– Talvez. Por quê pensa assim? – realmente preocupado.
– Porque ele sabe exatamente quanto você tem na sua conta. – explica. – Isso não é normal. Não é coisa de amador. Sabe o que faz. Sabe sobre você. Com certeza sabe mais do que você imagina.
– Só quero que meu filho fique bem. – preocupado. – Eu faço qualquer coisa. – com certa angustia. – Diga que passarei o dinheiro, só não quero escândalos.
– Quanto ao dinheiro tudo bem. Mas quanto ao escândalo é melhor não dizermos nada.
– Por quê? – impaciente.
– *Pra* que isso não seja usado *pra* fazer chantagem. Não podemos dar vantagens *pra* essa gente. – tentando aparentar controle sobre situação. – Polícia? – pergunta.
– Não. Não posso envolver a polícia. – nervoso. – Além da confusão, esse dinheiro é um dinheiro "diferente". Entende? "Sobra de campanha".
– Entendo. – Moisés sorri. – As campanhas estão cada vez mais caras e, estranhamente, sobra cada vez mais dinheiro. – certa ironia proposital no tom. – E por que esse dinheiro "diferente" está numa conta de banco brasileiro? – estranhando que dinheiro de propina estivesse depositado em conta corrente no Brasil.

— Essa conta está no nome do meu filho. — explica sem jeito.
— Ótimo. — afirma Moisés. — Isso para os sequestradores é bom. É como se o dinheiro saísse diretamente da conta de seu filho e você nada pudesse fazer, mesmo com a sua força política.
— Verdade. — nervoso, mas conformado. — De onde veio esse dinheiro tem mais. Não tem problema. Prefiro pagar.
— Paga mesmo? Sem problema?
— Sim. Claro. É meu filho. — com convicção. — Dinheiro eu trabalho e consigo mais.
— Trabalha? — agora com cinismo puro. — Esse dinheiro não é bem fruto do seu trabalho, não é presidente? — sorri quase que em provocação.
— Mas claro que é. Só eu sei o que tive que fazer para juntar esse dinheiro.
Moisés nada disse. Afinal, o que poderia ser dito?

* * * * *

— P...! *Pra* que isso? — reclama J. Henry ao levar uma coronhada na cabeça. — Isso dói, c... — levando a mão à cabeça.
— Fica esperto aí, rapaz. — alerta um dos homens.
— O que foi?
— Quem *falô* que você pode dormir aí, ô doidão? — se referindo ao fato de J. Henry ter-se recostado no banco de trás do veículo se preparando para cochilar. — *Tá* achando que *tá* numa colônia de férias? — ameaça com a arma novamente. — *Vamo quebra* tua cara, ô *forgado*.
J. Henry nada disse, mas agora ficara realmente preocupado. Até então tratara como uma aventura. Agora sentira o peso da situação.

* * * * *

Moisés segura um porta-retratos:
— Seu filho? — aponta para a imagem do rapaz que, na fotografia, estava ao lado do presidente.
— É.
Ficaram mais um período em silêncio apreensivo, até que o celular chama novamente.
— Alô? — atende Moisés.

— Quem é? – pergunta incomodado.
— Moisés. Já falei meu nome.
— Queremos falar com o *veio*. *Bota ele* na escuta aí.
— Sou eu que vou resolver. Pode falar.
— *Qué* que eu mate o *carinha* aqui?
— Ninguém vai morrer. Nós vamos resolver isso tudo. Vamos passar o dinheiro *pra* vocês.
— *Cê é polícia*?
— Não.
— *Cê* é da família?
— Não. Sou amigo.
— Amigo ô c… – mudando o tom novamente. – *Cê é polícia*, que eu sei. – nervoso. – *Cê tá* calmo demais. – estranhando o tom moderado de Moisés.
— Não sou policial. – frisa.
— Como eu vou *sabê*? – uma pausa nervosa. – Vou *dá pipoco* no *carinha, hein*? – gritando. – Se cê *fô* polícia, *tá* todo mundo *f*…
— Não sou da polícia, já falei. – tentando acalmar seu interlocutor. – Você deve ter seus contatos. Pesquisa meu nome aí…
— Pesquisa ô c… – gritando. – *Tá* achando que eu *sô Gugue* de computador, é? Vá se *f*… – nervoso.
— Presta atenção. – subindo o tom, apenas o suficiente para ser ouvido. – Sai perguntando por aí. Meu nome é Moisés Duarte. – disse de forma pausada para ser entendido.
Há um curto silêncio.
— Moisés Duarte?
— Sim.
— O da cadeira? – se referindo ao período que Moisés ficou com as pernas imobilizadas.
— Sim. Sou eu mesmo.
Um silêncio rápido:
— Passa *pro tiozinho* aí. – mais calmo.
— Pode falar comigo.
— Passa *pro tiozinho, p*… – dando ordem.
Moisés estende o braço, como quem fracassa na sua missão e entrega para o presidente:
— Quer falar com você. – informa.
O presidente pega o aparelho:

– Alô? – sem resposta. – Alô? – mais uma vez e quando se preparava para falar novamente ouve o som de um tiro. Fica apavorado, querendo gritar, mas permanece em silêncio surpreendido. – Alô? – tenta novamente preocupado.

– Aqui... nós *vamô tê dá* uma moral aí.

– Vocês mataram meu filho?

– Não. Ele *tá* bem. Presta atenção. – querendo ser ouvido. – Teu filho *tá* vivo e nós *vamo soltá* ele. Não *queremo* nada, não. Se Moisés Duarte é teu amigo, a gente não encrenca mais com tua família. Moisés é de boa. Representa *nós nas parada* de governo. – muda o tom. – Mas fica esperto. *Cê tá* devendo uma *pra* ele, seu babaca político *f...* da *p...* – encerra a chamada.

O presidente parecia assustado.

– O que houve? – pergunta Moisés.

– Falaram que vão soltar meu filho e não querem nada. Disseram que se sou teu amigo, eles não vão "encrencar" comigo.

Moisés prefere ficar em silêncio, até comentar:

– Que bom. – sério, sem saber o que dizer ao certo. – Agora vamos esperar um pouco e você liga *pro teu* filho, apenas para confirmar.

– É. – concordando e sem saber ao certo o que dizer para Moisés. Ainda assustado, faz a ligação. – Filho? Você está bem?

– Estou, pai. – foi a resposta. – Por quê? – quase concomitantemente.

– Eles fizeram alguma coisa com você?

– Eles quem, pai?

– Os caras do sequestro?

– Que sequestro? Do que você *tá* falando? – sem entender.

– Onde você está, meu filho?

– Em casa. – sem entender.

– Você não foi sequestrado?

– Não. – categórico. – O que foi, pai? Não *tô* entendendo nada.

– Quem não está entendendo sou eu. – tenso. – Você está bem?

– Estou. – realmente sem entender.

– Isso que importa. – pondera. – Não aconteceu nada com você?

– Não. – preocupado com o discernimento do pai.

– Eu liguei *pra* você e seu celular estava desligado...

– É. A telefônica me ligou avisando que meu aparelho tinha sido clonado. Aí disseram que eu tinha que desligar o celular por uma hora. – explica com naturalidade. – Deve ser por isso que deu desligado. – conclui.

— *Ok*. Preciso desligar. — sem entender. — Que bom que você está bem, meu filho. Depois nos falamos.

Nervoso e sem entender o que acontecera olha para Moisés cheio de dúvidas.

— O que aconteceu aqui, Moisés? — tentando entender.

— Não aconteceu nada. — com um sorriso cínico. — Mas poderia ter acontecido. Pense bem. — com aspecto luminoso. — Seu filho poderia ter sido sequestrado, mas não foi. Você poderia ter perdido o dinheiro de sua conta de propina, mas não perdeu.

— Foi você? — estranhando aquilo tudo. — Por que você armou esse *showzinho*? O que você queria? Acha que vou ceder às suas chantagens? Você não me conhece, Moisés. — com o dedo em riste, subitamente cheio de coragem novamente.

— Não lhe conheço, nem quero. — mantendo o tom. — Mas sei o suficiente sobre você e seu filho. — breve silêncio à espera do peso das palavras. — Apenas me indique como candidato único do partido e seu filho permanecerá com saúde, sua conta continuará intacta e seus segredos ficarão seguros. — sorri sentindo-se discípulo de Maquiavel. — Não me indique e talvez se arrependa. — vira-se em direção à porta, antes de sair volta-se para o presidente. — É uma honra contar com o seu apoio e fico feliz pelo bem-estar do "Júnior". — sai feliz com o resultado e não se preocupa em fechar a porta. Passa pela secretaria e sorri satisfeito pela pequena vitória.

"Deixe as portas sempre abertas". — com sorriso ainda cínico, gostando do seu próprio trocadilho.

*****

— O que vocês querem de mim? — pergunta J. Henry.

— Cala boca. Na hora certa você vai saber.

Final de tarde, início de noite. No inverno o dia era mais despachado e a noite mais apressada para assumir o expediente.

Alguns minutos depois, o homem dirige-se a J. Henry:

— Presta atenção. — dá um tapa sem força, apenas para mantê-lo atento. — Vou te dar o celular e você vai falar exatamente o que está escrito aqui. Entendeu? — apontando para um pedaço de papel.

J. Henry balançou a cabeça positivamente.

— Não vai falar nada mais, nada menos. Combinado?

– Combinado. – confirma.

O homem faz a ligação do celular de J. Henry:

– *Tá* chamando. Pega aí. – põe no viva voz. – É *pra lê* isso aqui. – dá a ordem.

A ligação completa:

– Alô?

– Alô.

– Dra. Vera está? – sem ânimo.

– Sou eu. – não reconhecendo a voz.

– Tudo bem, Dra. Vera?

– Sim. Quem fala?

– Dra. Vera, aqui é da companhia telefônica e nós temos uma promoção especial para a senhora.

– Não tenho interesse.

– A senhora está na sua casa?

– Sim, mas não tenho interesse.

– A mensalidade da TV a cabo é a metade do preço no nosso pacote.

– Metade?

– É. – tentando ser convincente. – A senhora está na sua casa? Basta desligar o aparelho televisor por três minutos e religar.

– Só um momento. Foi fazer isso. – desliga o televisor.

Os homens conseguem observar a mudança de cores da luz que saía pela janela da sala do apartamento de Dra. Vera.

– Alô? – tenta Dra. Vera. – *Uai*, caiu a ligação. – estranhou, voltou para seus afazeres.

*****

Capítulo IV

Já estava na hora. Fazia menos de uma semana que Bismarck estava ali, mas já não aguentava mais.
— Pediu *pra falá* comigo, garoto? — pergunta o agente de segurança.
— Preciso falar com o delegado. — Bismarck.
— Eu também. — mal-humorado. — Volta lá *pro* seu lugar.
— *Tô* falando sério. — seguro na fala. — Eu *tô* aqui por engano. — sorri.
— Eu também. Todo mundo que *tá* aqui *tá* por engano.
— *Tô* falando sério. — repete a tentativa.
— Eu também. — expressão fechada. — *Me* chamou aqui *pra* isso? Da próxima te quebro no meio, garoto.
— Pode conferir. Meu nome é Bismarck.
— Muito prazer. O meu é Bozo. — se referindo ao palhaço. — Mais alguma coisa?
— É sério. Pode puxar minha ficha. *Tô* aqui por engano. Confere lá e me fala.
— Cadê sua identidade?
— Roubaram aqui dentro. Alguém pegou e saiu com ela como se fosse eu.
— Sei. — duvidando.
— Pode conferir, *p*...! Vai lá.
— Palavrão não. Quer falar, fala direito. — severo como se ralhasse com uma criança.
— Por favor. Confere lá. Não era *pra* eu *tá* aqui. — mudando o tom.
— Mais alguma coisa, majestade? — e se afastou.
Enquanto percorria o corredor, ponderou e decidiu que, por via das dúvidas, era melhor conferir.

* * * * *

PARTE XXVII

Capítulo I

— Desliga essa sirene. – fala Romano.
Grego desliga sem pensar. Estava preocupado com a direção. Foi o mais rápido possível. Passou carros, pressionou motoqueiros, ignorou a sinalização e seguiu freneticamente.
— Para de jeito que dê *pra* sair facilmente. – sugere Romano. – Tô achando que o negócio aqui vai ferver.
Grego assim o fez.
— Vamos? – fala Grego já abrindo a porta do veículo.
— Como vai ser? – tenta estabelecer a estratégia.
— Você avisou o pessoal da Central?
— Avisei. Daqui a pouco estão por aqui.
— Então vamos. – querendo agir. É segurado pelo braço.
— Espera. Como vamos fazer? Qual a estratégia? – preocupado.
— Eu vou *na* frente e você faz o que quiser. – já se projetando em direção à casa.
— Pô, Grego! Não dá *pra* ser assim. – realmente preocupado.
— O que vai fazer então? Esperar a SWAT? – se referindo a uma força especializada da polícia em algumas das grandes cidades dos Estados Unidos. – Tem alguma coisa acontecendo lá dentro. Temos que entrar. – quase que em revolta.
— Eu sei. Mas dá *pra* pensar antes de agir? Só *pra* variar?
— Enquanto a gente pensa aqui do lado de fora pode estar acontecendo alguma coisa lá dentro. – preocupado. – E se o garoto estiver aí.
— Calma. – Romano tenta ponderar. – Não temos mandado. Não temos certeza de nada ainda.

— Tem coisa aí. Eu sei. – com suas certezas. – Temos que entrar.
— Você sabe? Como pode saber?
— Eu sou policial. Tenho faro. Vamos entrar Romano. – decidido como sempre.

*****

— Está pronto, Albino?
— Tudo pronto.
— Então vamos "enfiar a faca". – com a seringa na mão.

Júlio e Lídia estavam em pé num dos cantos do quarto. Era como se estivessem encolhidos entre as paredes. Júlio à frente tentando protegê-la.

Lídia pensava onde estaria o Deus para quem tanto rezara. O que fazer agora? Não tinha força para enfrentar aqueles homens, mas não se entregaria sem luta. Sentiu uma força dentro de si, uma força que não conhecia. Era o instinto da sobrevivência. Lídia queria viver e para isso teria que lutar.

Júlio não sabia o que fazer. Como poderia proteger Lídia e a si mesmo. Eram dois homens armados. Como ele faria? O que poderia fazer? Não poderia aceitar a morte tão facilmente. Já resistira a tantas coisas. Não queria a morte. Iria lutar, estava decidido.

*****

Grego vai em direção à casa.
— Vou entrar. – anuncia.

Romano não tem alternativa. Resmunga algum palavrão e acaba por acompanhar o colega.

Armas na mão, passos apressados, ambos avançaram. Romano mais cauteloso, Grego mais impetuoso.

— O que vai fazer? – pergunta Romano.
— Tocar a campainha e pedir licença. – irônico.
— Esse é o certo. – Romano assentiu, mesmo sabendo que Grego jamais agiria assim. Observou o entorno para dar cobertura ao colega.
— Posso tocar? – pergunta Grego a Romano, que assentiu com a cabeça e se prepara ajeitando o corpo e a arma.

Grego toca a campainha sorrindo, como se estivesse fazendo uma pequena travessura, daquelas que nunca fizera antes.

– Pronto. – como quem dá satisfação ao colega. – Já toquei. Agora é com você.

Virou-se e pulou o muro.

– P...! – resmunga Romano ao ver o colega passando para dentro da casa.

* * * * *

– A campainha tocou? – pergunta Albino estranhando o som.
– Tocou. Eu vou lá. – já guardando a arma. – Você dá conta dos garotos?
– Pode *deixá*. – confiante. – Nem que *pra* isso tenha que *dá uns tiro*.
– Nada de tiro agora. Sem barulho. Não sabemos quem está no portão

Aquela pareceu a senha. Lídia começou a gritar por socorro com toda a força que conseguiu arrancar de seus pulmões e que sua garganta permitiu. Júlio lançou-se em cima de Albino e segurou-lhe pelos braços, tentando imobilizar ambas as mãos, uma com a arma e outra com a seringa.

Pelo pequeno espaço da janela tampada, Lídia viu um homem no pátio. Gritou mais forte.

* * * * *

Grego já estava no pátio e avançava cauteloso. Pareceu ouvir gritos. Parou para tentar ouvir e perceber a direção do som.

Romano por sua vez, tentava pular o muro e ia xingando por xingar. Assim que terminava um palavrão, começava outro. Reclamando por ter que pular o muro.

– Como ele consegue? – se perguntava enquanto lutava com o muro e com a gravidade. Para Grego parecia tão mais fácil. Realmente Romano não tinha muita habilidade física.

Com a barriga se equilibrando no muro, Romano viu Grego parado no pátio, em posição de alerta, como se procurasse algo. Com o canto do olho, viu que uma porta da casa se abria lentamente.

– À direita, Grego. – tenta alerta o colega.

Grego olha já fazendo o movimento com o corpo e a arma.

Tudo muito rápido. O tiro veio com seu som de pólvora.

– P...! – Grego cai atingido pela bala em uma das pernas. Já no chão, revida os tiros em direção à porta.

* * * * *

Albino ouve o tiro enquanto tentava se desvencilhar de Júlio.
Adolfo aparece tenso.
— A polícia *tá aí*. — avisa correndo pelo corredor. — Vamos embora. — segue gritando procurando a chave do carro.
Albino ainda em luta com Júlio.
Lídia age rapidamente e fecha a porta do quarto para que Adolfo não conseguisse entrar. Percebe que é o momento e investe em Albino com um chute na genitália. Este dá-lhe uma pancada com a mão que segurava a seringa, enquanto Júlio se esforçava para segurar-lhe a mão da arma. Ele lutava com todas as suas forças.
— Eu sou o Homem de Ferro. — ia falando para si mesmo.

*****

Finalmente Romano consegue vencer o muro e, já no pátio, vai em direção a Grego para protegê-lo.
A adrenalina estava em suas ações.
— Tudo bem aí? — pergunta por perguntar.
— *Tô* bem. Pega o cara que eu aguento. — sentindo a dor do tiro.
— Consegue ficar de pé?
— Acho que sim.
Romano tenta levantar o amigo.
— Não dá... — resmunga Grego.
Romano não podia deixá-lo ali. Ele ficaria exposto.
Força e o apoia em seu ombro.
— Anda... — exigindo que Grego andasse, querendo chegar numa das paredes para que ficasse menos exposto.
Romano tentou ser rápido.
— *Qué* isso, Romano? — reclama Grego. — Tira a mão. Para de me agarrar.
— Tenho que te tirar daqui. — dá satisfação.
— Devagar. — sentido dor.
— Você não queria ação? Então! — sem interromper o curto caminho.
Romano põe Grego sentado atrás de umas caixas de madeira e foi em direção à porta da casa. O pátio era aberto, então foi encostado às paredes, num misto de cautela e pressa. Não conseguia ver ninguém, mas ouviu barulho suficiente para perceber que havia pessoas dentro da casa.

*****

Albino resistira à dor, mas acabara por soltar Júlio. Nesse exato momento Lídia abriu a porta do quarto e os dois saíram atabalhoadamente pelo corredor. Adolfo, na sala da casa, vê os dois surgirem no corredor e sequer pensa, puxa a arma e aponta preparado para o tiro.

Lídia vinha na frente, enquanto Júlio seguia meio atabalhoado.

Albino sai do quarto com a raiva em suas feições.

Adolfo dispara.

* * * * *

Romano ouve o tiro e corre em direção do som.

* * * * *

Grego ouve o tiro e faz força para ficar de pé. Caminha de forma desajeitada e com dor. Precisava entrar na casa. Não podia deixar Romano sozinho. Sabia que seu colega era atrapalhado nessas ações.

* * * * *

Quando percebe que Adolfo iria disparar, Júlio pula sobre Lídia e vai ao chão junto com ela. A bala passa-lhes e encontra Albino na outra ponta. Com o impacto, ele cai para trás sentindo a dor do tiro em seu peito.

– M...! – resmunga Adolfo.

Romano entra na sala.

– Polícia! – avisa ao ver um sujeito com a arma na mão. Olhou rapidamente para a cena toda.

Adolfo ficou parado, com a arma na mão. Movimentou-se como se fosse deixar a arma no chão. Romano o acompanhou com sua arma. Júlio e Lídia permaneceram no chão encolhido, como quem apenas esperava aquilo tudo acabar. Albino, percebendo a posição de Adolfo, retira forças não sabe de onde e se levanta, com uma mão tentando segurar o sangue escorregadio e, com a outra, com visível fraqueza nos movimentos, dispara a arma em direção a Romano.

Um tiro e depois outro.

Romano tenta se proteger num móvel qualquer e ficar fora do ângulo de visão que seu algoz teria do corredor. Júlio põe seu corpo de forma a servir de escudo para Lídia. Adolfo aproveita para correr em direção à porta. Grego, ainda no pátio, apoiado na parede da casa, conseguiu posicionar-se próximo à porta, mas sua perna não aguentara sustentar o corpo e estava sentado com a dor.

Albino encara Júlio por um instante. A dor parecia-lhe insuportável. Seu corpo exige descanso e Albino põe-se de joelhos. Permaneceu com o olhar fixo em Júlio. Este por sua vez, parecia imobilizado pela cena. Não sabia o que fazer e permanecia sem ação. Sua única iniciativa fora proteger Lídia.

Tudo acontecia de forma muito rápida. Romano percebe a movimentação e não tem alternativa, não pode ir atrás de Adolfo enquanto não tiver certeza da segurança de Júlio e da garota que estava com ele. Espia o corredor.

Albino de joelhos no chão, acaba soltando a arma e cai para trás pouco depois.

– Acabou. – avisa Júlio para Lídia. – Vamos, acabou. – repete cutucando-a sem tirar o olhar cauteloso sobre Albino.

Como ela não se mexia, Júlio voltou-se para ela. Só então percebeu que Lídia estava imóvel. Ele tenta entender o que estava acontecendo, sacudia-a para que ela se mexesse. Foi uma mistura de inconformismo, revolta, incompreensão e descrença com a vida e a fé. Levantou-se e pôs-se próximo a Albino que ainda tentava resistir à morte que se aproximava. Pega a arma que estava na mão dele e encara-o com uma fúria no olhar que denunciava sua intenção não programada.

Albino parecia concordar. Repetiu o movimento da cabeça em sinal positivo, como quem dá autorização para o tiro de misericórdia. Assim sua dor acabaria. Ele não conseguia falar. A morte já lhe rondava.

Júlio parecia decidir se acabava de vez com aquilo, ou se o deixaria sofrer mais um pouco. Sem perceber, estava sentido prazer em ver o sofrimento daquele homem.

Albino gesticulou pedindo o tiro.

Júlio ergueu a arma.

– Não faça isso. – fala Romano da ponta do corredor.

Só então Júlio se lembra da presença dele.

– Não faça isso. – repete. – Você não precisa matar ninguém, garoto. – realmente preocupado.

– Por que não?

Ouvem um tiro do lado de fora da casa.

"Grego" – pensou Romano.

– Não faça nada. – dá a ordem e rompe pela porta para salvar seu amigo.

Assim que chega no pátio, sem preocupação nenhuma com sua própria segurança, completamente sem técnica alguma, Romano vê Grego encostado na parede, com a arma na mão e com expressão de dor. No chão estava aquele homem. Romano corre e chuta a arma para longe.

– Você está bem? – pergunta para Grego, que faz sinal de positivo, mesmo sentindo a dor.

Grego escorrega seu tronco lentamente pela parede, mantendo suas pernas esticadas.

– *Tá* doendo *pra c...!* – reclama para si mesmo.

Romano vai até ele:

– Aguenta aí. O reforço deve estar chegando. – agachado na altura de Grego que movimenta a cabeça, como quem quer dizer algo. – Quê? – pergunta Romano. Grego repete o gesto.

Finalmente Romano percebe que era para olhar para trás. O homem levantara-se e já estava dando partida no carro. Romano se posiciona para atirar, mas a distância não era muita. O exato momento em que Romano dispara, é o exato momento que Adolfo arranca o carro jogando-o em cima do portão que cede à força do carro.

Grego sorri.

– *Cê é ruim de tiro mesmo, hein?* – falou baixo, quase sem força, mas teve que falar.

Romano se levanta, como quem vai correr atrás do veículo. Agindo para depois pensar como faria.

Assim que o veículo venceu o portão, avançou alguns poucos metros na rua plana e atingiu a viatura da polícia que acabara de chegar com o reforço.

Romano lembra-se de Júlio e volta apressado para dentro da casa.

A cena ainda era a mesma.

– Não atire. – a fala foi a mesma.

Júlio permanecia encarando Albino.

*****

Travessoni ficou sem reação quando viu aquele veículo desgovernado batendo numa das viaturas. Por sorte, já não havia policiais dentro dela, pois já estavam próximos ao muro da casa, se preparando para entrar. Rapidamente todos se movimentaram, mais por reflexo, se afastando do veículo em movimento, para se aproximarem após a batida, já apontando as armas para o motorista que se chocara com o volante.

Adolfo, atordoado como quem acorda de rompante, tenta livrar-se da porta do carro e, meio zonzo, levanta-se. Havia sangue em seu rosto.

– Parado! – alguém grita com a arma em sua direção.

Era melhor não se mexer, mas ele não queria voltar para a cadeia.

Com ar abobalhado, resultante da pancada, Adolfo não teve tempo de pensar. Quando percebeu, já estava imobilizado no chão e com as algemas travando-lhe as mãos sem iniciativa.

*****

Capítulo II

Tocaram a campainha do apartamento daquele pequeno prédio. Dra. Vera foi até a porta e olhou pelo olho mágico. Não conseguiu ver direito. Olhou mais uma vez.

A porta foi aberta com um chute. Com a pancada ela caiu no chão. Tentou reagir, mas não conseguiu. Um homem a segurou.

Tudo foi muito rápido.

Levou um tiro no peito a "queima roupa". Outro na sua boca.

J. Henry quis gritar, mas tamparam-lhe a boca.

– Fica quieto. – alguém lhe deu a ordem.

Não entendia o que estava acontecendo. Jogaram-no sobre o corpo de Dra. Vera. E neste momento já estavam todos dentro do apartamento e a porta já estava fechada. Os tiros foram com silenciador, assim, quase não houve som dos disparos.

– O que vocês vão fazer? – J. Henry estava realmente preocupado.

Os homens fizeram uma rápida busca no apartamento, apenas para confirmar se estavam sozinhos. Um deles, que voltava dos quartos, sinaliza positivamente com a cabeça. O homem que estava com a arma na mão, abaixa-se para ficar na mesma altura de J. Henry. Encosta a arma na lateral da sua testa e dispara. Seu corpo tomba para o lado, já sem vida. Após isso, limpa as digitais da arma e a põe na mão de J. Henry.

Todos vão-se.

Do lado de fora, parado na rua, Túlio vê as luzes dos disparos. Pronto, assunto resolvido.

*****

Capítulo III

Travessoni, com cuidado, passou pelo portão da casa. A equipe ia à sua frente. Viu um policial ferido, sentado no chão, encostado na parede, com sangue escorrendo pela perna.
– Já chamaram a ambulância? – perguntou para um dos colegas.
– *Tá* chegando, Delegada. – responde
Travessoni se vira para o ferido:
– Tudo bem, aí?
Grego balançou a cabeça positivamente. Reconheceu a colega e sorriu:
– Você está linda. – satisfeito em vê-la.
Ela demorou para reconhecê-lo. Sorriu de volta, sem grandes simpatias, apenas solidariedade.
– Os paramédicos já estão vindo. – ela informa. – Você aguenta?
– Aguento. Nem *tá* doendo. – entre os dentes.
– Então fica firme. Vou entrar *pra* ver a situação.
Grego segura-lhe pelo antebraço.
– Romano *tá* lá dentro. – avisa.
Ela levanta-se e segue para a casa.

*****

– Júlio, me escuta! – Romano fala firme com o rapaz. – Não precisa atirar. Ele já vai morrer mesmo. – se referindo a Albino.
– Ele matou Lídia. Uma vida por outra. – com voz tensa e aparência nervosa, embora estivesse imóvel, mantendo o olhar fixo em Albino.
– Isso não funciona assim. Você sabe disso. – caminhou lentamente em direção a Júlio. Tentaria segurar-lhe a arma.

Romano percebeu a movimentação.

– Se for atirar tem que ser agora. – alerta sabendo que o reforço chegara. – Mas melhor não. – aconselha.

– Por que não?

– Nunca é bom ter uma morte no currículo.

– E quem falou que eu não tenho?

Disparou três tiros no peito de Albino.

Romano movimentou-se de forma a conseguir tirar-lhe a arma. Nessa hora a equipe já estava toda ali.

– Calma com o garoto. – pede enquanto observa os colegas imobilizando-o.

Travessoni agachou-se para conferir a corrente sanguínea de Lídia. Rapidamente levantou-se e pediu a presença dos paramédicos.

*****

Romano foi ver Grego, que estava sendo examinado pelo paramédico. Grego estava desacordado.

– E então? – pergunta Romano.

– Tudo sobre controle. – aponta para a perna direita, abaixo do joelho, onde fazia um curativo.

Assim que terminou, entregou um algodão com a cápsula da bala para Romano:

– Cortesia da casa. – achando-se competente. – Quando ele acordar mostre-lhe. Peça que não force a perna e vá para o hospital para ajeitar isso. – afinal ali, a preocupação eram os socorros imediatos.

Romano segura a bala na mão, ainda com sangue, enquanto observa o colega em sono profundo. Põe a bala num copo de plástico.

– Ele está bem? – pergunta a Delegada.

– Travessoni, não é? – pergunta Romano.

– Sim. Já não lembro o nome de vocês.

– Romano. – aponta para si. – Grego. – aponta para o amigo. – *Tá* meio derrubado, mas vai ficar bem.

Ainda havia movimentação. Romano quis saber de Grego, mas tinha que cuidar do resto.

– Tudo certo lá dentro? – pergunta Romano para Travessoni.

– Mais ou menos. Depois vou precisar que você me explique o que houve. – com certa formalidade.

Romano conferiu com o olhar:

— O do carro vocês prenderam, é isso? — se referindo a Adolfo.
— Está na viatura.
— O colega dele veio a óbito lá dentro? — pede confirmação se referindo a Albino.
— Sim. Quatro tiros. Vai *pro* legista agora.
— O garoto *tá* bem? Vocês vão conduzi-lo também?
— Não achamos o garoto.
— Como assim?
— Na confusão ele desapareceu.
— Como isso é possível? — bravo. — A quantidade de policial aqui e o garoto escapa? — nervoso.
Breve silêncio.
— Seu pessoal já está fazendo as buscas na redondeza? — indaga Romano.
— Já.
— Ele não pode ter ido longe.
— Já estamos procurando.
Travessoni completa:
— A garota está na ambulância.
— Que garota? A que estava no corredor?
— É. — confirma
— Está viva?
— Sim.
— Achei que tinha morrido.
— Não. O paramédico falou que lhe deram anestesiante. Está dormente, mas vai ficar bem. Não teve ferimento a bala.
— Que bom. — fala Romano sem sentimento perceptível. — E o sangue que estava nela.
— Não era dela. Deve ser do outro cara.
— É. Tudo muito rápido, *né*?
— Fico aguardando seu relatório. — diz Travessoni e se afasta. — Quando seu colega acordar dá um "oi" *pra* ele.
— Ok. Está só esperando a outra ambulância chegar.
Travessoni se afasta para ir ter com o seu pessoal. Sai dali já dando ordens para um e para outro.
Romano fica de pé, decidindo se fica com Grego mais um pouco ou se começa a procurar por Júlio.
— Boa *pra* caramba, *hein*? — fala Grego com voz arrastada, como se sua língua estivesse emborrachada.

— *Qué* isso? Até morrendo você fica de olho na mulherada. — Romano repreende.

— Ela é doida comigo. — enrolando as palavras.

— Ela nem sabia teu nome. — se arrependeu de ter dito.

— Mas veio aqui me ver. — mexe na perna. — *Nó. Tá* doendo *pra c*...! Cadê a bala? Já tiraram?

— Não. O paramédico não conseguiu tirar. Falou que vai ficar alojada aí.

— Sério? — olhando o curativo enrolado em sua perna.

— Mas tem chance de tirar. Vamos te levar para o hospital agora. Talvez lá eles consigam tirar a bala.

— Será que é por isso que *tá* doendo tanto? — fazendo caretas.

— Deixa de ser frouxo. Aguenta esse troço aí. — quase dando uma ordem.

— Vá se *ferrá*, Romano. Não é você que *tá* com uma bala na perna, *né*?

— Se você quiser eu tiro. — sugere.

— *Tá* doido! Pode deixar. *Tá* bom assim.

Romano vê Travessoni voltando:

— Sua Delegada *tá* vindo aí.

Ela se aproxima e cumprimenta Grego:

— Olá. Tudo bem? — com um sorriso.

— Tirando a dor, *tá* tudo bem. — faz um ar de sofrimento, mas com ares de quem suporta a dor.

— Já vamos te levar para o hospital. Mas acho que a ambulância vai demorar. — olha para Romano e depois volta-se para Grego. — Talvez seja melhor você ir numa das viaturas mesmo, o que acha?

Grego faz ares de dor:

— *Tá* doendo muito. Mas eu aguento. — entre os dentes. — Romano, o que acha? — consulta o amigo.

— Você aguenta. Você é forte. Qualquer coisa eu mesmo tiro essa bala daí. — volta a sugerir.

— É. Pode tirar. Eu *dô* conta. Eu aguento. — fazendo ares de sacrifício e seriedade. — Travessoni, melhor você não ficar aqui. O "espetáculo" não vai ser bonito.

— Se quiser eu chamo meu pessoal *pra* ajudar. — ela oferece.

— Não precisa. Eu aguento. Já fizemos isso antes. — com convicção.

— Então, vamos mãos à obra. — Romano faz como se fosse entrar em ação. Espera Travessoni se afastar novamente e olha para Grego.

— E aí?

— Deixa quieto, Romano! — sorrindo. — Era só *pra* impressionar a Delegada.

— Tem certeza? Eu mesmo tiro a bala se quiser. – insiste, sabendo que seria recusado por Grego.
— Não. – convicto. – Pode deixar. Eu falei só *pra* ela ouvir. – sorri de malandro. – Deixa isso *pros* médicos.
Romano não insiste.
— Mas está doendo mesmo? – pergunta só para confirmar.
— Muito. – com ênfase. – Só eu sei o que é isso. – com expressão de dor. – *Tá* doendo, *p*...! – fala quase esbravejando. – Agora eu sei o que é ter uma bala alojada dentro de você.
— *Tá* doendo é?
— *Tá*! *Tá* doendo *pra c*...! – fazendo ares de desespero contido.
— Deve ser a bala alojada, não é?
— É! – resmungando. – Que dor insuportável.
Romano apenas olhava aquele pequeno espetáculo.
— No hospital eles tiram. – acaba por dizer.
— Tomara. – com expressão de dor. – Eu não vou aguentar por muito tempo. – se auto sentenciando.
Travessoni volta mais uma vez:
— Arrumei uma viatura *pra* te levar.
— Ótimo. – tentando se recompor. – *Me* ajuda? – estendendo o braço para que ela o carregasse. – Ou você não me aguenta? – sorri ao provocar.
Ela devolve o sorriso e, mesmo sabendo que ele falara apenas para que ela aceitasse o desafio, ela se oferece para carregá-lo. Abaixa-se de forma a encaixar Grego no seu ombro:
— Vamos? – decidida.
Grego vai num impulso e faz expressões de dor:
— *Me* segura mais forte senão eu vou cair. – explica. – *Tá* doendo muito. – Grego faz fita, Travessoni o segura com mais força. – Isso, mais junto mesmo.
— É? Juntinho?
— É. – convicto e satisfeito.
Romano fica parado assistindo incrédulo. Lá ia Grego abraçado com Travessoni. Achou graça da estratégia.
— Arthur! – Travessoni chama um colega, que em tamanho era o dobro de Grego, altura e envergadura.
— Pois não, Doutora! – responde prontamente à superior.
— Leva o colega *pra* ambulância. – referindo-se a Grego.
— Sim, Doutora.
— Mas é *pra* segurar juntinho, com força.

– *Tá.* – já pegando em Grego.

– Pode deixar. Dá *pra* ir sozinho. – Grego esquivou-se com um esbarrão no colega e, aos pulos, foi para a ambulância a poucos metros.

Travessoni apenas vê e sorri para Grego. Seu sorriso era aberto e demonstrava verdade e simpatia.

– Cara folgado. – resmunga Grego. – Já vem me pegando, *pô*. Sai fora. Vai morre *pra* lá. – revoltado. – Eu com a bala na perna e o outro vai me agarrando. – semblante fechado como uma criança contrariada.

* * * * *

Capítulo IV

Virgílio sobe a Avenida Olegário Maciel. Vê uma grande construção com uma escadaria imponente na entrada e, atraído pela grandiosidade do edifício, vai até lá. Anda devagar, pois em cada passo apreciava a imagem. Percebe que era uma casa religiosa e se dirige a um segurança parado numa das portas.
— Posso entrar?
— Pode, senhor. Mas só no horário de culto.
— Aqui é a casa de Deus?
— Aqui é o Reino de Deus. — com orgulho.
— *Ah*. — sem entender bem. — Então eu posso entrar para falar com Ele.
— Com quem? Com Deus?
— É.
— Deus está em todo o lugar.
— É. — concorda com certo encanto. — Mas quero conversar perto do altar.
— Não pode, senhor. Somente no horário de culto. — paciente, mas incisivo.
Há um curto período de silêncio, como se pensassem qual seria a próxima fala.
— O senhor é dizimista? — acaba por perguntar o homem quase em postura de sentido.
— Não. Eu sou vigia de rodoviária lá na minha terra. — cheio de orgulho.
— Não. Perguntei se o senhor contribui com a igreja?
— Contribuo. O que vocês estão precisando. — já se dispondo para o trabalho.
— Não. Estou falando do dízimo.
— O que é isso?
— Dinheiro.

– Não tenho. Só um pouco *pra* comer e pagar o almoço *pro* meu amigo Júlio. Conhece? – tira o dinheiro do bolso para mostrar que era pouco.

– Infelizmente o senhor não pode entrar. – barrando com a mão. – Volte no horário de culto. Aí o senhor fala com o pastor.

– *Tá*. Obrigado. – sem ressentimento. – Pena, pois já que Deus tudo vê, Ele poderia achar o Júlio e o meu neto.

Virgílio faz "sinal da cruz" e segue subindo a avenida. Mais acima, do outro lado da rua ele vê outra construção que chama a atenção. Tinha uma porta grande com umas letras em inglês que ele não conseguia juntá-las para lê-las.

Mais uma vez, atraído pela grandeza da construção foi até lá.

– Posso entrar? – pergunta para um segurança parado próximo à porta já do lado de dentro.

– Claro, senhor. Fique à vontade.
– Aqui é o quê? – gostando da simpatia.
– É um *shopping*.
– *Ah*. – sem entender bem. – É bonito. Serve *pra* quê?
– Aqui as pessoas se encontram, se divertem, fazem compras.
– Entendi. – admirado pelo brilho das lojas. – É só entrar?
– É. Só entrar. – com simpatia educada. – Fique à vontade.
– Aí eu posso me divertir e pegar as coisas?
– Não. O senhor tem que comprar.
– Comprar é?
– Sim. O senhor não pode simplesmente pegar.
– Entendi. Preciso de dinheiro, *né*?
– É. – sem graça.
– Mas eu só tenho um pouco *pra* comer e *pra* pagar o almoço *pro* meu amigo Júlio. Conhece? – tira o dinheiro do bolso e mostra.

– Não precisa mostrar. Fique à vontade. – sem entender bem se era apenas simplicidade ou se havia algum plano.

Virgílio olhou e acabou por concluir:
– É. Aqui não é para o povo. Tem que ter dinheiro.
– A "casa do povo" é mais *pra* cima. – fala um jovem que passava com ares de ativista político. – Pobre neste país não tem vez. – falou o jovem bem vestido, mas querendo parecer desleixado.

Virgílio resolveu então, continuar subindo a avenida. Chegou numa praça grande e mais uma vez foi atraído pela suntuosidade. Subiu a praça até chegar na edificação.

— Aqui que é a "casa do povo"? – se dirigiu para um homem de terno escuro que estava na porta.
— Aqui é a Assembleia Legislativa, senhor.
— *Ah*. – sem entender bem. – Mas eu posso entrar?
— O senhor tem credencial?
— Tenho o quê?
— Credencial?
— Não. Eu só tenho um pouco de dinheiro *pra* comer e *pra* pagar o almoço *pro* meu amigo Júlio. Conhece? – tirando o dinheiro do bolso e mostrando para o homem.
— Hoje só entra com credencial.
— Entendi. Eu não tenho.
O homem fica em silêncio, mas de forma a barrar-lhe a entrada.
— E aí dentro faz o quê? – tenta entender.
— Aqui é onde trabalham os deputados.
— *Ah*. – sem entender bem. – E eles fazem o quê?
— Leis. – sem saber bem.
— *Ah*. Então são importantes, *né*? Esse negócio de lei. – conclui.
Ficou um tempo parado, apenas olhando. Foi quando viu aquele homem da televisão descendo por uma escadaria.
— É meu neto. – fala para si mesmo num primeiro momento quase de sussurro, para logo em seguida repetir mais alto. – É meu neto. Chama *ele pra* mim. – se dirigindo ao segurança.
— O senhor não pode entrar. – reafirma.
— Só chama *ele pra* mim. Fala *pra ele* vir aqui que eu explico.
O segurança vai até o homem e o traz para próximo de Virgílio.
— Pois, não? – pergunta apenas por educação.
— Sou Virgílio. – e aponta para si mesmo.
— Prazer. – responde frio.
— Você é Moisés? – com um sorriso abobalhado e orgulhoso.
— Sou. – acreditando ser alguém que o vira na televisão, ou algo assim.
Virgílio por um momento permaneceu em silêncio admirando Moisés. Ele aparecera na televisão, agora estava na "casa do povo" com credencial, usando terno e gravata. Deveria ser uma grande pessoa e importante. Suas feições fizeram-lhe lembrar de si quando jovem. Ele também já tivera aquela energia, aquela confiança. Também já achara que o mundo iria se render aos seus pés, que ele seria um grande homem, um líder, um conquistador. E agora ele via alguém do seu sangue sendo quem era, grande, forte e com credencial.

— Sua mãe era Rebeca?

— Sim. — Moisés se volta sem entender bem e dá atenção para aquele homem. — O senhor conhecia minha mãe?

— Sim. — com tristeza ao lembrar-se da história da família, mas feliz ao encontrar seu neto. — Eu sou Virgílio. Seu avô.

— Como assim? — sem entender.

— Sou o pai de sua mãe, meu rapaz. — abrindo os braços para recebê-lo num abraço que foi completamente ignorado por Moisés.

— Minha mãe não tinha pai. O pai dela morreu *num* acidente de carro antes *d'eu* nascer. — sério e sem dar espaço.

— Foi isso que ela lhe contou?

— Foi.

Pensou. Não queria desmentir a mãe. Mas não poderia ignorar o fato de estar na frente de seu neto, com a linha dos destinos posta à frente. Como ignorar isso?

— Não é verdade. Eu estou aqui. Sou o pai de sua mãe e sou seu avô. — ainda com um sorriso simples no rosto. Não queria convencê-lo, queria apenas que ele soubesse. — É porque ela saiu brigada de casa. Fui eu que briguei. — ele explica. — Mas eu sou seu avô e estou feliz em te ver.

Moisés olhou-o com firmeza, depois aproximou-se para falar mais baixo:

— Você não era ninguém para a minha mãe, portanto, não pode ser alguém para mim. — virou-se e foi embora, antes deu um sinal para o segurança, para que não o deixasse entrar.

Virgílio ficou sem reação. Parado, nem sequer tentava entender. Apenas permaneceu ali, parado. Sem saber o dia certo não pode entrar na casa de Deus. Sem dinheiro não pode ir à casa do capitalismo. Sem credencial, não pode estar na casa do povo. Onde ele poderia ir? Quem era ele na sociedade? Pouco importa. O importante é que vira seu neto e ele tinha credencial. Ele sim era pessoa importante. As portas estavam todas abertas para seu neto. Isso era importante.

*****

PARTE XXVIII

Capítulo I

Grego seguiu para o hospital enquanto Romano fora chamado para acompanhar uma ocorrência. Lá estavam Dra. Vera e J. Henry sem vida, cada qual em seu canto. A cena dava a entender que J. Henry matara Dra. Vera e depois se matara.
Romano observava os detalhes.
Alguns poucos livros de J. Henry espalhados pelo chão. O sangue estava por ali, parte agarrado sem arte na parede outrora branca, parte em rio escorregadio deslizou até onde pode.
Romano estava em pé. Não se mexia. Não tocava em nada. Sentiu a falta de Grego. Era acostumado à sua ajuda, mas agora que não a tinha sentiu falta.
– A arma está na mão direita. – deixou escapar Romano. – O que houve aqui? – pergunta para si em voz alta.
– Assassinato. – um novato aponta para Dra. Vera. – E suicídio.
Romano olha como se voltasse de outra realidade.
– Isso é o que querem que pensemos.
– Ah, é? E esse bilhete de despedida? – achou-se esperto pela descoberta e mostrou para Romano um pedaço de papel com a seguinte escrita: "Talvez a morte me torne imortal".
Romano leu com atenção e permaneceu em silêncio. Não conseguia entender o que poderia estar acontecendo. Qual a ligação entre os dois? Por que Dra. Vera e J. Henry no mesmo local? Haveria alguma ligação com as outras mortes? J. Henry era canhoto.
– *Tá*. Mal cheguei e já desvendei o caso. – fala o novato. – Crime passional. Ela o traiu, ele a matou, se arrependeu e se matou. – elogiando-se na sua própria fala.
– Preciso de férias. – conclui Romano.
Resolveu ir ter com Grego.

*****

Capítulo II

— Júlio! — Virgílio fica feliz em vê-lo. Parecia um pai ao encontrar um filho. — Você está bem?
— Estou. — com um sorriso deslocado, como se ainda estivesse tentando entender as coisas.
Permaneceram parados, um olhando para o outro no espaço aberto da Praça da Estação, pelas costas, com a vista da Rua Sapucaí.
— Eu estava te procurando. — Virgílio. — Eu sabia que te encontraria num ponto de partida: rodoviária ou estação. — feliz em seu sorriso.
— É. — sem reações. — Eu estava com uma garota. — como se saído de um coma.
Virgílio não entendeu bem e não sabia o que dizer:
— E isso é bom?
— Nós estávamos presos. — Virgílio ouve. — Eles iam arrancar nossos órgãos... coração, rim, essas coisas. — fala lenta, olhar distante.
— Mas você está bem. — conclui satisfeito.
— Logo eu, que tantas vezes pensei em morrer. Tantas vezes imaginei como seria estar morto. Logo eu que não tenho vida que valha a pena. — parecia tentar entender suas próprias palavras. — Por que Deus faz isso?
— Do que você está falando, garoto?
— Por que Deus me deixa aqui? Por que não me leva logo?
Virgílio pôs as mãos nos ombros de Júlio:
— Você não pode carregar todas as dores do mundo sozinho. Fica calmo. Essas coisas se corrigem sozinhas.
— Como assim? A garota morreu. Eu estava lá. Ela tomou o tiro bem na minha frente. Morreu nas minhas mãos. — estava revoltado, mas contido. — Deus fez isso.

— Deus puxou o gatilho?

Júlio vira-se com um olhar cortante. Quantos pesadelos teriam que viver para poder sonhar? Como seria seu futuro?

— Acho que eu gostava dela. — Júlio fala acanhado pela pequena confissão. Virgílio apenas ouve. — Ela me deu força. Eu quis lutar por ela como nunca fiz antes.

Virgílio sorriu sem perceber.

Júlio afastou-se um pouco:

— Aonde vai? — pergunta-lhe Virgílio. — Pode chorar na minha frente, garoto.

— Não sei chorar. Isso também me incomoda.

Virgílio permaneceu em silêncio.

— Eu tive coragem. Eu lutei. — tentando entender. — Eu duvidei de Deus. Ela não. Ela era uma boa pessoa. Por que Deus a escolheu?

— Quem você escolheria? — Virgílio.

— Eu nunca quis mudar o mundo. Apenas queria paz. — continua Júlio. — Tive crença, ideologia, valores e preceitos, mas *pra* onde vai isso tudo? Na hora da morte não fica nada. — desolado. — Lídia me fez sentir forte. *Me* fez sentir vivo. — bateu em seu próprio peito. — E agora? O que faço?

— Você vai aprender a viver, meu caro. — com tom pausado e moderado. — A vida não é como queremos. As coisas não são como queremos. Nem tudo que planejamos para nós acontece. A vida é assim. Tem seu ritmo, suas curvas, seu brilho. — olha bem para Júlio, como se quisesse resgatar seu olhar. — Mas isso não quer dizer que seja ruim. — com um sorriso sereno. — Hoje estou aqui, velho e esperando a morte chegar. Não entendo o mundo, mas não sofro mais por isso. Nunca fugi das coisas da vida. Sempre fui um lutador. — com pesar na voz. — E daí? Do que adianta? Quem eu tenho comigo?

— Não entendo. — Júlio.

— No final, é você com você mesmo. Não tem mais ninguém. Não importa o que você fez ou deixou de fazer. Será sempre você com você mesmo. — pôs a mão no coração de Júlio. — Enquanto estiver batendo, aproveite para ficar em paz com você mesmo. A vida é sua, a responsabilidade de fazê-la valer a pena é sua. Passei minha vida inteira vivendo pela metade. Sempre deixando para depois. Procurando razões e culpados. Até que deixei de ter tempo por perdê-lo tentando sobreviver. A vida passou e estou aqui. Não tenho nada nem ninguém.

— E Lídia? — pergunta por nada, apenas porque estava com o pensamento fixo.

— Guarde-a bem. — aconselha. — Guarde sua imagem na memória, para não esquecer suas feições e guarde seu jeito no coração, para nunca esquecer sua alma.

Júlio permaneceu em silêncio. Era nítido o seu debate interno para aceitar as coisas como elas são e não como ele queria que fossem.

— Bem-vindo ao mundo adulto. — Virgílio sorri com paz nas palavras e dá uma pequena palmada nas costas de Júlio.

*****

Lídia acorda ainda assustada.

— Onde estou? — tenta se libertar da cama de hospital. Por reflexo conferiu seu corpo para ver se havia algum corte, alguma ferida. Não entendeu. Será que haviam lhe tirado algum órgão?

Viu um movimento no entorno. Uma enfermeira veio em sua direção:
— Eu estou bem? — pergunta com voz insegura para a enfermeira.

— Sim. Você parece ótima. — otimista e despachada, respondeu enquanto fazia algumas coisas ao mesmo tempo, sem sequer olhar diretamente para Lídia.

— Alguém tirou alguma coisa de mim? — preocupada.

— Não sei. Mas o hospital não se responsabiliza por objetos deixados nos quartos. — acostumada a dar essa informação.

— Não. Estou falando do meu corpo. — tentando esclarecer. — *Me* operaram?

— Não. Você chegou aqui com anestesia e acordou agora. — esclarece. — Ficou apenas para observação. — com um sorriso reconfortante. — Vou chamar o médico e o policial. — despachada, seguia fazendo várias coisas ao mesmo tempo. Abriu a janela.

— Policial? — sem entender. — Por quê?

— Só um momento. — e sai do quarto.

— E Júlio? — Lídia tenta, mas já não é ouvida.

*****

Capítulo III

– Você está bem, meu filho? – pergunta o velho Bertoldo para Bismarck.
– Sim, pai. – com jeito encabulado.
– Você não fez o que pedi. – sem alterar o tom da voz. – Não gosto quando isso acontece.
– Eu sei, pai. – como se estivesse no confessionário.
– Se sabe, por que fez? – a severidade vinha do olhar e tom pesado da voz.
– Não sei, pai. – sabia que era melhor ser econômico nas palavras.
Ambos estavam no escritório da casa. Bertoldo gostava de tratar dos negócios naquele ambiente.
– O que foi que eu pedi, meu filho?
– Para não mexermos com esse negócio de venda de órgãos.
– Muito bem. – como se olhasse para o infinito. – Eu não entendo. Se eu peço uma coisa porque fazem outra? – olhou bem para o filho. – Prostituição e jogo não dá nada. Mas tráfico de órgãos…
Bismarck abaixa a cabeça, como quando um garoto faz travessura e se arrepende.
– Que mais que eu disse, meu filho?
Bismarck olha para o pai, sem encará-lo, sem desafiá-lo:
– Que se fossemos mexer com isso, apenas fazermos com negros pobres.
– E se lembra por quê?
– Sim. – sabendo os motivos. – Porque ninguém repara nem liga quando é com negro pobre.
– Pois é. – conformado. – Mas você e seu irmão acham que já podem decidir sozinhos. – olha para o filho. – Como faremos se vocês dois forem presos?
– Não sei, pai. – respira fundo. Era difícil argumentar com o pai.

— Seu irmão é muito impulsivo. – ainda sereno. – Mas você é mais ponderado. Use a força dele a seu favor, a favor da família. Nunca deixe de usar a sua inteligência. Não se deixe levar pela emoção.

— Ele é mais velho, pai. Ele acha que devo obediência a ele e acaba fazendo tudo como bem entende.

Bertoldo pensa um pouco:

— E por que não reage?

— Ele é meu irmão.

— Sua lealdade é à família e não ao seu irmão.

— Sim, pai.

— Nunca se esqueça disso, meu filho. – semblante carregado. – Nossa família existe antes de existir Alemanha. Nosso sangue vem muito antes de você e continuará muito depois. Faça por merecer.

Bismarck permanece em silêncio.

— Se meu pai me pede algo, eu faço. – afirma Bertoldo com veemência. – E não é por ele, é pela família. Não interessa quantas gerações demorem, se é pela família, será feito.

Bismarck sabia bem o que o pai estava dizendo, mas era melhor permanecer em silêncio, mesmo que com atitude firme na postura.

* * * * *

Capítulo IV

— Olá, Lídia. — Travessoni cumprimenta com um sorriso. — Você está bem?
— Sim. — devolvendo o sorriso.
— Eu sou Delegada e preciso fazer algumas perguntas. — explica. — Você se sente bem para responder?
— Sim. Pode perguntar.
— Você reconhece alguém nestas fotografias? — e mostra-lhe uma sequência de rostos.
Lídia olha com calma. Firma a vista ainda embaralhada.
— É este.
— Tem certeza?
— Tenho. Foi ele. — apontando para a fotografia de Adolfo. — Tenho certeza. Foi ele.
— Obrigada. — Travessoni sai satisfeita e volta para a delegacia onde Adolfo está detido.

*****

PARTE XXIX

Capítulo Único

— Quero falar com aquele tal de Adolfo. *Cadê* ele?
— Vou buscar, Delegada. — já se levantando de uma cadeira surrada. — Levo lá *pra* salinha?
— Pode levar.
— Qualquer uma?
— Qualquer uma.
Travessoni pegou o celular:
— Alô... Romano?
— Sim.
— Aqui é a Travessoni.
— Pois não, Delegada?
— Vou falar com o tal de Adolfo. Alguma orientação? Quer que eu faça alguma pergunta em especial?
— Ainda não havia pensado sobre isso. Mas acho que a coisa é maior do que imaginamos.
— Como assim?
— *Tá* tudo muito estranho. — como se estivesse raciocinando as palavras enquanto as dizia.
— Não tem nada de estranho aqui, Romano. — direta e objetiva como era seu feitio. — Alguém cometeu um crime. Nós prendemos, Ministério Público acusa e o Judiciário condena.
— As coisas não estão combinando.
— Então *tá* bom. — despachada. — Qualquer coisa *cê* me liga. Pode ser?
— Não. — titubeante — *Me* espera. Já estou indo para aí. — fala Romano de rompante. — Só vou dar uma olhada no Grego e vou *praí*. É importante que eu veja o jeitão do cara. Pode ser?

— Pode. Mas você demora?
— Não. Chego rápido. Dá *pra* esperar?
— Dá. – ela confirma. – Combinado, então. Fico te esperando.
— Então, *tá*. Combinado.
— Ah. – emenda Travessoni. – Depois me dê notícia de Grego. – o tom de voz era outro.
— Claro. Pode *deixá*.
Desligam.

*****

Romano e Travessoni atravessam um longo corredor em direção às salas usadas para interrogatórios.
— Está tudo bem? – pergunta Travessoni.
— Sim. Tudo bem, obrigado. – sem entender o interesse.
— Com Grego.
— Ah. – entendendo o interesse. – Sim. Está tudo bem com ele. Não foi nada sério. – Romano percebe o alívio nos gesto da Delegada.
— Que bom.
— Melhor assim. – completa Romano.
Ela abre a porta da sala. Romano, cavalheirescamente sinaliza para que ela entre na frente. Ela entra e se posta à frente de Adolfo.
Romano também entra e observa aquele rapaz com cara de homem.
— Sou a Delegada responsável pelo caso. – anuncia Travessoni. – Este é meu colega, Romano. – apresenta. – Tudo bem?
— Tudo bem. – a entonação da voz de Adolfo era segura e sua postura firme.
— Já leram seus direitos?
— Já. – fitando-a diretamente nos olhos. – Você então é o tal de Romano?
— O "tal" de Romano? Como assim? – não resiste à pergunta óbvia.
— Já ouvi falar muito de você. Grego e Romano, não é isso?
— Ouviu falar o quê?
— Coisas a seu respeito.
— Devo ter fã clube, não é?
— Mais ou menos isso. – e sorri. – Moisés que fala.
— E o que ele fala? – Romano não gostava nem de ouvir aquele nome, sem perceber, seu semblante muda.
— Que vocês não conseguem prender ninguém.
— Engraçado, ele ficou preso. – devolve Romano.

– Talvez tenha sido vontade dele.
– Então *tá*. – não tinha como discutir aquilo, nem por quê.
Romano, sem perceber, já estudava Adolfo.
– E aí? O que quer falar *pra* nós?
Adolfo apenas riu.
– Você ainda acha que Antunes tinha irmã?
Como assim? Agora Romano não conseguia compreender mesmo. Por que falara de Antunes?
– Da onde conhece Antunes?
– Não conheço. Moisés que me falou. – taciturno.
– E da onde conhece Moisés?
– Da casa do governador.
Agora que Romano não entendia mais nada. Sabia que não podia acreditar em tudo que era dito, mas estava tudo muito esquisito.
Romano pôs algumas fotografias sobre a mesa.
– Veja aí o que você quer falar. Nós já sabemos de tudo, mas é sempre bom ouvir o acusado falar.
– "Acusado"? – Adolfo sorri com escárnio. – Ainda não fui acusado de nada. – havia um ar cínico em seu rosto. – "Sou inocente até que se prove o contrário". – sorriu de novo. – Democracia. – fecha o semblante e cospe no chão.
– *Cê* é doido? Tenha modos. – fala Romano. – Vai cuspir no chão da tua casa, *ô* sem noção.
Adolfo cospe de novo.
Romano nada diz. Era apenas mais uma provocação.
– Deve ser difícil *pra* você, *né*, Romano?
– *Hã*. – sem grande atenção. – O quê?
– As coisas não fecharem, *né*?
– Que coisas?
– Não sei direito. – cinismo no rosto. – Quem matou quem? Você sabe? Qual o motivo? Quem é quem? – sorriso largo. – Você não sabe nada e se acha muito esperto.
– Verdade. – concorda. – *Me* conta, então? – suas expressões eram diferentes das comuns, davam-lhe um ar alucinado.
– Não tenho nada *pra* contar. – parecia satisfeito com aquele mistério.
– *Pra* mim, não muda nada. Você vai preso e pronto.
– É? E o que você tem contra mim? – desafia. – Você não tem prova nenhuma.

— Então *tá*. Se você prefere acreditar nisso, tudo bem.
Adolfo estuda Romano.
— Eu acredito na sua incompetência.
Romano não gostou do que ouviu, mas mantém o controle sobre si.
— E não só a sua, mas de toda a corporação. – complementa sorrindo.
— Você é atrevido, *hein*, rapaz?
— Sou esperto e você é burro. – fecha o semblante.
Romano se levanta de repente. "Burro"?
— Você não pode tocar em mim, senão é tortura.
— É. – contrariado.
— Mas se pudesse você me bateria não bateria, Romano?
Romano não responde.
— Sabe o que te impede? A lei. – Adolfo parecia satisfeito em estar ali. – "Ninguém é obrigado a fazer ou a deixar de fazer alguma coisa senão em virtude de lei". – sorriu. – "Todo preso tem direito à integridade física e mental". – ainda satisfeito. – "Ninguém será submetido a tortura nem a tratamento desumano ou degradante". – parecia vangloriar-se de sua própria fala. – Adoro a democracia. – sorri e lança uma curta gargalhada. – "Ninguém será considerado culpado até o transito em julgado de sentença penal condenatória". – ar alucinado, mas contido. – Viva a democracia.
Romano permanece em silêncio.
Adolfo olha firmemente para aqueles dois.
— Vocês são dois idiotas que servem a esses políticos safados que nos governam. – sério. – O que vocês acham que estão fazendo? São apenas dois capachos desses governos corruptos e fracos. Temos que desobedecer para mudar as coisas. – quase cuspindo juntamente com suas palavras de convicções.
— Muito tocante. Mas matar pessoas é errado. Arrancar-lhes os órgãos é errado.
— Pessoas que ninguém vê? – ríspido. – Seu governo mesmo quer que elas morram. – as veias do pescoço até apareceram nesse momento. – Matam na fila de hospitais, na falta de merenda, com as balas da polícia despreparada, com o descaso social. Este país não presta.
Travessoni atravessa:
— Não estamos aqui *pra* discutir suas convicções políticas. Queremos saber dos crimes.
— Democracia! – lança a mão para o alto. – Viva a democracia. – fica sério. – Se vocês pudessem vocês me torturariam *pra* saber a verdade, mas não podem.

– Estou pensando nisso seriamente. – Travessoni.
Adolfo sorri.
– E se fosse para o bem do país?
– Com certeza. – Travessoni.
– É isso. – Adolfo parecia satisfeito. – Vocês devem a democracia às gerações passadas. Às pessoas que tiveram coragem de lutar pelo país. – Romano tentava entender aquilo tudo. Qual o motivo para aquele discurso todo? – E depois o país simplesmente vira as costas para essas pessoas... – havia revolta. – Se não fossem pessoas como meu pai, este país estaria entregue ao comunismo desses russos *filhos da p...*!
Romano tentava entender:
– Quem é seu pai?
– Não interessa. – nervoso.
– Mas o que é que tem isso a ver com o crime que estamos investigando? – Travessoni sem paciência. – Comunismo? Russos? Aqui é Brasil.
De repente o rosto de Romano pareceu iluminar-se:
– Você é filho de alemão? Imigrante alemão?
Adolfo não confirma.
Romano continua:
– Sua família lutou na Segunda Guerra. Provavelmente seu avô. Com a derrota vieram para o Brasil. – olhou a tatuagem no braço de Adolfo. – Esse símbolo é militar? – pergunta quase respondendo. – É da infantaria alemã, formada por prussianos? – espera a resposta que não vem. – Quando sua família veio para o Brasil?
– Depois da ocupação de Berlin pelos russos. – como se resmungando.
– Seu pai tinha que idade? Era criança?
– Era.
– Agora entendi. – Romano parecia satisfeito. – Mas ainda não entendi.
– Eu é que não entendo mais nada. – atravessa Travessoni.
– Muitas famílias alemãs vieram para a América Latina depois da Segunda Guerra. Especialmente Brasil, Chile, Uruguai, Paraguai e Argentina.
– E daí?
– Daí? – tenta explicar Romano. – Coincidentemente os regimes de direita foram implantados mais duramente nesses países. Isso foi a partir dos anos 60, ou seja, os filhos dos mesmos caras que lutaram na guerra.
– Nó, que viagem, *hein*?
– Não é à toa que os órgãos só eram mandados para países nórdicos. – fala Romano. – "Salvar o povo germânico". É isso? – pergunta para Adolfo.

— Claro que não. Eles pagam melhor e no Brasil tem todo o tipo de gente, de todas as etnias e cores. É fácil vender lá fora.

— Teu pai viveu no período da ditadura no Brasil.

Adolfo não respondeu.

— Esse nome Adolfo não deve ser à toa, é?

Adolfo assumiu uma postura de orgulho.

— Você é quem você é e não quem você acha que é. – sentencia Romano.

Travessoni não entende nada.

— E se meu nome fosse Hitler? – lança Adolfo com voz empostada.

— Se? Mas não é. – Romano olha-o bem. – Adolf Hitler. Já pensou? – sorri ligeiramente. – Aí eu estaria prendendo o neto de Hitler. – duvidando de si mesmo.

— As coisas são o que são e não o que você acha que são. – Adolfo. – Isto tudo está muito além da sua compreensão.

— E quando que você vai me explicar?

— Um dia você saberá.

* * * * *

PARTE XXX

Capítulo Pretérito IV

Um dia sem cor, sem importância, sem interesse. A cidade parecia ter vida própria. Dormia e acordava sozinha. Só ela saberia dizer dos estragos da noite. Agora era a vez do sol de céu azul, que chegara dando um "bom dia" festivo às pessoas sonolentas com cara de travesseiro. Do asfalto parecia sair o vapor da noite ainda fresca, como quem exala bebida pela pele. Cheiro de manhã fria com café quente.

– *Tá* tudo certo? – iniciando a organização naquele galpão na Avenida Amazonas, nas mediações do bairro Nova Suíça.
– Tudo certo. – informa.
– Certeza? – querendo a confirmação.
– Certeza.
– Combinou lá com a "tiazinha"?
– Tudo combinado. – seguro.
– Quanto ela cobrou?
– Nada, não. Pediu *uns favorzinho* só. *Tá* de boa.
O líder do grupo analisa a situação observando os detalhes:
– É essa aí a geladeira?
– É. – categórico.
– E dá?
– Com folga. Já testamos.
– Então *tá* certo. – concordando. – Vamos acabar logo com isso. – fita os colegas. – Embora. – dá a ordem com entonação tranquila, mas firme.
– Sabemos o que fazer.

Os homens entram no caminhão. Dois vão na cabine, motorista e caroneio, os outros dois entram na parte de trás, no baú fechado e vão em direção ao bairro Luxemburgo. Assim que entram na Avenida Prudente de Morais, os homens da cabine avisam os colegas dentro do baú. Os dois se movimentam e entram na geladeira preparada para recebê-los.

Chegando ao endereço encostaram o pequeno caminhão em frente ao edifício, no local que a placa indicava para "carga e descarga". O prédio tinha alguma segurança, mas nada que a criatividade não desse solução.

– Bom dia. – anunciam-se para o porteiro através da campainha. – Viemos entregar a geladeira. – e diz o número do apartamento.

O porteiro olha-os desconfiado, sem motivo aparente, apenas por hábito do próprio cargo. Com um olho nos sujeitos e outro nos botões do interfone, faz os movimentos lentamente.

– *Tá* cedo, *né?* – falou para si mesmo. – Dra. Vera, tem um pessoal querendo entregar uma geladeira.

– Pode deixar subir.

– Então *tá*. Eles vão pelo elevador de serviço. – informa, depois desliga o aparelho e volta a olhar para os homens:

– Pode subir. – avisa o porteiro após confirmar no apartamento. – Dra. Vera vai *tá* esperando vocês. – sem simpatia alguma.

Os homens fizeram força e colocaram a caixa com a geladeira num carrinho para facilitar o deslocamento.

Subiram pelo elevador até chegarem ao andar.

Dra. Vera já os esperava na porta.

Em silêncio, entraram. A própria Dra. Vera nada disse, apenas cumprimentou com um aceno de cabeça. Dentro do apartamento e com a porta trancada, os homens tiraram a caixa e outros dois homens saíram da geladeira já com suas armas e entregaram outras armas para os colegas "carregadores".

Dra. Vera apontou para onde eles deveriam ir. Em determinado silêncio, os quatro homens atravessaram a espaçosa sala, cheia de mobília com estilo moderno, fechada em cerco solene de paredes brancas descobertas de quaisquer decorações à exceção dos quadros pendurados em cumprimento à sua penitência individualizada.

Foram em direção ao quarto de casal pelo corredor comprido de cárcere, com armários aéreos vigilantes em catapulta. Tudo fora muito rápido até ali. Era como se a velocidade fosse outra depois que a ação começa. Mas agora, no momento crucial, tudo acontecia mais devagar, como se os movimentos estivessem congelados. A concentração era total.

* * * * *

Júlio nunca dormia profundamente. Acostumara-se a ficar alerta durante a noite, com sono leve. Aprendera, após esses anos de conturbada convivência, que os piores horários eram o próximo à hora de deitar-se e o próximo à hora de levantar-se. Assim, passara a deitar-se cada vez mais tarde e a acordar cada vez mais cedo.

Várias vezes já se apanhara imaginando como seria bom se pudesse matar o seu padrasto. Já havia arquitetado vários planos, mas nunca executava nenhum. Por precaução dormia de roupa e sempre deixava uma mochila pronta para sair de casa.

Os dias eram assim, as noites piores. Mas o pior de tudo era saber que sua mãe não acreditava nele. Com quem mais ele poderia falar se nem sua mãe acreditava? Passara a trancar o quarto por dentro e a pôr uma corrente na porta. Mesmo assim, tinha a sensação que o padrasto o espiava.

Júlio achou ter ouvido algum barulho, daquele que se faz tentando não fazer. Abriu os olhos e ficou alerta subitamente. Preparou-se para enfrentar mais uma vez aquela situação. Sabia que seu padrasto não entraria no quarto, por causa da corrente na porta, e que, sempre que estava acordado, ele acabava por disfarçar e desistir de ficar lhe observando. Seu padrasto gostava de observar-lhe e isso, para os outros, parecia que era apenas um gesto fraternal, de carinho pelo enteado.

Júlio demorara para perceber o que realmente era, e demorara mais tempo ainda para descobrir que a culpa não era sua, pois ele era só uma criança. A culpa era daquele adulto pervertido e sem limites, que tinha descontrole sobre seu próprio comportamento, tinha sérios desvios de conduta moral e sérios problemas de ordem sexual.

*****

Os quatro homens entraram no quarto do casal, que era grande demais para pessoas de alma tão pequena.

"Lençóis limpos, pessoas sujas" – pensou Adolfo.

A cama dominava o centro do quarto com ar imperial. Um armário com ares de capataz vigiava todo o ambiente. Havia um pequeno sofá que fazia as vezes de confessionário e no outro canto uma cômoda com gavetas comportadas.

Adolfo pôs a arma na cabeça de Vagner e pressionou.

Vagner acorda apavorado sem entender o que estaria acontecendo. Tenta reagir de alguma forma, até perceber que havia uma arma na sua cabeça.

— Você é Vagner Vieira D'Ávila?
— Sou. Por quê?
Fabíola acorda e se levanta:
— O que está havendo?
— Fica quieta. — diz um dos outros homens.
— Não toquem nela. — tenta Vagner.
— Cala a boca, imbecil. Vai *morrê* todo mundo aqui. — e o obriga a ficar de pé, em cima do tapete.
Vagner obedece, não tinha outra opção.
— É você o Promotorzinho de Justiça *filho da p*... que coordena a Comissão da Verdade?
— Sou. — inseguro.
— Eu sou Adolfo. Este aqui é Bismarck. — aponta para o irmão. — Somos filho de Bertoldo Rocha. Sabe quem é?
— Sei. Na verdade o nome dele era Bertold Felsen. É um torturador de inocentes no período militar. Filho de nazista corrido da Alemanha.
— Torturador o *c*...! Meu pai é herói. Salvou o país dos comunistas soviéticos e dessa gente que não quer trabalhar, que quer tirar a propriedade de todo o mundo. — as veias do pescoço estavam aparentes. A raiva estava toda ali. — Você acusou meu pai pela morte de Vladimir Duque. — nervoso.
— Meu pai não matou ninguém. Meu pai salvou um país.
— Claro que matou. Seu pai matou gente *pra c*... Seu pai era um nazista torturador. O Brasil não precisa desse tipo de gente. Volta *pra* tua terra.
Adolfo o olha por um segundo prolongado para Vagner. O ódio estava no olhar.
Adolfo dispara.
Vagner vai ao chão como uma presa abatida.
Todo mundo permaneceu em silêncio. Não houve questionamentos. Fabíola não entendeu. Achou que o motivo deles estarem ali era o fato de Vagner molestar Júlio, fora esse o trato. Será que ela também fora manipulada?
— O que houve aqui? — fala com calma na voz e em tom baixo, embora seus olhos já se apresentassem chorosos em vermelho por inchar.
Adolfo manteve-se parado olhando o corpo no chão e com a arma apontada para o corpo de Vagner.
— Já deu, Adolfo. *Vamo bora*. — tenta Bismarck.
— Quem são vocês? O que aconteceu aqui?
Adolfo levantou a arma na direção de Fabíola, como se estivesse pensando o que fazer.

— Ela não. – alerta Bismarck. – Ela não.

— Ela conhece nosso local.

— Mas ela não vai falar. Ela também participou disto tudo. Ela está envolvida.

— Ela vai contar. Sempre soltam alguma coisa, vai por mim. Tem que morrer junto. É agora. O estrago já *tá* feito. Mata um, mata dois. Não faz diferença.

— Para, *p*...! Você já *tá* preso, lembra? Esse é o teu álibi, mas e nós? – tenta acalmar o irmão. – Pensa. Age com a cabeça.

Fabíola levanta as mãos e pede calma, sem olhar para ninguém especificamente, até por medo de acharem que ela poderia estar lhes encarando em desafio.

— O que foi isso? – ouviram uma porta bater.

Os outros dois homens foram verificar.

Voltam instantes depois:

— O garoto fugiu. É *pra* ir atrás dele? – pergunta para Adolfo.

Adolfo olha firmemente para Fabíola:

— Se você ficar quieta, o garoto vive. Se você falar com a polícia, o garoto morre.

— Não vou falar nada. *Deixa ele* ir embora, por favor.

— *Tá* certo. Nada de polícia, *hein*? Senão o garoto morre.

Fabíola se ajoelha, por fraqueza, por gratidão, nem sabia o motivo.

Adolfo dá uma olhada geral no quarto.

— O *filho da p... tá* lendo livro russo. É um comunista do *c*... – e joga o livro no chão. – *Vamo bora.* – vira-se para Fabíola. – E anota aí: vai *morrê* o carcereiro que enquadrou meu pai e o filho desse comunista do *c*... que morreu na mão do meu pai. Frango do *c*...! – resmunga nervoso. – Se abrir a boca, morre você e seu filhinho. É frango também. Entendeu?

Fabíola sinalizou com a cabeça.

Túlio achou uma arma no criado mudo. Mostrou-a para Adolfo.

Sem emitir uma única palavra, Adolfo foi até Fabíola, olhou-a firmemente e obrigou-a a segurar a arma. Após garantir que as digitais dela estavam na arma, obrigou-a a levantar-se, a chegar perto de Vagner e a fazer três disparos no peito e mais um na cabeça, pelo mesmo buraco da bala anterior.

Jogou o revolver fosco no chão:

— Não toque mais nela. – deu a ordem para Fabíola, se referindo à arma.

Fabíola já não sabia o que fazer. Estava assustada com tudo aquilo.

— Embora. – Adolfo dá a ordem.

— *Pera!* – fala Albino. – Vou pegar uma foto do garoto.

Adolfo concordou. Poderia ser necessário.

Os quatro homens vão embora sem receio das câmeras do prédio. Adolfo encara uma delas:

— Essa *p... tá* desligada, *né?*

— *Tá*. Eu conferi ontem. – responde Túlio.

No chão ficou aquele corpo nu, sobre um tapete de arte pitoresca e rara beleza, em contraste bisonho com a cena calada de dor gritante recaída pesadamente sobre si.

O sangue escorria em silêncio do corpo de Vagner, já sem pulsação. O corpo nada sentia. Já não havia vida ali, era apenas um pedaço de carne retorcida. Próximo à mão do braço estendido de Vagner, ficou o livro *Guerra e paz*, de Tolstói.

Descendo o elevador, os quatro ainda estavam tensos pela ação:

— Qualquer coisa a gente põe a culpa no garoto. – solta Bismarck.

— E a Dra. Vera? – pergunta Albino.

— Depois a gente pensa.

— Aquele livro vai vender *pra c...* – professa Adolfo.

— Será? – Bismarck.

— *Ah* vai. – com convicção.

— Também acho. – concorda Albino.

Túlio nada fala.

— Cê nunca fala nada. – reclamando de Túlio. – Não tem opinião, não?

— Tenho. Mas aprendi a ficar calado.

Adolfo sorri sarcasticamente.

— Podemos usar isso a nosso favor. – solta Bismarck.

— O quê?

— Colocar a culpa no escritor. Fazer parecer que tudo era um plano dele. – se referindo a J. Henry.

— Cê, *hein* irmãozinho? Sempre fantasiando planos. – Adolfo sorri e depois fica sério. – *Pra* que isso? É só *chegá* lá e apagar o cara. Mete o *pipoco*.

Todos riram.

— Por isso que você está na cadeia e eu não.

Adolfo não gostou, mas Bismarck estava certo.

*****

PARTE XXXI

Capítulo Único

— E aí? *Cadê* o Grego? — pergunta Romano para a Delegada assim que chegou ao hospital.
— *Tá* lá dentro. — responde. — Acabou de entrar para os procedimentos. *Tá* meio grogue.
— Procedimentos? Quais? — preocupado.
— Não sei. Disseram que não estão encontrando a bala. Vão ter que fazer *uns raio x* e etc. Não sei direito. — sem esboçar sentimentos. — Sei que *tá* complicado. — objetiva.
— Não há de ser nada. Deve ser fácil de resolver. — tom ponderado, sabendo que não havia mais bala nenhuma para tirar.
— Bom. Vou aproveitar que você chegou e vou *prá* delegacia. *Tô* cheia de coisa *pra* fazer.
— Tudo bem. Obrigado. — já se despedindo. — Mas acho que o Grego ficaria feliz em te ver.
— Fica *pra* próxima. Não vai faltar oportunidade.
Despediram-se.
Romano conversou com a segurança do hospital e entrou para procurar Grego.
— *Tá* lá no clinico geral. — informa. — Consultório 20.
— Ok. Obrigado.
Romano vai em passos acelerados pelo corredor. Localiza o consultório e bate à porta, já entrando.
— Grego! — ao ver o colega.
— E aí, Romano?
— Tudo bem?

— Tudo bem.
Romano alternou o olhar entre Grego e o médico.
— *Tô* com ele. — dirigindo-se ao médico.
— Tudo bem. Pode sentar. — aponta uma cadeira surrada.
— Não, obrigado. — Romano. — *Tô* bem. Como ele *tá*?
— *Tá* firme.
Romano estranha. "Firme".
Grego ainda estava com cara de dor, mas parecia bem acomodado na cama de exame.
— Em que pé estamos? — insiste Romano perguntando para o médico e para Grego ao mesmo tempo.
— Não é no pé, não. É na perna. — fala o médico com ar sério de quem esclarece uma dúvida.
Romano não entende bem se era simplesmente uma piada ou se estaria falando sério. Ignorou.
O médico continua:
— Muito difícil. — em tom dramático. — Seu colega levou um tiro. — com ar preocupado.
— Sim, mas foi superficial. — Romano responde por reflexo, percebendo que as coisas estavam se complicando.
— Como você sabe? — Grego.
— O paramédico me falou. — Romano.
— Mas não encontramos a bala. — o médico preocupado. — A bala tem que tirar. É ruim se ela ficar aí. — olhando tanto para Grego como para Romano. — Deve ser uma daquelas balas que entram pelo corpo todo, fazendo um estrago só.
— Acho que não. — tenta Romano, sabendo que não.
— Como você pode saber? — atravessa Grego com tom preocupado. — Você nem estava lá, Romano. — nervoso. — Você me deixou tomar um tiro e nem fez nada...
— Calma, Grego.
— Calma o c... — ficando sentado. — Eu *tô* sentindo dor, p... Deve ser essas balas dundum. *Tô f...* — sentencia.
— Cê é doido? Claro que não é uma dundum. Senão você já estava todo arrebentado.
— E eu não *tô*, não? — ríspido. — *Tô* todo ferrado aqui nessa joça de hospital. — alternava o semblante sério com a dor.

– Calma, Grego. – Romano tenta mais uma vez. – O Doutor vai dar um jeito. Vai ser resolvido. – achando que seria bom deixar Grego passar por um aperto antes de falar a verdade.

– Tem jeito não. – sem graça. – Nossa máquina *tá* quebrada. Tem que ir lá *pro* IPSEMG.

– Mas nós já estamos no IPSEMG! – fala Romano.

– Eu falei IPSEMG? – pergunta o médico.

– Falou. – confirmam, tanto Grego, mais rápido, como Romano, que quase nem falou porque Grego se adiantou.

– Eu quis dizer João XXIII.

– Não dá *pra* resolver por aqui mesmo?

– Não tem jeito. A máquina não *tá* funcionando. – esclarece o médico.

– Mas qual a orientação aqui? – pergunta Romano. – Às vezes não tem que fazer nada disso. O ferimento é superficial. – tenta mais uma vez, sabendo que bastava falar a verdade para resolver a situação.

– Superficial? *Tá* doendo *pra* c... Como que é superficial? – Grego reclama.

– Deixa o médico falar, Grego.

– Olha... – introduz o médico. – *Pra* tirar a dor eu vou te dar este parafuso.

– "Parafuso"? – estranham.

– Você vai tomar metade. A outra metade só daqui a seis horas. Entendeu?

– Doutor! O senhor falou *pra* eu tomar um "parafuso"? – Grego.

– "Parafuso"? – indaga o médico. – Eu falei isso?

– Falou. – confirma Grego.

Romano apenas balança a cabeça concordando.

O médico sorriu sem graça.

– *Tá* tudo bem, Doutor? – pergunta Romano.

– É esquisito, *né*?

Romano olha preocupado para o médico.

– É que às vezes eu troco as palavras. É meu cérebro. – em sua pequena confissão. – Eu acho que falo uma coisa, mas na verdade sai outra. – sem graça. – Eu quero falar uma palavra, mas minha mente fala outra... É meio atrapalhado.

– Entendo. – Romano. – Não seria melhor o senhor procurar um médico?

– Eu sou médico. – categórico.

— E eu aqui? Como vai ser. – Grego. – Vou tomar esse "parafuso" ou não vou?

— "Parafuso", não, rapaz. Comprimido. – o médico corrige. – Vai ter que tomar mesmo. – olha fixamente para Grego. – Acho melhor outro colega amputar a sua perna. – diz o médico pesaroso.

* * * * *

— Onde está Júlio? – é a primeira pergunta que Lídia faz assim que acorda da anestesia.

— Quem? – pergunta a enfermeira que estava ali.

— Júlio. O rapaz que estava comigo.

— Não sei, mocinha. – creditando ao efeito dos remédios.

— Eu preciso encontrá-lo. – preocupada e surpreendentemente cheia de energia.

— Sei. – olhando as pranchetas. – Essa juventude, *né*? – conclui para si. – *Peraí* que vou chamar o *doutô pra* te liberar.

— Tá.

— Aí você mesma procura seu príncipe.

"Ele não é meu príncipe". – pensou, mas não disse. – "Ele não é fantasia, ele é real".

* * * * *

Júlio não aguentava o marasmo que ele próprio tornara sua vida. Nunca reagia. Era medo? Medo de quê? A vida é uma só. Estava cansado de sempre deixar-se em segundo plano. Era falta de fibra? Era insegurança? Não sabia.

Júlio tinha dificuldade para lidar com as coisas. O mundo não era como ele queria que fosse. O mundo era um lugar perigoso e complexo, mas ele também não se importava com isso, apenas assistia sua vida passar como se fosse um espectador dela e não seu protagonista. Não queria se desgastar com isso. Não acreditava que ser pacífico era ser passivo. A seu modo, esperaria as coisas acontecerem.

Júlio encontrava paz na turbulência, harmonia no confronto, descanso na confusão. Palavras no silêncio. Imagens na escuridão. Mas algo estava diferente. A imagem de Lídia não lhe saía da cabeça. Por que não fora ele a morrer? Por que Lídia? Não entendia. Logo ela que rezara tanto. Logo ela que demonstrara sua crença e suas convicções. Não fazia sentido. A única coisa que Júlio fez foi contestar a existência desse Deus que Lídia tanto defendeu. Agora, para si, era mais uma prova de que Deus não existe, senão teria escolhido Lídia para salvar ao invés de tê-lo escolhido.

Estava parado na Praça da Rodoviária, de frente para a Avenida Afonso Pena. Em sua mente decidia se ia embora ou se ficava. As partidas deixavam os problemas para trás. Se entrasse em um ônibus qualquer, estaria fazendo a mesma escolha de sempre: ir embora imaginando que o problema fica, ou poderia ficar e enfrentar a vida de vez? A vida com seus problemas.

Sua cabeça estava acelerada. O momento do disparo contra Lídia não lhe saía da cabeça.

"Vou pegar esse cara". – deixa escapar em voz alta. Isso dará direção à sua vida.

* * * * *

– Amputar a perna? *Qué* isso? – Romano nervoso sem entender mais nada. – *Cê tá* doido?

– Calma, Romano. A perna é minha. – afirma Grego. – Doutor, se tiver que ser, será. – pesaroso e assustadoramente maduro.

– *Qué* isso, Grego? Não tem que amputar nada. Tenho certeza. – Romano num misto de tenso com preocupado. Já não entendia mais nada.

– Eu falei "amputar"? – pergunta o médico.

– Falou. – Romano nervoso.

– Saiu errado. Eu quis dizer examinar.

– Como assim falou errado? Esse cara é doido... – tenso.

– Calma, Romano. – pede Grego. – Eu é que tinha que *tá* nervoso aqui. *Se* acalma.

– O cara *tá* querendo cortar tua perna, Grego! Como que eu não vou ficar nervoso?

– *Pô*! A perna é minha. Sou eu que tenho que ficar nervoso, *p*... – levantando a voz. – Sossega aí. – em tom de ordem.

– *Doutô*! – uma enfermeira abre a porta. – A paciente da anestesia acordou.

– *Tá*. Eu já vou lá. – virando-se para ela. – Você deu os parafusos para ela?

– "Parafusos"?

* * * * *

– Na qualidade de presidente nacional do partido, gostaria de apresentar o nosso candidato ao Governo de Minas Gerais. Senhoras e senhores recebam com uma entusiasmada salva de palmas, o senhor Moisés Duarte, o próximo governador.

O auditório da Assembleia Legislativa estava lotado e os aplausos ganham ares de devoção ao candidato. Moisés de pé, agradece com gestos, enquanto se prepara para o discurso. Estava dando tudo certo.

– Que democracia é essa? – começa sua fala.

* * * * *

– Pode ir, mocinha. – o médico libera Lídia.
– Posso mesmo? – quer a confirmação.
– Sim. Só entregar isso na portaria. – dá-lhe uma etiqueta qualquer.

Lídia estranha, mas sai pelo corredor em direção à portaria. Queria encontrar Júlio.

* * * * *

– Uma democracia onde o dinheiro é que manda? Isso não funciona. – veemente em sua fala. – Precisamos acabar com a violência, com a bandidagem e a corrupção. – era aplaudido de pé nesses momentos.

* * * * *

Outro médico entra no consultório:
– Aqui que é o paciente que vai amputar a perna?
– Não. – responde Romano rapidamente, com mais reflexo que o costume. – Primeiro tem que examinar.
– É você?
– Não. É ele. – aponta para Grego.
– E você quem é?
– Sou amigo dele.
– Entendo. – caminha até Grego. – Então, o que houve?
– Tomei um tiro. Não estão achando a bala e seu colega disse que vai ter que amputar a perna.
– É? Poxa a vida. Grave, então?

— Parece. — fala Grego.

Romano tinha que ficar perto de Grego. Pois sabia que não seria necessário fazer nada, afinal de contas, a bala estava consigo. Era só mostrá-la para o médico e aquilo acabaria. Até já imaginava a cara de Grego quando soubesse que não tinha bala nenhuma na perna.

* * * * *

Júlio decide enfrentar a cidade.

Lembrava-se bem do rosto do assassino de Lídia. Iria a todas as delegacias até encontrá-lo. Faria justiça contando tudo que sabia. A morte de Lídia não ficaria impune.

Sem perceber, estufa o peito e encara a cidade de frente, com a Avenida Afonso Pena toda à sua frente e a rodoviária atrás.

* * * * *

— Quero ir para a rodoviária, moço. — pede Lídia ao motorista daquele *táxi*.

— Posso ir por aqui mesmo e virar por baixo? — indagando quanto ao caminho. — Aí a gente sai do trânsito. — explica.

— Tanto faz. Eu preciso ir para a rodoviária.

Lídia sabia que seria difícil encontrar Júlio na rodoviária, mas sabia que ali se lembraria do jeito dele na hora que sentasse para tomar um café. Fora Júlio quem dissera que gostava desses lugares, cheios de histórias para contar, com gente indo e vindo, com partidas e despedidas, com chegadas e saudades.

— E pode correr que eu estou com pressa. — estava com pressa de sentir a presença de Júlio.

Aquele sentimento era novidade para si. Nunca se prendera a ninguém, aliás, nunca acreditou nessa coisa de apaixonar-se por um estranho e agora Júlio não lhe saía da cabeça. Enquanto estivera adormecida, na confusão natural da mente, foi Júlio quem esteve por ali a todo o instante. É como se tivesse percebido a importância dele enquanto esteve desacordada. Teve a consciência disso através das imagens lançadas pelo subconsciente.

Abraçou-se como se estivesse sendo abraçada por Júlio.

* * * * *

– É o trabalhador que precisa ser olhado pelo Estado. Temos que educar nossas crianças para viverem em sociedade. Para defenderem nossos valores e nossa moral. E quem não gostar que vá embora de nosso país. – arrancava aplausos eufóricos. – Acabou esse negócio de "jeitinho", de "maracutaia", de "amigo do amigo"... Quem mandará no país serão as pessoas de bem, seremos nós... – aplausos efusivos e gritos quase histéricos. – Começaremos por Minas até conquistarmos todo o Brasil com a nossa corrente do bem.

Bandeiras tremulavam, umas com o símbolo do partido e outras com o retrato desenhado de Moisés.

*****

Júlio tinha vontade de correr, de gritar, de socar o chão, de chutar o ar e de praguejar contra Deus. Ora, Deus? Havia uma revolta dentro dele. Seu peito estava acelerado e sua respiração mais profunda. Em sua imaginação, Lídia via cada gesto seu, cada pensamento seu, cada atitude sua. Tinha que ser uma pessoa melhor por causa dela. Era isso que ele faria. Seria uma pessoa melhor para merecer estar vivo. Seria uma pessoa melhor por Lídia. A partir de agora lutaria por um país melhor, por um planeta melhor, por ações mais humanas. Era o que Lídia queria, então ele faria por ela.

Sentia seu corpo pesado, mas queria ter a alma leve, tão leve quanto fosse possível, assim como era Lídia. Sempre bem, sempre disposta, sempre otimista com a humanidade. Iria se engajar em causas humanitárias. Seria uma pessoa correta e aproveitaria a vida como se Lídia estivesse sempre ao seu lado. Em sua mente faria a união imaginária entre ele e Lídia, como se juntos sempre estivessem.

Não percebera que ela tivera essa importância sobre ele. Atribuíra ao período intenso em que estiveram juntos. Um contando com o outro e mais ninguém. É como se suas vidas tivessem parado por um tempo enquanto o mundo seguia seu caminho ignorando-os, mas tinham um ao outro no momento de perigo comum. Deus não fora justo com Lídia. Mas como brigar com Deus?

Júlio sente um ligeiro bem estar, era como se Lídia estivesse ali, próximo a si novamente. Chegou a sentir o que sentira naquele abraço que recebera no cativeiro. Prometeu-se não esquecer o rosto, o cheiro e a pele dela. Olha para o céu e deixa que o vento ligeiro lhe toque. Respira o ar com a profundidade de quem quer sobreviver no meio de um oceano de águas revoltas.

Abre os braços como se pudesse abraçar Lídia e permanece assim pelo prazer que sua imaginação lhe dava. Era como se abraçasse a vida tão festejada por Lídia e seus sorrisos de olhos brilhantes e luzes coloridas de brilho cativante.

*****

Lídia sai do *tá*xi na Praça da Rodoviária.

"Por favor, Deus, me deixa sentir o Júlio". – pede sem perceber.

Olha para todos os lados e vê todo o tipo de gente. Olha de novo e mais uma vez. Vê, de costas, um rapaz de braços abertos. Usava uma jaqueta com um desenho estilizado nas costas, parecendo um lobo uivando e escrito *"My Mind"*. Um capuz descansado, estava caído para trás. Ali, todos tinham suas maluquices.

"Até que poderia ser Júlio". – ela pensou.

Mas sabia que àquela altura, todos lhe lembravam Júlio. Todos se pareciam com ele, porque era assim que ela passara a ver com seu pensamento fixo. Despretensiosa, apenas por desencargo de consciência, caminhou na direção daquele rapaz que estava de braços abertos, parecendo querer abraçar todas as coisas, que olhando para o céu parecia querer alcançar todas as alturas. Sem entender, à medida que se aproximava seu coração acelerava, mas sua alma se acalmava. Como isso era possível?

Passou por debaixo de um dos braços daquele rapaz e fechou os olhos enquanto se punha à frente dele, em movimentos lentos, como quem sai de um mergulho de água prazerosa. Ao mesmo tempo que queria a surpresa para si, quis prolongar por um instante a mais aquela sensação que era boa e, mesmo não querendo, se preparou para a frustração.

Júlio, de olhos fechados, não viu nada. Apenas sentia a luz que vinha do céu, querendo-a toda imaginando ser de Lídia. Sua mente estava em Lídia e queria aproveitar enquanto essas memórias eram-lhe frescas. Sem perceber, chamou-a num sussurro:

– Lídia. – abriu um sorriso ao ouvir-se falar o nome dela.

Ela abriu os olhos:

– Júlio! – sussurra não acreditando que era ele. Embrulha-se nele num abraço confortável, com jeito de casa.

Júlio sente e olha.

– Lídia? – sem entender. Por um momento achou que era coisa da sua imaginação.

– Júlio. – sorriso aberto e incontido.
– Lídia? – novamente. – É você mesmo? – sem entender.
– Sou eu. – feliz.
– Achei que você tinha morrido. – querendo entender.
– Estou aqui. – sorriso cheio de vida.

Júlio tocou-lhe no rosto, como quem busca acreditar no que está vendo, com as mãos.

– É você? – sem saber se era uma pergunta ou uma constatação.
– Sou eu. – ela confirma feliz, com os olhos sorridentes e as palavras doces.

Abraçam-se como se nada mais importasse, como se não existisse mais ninguém nesse planeta imenso com mais de sete bilhões de habitantes.

Júlio encontrara a paz que nunca tivera. Quando percebeu, estava agradecendo a Deus.

*****

– Dói aqui? – pergunta o médico examinando Grego.
– Muito, p... – reclama Grego tentando defender-se da dor.
– É. – pensativo. – Não tem jeito. – com pesar.
– O quê? – pergunta Romano ao médico que lhe fez um sinal para que esperasse enquanto usava o telefone.
– Alô! Aqui é o Cassandro... – ouve do lado de lá. – Isso, Doutor Cassandro. – outra fala. – Faz um favor *pra* mim? Manda preparar a sala de cirurgia. – tem a confirmação. – É. É urgente. Procedimento de amputação. Tem ser rápido, *tá*? Obrigado – e desliga o aparelho que estava sobre a mesa tão velha e tão usada quanto ele.
– Vai ter que amputar mesmo. – confirma o médico pesaroso olhando para Grego. – Você é forte, eu sei que aguenta.

Romano estranha.

– Tem certeza, Doutor? – em sua mente já punha a competência do médico em cheque, mas deixaria que Grego passasse pelo aperto.
– Doutor, então vamos resolver isso logo. – pede Grego.
– Depois você arruma uma prótese e fica tudo certo. – fala o médico otimista.
– *Peraí*. – interrompe Romano satisfeito em poder revelar a bala e acabar com aquilo tudo que fora longe demais. Tira a bala do bolso e a apresenta em sua mão. – E isso aqui, Doutor? O que me diz agora?

— O que é isso? — perguntam o médico e Grego quase ao mesmo tempo.
— É a bala que estava em você, Grego. — triunfante.
— E o que ela faz aí, na tua mão?
— Não tem bala nenhuma em você faz tempo. O paramédico a tirou lá na hora, no meio da rua. E vocês aqui no hospital... nada, *hein*?
— Pô, Romano! — reclama Grego com o semblante fechado. — E você me deixou passar por tudo isso?

Romano reconhece com um gesto de ombros. Talvez tenha exagerado.
— Então? Vamos? — pergunta o médico.
— Aonde? — Romano.
— Essa sua brincadeira demorou demais. A perna está toda necrosada. Tem que amputar o mais rápido possível. Quando mais demorar, pior fica.
— *Qué* isso, Doutor? Ó a bala aqui. — Romano tenso. — Não tem que fazer nada. É só limpar, costurar direito e pronto.
— Seria se isso tivesse sido feito desde o início. Agora a circulação está toda comprometida. Tem que tirar a perna.
— Quero ouvir outro médico. — determina Romano. — Ninguém vai tocar no meu amigo sem minha autorização.
— Você é médico? — pergunta o tal de Dr. Cassandro.
— Não. — responde Romano.
— Então sua autorização não vale nada. — olhares de desafio. — Ele tem que ser operado agora.
— Mas não vai. — Romano a levar a mão à arma.
— Com qual autoridade você fala se você não é médico? — desafiando.
— Com esta. — Romano puxa a pistola. — Serve esta autoridade, Doutor? O médico recua.
— Calma, Romano. — pede Grego.
— Você já fez bobagem hoje. Quer continuar fazendo? — lança o médico.
— Quero ouvir outro médico. Só isso. — insiste Romano.
— Quanto mais tempo demorar, pior para o seu amigo. — adverte o médico.
— F...-se. Ninguém põe a mão no meu amigo até eu ouvir uma segunda opinião.

Grego estranhou, afinal, Romano não é de muitos palavrões. Estava gostando de assistir àquela lealdade do amigo.

O médico dirige-se para Grego:
— Você é maior de idade e está lúcido. Você toma essa decisão e tem que ser agora.

— O melhor é a amputação, Doutor? — pergunta Grego.
— É.
— Então vamos a isso. — decide Grego.
— *Cê tá* louco, Grego? — Romano tenso. — Ninguém sai. — dá a ordem com a arma na mão, sem ameaçar, mas pronta para ser usada. — Pode chamar quem você quiser. Eu vou sair deste hospital de malucos e vou levar Grego comigo.
— Ele tem que ser operado. — o médico insiste gritando com Romano e quase partindo para cima dele.
— Mas não vai! — Romano adverte e aponta a arma.
O médico se assusta.
— Calma, Romano. — pede Grego.
— Fica quieto, Grego. Vou te tirar dessa. — olhando firme para o médico. — Você aguenta ficar de pé?
— Acho que sim.
— Então tenta aí, *p*... — quase xingando o amigo.
O médico estende a mão para alcançar o telefone.
— Não toque em nada, Doutor. — Romano dá a ordem em tom severo. — Fica quieto que é melhor.
— Assim que você sair vou chamar os seguranças. — avisa o médico já recuando um passo.
Grego, com cuidado, faz esforço para ficar de pé.
— Consegui. — anuncia.
Para poder vigiar o médico, Romano estava meio de costas para Grego.
— Sua situação vai piorar. — adverte o médico.
— Cala a boca. — Romano não tira os olhos do médico. — *Cê* é atrevido. — volta-se para Grego. — E aí? Acha que consegue andar?
— Não sei. Vou tentar. — a fala saiu mastigada pela dor.
— Não faz isso. — o médico tenta novamente. — Vai piorar tudo.
— Fica quieto. — Romano dá a ordem nervoso.
— Consigo, Romano. Eu aguento. — Grego informa com a voz trêmula.
— Então vamos. — ainda apontando a arma para o médico. — Dá tchau *pra* esse Doutor folgado e vamos embora.
Grego atravessou a pouca distância que o separava do médico com passos firmes e estendeu a mão para despedir-se:
— Valeu, Doutor. Até a próxima. — com voz segura.
Romano olhou para Grego, depois para o médico. Por um instante não entendeu.

— *Uai*? Você andou normal?

Grego sorri.

O médico sorri.

— Achou que me pegava, *né*, Romano? – Grego todo satisfeito.

— *Filho da p...* – não acreditando. – Você sabia o tempo todo?

Grego sacudiu a cabeça afirmativamente.

— *P...* Como?

— Só depois que você me pagar a cerveja. Antes eu não conto.

— *P... que o p...* Você é *f...*! – resmunga Romano não acreditando. – *Tomá no c...!*

— *Qué* isso, Romano. Que tanto de palavrão é esse? – Grego ria, nunca ouvira Romano falar daquele jeito. – Doutor, obrigado aí. Desculpa o excesso do meu amigo. Sabe como é, *né*? O estresse da profissão. Podia aproveitar e dar uma examinada nele, *hein*? – volta para Romano. – O que acha, *hein*, Romano?

— Pode deixar. – Romano revoltado mas satisfeito ao mesmo tempo.

— Se quiser... Já estamos aqui mesmo. – o médico provoca.

— É. Aproveita. – reforça Grego.

— Não abusa, Grego. – Romano estava inconformado. – Vai ter volta, Grego. Ouve o que *tou* te falando.

— Você sempre fala isso, Romano, e nada. No final eu sempre te dou a volta.

— É verdade. – mesmo contrariado, Romano concorda.

Os dois vão pelos corredores do hospital.

— Como você soube, Grego? – pergunta Romano de rompante, cedendo à curiosidade.

Grego sorri satisfeito.

— Lembra do Tenente Farah?

— Não.

— Do Corpo de Bombeiros?

— *Ah*, lembro. O que é que tem?

— Então. A ambulância que me pegou era dos Bombeiros. Foi ele que me contou, por acaso, quando soube que era eu lá dentro. – satisfeito. – *Te* mandou um abraço.

— Outro. – respondeu por responder.

Grego seguiu com um sorriso satisfeito.

Romano parecia incomodado.

— Acho que é isso, Grego. – do nada.

— O quê?

— Esse negócio aí. Você sempre me dá a volta.

— Fato.

Romano para de andar.

Grego para um pouco à frente.

— Eu *tô* achando que esse negócio todo realmente deve ter sido o Moisés.

— Moisés? – estranhando. – Não viaja, não. Foi o tal de Adolfo. – sorri. – Adolfo Hitler. – brinca e ri da própria piada.

— E se foi Moisés que armou isso tudo? Às vezes fez parecer que foi o Adolfo, mas não foi.

— Vamos tomar uma cerveja, vamos? Você já prendeu o cara. Ele atirou em mim. Caso encerrado. Agora é só pegar os outros e pronto. *Ferro em todo mundo.* – dá ênfase nessa frase.

— Sempre tem alguém graúdo, Grego. Esse tempo todo eu achei que tinha algo estranho. – tentando entender as coisas. – Esse cara *tá* em todas.

— Ele agora é candidato a governador. Respeita o cara. – Grego bem disposto.

Romano nem responde. Sabia que teria que ir mais a fundo.

— Sossega, Romano. Já falei *pra* você parar de querer salvar o mundo. Vai continuar tendo gente matando e gente morrendo. Você faz sua parte e não sofre por isso.

Romano seguiu o amigo, conformado com a fala, mas inconformado com a situação.

Um dia pegaria Moisés.

*****

— O país vai mudar e a mudança começa agora. Chega de abaixar a cabeça *pra* essa gente que nos humilha. Chega dessa vida de privações e humilhação social cotidiana. Acreditem em mim, porque eu acredito em vocês. Vamos juntos construir um país melhor. – os aplausos se seguiam quase ininterruptos por uma pequena multidão quase histérica. – E que todos saibam: ou estão conosco nesta jornada, nesta construção; ou nós atropelamos. – os aplausos não cessaram por um longo período. As pessoas faziam questão de mostrar seu entusiasmo com as palavras de Moisés.

Ali, parado no púlpito, recebendo os aplausos entusiasmados, Moisés gozava de seu sucesso. Conseguira pôr o partido a seu serviço, com o presidente na sua mão. Bertoldo virara seu aliado, chegando a pedir sua autorização para eliminar um escritorzinho filho de um mártir do período militar e também uma doméstica filha de ninguém. Só Moisés sabia onde estavam os diamantes do assalto. O promotor que lhe condenara estava morto, o agente penitenciário que lhe extorquira estava morto e ele não era suspeito de nada. A polícia estava focada em Adolfo, que também não sabia de nada. Já se imaginava governador e depois presidente do país. Já imaginava o poder que teria. Por enquanto, deixaria o partido acreditar que o controlava, mas em breve, seria ele a controlar o partido, depois, controlaria o país.

Os aplausos não paravam e ele aproveita o momento em regozijo. Moisés acenava para a multidão. Em seu rosto havia um sorriso de zombaria com aquela cena toda, como se risse das pessoas, do rumo das coisas. O Brasil nada mais é do que uma grande piada de mau gosto.

*****

PARTE XXXII

Capítulo Único

– Cê viu? O livro do J. Henry não para de vender. – comenta Alencar com o funcionário. – Depois que ele morreu as vendas dispararam.
– É. Que continue assim. – como se em oração.
– Se eu soubesse, eu mesmo já tinha o matado antes. – riu da piada. O funcionário preferiu ser respeitoso.
– Vamos escolher o próximo. – riu sozinho brindando com o copo de cerveja no ar, como se o amigo estivesse à sua frente. – Enfim, o sucesso J. Henry. – com ar saudoso. – *Vingança cega,* justiça cega, povo cego, políticos cegos. – leve sorriso. – Talvez o Brasil se salve apesar de nós. – novo brinde no ar.

*****

Grupo
Editorial
LETRAMENTO